MW01436468

Lidia Margarita Jiménez

Una vida contigo

L.D. Books

México ◆ Miami ◆ Buenos Aires

Una vida contigo
© Lidia Margarita Jiménez Hernández, 2012

L.D. Books

D. R. © Editorial Lectorum, S. A. de C. V., 2012
Batalla de Casa Blanca Manzana 147 Lote 1621
Col. Leyes de Reforma, 3a. Sección
C. P. 09310, México, D. F.
Tel. 5581 3202
www.lectorum.com.mx
ventas@lectorum.com.mx

    L. D. Books, Inc.
    Miami, Florida
    ldbooks@ldbooks.com

Primera edición: julio de 2012
ISBN: 978-607-457-235-3

D. R. © Portada: Angélica Irene Carmona Bistráin

Características tipográficas aseguradas conforme a la ley. Prohibida la reproducción parcial o total sin autorización escrita del editor.

Impreso y encuadernado en México.
Printed and bound in Mexico.

Para Russell

Ayer, ahora y siempre

Agradecimientos

Nunca son muchos cuando de ellos ha dependido tanto:

A mi familia, los que están y los que se han ido, porque ellos han hecho de mí lo que soy y les debo todo.

A María del Carmen, la de México, porque comparte mis sueños y los hace posibles y a través de ella vivo un poquito de la vida que ya no soy capaz de enfrentar. Sigue siendo feliz por mí y por ti y no atiendas mis consejos. Gracias, flaquita, sobre todo por el sobrino que me diste.

A María del Carmen, la de Cuba, porque es una de las hermanas que no tuve y la mejor que pude soñar. Su preocupación, su dedicación y sus detalles enriquecen cada uno de mis días. Espero que nuestra mutua falta de memoria no nos haga olvidar quiénes somos.

A José Raúl, porque su fortaleza, cariño y apoyo me sostuvieron en el peor momento de mi vida. Sin él no estaría aquí.

A Iris, porque su presencia sigue guiando mis pasos y en cada una de estas páginas extrañé no contar con sus comentarios y consejos.

A Lilia, porque hubiera reído a carcajadas ante la posibilidad de verme convertida en escritora de esta forma.

A Silvita, amiga del alma, por estar siempre allí. Por atender mis llamadas en las madrugadas y hacer como si nunca la molestaran o la sacaran del sueño. Sin su consejo y aliento no me hubiera esforzado en terminar este libro. Su opinión y su crítica me han hecho mejor.

A Joaquín, porque lo quiero y no pierdo la esperanza de heredarlo algún día. Porque también me quiere y es capaz de subir montañas y derribar dragones por cumplirme un deseo. Nunca le agradeceré lo suficiente.

A Xiomara, por tantos años de amistad y paciencia para soportarme, oírme y dejar pasar. Gracias por sus sabios consejos que a veces no seguí pero que fueron y siguen siendo los mejores

A la doctora Graziella, porque en una encrucijada del camino me tendió su mano para permitirme seguir haciendo lo que más disfruto y con su ejemplo me hace desear ser mejor de lo que soy. En consecuencia, no dejaré que lea esta novela si está en mis manos.

A Porfirio Romo, mi primer editor pero antes que todo mi amigo. Entrañable colega para compartir lecturas más edificantes y quien espero disculpe mi rendida debilidad por temas tan ajenos a su gusto exquisito.

A Salvador Mejía, que generosamente siempre apoya mis proyectos y que más de una vez me alentó a que escribiera. Ya lo hice. Quizá no muy bien pero lo mejor que pude. Gracias miles.

A Carlos Romero, generoso en su amistad y con su tiempo. Todavía me sorprende que me hayas tomado en serio. Gracias Carlitos. Mi deuda contigo es infinita.

A mi amiga Amparo, que no creo disfrute mucho este tipo de lectura pero que se alegrará por mí ya que la he escrito y porque sabe que prefiero estar en su casa de Madrid más que en el Museo del Prado.

A mis amores todos, los buenos y los no tan buenos. Ellos siempre me dejaron algo y nunca me quitaron nada. Los que fueron y los que son, los que estuvieron y el que está. Iluminan y a veces entristecen mis días, es decir, me mantienen viva, ¿qué más se puede pedir?

Y a todos aquellos que acunaron mis sueños y se quedaron allí donde el corazón es tierno.

Las gotas de agua que corrían a través del cristal parecían correr también por sus mejillas. Todo era oscuro dentro y fuera del tren que rápidamente avanzaba dejando atrás su vida y mientras ella permanecía acurrucada en la solitaria cabina, su mente seguía estacionada allí en lo que había sido su pasado:

—Victoria, Victoria.
El grupo de amigas se acercaba a la piscina donde Victoria Wade braceaba en sus ejercicios matutinos. La muchacha levantó la vista y se detuvo.
—Dinos que irás con nosotras, por favor, no te rajes ahora— Sofie, su mejor amiga, apoyada por las otras, llegaba a insistir sobre el tema que habían estado discutiendo en los últimos días.
Con un gesto de impaciencia salió del agua y agarrando una toalla tirada al lado de los escalones, caminó hacia las cinco chicas que revoloteaban a su alrededor.
—Tú fuiste la de la idea. Ahora no te puedes echar para atrás.
La amiga seguía argumentando.
—Fue sólo una idea, pensándolo detenidamente he llegado a la conclusión de que no puede salir bien.
—¿Por qué no? Es fácil. Si lo hacemos como lo planeamos no puede salir nada mal.
—Excepto que nos descubran y nos saquen de allí armando tremendo escándalo. Podemos terminar expulsadas si la señorita Smith llega a enterarse.
—Eso no pasará y no podemos perder la oportunidad que se nos presenta de entrar por primera vez a un lugar como ese. Además, no olvides que allí estará también el amor de tu vida. Puede que sea la única ocasión de tenerlo así, al alcance de tus manos.

La chica entornó los ojos y dio un largo suspiro. Es cierto... Pero de cualquier manera ¿Qué posibilidad real existe de que me pueda acercar, por más que estemos en el mismo sitio? Lo seguro es que tenga que conformarme con verlo de lejos.

—En un local tan pequeño... Ni que estuvieras loca o fueras boba. Además recuerda que serás una mesera más. ¿Quién tendría mayor posibilidad de acercarse, aunque sólo sea para saber si quiere pedir cualquier cosa?

Victoria dudaba y sus amigas se daban cuenta.

—Vamos Vicky, sin ti no sería igual pero iremos de cualquier modo, ya todo está preparado.

Sofie sentenció, cuadrándose delante de ella. Victoria supo que ya no podía hacerlas desistir.

Las cuatro mujeres que entraron en el selecto club nocturno esa noche, no recordaban en nada a las chicas que habían estado parloteando en la piscina. Exageradamente maquilladas y vistiendo los uniformes de las meseras del lugar lograron meterse por la puerta de servicio, después de entregar una suma adecuada al portero.

Las muchachas permanecían apiñadas a la entrada del salón. Curiosas y sorprendidas miraban todo lo que se movía a su alrededor.

—Maggie morirá de envidia cuando le contemos lo que se perdió. —señaló una de ellas que observaba embobada.

Victoria se limitó a responder con menos entusiasmo.

—Maggie es la única que mostró un poco de sentido común al quedarse en casa. A nosotras quién sabe qué nos espera. Pero a lo hecho, pecho. No podemos quedarnos aquí paradas. Llamaríamos la atención. Traten de agarrar alguna bandeja y muévanse por el sitio. No hagan ninguna locura. Mantengan el contacto visual por si surgen problemas y cámbiense de ropa en cuanto tengan oportunidad —una amplia sonrisa le iluminó el rostro—. Como meseras no duraríamos mucho.

Las amigas de Victoria apenas prestaron atención a sus últimas palabras, absortas en el ambiente que las rodeaba. Cada una trazó su propia estrategia y se dispersaron alegremente por el salón. Vicky no tuvo tanta suerte. Un viejo camarero que se veía agobiado por el ir y venir constante entre las mesas se acercó a ella y depositando una pesada bandeja en sus manos le dio una orden:

Una vida contigo

—Lleva esto a la siete y apúrate que estamos atrasados.

Pasó más de una hora en que no tuvo idea de lo que estaba haciendo. Iba de una mesa a otra llevando y trayendo lo que otros empleados le entregaban con escuetas indicaciones. No sabía si lo hacía bien o mal pero nadie parecía darse cuenta y ella no protestaba para no llamar la atención. El lugar estaba repleto. Se detuvo un instante y recorrió con la vista el salón tratando de localizar a las otras chicas. Fue entonces que lo vio: estaba allí en una mesa de la esquina que no era de tan fácil acceso como las demás. Recostado indolentemente en una silla, una copa de brandy en la mano que vaciaba una y otra vez con gesto aburrido. Trató de acercarse lo más que pudo. Resultaba mucho menos imponente que en la gran pantalla. El gesto adusto que le cerraba el semblante no le daba un aspecto agradable y comprendió que se parecía poco al ideal con el que había llenado tontamente sus sueños durante los dos últimos años. Casi de inmediato decidió que no intentaría conocerlo por nada del mundo. Los dos amigos que le acompañaban hacían bromas y reían pero él se veía distante y muy lejos de sentirse a gusto en aquel lugar. La muchacha dio media vuelta tratando de escabullirse lo antes posible pero la suerte no estaba de su parte ese día. El mismo viejo camarero con el que se había tropezado al principio le entregó otra bandeja:

—Lleva esta botella de vodka a la mesa de la esquina, la están esperando.

El destino se imponía y parecía que queriéndolo o no estaría frente al hombre antes de lo que había pensado. Se acercó a la mesa nerviosa tratando de no mirar directamente hacia el actor que colmaba sus fantasías juveniles.

—¿Los caballeros pidieron vodka?

El más alto del grupo la miró de arriba abajo.

—Los caballeros en plural no. Él pidió vodka —señaló hacia Max Brennan—. Nosotros preferimos no mezclar bebidas pero parece que esa no es la idea de los australianos.

Le temblaban las piernas cuando se dirigió al actor.

—¿Le sirvo, Señor?

—Deja la botella aquí —murmuró por lo bajo sin mirarla siquiera.

—Eres muy bonita— dijo otro de los tres hombres sentados a la mesa.

— 11 —

—¿No te parece bonita, Max?

El australiano la recorrió entonces con unos ojos fríos que parecieron desnudarla pero no dijo nada.

—Si no necesitan nada más, me retiro.

—De necesitar, necesitaríamos muchas cosas pero ¿estarías dispuesta a darlas?— la mirada, más que las palabras del hombre, sugería un montón de cosas que ofendieron a la mujer.

Victoria se envaró como si hubiera recibido una bofetada. Fulminó al individuo con sus ojos altivos y dio media vuelta, alejándose sin decir palabra. Su gesto fue tan soberbio que sólo entonces el actor reparó en ella y la siguió con la vista mientras la muchacha insultada dejaba atrás su mesa.

La chica molesta miró hacia todos lados buscando a sus amigas. Era difícil encontrarlas. Tal y como habían planeado seguramente ya estarían cambiadas de ropa y alternando con todos los demás, sólo ella seguía atorada en aquel ridículo uniforme que la sumió en una noche de servicio público y maltrato. Divisó a Sophia que conversaba animadamente en la barra junto a un muchacho que parecía muy agradable. Se acercó a ellos y agarró a la amiga por un brazo para hablar aparte:

—Disculpen. Sofie, me voy.

—¿Cómo que te vas? —la chica parecía sorprendida—. El ambiente está estupendo. ¿No la estás pasando bien?

—Mírame y dime qué te parece.

—¿Pero...qué haces todavía con ese uniforme? —Sofie la observó con más atención percatándose de cómo iba vestida todavía.

—A diferencia de ustedes, no me lo he podido quitar de encima, los que trabajan aquí me han traído de un lugar para otro toda la noche.

—¡¿Has estado sirviendo?!

—Pues sí y ya estoy harta. Me largo ahora mismo. ¿Se lo dices a las otras? Imagino que no querrán moverse si la están pasando como tú.

—Creo que no, amiga. ¿Nos disculpas? —su expresión de ruego resultaba irresistible.

—Claro... Nos vemos mañana y recuerda: sean juiciosas.

Una vida contigo

Victoria avanzó hacia la salida, no sin antes devolver imperiosamente una bandeja que otro camarero trató de poner en sus manos. Cuando este la increpó, se sacó el delantal y se lo puso de sombrero, saliendo disparada hacia la puerta. El pobre hombre se quedó boquiabierto ante la actitud de la muchacha mientras aquel que no la perdía de vista se reía por lo bajo.

El actor se puso de pie, despidiéndose de sus amigos:
—Creo que ha llegado la hora de dejarlos en mejor compañía.
—No te irás ahora, Max. Están por llegar las chicas y te aseguro que valen la pena- El amigo empezó a protestar.
—Por hoy, he tenido bastante y me parece que ya encontré una forma de pasarla mejor que aquí.- Sonrió maliciosamente mirando hacia la puerta.

Victoria respiró profundamente cuando se encontró en la calle.
—Y sí —se dijo a sí misma—, había sido una mala idea —pero al fin estaba fuera.
Se acercó al portero y le pidió que llamara un taxi. Se frotó los brazos. Hacía frío y el delgado uniforme la cubría escasamente. Por suerte el taxi llegó enseguida. El portero abrió la puerta pero cuando quiso entrar en él, sin previo aviso, un fuerte brazo la jaló hacia atrás.
—Despida el taxi. La señorita se va conmigo —el tono fue tan seguro y decidido que el portero obedeció de inmediato.
Quedó paralizada por la sorpresa. Tan entontecida que no reaccionó mientras el hombre que la apretaba contra él la empujó dentro de otro coche que se había acercado. Cerró la puerta tras ella y dio una corta orden al chofer que puso el automóvil en marcha mientras el actor montaba por el lado contrario al suyo.
Arrinconada contra la puerta dirigió sus ojos asombrados hacia Max que miraba por la ventanilla, como si tenerla allí a su lado fuera lo más natural del mundo.
—Oiga... ¿Qué le pasa? ¿Cómo se atreve a tratarme así?
—Disculpa si fui rudo. Tenía un poco de prisa.
—¿De qué habla? No me interesan sus prisas. No lo conozco. No sé por qué me arrastra a este auto junto a usted.

— 13 —

—¿No sabes? Parece bastante obvio.

Victoria no sabía si ofenderse o echarse a reír. La situación además de asombrosa le resultaba ridícula y trató de enfrentarla por el lado bueno.

—Mire, evidentemente se ha equivocado de persona. Obsérveme bien. No me conoce. Detenga el auto para que me baje y regrese por quien seguro lo estará esperando.

—Sé bien quién eres. Me serviste el vodka en el club que acabamos de abandonar.

—Entonces... No entiendo.

—Pues no es difícil. Tú evidentemente estabas cansada de estar allí y yo también. Una mujer sería una buena compañía en este instante y tú me pareces aceptable.

—Si cree que me sentiré honrada por lo que acaba de decir, está más equivocado de lo que creí en un principio.

—No pretendo que te sientas honrada, mas te aseguro que estarás complacida con mi compañía.

—Parece que su arrogancia es más grande que su estupidez al confundirme con una de esas. Detenga el auto de inmediato.

—¿No pretenderás hacerte la difícil? Es una vieja treta y no estoy para juegos.

Victoria empezaba a ponerse histérica.

—Yo no estoy jugando. Le digo que detenga el coche. Quiero bajar.

—Mira... —el hombre también parecía estar molesto— podemos estar en esto un buen rato pero llegaremos al mismo lugar. Así que no discutamos más. Pon el precio y lo doblaré. Quedarás satisfecha.

La bofetada cruzó el rostro del actor como un relámpago.

Los puños de Victoria estaban cerrados y la mujer ardía de cólera contenida.

Como si nada hubiera pasado, Max se acarició la mejilla que comenzaba a enrojecer. Miró hacia adelante y no hizo más que sonreír.

—Será una noche interesante.

El automóvil se detuvo bruscamente y Victoria pensó que había llegado su oportunidad de escapar pero antes de que pudiera abrir la puerta, Max ya estaba en ella.

Una vida contigo

—Bájate.

La muchacha miró alrededor y no le gustó para nada lo que vio. Parecían estar en el estacionamiento del sótano de algún edificio, delante de ellos un elevador abierto no le presagiaba nada bueno.

—No me moveré de aquí.

Y se apretó más aún contra el cojín del asiento trasero pero por poco tiempo ya que, agarrándola por la cintura, Max la sacó del coche y la estrelló contra su pecho.

Nunca imaginó poder estar tan pegada a él. Los brazos del hombre la cercaban estrechamente y a duras penas podía respirar. A rastras la metió en el ascensor que se abrió abruptamente dando salida a la sala interior de un departamento de los pisos más altos. La puerta se cerró tras ellos y quedaron aislados.

Y ahí estaba, en medio de aquella sala amplia y lujosamente decorada, mirando hacia todos lados, como si de pronto, por arte de magia, pudiera abrirse otra puerta que la sacara de toda aquella enrevesada pesadilla.

—¿Quieres tomar algo?

Más que enojada le respondió:

—Lo único que quiero es irme de aquí.

—Respuesta equivocada —el australiano se dejó caer en el sofá con una copa de vodka llena en la mano.

—No puede retenerme en este lugar en contra de mi voluntad. Es ilegal. Puedo gritar. Sí, gritaré.

—Hazlo si quieres pero terminarás tan aburrida como yo. ¿Qué es lo que te pasa? ¿Cuál es tu juego? Pensé que ya todo estaba claro.

—¿Claro? ¿Claro? No quiero estar aquí. Eso es lo único que ha quedado claro.

—Ya te dije que...

—No me interesa lo que tenga que decir. Se equivocó de persona. ¿Por qué no acaba de entenderlo? Lo que está haciendo conmigo es un delito por si no lo sabe.

—Si no fuera porque empiezas a cansarme resultarías bastante divertida. Deja ya la pose, por favor, y no perdamos más tiempo.

—No es pose. ¡Por Dios! —exasperada—. Le juro que no es pose. Déjeme ir, déjeme ir antes de que sea tarde.

Él avanzó lentamente hacia ella, que retrocedió hasta que la pared se pegó a su espalda. Le tomó la barbilla, acercando su rostro al suyo mientras la devoraba con los ojos:
—La equivocada eres tú. Hace rato que ya es tarde.

Victoria no quería parecer asustada pero lo estaba. Temía por lo que veía venir y empezaba a creer firmemente que sus temores no eran infundados. La pasión y el deseo que ardían a través de aquellos ojos la consumían de miedo pero también la confundían. ¡Cuántas veces imaginó momentos como este! Momentos de amor compartidos con ese hombre que resultaba tan distinto al que había idealizado. Estaba enfurecida y molesta y no podía evitar que su proximidad la siguiera conmoviendo de una manera extraña. Rechazaba sus modales, su actitud, pero la atracción que había sentido por él durante tanto tiempo persistía distrayéndola de la realidad que debía afrontar.

Max apretó sus labios con fuerza sobre los de ella que primero se quedó quieta, perdida en las cálidas sensaciones que sus ávidas caricias despertaban pero, ante el apremio de él que se hacía más urgente, reaccionó y empezó a forcejear rechazando su abrazo y su beso. Era imposible detenerlo, la presión de su boca era cada vez más exigente y su resistencia fue cediendo poco a poco mientras sentía su lengua entrelazando la suya de una manera audaz. Sus brazos la estrujaban contra la pared en la que ya parecía incrustada.

Se defendió como pudo pero en la rebeldía que mostraba palpitaba la curiosidad y una urgencia tan grande como la que percibía en él. Su cuerpo se empezó a aflojar y sus labios se entreabrían al recibir el beso voraz de su agresor que al darse cuenta que no se le oponía disminuyó la fuerza con que la sujetaba. En un momento de lucidez, Victoria aprovechó la oportunidad para apartarlo lejos de sí con un fuerte empujón.

—Le juro que se arrepentirá de esto... Se lo juro —le gritó jadeante mientras con el dorso de la mano se restregaba la boca como queriendo borrar la huella de los besos que había recibido.

—No suelo arrepentirme de nada de lo que hago. Pero sabes, después de este beso no estoy tan seguro de que te desagrade tanto como alardeas.

Una vida contigo

—Lo detesto. Me da asco.
—No fue precisamente lo que sentí mientras te besaba pero, a fin de cuentas, ¿qué puedes tener contra mí? Como ya has hecho notar, no me conoces. Tal vez me rechazas por lo que soy ¿No te gustan los actores?
—No me gustan los actores como usted.
—Eso no lo escucho muy a menudo.
—Será porque no te conocen.
—Pues sí... —risa—. Quizá hasta tengas razón pero acabas de empezar a tutearme y ya es un avance entre nosotros.
—Usted es... es... insoportable.
—Pero te gusto.
—¡¿Cómo puede decir eso?!
—Porque puedo sentirlo. Uno sabe cuando le gusta a una mujer, de la misma manera que tú debes saber cuándo le gustas a un hombre. Definitivamente, fue una buena decisión ir esta noche tras de ti.
—¿Por qué lo hizo? ¿Por qué yo?
—Eso mismo me pregunto: ¿por qué tú? —mirándola detenidamente—. Realmente no tienes nada de especial.
—Entonces... —casi rogando—. Déjeme ir. Mañana ni se acordará de mí.
—Es cierto. Mañana, no me acordaré de ti pero esta noche te quiero aquí conmigo.

Mañana del otro día:
Max se dio vuelta en la cama y se llevó instantáneamente la mano a la cabeza. El dolor era intenso. Demasiados tragos. No... No creía haber bebido tanto ¿o sí?
Era bien entrada la mañana y nunca se levantaba a esas horas pero se había quedado completamente rendido. Una noche muy agitada y de excesivo desvelo. Y...la chica... ¿dónde estaba?
De un salto se puso de pie y recorrió todas las habitaciones del departamento. Ni sombra de ella. Era lógico pensar que debió escapar tan pronto él se quedó dormido. Recordó su rechazo y sus ruegos hasta que pudo comprender que resultarían inútiles. No llegó a sentirla rendida en sus brazos pero también recordaba que en un momento determinado dejó de luchar.

¿Quién podía imaginar que era la primera vez para aquella mujer? Todavía le parecía increíble pero no había dudas aunque esa certeza le llegara demasiado tarde.

Miró hacia la cama, que era un revoltijo...muestra de la batalla campal de la que había sido testigo. En el suelo había quedado la peluca negra que ocultó su cabellera rubia, lo más nítido que podía recordar de ella ya que su rostro se desdibujaba debajo del denso maquillaje que cubría sus facciones y el rímel corrido por las lágrimas que aún manchaban las sábanas revueltas. Una mancha rosa clara, prueba fehaciente de que no había imaginado ser su primer hombre, llamaba su atención debajo del cobertor como acusándolo. Arrancó la ropa de cama bruscamente y de un tirón la echó en el cesto que había en el baño. Buscó en el botiquín dos tabletas que disolvió en un vaso con agua y tomó de un solo trago. Su rostro en el espejo le devolvía dos arañazos tenues a nivel del cuello.

Acarició las marcas rememorando lo sucedido. ¿Arrepentido? No. No estaba arrepentido pero su comportamiento habría sido distinto si no se hubiera confundido con el tipo de mujer que se trajo a casa. Nunca había tomado a una mujer por la fuerza y si lo hizo la noche anterior fue porque estaba totalmente convencido de que era un juego de la muchacha para ser mejor pagada. ¿No era lo que hacían otras? Evidentemente no era el caso pero tampoco toda la culpa era suya. Ella estaba allí, en un lugar, donde sólo se encontraban mujeres bien dispuestas.

No sabía a ciencia cierta por qué todas las excusas que se daba le parecían poco convincentes. Tenía que reconocer que se había equivocado y debía corregir ese error. La buscaría y encontraría una manera de compensarla.

—Espero que no sea tan difícil.

Enarcó una ceja interrogando al rostro reflejado en el espejo y dudando de su propia conclusión. Una incomprensible y cálida sensación lo estremeció al tener ante sí la perspectiva de volver a verla.

Foros de Producción.
—Hola Max. Llegas retrasado y Oliver te está buscando desde hace rato.

Una vida contigo

—Pues no le digas que me has visto. ¿Sabes por dónde anda David Hunter?

—Debes haberte cruzado con él al entrar. Salió para el Foro 7.Si te urge, márcale pronto porque si llega al estudio apagará el móvil.

Sacando su celular y apartándose un poco:

—¿David? Me urge que me hagas un favor.

—...No después. Ahora... Llégate al Club Soterby y averigua todo lo que puedas sobre las meseras que estaban trabajando allí anoche... No. No es una broma.

No tengo muchas referencias que darte. Busca a una joven bien proporcionada pero de complexión menuda, ojos oscuros, rubia... aunque quizá allí la tengan por trigueña... No, no tengo más datos y esos serán suficientes... Te dije: ahora y sin excusas. Ven a buscarme de inmediato cuando tengas todo.

Contrariado cerró el móvil y al volverse aparentó sorpresa:

—¡Oliver!

El amigo lo observaba impaciente desde hacía unos minutos. Max, le echó un brazo por los hombros y comenzó andar a su lado.

—Disculpa si llegué tarde pero verás se me presentó un asunto urgente y...

Pasillos de la Escuela de Cine:

—¡Victoria! Al fin apareces. Nos hemos pasado la mañana tratando de localizarte y la señorita Smith nos trae locas preguntando por ti.

Marilyn acomodó el paso al de su amiga, mientras Victoria avanzaba rápidamente por los pasillos de la escuela hacia los vestidores de la piscina.

—Me quedé dormida y se me hizo tarde.

—Te quedaste dormida... ¿tú? Eso sí es raro

—El despertador no sonó.

—Pero si tienes dos despertadores por esa obsesión de llegar con puntualidad inglesa a todos los lugares.

—Pues no sonaron o me olvidé de ponerlos en hora.

—Más raro todavía.

La muchacha se detuvo molesta cuadrándose delante de Marilyn

—¿Qué tiene de raro? Es lo más natural del mundo, le puede pasar a cualquiera.

—Perdona Vicky, no quise molestarte y sí, le puede pasar a cualquiera pero es extraño en ti que eres tan puntillosa respecto a eso. En el tiempo que te conozco nunca has llegado tarde a ninguna parte.

Siguiendo su camino un poco más calmada

—Parece que ya era hora de que empezara a cambiar.

—¿Te ha pasado algo? Pareces tan disgustada.

—No me ha pasado nada —nerviosa—. ¿Qué me puede pasar?

—Como te fuiste anoche sola. Sofie nos contó que estuviste sirviendo mesas y que no te gustó para nada pero, suena divertido ¿no?

—Si hubieras tenido que acarrear bandejas pesadísimas durante un buen rato no te parecería divertido en modo alguno, puedo asegurártelo.

—Perdona de nuevo. Sé que en ese momento no lo fue pero como siempre terminas por encontrarle la parte buena a todo, creí que hoy le verías lo gracioso.

—No tuvo nada de gracioso y hoy me sigue pareciendo tan horrible como ayer —haciendo una pausa—. ¿Y... ustedes? —preocupada— Espero que no pasaran por situaciones incómodas.

—Nosotras... no —suspirando—. La pasamos divino. Si vieras, Vicky, conocí a un chico que...

—Ahora no, Marilyn. Ya me contarás después. Sólo me interesaba saber si habían tenido algún problema.

—¿Problemas? Claro que no. Te prometimos que seríamos juiciosas y salimos de allí como blancas palomas: tan inmaculadas y puras como tú.

—Tan inmaculadas y puras como yo... —en tono irónico, hablando para sí misma perdida en sus pensamientos.

—Victoria, ¿de verdad que no te pasa nada?

Volviendo a la realidad.

—Te repito que no me pasa nada Marilyn... pero hazme un favor: trata de ver a la señorita Smith y dile que ya llegué para que no me siga buscando. Voy a cambiarme y nos vemos en la clase de natación.

— 20

Una vida contigo

Max, abriendo la puerta de su departamento.

—Te tardaste bastante.

David Hunter entró y fue directamente al bar a servirse un trago.

—Tu tareíta no fue nada fácil.

—¿Qué averiguaste?

—Muy poco. No contratan demasiadas meseras en el Soterby y las que contratan no tienen intenciones de continuar de meseras por largo tiempo así que no duran mucho.

—Ahórrate esas explicaciones. Conozco el lugar.

—Ya suponía... Ahora tienen a tres en plantilla y anoche trabajaron sólo dos. Ninguna cuadra con tu descripción.

—No puede ser.

—Tú dirás: las dos son jóvenes pero una es muy alta y yo diría que más que bien proporcionada, sus proporciones son tan espectaculares que no pueden dejar de notarse por lo que no creo que sea la que buscas. La otra es pelirroja y no tiene un solo punto en el rostro que no esté lleno de pecas. Creo que habrías mencionado un detalle como ese.

—Tiene que haber otra.

—Pues no. Tanto el gerente como el jefe de servicios me lo aseguraron... pero...

—Pero ¿qué?

—Unos camareros recuerdan haber visto a una mesera nueva en el primer turno de la noche.

—Tiene que ser ella.

—Estuvo sirviendo algunas mesas y luego desapareció. Especialmente uno de ellos la recordaba por haberse portado bien grosera con él.

—Es ella sin duda alguna.

—Hasta ahí las buenas: nadie la conoce y juran no haberla visto nunca antes.

—Imposible.

—No creo que se pusieran de acuerdo para mentirme en tamaña tontería. Así que te recomiendo que te vayas olvidando de la mesera fantasma... de la que por cierto, no me has contado nada.

—¡El portero!

—¿Qué?

—El portero... le pidió un taxi cuando se retiraba. Él tiene que recordarla y es posible que también la viera al entrar.

— 21 —

—No me irás a pedir que vuelva para interrogarlo.
—No... Regresa por él y tráemelo aquí.

Victoria entrando a los vestidores.
—Sofie...
—Vicky... —con alivio— me tranquiliza verte llegar, comenzaba a estar preocupada por ti.
—Y dale con lo mismo. Ya Marilyn me bajó el discurso. Por Dios, ¿es que no puedo llegar fuera de hora un día sin que se forme tanto alboroto?
—Otro día va y no importaría pero anoche saliste sola de aquel lugar y como nos tienes acostumbrados a ser la puntualidad en persona, supongo que entenderás que estuviéramos preocupadas, por demás, no contestabas al teléfono.
—Bueno, ya estoy aquí y no pasó nada, así que dejemos el tema y a cambiarnos rápido, que si no estamos a tiempo para la clase del Profesor Adams sí que se armará un buen rollo.

Las dos chicas entraron en los vestidores. Sofie salió primero y se sentó en el banco a esperar a su amiga.
—No debiste irte tan temprano. La pasamos tan bien en el club. Deberíamos ir con frecuencia a lugares como ese. Hay gente tan interesante y divertida.

Victoria no contestó mientras se ponía su traje de baño.
—¿Crees que podemos intentar ir de nuevo?

La muchacha salió del vestidor.
—Ni lo pienses, Sofie —y fue tajante—. No volveré a poner los pies en un sitio como ese nunca más ni permitiré que ustedes lo hagan tampoco.

Su tono era imperativo y autoritario pero Sofie no le prestó atención, se puso de pie mirándola alarmada...
—Victoria... ¿Qué te pasó? Estás llena de moretones.
—¿Moretones? La chica se acercó apresuradamente a los espejos seguida por su amiga.

Marcas rojizas que comenzaban a tomar un color azul aparecían en sus brazos, muslos y pecho. Rápidamente tomó su bata de baño y se cubrió para que Sofie no siguiera observándola.

Una vida contigo

La amiga seguía esperando una respuesta.
—Debió ser por la caída.
—¿Te caíste?... ¿Cuándo?... ¿Dónde?
—Anoche. En las escaleras del metro. Tropecé en los escalones y rodé por ellos. No es nada.
—Debiste rodar bastante porque tienes golpes por todos lados.
—No seas exagerada. No me duelen siquiera aunque... —Mirándose los brazos— se notan un poco ¿no?
—Se notan bastante y el profesor Adams te va a comer a preguntas.
—Creo que no iré a su clase. Ve tú y apúrate que un poco más y no llegas. Dile que no amanecí bien, que tengo gripe o lo que se te ocurra y por favor... No les digas a las demás chicas, no quiero que se preocupen.
—¿Por qué tendrían que preocuparse? Es sólo una caída ¿no?
No le gustó para nada el tono de la pregunta y la mirada que Sofie le devolvió al salir.

En medio de la sala del departamento de Max, el portero del Soterby, aún vistiendo su uniforme, miraba hacia el suelo mientras estrujaba inquieto la gorra entre las manos.
—Le juro que no sé nada, Señor Brennan. Ya me han preguntado lo mismo varias veces en el salón después del revuelo que hizo su amigo esta mañana.
Max lo miró directamente. Su nerviosismo lo delataba y él estaba seguro de que ocultaba algo.
—Usted la vio. Yo estaba allí cuando le pidió un taxi.
—Figúrese... es lo que hago toda la noche: pedir taxis para las personas que salen del club.
—Pero no creo que lo haga habitualmente para una sencilla mesera
—Ciertamente...
—Mire amigo. No quiero crearle problemas. De veras esa no es mi intención... —con velado tono de amenaza—, si es que me dice lo que sabe. Sólo quiero encontrar a la muchacha y sé que usted

puede ayudarme. Si me da una buena pista le aseguro que más que perjudicado saldrá muy satisfecho de esta casa.

Los ojos codiciosos del hombrecito se iluminaron

—Verá. Yo no creí que fuera a perjudicar a nadie y lo hice sólo por, por... Parecía una chiquillada bien inocente.

—¿Qué pasó? —impaciente.

—Querían entrar. Conocer un lugar como ese y codearse con los artistas que lo frecuentan. Las mujeres solas no pueden pasar. Y creo que se les ocurrió que si se disfrazaban de meseras y luego se cambiaban dentro no llamarían la atención de nadie, claro... si alguien les facilitaba la entrada primero.

—Y ese alguien fue usted.

—Sí, pero le repito que no vi nada de malo en ello y nada pasó, al menos eso parecía... hasta ahora.

—Y nada pasará si me dice como encontrar a esa mujer.

—Pero no sé de quién se trata.

—No empecemos de nuevo. Usted la dejó entrar y la vio al salir. No puede decirme ahora que no sabe quién es.

—Es que no era una sola, eran cuatro. Sólo una salió vestida de mesera. Lo recuerdo, sí. Pero cuando entraron todas se parecían y yo no conocía a ninguna. No podría distinguirlas ni aunque me las pusiera enfrente.

Max le echó una mirada asesina pero sabía que ahora decía la verdad.

—Acompáñalo a la puerta David y "dale" las gracias por su información, aunque no sé para qué diablos me sirve.

David sacó un billete de los grandes de su cartera y se lo entregó al portero que con una gran sonrisa se dirigió a la puerta presuroso pero antes de salir se volvió de nuevo hacia el actor:

—Ahora que recuerdo Señor... No sé si puede ser importante pero al entrar una de ellas mencionó a la señorita Smith.

—Tiene razón. No veo qué importancia puede tener eso.

—Quizá se estaban refiriendo a la directora de la escuela de cine que está cerca del Soterby. Pudieron ser estudiantes o empleadas de ese lugar. ¡Quién sabe!

La puerta se cerró. David Hunter le miró con expresión de interrogación palpable.

Una vida contigo

—Y ahora... ¿qué?

Victoria permaneció inmóvil mirando fijamente hacia la puerta por donde había salido su amiga, después se encaminó de nuevo hacia el espejo y separó la bata que mantenía apretada contra su pecho desde que se la echó encima para ocultar su vergüenza. Con detenimiento observó una por una todas las marcas que aparecían en su cuerpo. Las imágenes que hicieron posible que estuvieran allí la golpearon en un amasijo de recuerdos dolorosos que había tratado de desterrar de su mente una y otra vez. Sintió, como si estuviera viviéndolo de nuevo, todo el infierno de la noche anterior. El cuerpo desnudo del hombre cubriendo el suyo. Sus brazos que la lastimaban sujetándola con fuerza, mientras ella trataba de hacerle comprender por qué no debía estar allí. Él no le hizo caso. Él siguió insistiendo pensando que todo era un juego. Ella sabía eso. Se lo demostraban su mirada traviesa, su sonrisa burlona que aparecían siempre que sus palabras lograban distraerlo de la desbordante atracción que ella parecía despertarle. También supo cuando se dio cuenta de que no le mentía. Recordaba la sorpresa que se reflejó en su rostro y el endurecimiento de su cuerpo al entender que la mujer que estaba sometiendo entre sus brazos le estaba diciendo la verdad pero ya no hubo remedio porque lo peor había pasado. Su actitud hacia ella cambió de inmediato. Ya no hubo más rudeza, ni apremiantes caricias. No la soltó, no dijo nada, pero sus manos dejaron de ser duras al aferrarse a su cuerpo. Sus brazos aflojaron la presión y la rodearon con suavidad y ternura y ella también dejó de luchar. Se abandonó a lo irremediable con sólo el deseo de que terminara pronto. Y terminó.

Él se quedó dormido con su cuerpo enredado al suyo. Tuvo miedo de despertarlo cuando se pudo salir de su abrazo pero estaba tan rendido que ni se dio cuenta. No recordaba cómo había logrado encontrar sus ropas dispersas por todo el cuarto. En cuanto estuvo medianamente vestida salió disparada del lugar y no atinó a pensar en nada hasta que se sintió segura en su propia habitación. Y fue allí cuando el mundo se le vino encima.

No podía entender lo que le había pasado. Ni siquiera le parecía real que le ocurriera a ella, precisamente a ella. Como esas personas que dicen haber vivido situaciones como si les pasaran a otros y no a ellos mismos, Victoria sentía que había atravesado la experiencia como un espectador externo. Parecía que se hubiera escapado de su cuerpo para observar desde otra dimensión lo que ocurría entre ella y aquel hombre.

Pasó la mano por el cuello lastimado y cerró los ojos con un escalofrío como si volviera a sentir los dientes de él hincándose en su piel encendidos por el deseo. Sería difícil pero arrancaría esos recuerdos de su mente. No podía vivir si seguía torturándose con ellos. Ya no existía nada que se pudiera hacer y era inútil lamentarse. Una pesadilla, una equivocación fatal que destrozó su manera soñadora de enfrentar la vida. Algo que había que dejar atrás y olvidar. Tenía que hacerlo.

Estudio del departamento de Max:
—No creo que pienses ni por un momento que eso vaya a funcionar.
—Si no tienes algo mejor que sugerir es lo que haré.
David, exasperado, miró a su amigo.
—¿Cómo quieres que se me ocurra algo mejor? No sé de qué se trata ni sé lo que te mueve en todo este asunto. Me tienes hace semanas de un lado para otro averiguando cosas sin sentido sobre personas de las que no tienes la menor idea. No me cuentas nada, no sé qué te ha pasado, lo que te propones hacer ni lo que quieres y ¿crees que puedo sugerir, imaginar o pensar algo sobre una cuestión que desconozco? Me pides demasiado.
—Es simple. En esa escuela hay una persona que quiero que trabaje para mí y que posiblemente no tenga interés en hacerlo. Quiero llegar a ella y que tenga que aceptar lo que le ofrezco sin poder rechazarlo. Tú sólo tienes que hacerlo posible.
—Bien... —demostrando una paciencia inexistente—, y ¿me dirás cómo se llama esa persona?
—No lo sé, te lo repito... y no es que no te lo quiera decir, simplemente, no lo sé.
—Pero sabes quién es, de otra manera no quisieras que trabajara para ti, o ¿será alguien que quieres escoger precisamente allí?

Una vida contigo

—No. Es una persona en particular pero no la conozco bien.

—Max, me sacas de mis casillas y yo estoy acostumbrado a tus rarezas pero nunca te habías aparecido con algo tan descabellado: No sabes cómo se llama, no la conoces bien y quieres que trabaje para ti. No tengo una descripción, un nombre ni una pista aceptable para dar con ella y quieres que la encuentre y la obligue a no rechazar tu proposición. ¿No te parece loco?

—Tú sólo tienes que lograr interesar a la directora en mi propuesta. Conseguir toda la información posible sobre las personas que puedan coincidir con esas "pocas" pistas que tienes y dejar mi nombre fuera hasta que lo decida. De lo demás puedo encargarme yo.

—Y no me vas a explicar nada más. ¿Seguro que no hay otra cosa que recuerdes y que pueda ayudar?

Max cerró con fuerza el puño sobre el objeto que apretaba en su mano.

—No y ya te he dicho suficiente.

—¿Qué pasó Max? ¿En qué te has metido que ni a mí me quieres contar? —preguntó con interés.

—No es nada, David. Nada por lo que tengas que preocuparte, de verdad, amigo.

—Pero me preocupo. No haces más que darle vueltas a este maldito asunto.

—Es una deuda que quedó pendiente y sabes que nunca dejo mis deudas sin saldar.

David salió rezongando un "Veré que puedo hacer" y Max quedó solo recostado en la silla detrás del escritorio. Abrió su mano y observó con detenimiento la medalla que apretaba entre sus dedos. Era una pieza de plata bruñida en forma de corazón, dos inscripciones aparecían en ella. En una cara: Dreamer, al dorso: Forever.

—Soñadora por siempre —murmuró por lo bajo.

Entrecerró los ojos y una imagen nítida del pecho desnudo donde la medalla debió reposar se agitó en su mente. Era seguro que la muchacha debió notar su ausencia antes de que él tuviera la más mínima idea de que había quedado olvidada en la cama, desprendida de su cuello indudablemente durante los desafueros que marcaron el encuentro, ya que no fue hasta unos días después del incidente que

Rose, la empleada de servicio, entró en el despacho donde él revisaba unos papeles para informarle:

—Encontré una medalla entre la ropa sucia del cesto del baño, señor Brennan, y la dejé encima de la cómoda.

No prestó mucha atención al comentario en ese momento inmerso en los asuntos que le ocupaban pero unas horas después, cuando se disponía a salir, el objeto llamó su atención cuando se anudaba la corbata ante el espejo. No tuvo duda alguna de a quién pertenecía pues con nadie más había compartido su cuarto desde aquella noche.

—Soñadora por siempre- Volvió a repetir, como si las palabras grabadas pudieran acercarlo a conocer algo más de la chica. Este podía ser un objeto importante para ella, algún recuerdo o amuleto que atesoraba y lo estuviera echando en falta. Una absurda satisfacción lo sorprendió al pensar que fuera así ya que significaría que de algún modo también tendría que estar pensando en él. ¡Qué tontería! ¿Por qué había de interesarle que ella pensara en él?

David tenía razón; le estaba dando muchas vueltas al asunto.

Oficina de la señorita Smith:
—Permiso.

David se acercó al escritorio donde una pequeña y delgada mujer de mediana edad le miraba sosteniendo su tarjeta en la mano.

—Siéntese por favor, Señor...Hunter ¿no?

—El mismo, para servirla en lo que sea menester, señorita Smith.

—Según me han dicho, parece que es usted el que necesita de mis servicios. Le escucho.

—Seré breve porque no quiero abusar de su tiempo. Ante todo déjeme decirle que represento a uno de los colaboradores más cercanos del señor Oliver Klein.

Los ojos que lo escudriñaban se llenaron de interés

—El caso es que mi amigo, cuyo nombre prefiero reservarme, se lanza como director próximamente y está buscando personal nuevo para su staff. Quiere gente joven, fresca, que no esté viciada por el medio y como me han dado excelentes referencias acerca de este centro de estudios, quisiera saber si usted considera que alguna de sus alumnas o empleadas puede estar interesada en una oferta de trabajo de este tipo.

Una vida contigo

—Supongo que tiene usted las referencias necesarias que avalen esa propuesta. Disculpe si soy tan directa pero no puedo exponer esta escuela ni a mi personal a intereses ajenos a los de esta institución.

—Por supuesto y no tiene por qué disculparse, al contrario, sus prevenciones sólo me convencen que he venido al lugar correcto. Estas son mis credenciales (extendiendo un sobre) y puede verificarlas donde estime conveniente.

—Siendo así, en principio, estaríamos complacidos en valorar una oferta de este tipo, sólo me extraña que no quiera decirme el nombre de la persona más interesada.

—Lo sabrá antes de que tenga que tomar una decisión al respecto, puede contar con eso. Por ahora, él no quiere ningún tipo de publicidad y espero que lo comprenda conociendo como se manejan los comentarios en nuestro medio.

—Sí... entiendo.

—No tiene que preocuparse, le daré tiempo para que verifique lo que le parezca pertinente. Ya tiene donde localizarme y estaré esperando su llamada. Necesitaremos mucho de usted si todo sale como espero ya que sus recomendaciones serán muy valiosas tanto para mí como para el interesado.

La señorita Smith se sintió halagada: —Le aseguro que le llamaré pronto señor Hunter. Si todo es como me dice, no habrá inconveniente alguno para que esta escuela colabore con ustedes en todos los sentidos.

En el despacho de Oliver Klein en los estudios de producción, el director dirigió una mirada inquisitiva a Max mientras lo observaba sentado detrás de su escritorio.

—¿Estás seguro?

—Lo estoy y no sé por qué te sorprendes. Siempre he tenido la intención de dirigir.

—Es cierto y también has tenido estupendos proyectos entre las manos pero a última hora te arrepientes.

—Esta vez no lo haré.

—Es lo que me extraña. Un filme como ese no lo amerita.

—Perdona, pero no soy de tu misma opinión.

Oliver se levantó de su silla impaciente, recostándose en el escritorio delante de Max que permanecía sentado:

—Vamos Max, ¿por qué no dices lo que es evidente? ¿Cuánto tiene que ver Sonja en esto?
—¿Sonja? ¿Qué tiene que ver Sonja?
—Apuesto a que ella es quién te ha metido la idea en la cabeza.
—Pues te equivocas completamente.
—Está bien. Si quieres negarlo, no insistiré, pero ya sabes lo que pienso.
—Dejemos eso. Lo que me interesa saber es si le entrarás conmigo.
—Max, sabes cuánto te aprecio, y cuanto disfruto trabajar contigo, además me siento en deuda ya que me has apoyado siempre, aun en las ideas que no resultaron como pensamos en un principio...
—¿Y...entonces?
—Por eso mismo y aunque te parezca contradictorio tengo que decirte que no. Y aunque no me quieras oír insisto: Es tu opera prima. Todos los ojos estarán puestos sobre ti y lo que resulte de esta película pesará en tu carrera por largo rato si no es que por siempre. Sé que te lo sabes de memoria y también sé, aunque no lo admitas, como ha influenciado en ti para que no te hayas metido en esto antes. Por eso no entiendo cómo te lanzas ahora con un tema que no tiene nada que ver contigo y que está destinado al fracaso con probabilidad.
—En nuestro negocio no se puede estar seguro nunca de nada. Tú debías saberlo mejor que nadie. Determinar el éxito o el fracaso no está en nuestras manos.
—Pero al menos está hacer lo que nos gusta.
—Y... ¿Por qué piensas que este no es el caso?
—Porque te conozco más de lo que crees.

Max sale de la oficina de Oliver y David que está esperándolo comienza a caminar a su lado. Entran al camerino de Max en los estudios.
—¿Qué te dijo?
—No le va a entrar.
—Lo sabía y te advertí.
—En realidad no importa. Me gusta trabajar con Oliver. Lo hacemos bien juntos pero si no está interesado no me voy a disgustar por ello. Puedo hacerlo solo.

—¡¿Solo?!
—Solo sí. ¿Acaso crees que no puedo? Tengo el dinero y es lo que importa.
—Es mucho dinero Max.
—El dinero se ha hecho para gastarlo, eso es lo que me repites tan a menudo.
—Cuando se gasta por placer o hay posibilidades de recuperarlo, sí, pero no veo nada de eso en este asunto.
—Voy a demostrarles a todos que se equivocan.
—Lo haces por Sonja, ¿no?
—Oliver preguntó lo mismo.
—Y seguramente se lo negaste.
—Me interesa bastante esa mujer, no me importa darle el gusto y hacer esto por ella.
—Es un gusto que te puede resultar muy caro y no sólo en lo que al dinero se refiere.
—Debías tenerme un poco más de confianza.
—Y te la tengo aunque en los últimos tiempos me tienes desconcertado.
—No te entiendo.
—Has cambiado mucho. Cuando te casaste con Elizabeth tu vida parecía haber tomado un rumbo. Te dedicaste a tu casa y a ella, después vinieron los chicos y parecías el prototipo del hombre feliz y realizado, pero ya no es así.
—No veo el punto a dónde quieres llegar.
—Es que no me gusta interferir en esa parte de tu vida pero me parece que tu matrimonio va de mal en peor.
—Tampoco sé de dónde sacas eso. Elizabeth y yo estamos perfectamente.
—Y entonces ¿qué pasa con Sonja?
—Tú sabes lo que pasa con Sonja, ¿a qué viene la pregunta?
—Quisiera saber qué harías si Elizabeth se entera.
—No tiene por qué enterarse.
—Si no se entera es porque está ciega y sorda o se hace la ciega y la sorda. Tú no te estás cuidando en lo más mínimo.
—Te equivocas y no tengo ni tendré problema alguno con Elizabeth en lo que a Sonja se refiere. Ella me conoce lo suficiente para saber que nada de eso afecta nuestra relación.

—Pero es lógico que se sienta ofendida con algo así. Además no es sólo Sonja, antes fueron Lucy y Nicole.

—Me llevas muy bien la cuenta, pero asimismo deberías saber que nada ha trascendido.

—Creo que lo de Sonja ha trascendido... y mucho, según la opinión de todos.

—Sonja y yo tenemos una química especial. Pasamos muy buenos ratos juntos.

—Pero tampoco te llena.

—A estas alturas de la vida considero imposible encontrar una sola persona que te llene por completo.

—Y como dice el dicho "mientras esperas que llegue la correcta te conformas con la que encuentras".

—No estoy esperando ni buscando nada, David. Estoy satisfecho con lo que tengo: Quiero a mi esposa y la paso bien con Sonja, que por demás no me da problemas.

—Por ahora... y... ¿Qué me dices de la mesera?

—¿Qué tiene que ver la mesera?

—Llevas semanas buscándola como un loco y me arrastras a mí contigo.

—Tengo mis razones.

—Razones que desconozco porque no me acabas de decir de qué va la cuestión.

—Eso no te importa y no es la primera vez que te lo digo pero por lo que pueda servir es mejor que sepas que mis motivos no van por esos rumbos.

—Conozco tus "motivos" cuando de mujeres se trata.

—Pues te equivocas en este caso. Aquí no me mueve nada sentimental. Si lo que te preocupa es que sea un nuevo lío de faldas, puedes dejar de hacerlo. No hay nada de eso.

David dudando.

—Quisiera creerlo.

—En vez de estar especulando tanto, debías de ocuparte de conseguir lo que te he pedido.

—Me ocupo más de lo debido pero no ha sido fácil. De cualquier manera voy avanzando y hoy mismo me entrevisté con la distinguida señorita Smith.

Una vida contigo

—¿Algún problema?
—No, todo marchó bien y aunque al principio se mostró un poco recelosa, creo que al final logré dejarle una buena impresión y cuando verifique mis credenciales estará más que dispuesta a colaborar con nosotros. Ciertamente una oportunidad como la que estás brindando a su escuela no se encuentra a la vuelta de la esquina.
—Espero que todo salga como hemos planeado. Me voy a Sidney el domingo y estaré lejos un buen rato. Cuando regrese no quiero excusas, quiero resultados.
—Cuando regreses tendrás a la supuesta mesera servida en bandeja de plata, quizá hasta me enrede con ella. Si a ti te impresionó tanto espero que sea muy especial y como "no te mueve hacia ella ningún interés sentimental", supongo que tengo el camino libre.
Furibundo.
—Si la encuentras, cuídate de no ponerle un dedo encima.
—Acabas de decir que...
—Te lo digo en serio, David, y no estoy jugando.
Salió dando un portazo mientras su amigo sonreía de oreja a oreja.
(Hablando consigo mismo)
—¿A quién quieres engañar, amigo?, y sobre todo ¿Por qué?

—¿Qué estrella se irá a caer, que el Rey lo debe saber?
Victoria se acercó al grupo de amigas que esperaban su llegada para darle las últimas noticias.
—¿Ya te enteraste?
—No me he enterado de nada. No hice más que entrar y el conserje me dijo que me estaban esperando con carácter urgente en el jardín.
—Quieren contratar a una de nosotras en un famoso estudio de producción.
—¿Nos quieren contratar? —dijo sorprendida.
—Bueno, es lo que sabemos por ahora. Magda, la profe de artes escénicas, lo estaba comentando con la secretaria de la directora y Maggie lo escuchó. Parece que la señorita Smith está verificando algunos pormenores para informarnos del asunto.
Victoria alzó los brazos al cielo en un gesto de agradecimiento.

—Al fin una buena noticia. ¿Y no pudieron averiguar nada más?

—Vino uno del estudio en cuestión y se entrevistó con la señorita Smith. Parece que están buscando personal para formar equipo con un nuevo director y le dieron muy buenas referencias de esta institución. Sofie alcanzó a verlo de pasada cuando salía de la oficina de la directora.

—Sí, yo lo vi. Era un tipo muy guapo y estoy dispuesta aceptar cualquier tipo de trabajo que me ofrezcan si así puedo conseguir estar cerca de él.

—Sofie, Sofie... —Victoria miró a su amiga sonriendo— ¿Qué importa que el tipo sea guapo o un esperpento? ¿Sabes lo que significa que un estudio importante contrate a una de nosotras? De inmediato todas las demás tendríamos mayores oportunidades y ni que decir del prestigio y la promoción que recibiría la escuela. Todo el esfuerzo de la señorita Smith se vería compensado. Muchas de nosotras no seríamos nada si ella no nos hubiera dado una oportunidad.

—Tienes razón, pero si se pueden juntar lo bueno y lo mejor ¿Qué de malo hay en ello?

—No tienes remedio, amiga. No sé por qué pierdo mi tiempo contigo.

—Puede que tú seas la que más oportunidades tengas, Victoria, tu expediente es magnífico y eres la favorita de la señorita Smith. —Marilyn le dirigió una mirada un tanto celosa.

—Yo tendré las mismas oportunidades que cualquiera, tengo un buen expediente, es cierto, pero la mayoría de ustedes también y en cuanto a la señorita Smith, puede quererme pero es una persona muy justa y no se parcializará a favor de nadie. Sé que estará feliz con que la escogida sea cualquiera de sus alumnas.

Mientras hablaba, se llevó instintivamente la mano al cuello como buscando un objeto que ya no estaba allí.

—¿Todavía la extrañas, verdad? —Maggie señaló el cuello de Vicky.

—Extrañar ¿qué?

—Tu medalla. Debe haberte dolido perderla. Desde que te conozco siempre la llevaste puesta.

—La tenía desde que era una adolescente, siempre pensé que me traía buena suerte.

—No sé por qué no trataste de buscarla. Todas te hubiéramos ayudado. ¿No recuerdas aquella vez que no la encontrabas y viramos la escuela patas arriba?

—Es muy difícil encontrar una medalla en la estación del metro.

Sofie se había dirigido a Maggie pero miraba fijamente a Victoria que a su vez volvió su rostro hacia ella.

—Porque allí debiste perderla, Vicky ¿no? Esa noche... cuando te caíste en las escaleras.

Victoria no respondió. Las palabras de Sofie cuando se refería al tema siempre le parecían retadoras y no quería discutir sobre el asunto con su mejor amiga.

—Yo creo que debiste comprarte otra —dijo Marilyn—. No puedes evitar tocar la cadena a cada rato, es un gesto que repetías a menudo cuando tenías la medalla, recuerdo que siempre la estabas manoseando.

—No quiero comprar otra. Esa era especial.

—Quizá saber que la perdiste te recuerda que ya no eres la misma.

Victoria volvió a mirar a Sofie, que no le quitaba los ojos de encima.

—Espero que estos productores estén buscando una actriz Sofie porque de seguro conseguirás trabajo. Últimamente tienes lo melodramático subido.

Se puso de pie y alborotando el cabello de su amiga al pasar se alejó del grupo mientras le decía bajito:

—Controla tu imaginación, la mayoría de las veces te lleva por caminos equivocados.

Maggie se sentó junto a Sofie mientras las demás seguían hablando del motivo principal que allí las había reunido.

—¿Qué le pasa? Está un poco extraña.

—No lo sé, Maggie, pero me preocupa más de lo que puedes imaginar.

Restaurant de lujo. Sonja y Max en una mesa apartada. Sonja se inclinaba de forma insinuante hacia el actor que, un poco indiferente, tomaba un café sentado a su lado.

—Me parece increíble que ya te vayas mañana —dijo ella acariciando la mejilla de Max, que volvió la mirada hacia todos lados preocupado, mientras retiraba la mano de la modelo de su rostro.

—Sonja, por favor. Debes cuidar esas expresiones en público.

—Y ahora ¿qué hice de malo?

—Tenemos miles de ojos encima, puedes guardar tus manifestaciones de cariño para cuando estemos solos.

—Antes no te importaba.

—Me ha importado antes, me importa ahora y me importará siempre y tú sabes por qué, y además me parece de mal gusto.

—Porque no estás enamorado. Cuando uno está enamorado todo lo demás pierde importancia, hasta la gente que nos rodea.

—No se trata de eso. Simplemente hay placeres que prefiero guardarme para mí solo en vez de andar compartiéndolos con todos —sus palabras fueron una velada disculpa al reproche implícito de la modelo.

Sonja le devolvió una sonrisa complaciente pero no dejó de insistir en sus reproches.

—Digas lo que digas, siento que has cambiado conmigo y que no me quieres igual. Ya ves, te vas mañana y en los últimos días no te has dado un tiempo para que estemos juntos.

Max le devolvió una sonrisa y acarició la mano que tamborileaba en la mesa. Sonja le gustaba mucho y aunque le exasperaba aquella pose de niñita ofendida que adoptaba, sabía que ella tenía razón. Últimamente la había descuidado.

—Te compensaré al regreso.

—Y ¿cuándo regresarás? Cuando terminas una filmación te pierdes y no se sabe nunca cuando volverás a aparecer.

—Puede que para los demás sea así pero para ti suelo aparecer bastante rápido ¿no te parece?

—Es verdad —aceptó muy complacida.

—Entonces, deja esa cara de perrito apaleado. No demoraré esta vez. Debo empezar con tu bendito proyecto, o ¿ya lo olvidaste?

Una vida contigo

—Entonces... —entusiasmada—. ¿Es cierto? ¿Lo harás?

El actor asintió con una sonrisa

—Y ¿no te echarás para atrás, Max? Sabes lo importante que es para mí, cariño. Lo sabes ¿verdad?

—Lo sé y no me echaré para atrás. Ahora puedes decir que no te quiero.

—Cariño... ¿Cómo puedo decírtelo ahora? Pero es mejor que salgamos de inmediato de este lugar porque si no, me echaré encima de ti, te guste o no.

La mirada de Sonja era más que elocuente y el deseo que sus ojos expresaban comenzó a recorrer también el cuerpo del actor.

—Sí, será mejor que salgamos de aquí.

David Hunter caminaba presuroso para llegar a la escuela de cine. Se había retrasado un poco y suponía que la señorita Smith debía ser muy puntual. La secretaria de la institución lo había llamado la mañana anterior para anunciarle que la Directora estaba dispuesta a recibirlo ese día en la tarde si él no tenía inconveniente y por supuesto que él no lo tenía, estaba esperando esa llamada con gran interés. Tan distraído y rápido avanzaba que no divisó a las chicas que salían por la misma puerta por la que él intentaba entrar hasta que tropezó con ellas.

—Perdonen, es mi culpa— murmuró mientras ayudaba a recoger el montón de libros que rodaron dispersos a sus pies.

—Usted... es el señor Hunter. ¿Cierto?

La muchacha que le hablaba no se molestó en recoger los objetos del piso. Por el contrario, se mantenía inmóvil mirándolo embelesada. David se levantó, depositando unos libros en sus manos.

—Sí, ese es mi nombre y vuelvo a insistir en mis disculpas, venía demasiado rápido y no las vi hasta que tropezamos.

La otra muchacha que permanecía inclinada en el suelo también se incorporó.

—No tiene importancia, nosotras también veníamos entretenidas

—Son ustedes muy amables, le respondió sin apartar los ojos de la carita sonriente que no dejaba de observarlo.

—Mi nombre es Sofie y ella es mi amiga Victoria. Somos alumnas de esta escuela. Ella estudia dirección y yo fotografía. Si algún día necesita un buen ojo detrás de una cámara, ya sabe donde puede encontrarme.

—Sofie —Victoria estaba escandalizada de la ligereza de su amiga.

David sonrió, depositando un beso en la manita de la muchacha.

—Puedes estar segura que lo tendré en cuenta. Es una lástima que ahora esté tan apurado pues me encantaría invitarlas a tomar un café.

—Pero habrá tiempo otro día y... por lo que se pueda ofrecer te dejo mi teléfono.

Victoria se apartó mientras su amiga buscaba un papelito en la cartera que le colgaba del hombro para escribir en él un número y entregárselo al hombre, que volvió a despedirse de las dos antes de entrar a la oficina de la señorita Smith.

—No sé cómo eres capaz de comportarte así. Poco faltó para que te le colgaras al cuello.

—Vicky, no soy tan comedida como tú. Siempre he practicado lo que Dios nos indica: "Ayúdate, que yo te ayudaré".

Victoria no pudo dejar de sonreír.

—Sí... y te lo tomas muy a pecho.

—Así es. Como verás ya yo hice mi parte. Lo demás queda en manos de nuestro Señor —señaló al cielo.

Se colgó del brazo de su amiga y encaminaron sus pasos a los salones de clase de la escuela.

Max no veía la hora de llegar a casa para ver a sus hijos. El taxi avanzaba lento y se arrepintió de no haber pedido que hubieran ido por él al aeropuerto.

Al fin, el coche traspasó las verjas de su casa y antes de que se bajara ya Nicky y Tony corrían hacia él. Los abrazó con fuerza apretándolos contra el pecho. Casi seis meses sin verlos. Si algo le disgustaba de la vida de actor, que amaba tanto, era el no poder estar más tiempo al lado de los niños. Los miraba como si quisiera llenar con sus caritas todos los meses perdidos. Los chicos parloteaban de temas diferentes a su alrededor mientras subían los escalones que los separaban de la entrada de la lujosa mansión.

—Y... ¿dónde está mamá?

—Está allí en la terraza.

Una vida contigo

Alzó la vista y divisó a Elizabeth que, recostada en una tumbona, le saludaba con la mano y una sonrisa en los labios, mientras seguía hablando por teléfono. Cargó a Tony y con una mano en el hombro de Nicky se encaminaron hacia la terraza.

—Cariño... pensé que ese taxi no llegaba nunca. Debiste dejar que enviara a nuestro chofer al aeropuerto por ti.

Su rubia esposa se puso de pie y avanzó hacia él dándole un beso en la mejilla.

—Sí, yo también pensé lo mismo mientras venía en camino.

—No salí a recibirte porque me estaban hablando de la galería y no podía colgar.

—No tiene importancia. ¿Cómo han estado?

—Muy bien. Yo ando enredada en esa nueva exposición que está dando un poco de trabajo y los niños...no tienes más que mirarlos.

—Han crecido. No pensé que podía resistir tanto tiempo sin verlos. Esperé que fueran a visitarme aunque hubiera sido una sola vez.

—Lo siento querido, pero se hizo imposible, sobre todo ahora que ya tienen escuela.

—Sí... comprendo. Voy a darme un baño y cambiarme esta ropa, ha sido un viaje largo y agotador.

—Todo está dispuesto. Disculpa si no te acompaño ahora pero tengo que hacer unas llamadas urgentes. Nos vemos en la mesa, supongo que también vienes muerto de hambre.

—Así es.

—¿Podemos ir contigo, papá?

—Claro que sí, de esa manera me pondrán al día de todas las travesuras que han hecho en mi ausencia.

David, observó cómo las dos muchachas se alejaban por el pasillo mientras esperaba en la antesala de la oficina de la señorita Smith. Estaba encantado con aquel diablillo de ojos verdes. Aprovecharía la oportunidad que se le presentaba y además disfrutaría haciéndolo. Presumía que la chica podía ser una fuente de información formidable. Por otra parte, no había dejado de reparar en la amiga que la acompañaba: rubia, menuda, ojos oscuros y de proporciones armoniosas que se notaban a pesar de la holgada ropa que la cubría.

Estudiaba allí, Sofie, lo había dicho y aunque había quedado embobado con la simpática trigueña, observó que la rubia era muy bonita. Lo suficientemente bonita para llamar la atención de su amigo. ¿Podía ser ella la mesera fantasma? Sofie quedaba descartada y eso le agradaba: su cabello negro azabache y sus ojos verdes no coincidían con la descripción que le habían dado. Le parecía increíble que pudiera tener tanta suerte, era la primera vez que tropezaba con personas vinculadas a la escuela y una de ellas se ajustaba a la persona que estaba buscando. Si fuera así, no dejaría pasar la ocasión sin sacarle provecho. Sonrió complacido.

—Ya puede pasar, señor Hunter. La señorita Smith lo está esperando.

—Vicky, Vicky...

Maggie entró corriendo en el aula donde Victoria se había quedado sola revisando unos apuntes. La chica agitaba una revista en la mano.

—Hace tiempo que ni lo mencionas pero creo que te interesará saber de él.

—¿De quién?

—Del hombre de tus sueños, del amor de tu vida, de tu actor predilecto.

Victoria se puso rígida como si un jarro de agua helada le cayera encima. No pronunció palabra alguna pero Maggie siguió parloteando a su alrededor sin reparar en ello.

—Te la traje porque va y quieres recortar la página como otras veces. Su foto aparece en primera plana. Te encantará. Está guapísimo, aunque es cierto que tiene unas libritas de más. ¿No has visto esta revista, verdad? Claro que no, lo habrías comentado.

La chica extendía el ejemplar ante sus ojos. No pudo hacer otra cosa que tomarlo

—Maggie...

La secretaria de la señorita Smith apareció en el dintel de la puerta del aula.

—La directora te pide que le digas a las alumnas de último año que las espera en su oficina. Te ruego que lo hagas pronto, es importante.

Una vida contigo

—Victoria...

Se dirigió a la muchacha que permanecía sentada con la publicación en la mano, absorta en sus pensamientos.

—Por supuesto que te espera a ti también.

—Voy ahora mismo, señorita Georgina y... gracias.

—Bueno amiga... después hablamos y me cuentas que te parece la noticia. Ahora tengo que moverme rauda y veloz.

Maggie salió hecha una flecha detrás de la señorita Georgina mientras Victoria leía la nota impresa:

"Max Brennan regresa a Sidney para reunirse con sus hijos y esposa. El reconocido actor, premiado por la Academia y nominado varias veces, manifestó estar muy satisfecho por su último trabajo al lado del también afamado director Oliver Klein: 'Es un gran filme y espero que sea bien recibido por el público y la crítica' manifestó a este medio de comunicación. El neozelandés encomió el trabajo del señor Klein, de los otros actores que lo acompañaron en el reparto y del equipo en general. 'Es un honor y un placer colaborar con Oliver, porque no sólo es brillante en todo lo que hace si no que se rodea de gente inteligente y muy profesional con los cuales da gusto trabajar' fueron sus exactas palabras. A nuestra pregunta sobre nuevos proyectos y a cuando podíamos esperar tenerlo de vuelta, Brennan respondió: 'Siempre tengo varios proyectos en mente. Unos salen adelante y otros no, pero ahora sólo quiero regresar a casa y disfrutar a mis hijos. Ha sido un largo tiempo sin ellos. No sé cuando estaré de vuelta ni tengo idea de lo que haré después pero es posible que, como de costumbre, ustedes se enteren primero que yo', nos dijo sonriendo mientras pasaba a la sala privada del aeropuerto de Los Ángeles, de donde sale el vuelo que lo lleva de vuelta a su país".

—Se fue... —un suspiro de alivio le salió del pecho—. Ojalá y no regrese nunca más.

Max salió del cuarto de baño cubierto con una amplia toalla enredada a la cintura y al pasar por la ventana contempló a su mujer que seguía en la terraza hablando por teléfono. Así era Elizabeth y no cambiaría nunca. Le costó trabajo comprenderlo, pero ya no pretendía que eso pudiera variar. No parecía que hubieran estado tanto tiempo sin verse, al contrario, cualquiera que los observara pensaría que no se habían separado un solo día en todos estos largos meses. Ella se tomaba todo con extremada calma. Nunca parecía exaltada o agitada por algo. Cuando se hicieron novios por primera vez, esa desinteresada manera de tomarse las cosas y su languidez apacible al hacer el amor, acicatearon el deseo de conquistarla. Pero después esos mismos rasgos de carácter fueron apagando el entusiasmo que sintió por la laureada pintora, en aquel entonces más famosa y conocida que él, un actor joven que empezaba a dar los primeros pasos en su carrera. La quiso mucho y ella le correspondía, pero sus formas de sentir y de comportarse eran tan diferentes que dieron al traste con una relación que, a pesar de todo, duró aproximadamente cinco años. Muchas veces se preguntó por qué había vuelto con ella y otras tantas se dijo que todo podía haber sido distinto si el desafortunado y escandaloso romance que vivió con Kate, no lo impulsara a refugiarse de nuevo en el cariño constante y seguro que le ofrecía su antigua novia. Quizá nunca debió conformarse con aquel apagado amor, pero su corazón lastimado por el fracaso vivido lo llevó directamente a los brazos de Elizabeth. Su ilusión era formar una familia y que esa unión fuera plena y duradera, tal como era la de sus padres, y creyó que en la chica encontraría la paz y el sosiego que tanto necesitaba en esos momentos. No lo analizó demasiado y se casó con ella. Al principio estaba convencido de que su dedicación y su fuego encenderían la misma llama en su joven esposa pero se equivocó. La llegada de los niños renovó su esperanza. Pensó que su presencia bastaría para que su vida resultara completa, pero el tiempo demostró que no sería así. Le consolaba saber que había tratado de hacer hasta lo imposible para que su matrimonio funcionara y que de alguna manera lo había conseguido aunque funcionara ajustado al carácter de Elizabeth y no al suyo. Hizo su mejor esfuerzo y todavía lo hacía, pero ya era evidente que la felicidad con la que un día soñó, no llegaría. La vida junto a su esposa no lo llenaba. David tenía razón al haberlo mencionado y él tampoco le había mentido cuando le dijo que ya no esperaba ni buscaba nada. Estaba dispuesto a continuar con la carga que había puesto sobre sus hombros. Elizabeth era una buena mujer, una excelente madre y una compañera de cama que lo complacía aunque no lo dejara satisfecho. Un cuadro en sepia. Hermoso para contemplar pero pálido y frio, sin colores brillantes que pudieran

Una vida contigo

dar sabor a la vida que él necesitaba y no pudo remediarlo: todo empezó a cambiar. Si hubiera podido comportarse de manera distinta lo habría hecho y, por supuesto, lo intentó pero no tenía madera de santo y llevaba ya mucho tiempo buscando fuera de su casa lo que en esta le faltaba, más tiempo del que sospechaba el propio David .El amigo también tenía razón en advertirle que últimamente se había vuelto descuidado y eso era algo que no se podía permitir. No quería lastimar a la madre de sus hijos aunque no pudiera evitar serle infiel. Ya ni siquiera sentía interés por compartir su vida sexual. Su deseo por Elizabeth se había enfriado y cualquier otra lo incitaba más para irse a la cama que la que debía hacerlo con todo derecho. Por eso cayó fácilmente en los brazos de Sonja, tan sensual y provocativa, siempre bien dispuesta para su placer y su goce. Hasta la mesera virgen y renuente que conoció aquella noche logró tentarlo más que su propia mujer. De nuevo la imagen de la muchachita rebelde forcejeando en sus brazos lo estremeció violentamente ¿Por qué seguía pensando en ella? ¿Por qué su recuerdo le ardía en el cuerpo con tanta intensidad?

—Querido...

Elizabeth entró a la habitación y se abrazó a su espalda.

—¿Creías que me había olvidado de recibirte como mereces?

Se volvió hacia ella y la enredó en sus brazos, pero el brillo de unos ojos pardos que se debatían entre el miedo y la fiebre de la pasión lo perseguían mientras besaba a su esposa.

David y Sofie en la mesa de una cafetería del centro, conversaban animadamente:

—Entonces tu nombre es Sofie, supongo que Sophia

—Así es y tú eres David

—¿Sabes? No sé por qué tu cara me parece conocida

—No, no nos hemos conocido, recordaría algo así

—Por supuesto, yo también... pero creo haberte visto en algún lugar.

—Eso es posible.

—No recuerdo bien pero ¿no estabas en el club Soterby la otra noche?

La muchacha se quedó sorprendida.

—En ese lugar sólo estuve una vez.

David no podía creer en su buena suerte.

—Yo también sólo estuve una vez, por lo que si fue allí donde te vi, debió ser el mismo día.

—Pero... sería extraño que me recordaras. Esa noche estaba un poco distinta.

—¿Distinta? ¿En qué sentido?

—Estaba más maquillada que de costumbre. Diría que excesivamente maquillada.

—Entonces no me equivoco. Eras tú, si algo me hacía dudar es que el rostro que recuerdo parecía un poco más... exuberante, por decirlo de algún modo.

—¿Mejor que el que estás mirando ahora?

—Pocos rostros encontraré mejor que el que estoy mirando ahora —dijo Zalamero.

La muchacha sonreía complacida y a él le seguía pareciendo encantadora.

—Debiste fijarte mucho. Yo diría que esa noche no era fácil reconocerme.

—Recuerda que trabajo en cine, soy un buen fisonomista y estoy acostumbrado a ver detrás de un maquillaje.

—Es cierto. De cualquier manera es agradable que puedas recordarme si me viste en una sola ocasión.

—Creo que te recordaría aunque te hubiera visto un solo segundo.

Sofie, no cabía en sí de tanto halago.

—Y ¿con quién estabas allí, con un amigo o con tu novio?

—No tengo novio —se apresuró a decir.

—Entonces era un amigo. ¿Te molesta si digo que lo envidio?

—No tienes por qué envidiar nada. No estaba allí acompañada por ningún hombre.

—¿En ese club? Suponía que no dejaban entrar mujeres solas.

—A veces uno puede arreglárselas... —dijo sugerente.

—Suena interesante... ¿por qué no me cuentas?

—Verás...

— 44

Una vida contigo

Max sonreía mientras Nicky y Tony corrían tras el perro por el patio que rodeaba el enorme portal, antes de la entrada de su casa en el campo. Permaneció en Sidney sólo por unos días. Apreciaba la acogedora ciudad pero su hogar estaba aquí en Koala's rock, su hacienda. Disfrutaba estar allí como en ninguna otra parte del mundo. Elizabeth no pudo venir, inmersa en los trajines del montaje de su exposición, pero los niños estaban con él y era suficiente. Se la estaban pasando muy bien, visitaban a sus padres a menudo, que vivían cerca, se iban de pesca o a ver el entrenamiento de los potros más jóvenes. Cada día se levantaban sin un plan determinado y las prioridades se iban acomodando al gusto de los chicos o al suyo propio. Hacían lo que querían y estaban lejos de todo lo que pudiera significar preocupaciones.

Su mirada se perdió en el paisaje espectacular que tenía ante sí. Pocas cosas le complacían tanto como estar en el lugar, cuidar de sus caballos y las demás labores de la hacienda. En este sitio bendito donde todo era agradable de hacer y de pensar no había situaciones incómodas que le estorbaran y parecía que nada pudiera perturbar la paz que se le ofrecía. La mayor molestia era, ocasionalmente, poner trampas para que los dingos se mantuvieran alejados de su casa y hasta eso resultaba divertido. Lejos de la fama, los aplausos y las poses falsas, de la prensa inventando absurdas tonterías y las distracciones superficiales que le enredaban la existencia, se sentía libre. Sólo allí podía ser él, solamente él.

—Un día me quedaré aquí y no saldré nunca más —murmuró.

Era una lástima pensar que ese día estuviera tan lejos.

Sofie seguía contando su historia:

—Y entonces fue que Victoria decidió irse y no quiero decir que nos arruinara la noche, pero un poco más tarde decidimos irnos nosotras también.

—Tú amiga parece tomarse las cosas muy en serio

—Es muy divertida la mayor parte del tiempo, muy juiciosa, y sí... —sonriendo—, a veces exagera.

—Y ella ¿no la pasó bien en el Soterby?

—Para nada y en eso no la culpo. El rato que estuvo allí no fue agradable.

—Pero para ustedes sí. ¿Qué fue diferente en su caso?

La muchacha se acercó procurando que nadie más la oyera.

—No pudo sacarse el uniforme y la estuvieron confundiendo con una mesera de verdad. Me mataría si sabe que he repetido la historia, mucho más si descubre que sigo considerándolo gracioso.

David había averiguado lo suficiente y no quería que Sofie desconfiara de su interés por lo que le había revelado.

—Pues no se hable ya del asunto y cuéntame más de ti, presiento que me resultará mucho más interesante —y recalcó el "mucho".

La escuela era un hervidero. El misterioso director estaba en la oficina de la señoritita Smith. Tantas semanas de larga espera habían llegado a su fin.

Las alumnas de último año estaban reunidas en el salón de ceremonias esperando que la señorita Georgina anunciara quiénes serían las escogidas para la entrevista. Durante las semanas anteriores, David Hunter y la Señorita Smith se dedicaron a repasar los expedientes para seleccionar los mejores. Las alumnas sabían que se habían expuesto requisitos específicos pero los desconocían. Los expedientes ya estaban clasificados pero no se filtró nada respecto a esa clasificación y todas estaban en ascuas. Era mejor así según la opinión de la Directora, que unos días antes les había dicho:

—Tengan en cuenta que la última palabra es de la persona que las contratará y no quiero que se hagan falsas expectativas en un sentido ni en otro.

Victoria estaba tan nerviosa como la mayoría, aunque trataba de disimularlo tras una sonrisa jovial pero en sus adentros rezaba para que ella fuera la escogida, o una de las escogidas en el caso de que hubiera varias, aunque ya Sofie le había adelantado, por sus conversaciones con David, que sólo sería una. Era una gran oportunidad para ella. No tenía recursos para seguir pagando estudios en otra institución si necesitara perfeccionar sus conocimientos y sabía lo difícil que resultaría encontrar una oportunidad como aquella en cualquier parte. Era una suerte que este director se fijara precisamente en su escuela.

—Dios mío, ayúdame —imploró bajito— hace tiempo que no te pido nada con tanto fervor.

La señorita Georgina entró al salón y el silencio sepultó los murmullos y risas que lo habían llenado hasta ese momento.

—Han sido escogidas cinco de ustedes para ser entrevistadas. El director que les está ofreciendo el trabajo las quiere conocer pero escogerá sólo a una. Nombraré a las cinco que deben pasar a la sala de recibo de la señorita Smith. Serán llamadas para la entrevista en el mismo orden en que las mencione ahora.

—Susan Adams.

—Marilyn Stone.

—Patricia Tunner.

—Elizabeth Banks.

Victoria se mordía levemente los labios y mantenía cerrados los ojos.

Los abrió para mirar a la señorita Georgina que había hecho una pausa.

La estirada mujer se dirigió hacia ella con una media sonrisa:

—Victoria Wade.

Respiró aliviada:

—Por un pelín —murmuró para si misma.

Sus amigas más cercanas la rodearon felicitándola.

—Vamos chicas no se hagan esperar.

La señorita Georgina les indicaba que la siguieran dirigiéndose a la puerta y las cinco muchachas fueron tras ella sin decir palabra alguna.

Despacho de la señorita Smith:

—Estoy segura que encontrará lo que busca señor Brennan. Le soy sincera y, perdone mi falta de modestia, mis alumnas son excelentes aunque no me toque a mí decirlo.

—Yo también estoy seguro de ello, señorita Smith y disculpe si no le revelé mi identidad hasta ahora. Llevo meses trabajando en este proyecto pero quiero a la prensa bien lejos, con perdón de lo que usted pueda opinar.

—No tiene por qué disculparse, mi propia experiencia me dice que la publicidad por muy buena que sea a veces estorba más que ayuda.

—Aprecio que tenga la misma opinión y agradezco que lo haya tenido en cuenta. Ahora, si le parece bien, quisiera empezar a entrevistar a las chicas.

—Mi secretaria las irá haciendo pasar según el orden que usted mismo escogió.

—¿Hay alguna otra puerta por la que puedan salir? No me gustaría que comentaran nada entre ellas hasta que todas fueran entrevistadas. No tomaré una decisión hasta un poco después y no quisiera que alguna desalentara a la otra con una falsa apreciación de lo que conversemos.

—Me parece prudente. Esa puerta a su izquierda conduce a los pasillos del ala posterior, cuando salgan pídales que lo hagan por allí.

—Gracias, señorita Smith, es inapreciable todo lo que ha hecho por nosotros.

—Ha sido un placer y un privilegio señor Brennan, su talento y prestigio honran esta institución.

El hombre inclinó la cabeza en un gesto de agradecimiento sincero mientras la mujer se retiraba para dejarlo solo. Max se sentó detrás del escritorio y apretó el botón del dictáfono anunciando que estaba listo para recibir a la primera de las muchachas.

—Que comience la función.

Se recostó en la butaca y esperó a que la puerta se abriera.

Victoria se sentía más intranquila a medida que el tiempo pasaba. Todas sus compañeras habían desaparecido tras esa puerta que miraba impaciente pero no salían de nuevo por ella. No tenía la menor idea del resultado o del desarrollo de las entrevistas anteriores y la incertidumbre estaba destrozando sus nervios. La señorita Georgina levantaba la cabeza de tanto en tanto y le dirigía una sonrisa alentadora.

El timbre volvió a sonar

—Es tu turno, Vicky, ya sabes que te deseo suerte.

—La voy a necesitar—. Se persignó y avanzó decidida.

La muchacha cruzó el umbral, cerró la puerta tras sí y al volverse fue como si el piso desapareciera debajo de sus pies.

Max Brennan dirigía su mirada hacia ella, observándola detenidamente, como si lo hiciera por primera vez.

Una vida contigo

—¿Es usted Victoria Wade? —miró los papeles que tenía en la mano, como preguntando y respondiéndose a sí mismo—. Pase usted señorita y siéntese, si me hace el favor.

La chica no podía dar un paso. Petrificada y muda lo miraba incrédula perdiendo noción del tiempo y el espacio. Max pudo imaginar lo que pasaba por su mente y sintió pena por ella. Se veía allí tan indefensa y sorprendida como niña en película de terror.

—¿Señorita Wade?

—Sí... dígame —volviendo en sí.

—Le dije que pasara —hizo un ademán señalando la silla que tenía enfrente para indicar que se sentara—. Está un poco nerviosa, ¿no es cierto?

—Pues...

—No se inquiete, es normal —dijo restándole importancia—, pero le aseguro que es completamente innecesario en esta ocasión, además, en nuestro medio los nervios pueden resultar un estorbo en la mayoría de los casos. Esa es la primera recomendación que me animo a darle.

Victoria avanzó y se sentó en la punta de la silla que estaba ofreciéndole.

—Estuve leyendo su expediente y es impresionante, además la señorita Smith no hizo más que darme las mejores referencias de usted.

—La señorita Smith es muy condescendiente conmigo

—Sólo justa si todo lo que se dice aquí es verdad.

—Usted ya conoce el dicho: el papel lo aguanta todo.

—¿Qué me quiere decir con eso? ¿Acaso estos datos son falsos?

—Claro que no son falsos —se defendió molesta— pero... quise decir que las demás personas que entrevistó hoy tienen tan buenas referencias y logros como los míos.

—Si me guío por estos detalles, no. Y levantó el grueso expediente que tenía en las manos.

Victoria no insistió.

—Pero no discutiremos sobre eso, lo importante es que estamos de acuerdo en que usted está muy bien calificada y quiere formar parte de mi equipo.

—Yo...

El actor siguió hablando sin prestarle atención:

—Como le he dicho a las otras. Me tomará un tiempo llegar a una conclusión definitiva, pero cuando me decida puede confiar en que si usted es la elegida no se arrepentirá de colaborar conmigo y tendrá muchas oportunidades para progresar en su profesión.

—El caso es que yo necesito...

Max no la dejó continuar.

—Tampoco le digo que será fácil. Suelo ser muy exigente con mis colaboradores y les pido el máximo pero de la misma manera acostumbro recompensarlos por su esfuerzo y dedicación...

Lo interrumpió ansiosa por decirle lo que pensaba:

—Mire Señor... Señor... —de pronto le costaba trabajo proseguir.

—Brennan. Max Brennan es mi nombre.

—Eso lo sé —la expresión estaba cargada de reproche y furia.

Max enarcó una ceja en signo de interrogación y Victoria trató de ser menos evidente respecto a lo que sentía.

—Quise decir que... por supuesto sé quién es usted señor Brennan, todo el mundo lo conoce. No tenía por qué molestarse en aclarármelo.

—No, no me extraña que sepa quién soy. Me sorprende la forma que tiene de admitirlo, por el tono que utilizó parece que me conociera muy bien. ¿Es que nos hemos visto en otra ocasión que he tenido la ligereza de olvidar?

—Por supuesto que no —se apresuró a contestar intranquila y nerviosa.

—Eso me parecía... —se echó para atrás en su silla y se regodeó contemplándola mientras la muchacha trataba de recobrar la compostura que perdió ante la sugerencia de un conocimiento previo que intencionalmente había insinuado con sus palabras. Le resultaba muy grato tenerla nuevamente cerca en condiciones tan distintas. Era mucho más bonita así al natural que con aquel maquillaje exagerado cubriendo sus perfectas facciones. Más joven de lo que había pensado pero no menos seductora que la mujer que recordaba. ¿Hubiera llamado su atención de haberla conocido así tal como era? Indudablemente sí. Lo que le había atraído aquella noche no era su físico sino el fuego que se adivinaba en su interior, su forma desafiante de enfrentarse y la fuerza que parecía brotar de ella y todo eso estaba allí, debatiéndose entre la sorpresa y la incomodidad que le producía tenerlo enfrente.

Una vida contigo

—Bien... aclarado el punto, creo que eso era todo lo que tenía que decirle. Revisaré de nuevo todos los expedientes y haré mi elección. No demoraré mucho señorita Wade. Pronto tendrán noticias mías. Puede retirarse.

Victoria se puso de pie rápidamente. Quería salir de allí lo antes posible pero era necesario dejar bien claro algo antes de irse.

—Señor Brennan... Verá —le costaba esfuerzo encontrar las palabras—, agradezco la oportunidad que intenta ofrecerme pero necesito decirle que no es necesario que en mi caso se siga molestando. No podré aceptar su oferta de trabajo y no quiero que pierda el tiempo conmigo cuando puede aprovecharlo para escoger a una persona más apta que yo desde este mismo instante.

Max se puso lentamente de pie. Más temeroso de lo que pudo imaginar, contemplando la posibilidad de que la muchacha se escapara de sus manos.

—¿Qué me quiere decir?

—Lo que acaba de oír. No puedo trabajar con usted en el supuesto caso de que fuera la seleccionada para hacerlo.

—¿Y por qué no puede hacerlo?

—Porque... me han propuesto otro empleo que me parece más adecuado y afín con mi capacidad y ya lo acepté.

—¿Y por qué no estaba enterado de eso? La señorita Smith me aseguró que todos los expedientes que puso en mis manos estaban disponibles.

—La señorita Smith desconoce la situación, no he tenido tiempo de comunicárselo.

Max se sentó de nuevo.

—Es algo que tendré que discutir con ella. Como usted acaba de mencionar no me gusta que me hagan perder el tiempo.

El actor no podía disimular su enojo. Victoria lamentaba haber puesto a la señorita Smith en un aprieto pero necesitaba que este hombre supiera de una vez por todas cómo iban las cosas y no se le ocurrió otra excusa mejor que inventar.

Se quedó parada allí tratando de encontrar una salida que dejara fuera a la mujer a quien le agradecía tanto.

—¿Tiene algo más que agregar?

Tenía la mente en blanco, no se le ocurría nada.

—No...

—Entonces, márchese ahora.

Victoria giró sobre sí misma y salió de la habitación.

—Si crees que podrás librarte de mí tan fácilmente estás completamente equivocada, muchachita.

Habían pasado algunos días y Victoria volvía a encontrase en otra escena muy incómoda dentro del despacho de la directora. La señorita Smith caminaba de un lado a otro de la habitación agitada por una emoción que pocas veces Vicky había notado en ella. Estaba visiblemente disgustada.

—No puedo comprender por qué nos haces esto, Victoria. ¿Por qué te lo haces a ti misma, en primer lugar?

—No puedo, simplemente no puedo. Siento mucho haberla puesto en esta situación pero me es imposible aceptar.

—Si me dieras una razón válida quizá pudiera entenderlo, pero esa negativa necia escapa a cualquier consideración. Más bien parece un capricho.

—El empecinamiento de ese hombre también. Hay otras que estarán muy contentas de trabajar con él y son tan buenas o mejor que yo.

—Te quiere a ti y eso está fuera de discusión.

La señorita Smith se sentó frente a Victoria, le tomó las manos

—Vicky, sabes cuánto te quiero. Nunca haría nada que pensara pudiera perjudicarte en lo más mínimo y si te digo que esta es la mejor oportunidad que se te ha presentado en la vida es porque lo creo de verdad.

—Lo sé, señorita Smith, no tiene que repetírmelo. Sé que usted ha procurado siempre lo mejor para mí

—Entonces escúchame y rectifica tu posición. Es lo que más te conviene, estoy convencida y además ¿comprendes lo que significa para esta escuela, lo que significa para mí? Una negativa tuya sería una referencia que estaría pesando negativamente sobre nosotros por largo tiempo. En cambio si aceptas, un mundo de posibilidades estaría abierto para todas tus compañeras y tú, especialmente tú, tendrás la ocasión de avanzar en tu carrera de una forma que nunca habías imaginado, una propuesta de este tipo quizá no te la vuelvan a ofrecer nunca más.

Una vida contigo

Victoria no podía convencerla de lo contrario porque la señorita Smith tenía razón en todo lo que decía, la única forma de hacerla variar de opinión sería contarle lo sucedido, pero eso no lo haría nunca. La muchacha se debatía impotente ante la mirada suplicante de la mujer que hasta el momento había velado por ella como una madre.

—Lo volveré a pensar, señorita. No puedo prometerle nada más

—Hazlo, Victoria y analiza con la razón. No sé qué motivos te han impulsado a negarte pero te conozco y sé que en este momento deben parecerte importantes y eso no lo discuto, pero te aseguro que pasado el tiempo te arrepentirás si no haces lo debido y pones en orden tus prioridades. Estás jugando con tu futuro y sería lamentable que lo hicieras por una equivocada confusión de sentimientos.

Victoria permaneció callada analizando por primera vez la posibilidad de que la señorita Smith tuviera razón.

David y Max sentados en la sala del departamento de Max.

—Entonces, es un hecho.

—La propia señorita Smith acaba de llamar para confirmarlo.

—Y a la buena mujer no le llamó la atención tu permanente y desesperada insistencia.

—La "buena mujer", como tú dices, está convencida de que su alumna es la mejor opción que tengo para elegir, por lo que encontró muy natural que me empecinara en que fuera ella la que aceptara el empleo.

—Y ahora...

—Me iré unos días con Sonja para buscar algunas locaciones. Eso le dará tiempo de instalarse en casa sin mi incómoda presencia.

—¿La traerás a vivir aquí?

—Por supuesto. Necesito tenerla cerca, es mi asistente ¿no?

—No creo que sea costumbre que los asistentes vivan en casa de sus jefes, además, tú nunca has tenido una.

—Por lo mismo, como es mi primera vez puedo fijar las reglas que estime más convenientes.

—Y ella... ¿qué dijo a eso?

—No lo sé, pero supongo que puso el grito en el cielo aunque ya no podía echarse atrás, me ocupé bastante de que no se enterara hasta después de haber firmado el contrato.

—Me parece que estás pisando terreno peligroso Max y no ves todos los problemas que se te pueden venir encima.

—En los últimos tiempos te veo muy moderado, querido amigo. No hace mucho respaldabas cualquiera de mis ideas por muy locas que fueran. ¿Tiene que ver algo en eso la revoltosa trigueña que no deja de acompañarte a todos lados?

—Deja a Sofie fuera de este asunto. No quiero ni pensar cómo se sentiría si supiera lo que estás haciendo con su amiga.

—¿Y qué estoy haciendo? Sólo le estoy dando a una muchacha insignificante la oportunidad de hacer algo de provecho con su vida y en unas condiciones que nunca soñó.

—No sabes si estar aquí contigo es lo que soñaba o esperaba de la vida.

—A todo quieres encontrarle el lado personal y oscuro. Ya no sé cómo hacer entrar en tu dura cabezota que esto no tiene nada que ver con lo que piensas. Te aseguro que es cierto que quiero ayudar a la chica y que mis intenciones son buenas y sinceras en tal sentido.

—Esa muchacha te gusta, Max. Negármelo es imposible.

—Y no te lo niego pero no busco tener algo con ella, por el contrario respecto a "eso" que tanto te preocupa, trataré de mantenerme lo más lejos posible.

—Y en consecuencia con lo que dices: te la traes a vivir a tu casa.

—Fue una tentación que no pude resistir. Me divertía mucho pensar como se pondría si la obligaba a ello. Su rechazo obstinado merecía una lección.

—Te divierten demasiado todas las cosas en cuanto a ella se refiere.

—Tampoco puedo negarte eso.

—Ojalá que me equivoque Max, pero creo todo esto puede acabar peor de lo que piensas.

—Parece que no pienso tanto como tú en el futuro de este asunto. No suelo preocuparme por lo que no tiene importancia. Lo creas o no, estoy haciendo una buena acción y el cielo sabrá recompensármelo.

—Repito que ojalá sea así pero lo dudo.

—El tiempo me dará la razón.

—Sí... el tiempo lo dirá.

Una vida contigo

Apartamento de Max Brennan.
—Pase señorita Victoria, hace rato que la estoy esperando.
Victoria traspasó la puerta. Le parecía mentira encontrarse de nuevo en aquella sala y sobre todo por propia voluntad, aunque lo de "propia voluntad" fuera discutible. Miró alrededor y miles de recuerdos desagradables la golpearon. La resolución que tomó de desterrar esos recuerdos para siempre de su mente le pareció posible en algún momento y cuando finalmente fue "convencida" de aceptar aquella oferta de trabajo, se juró a sí misma que dejaría el incidente atrás y se obligaría a pretender que no había sucedido nunca pero ahora que estaba allí, sus presunciones le resultaban poco probables y se daba cuenta que sería mucho más difícil de lo que pudo imaginar.
—No hay remedio —dijo para sí— ya no te puedes echar atrás.
Rose la miraba con curiosidad. No esperaba que la asistente del señor Brennan fuera así. Sus amigas y las actrices que acostumbraban visitar la casa eran otro tipo de mujer: más sofisticadas y elegantes, menos inhibidas y naturalmente más lanzadas. La muchacha que estaba frente a ella parecía un crio y, quizá sería su imaginación, pero hasta le parecía asustada.
—¿Me permite su equipaje?
—No, está bien, puedo llevarlo yo.
—Mi nombre es Rose y soy la encargada del servicio. El señor Brennan me pidió que estuviera pendiente de su llegada para instalarla en casa. Espero que lo que he dispuesto sea de su gusto.
—No se preocupe Rose. Estoy segura que todo estará bien.
La buena mujer sonrió.
—Entonces vamos, le iré enseñando el departamento camino a su habitación.
Victoria siguió a la empleada que iba pasando por diferentes puertas explicándole a donde conducían.
—Este es el despacho del señor Brennan, aquí pasa la mayor parte del día cuando está en casa.
—¿Permanece mucho aquí?
—Eso depende. Cuando está filmando en la ciudad sí pero viaja a menudo y aprovecha el resto del tiempo para estar en su casa de Sidney —llegaron a un pasillo y se detuvieron frente a una puerta—. Esta es la habitación del señor Brennan. —a Victoria se le erizó la piel— y esta puerta que queda a su derecha es la que he dispuesto para usted.

—¡¿Tan cerca?!
—¿Decía...?

Se molestó por haber pensado en voz alta.

—Me preguntaba si no hay otra habitación en la casa que pueda utilizar.

Rose dudaba. Se esmeró en preparar el cuarto para la invitada porque el señor Max insistió en que hiciera todo lo posible para que ella se sintiera cómoda en su casa. La empleada dedicó mucho tiempo en acondicionar la habitación, pero si la muchacha no quería dormir allí era mejor no molestarse, a fin de cuentas ella hizo lo que estaba en sus manos por complacer al señor.

—Yo preparé esta recámara para usted porque consideré que era la más indicada, pero si lo desea puede ocupar la de la izquierda. No hay mucha diferencia entre ellas, aunque insisto en que esta es más agradable porque tiene una linda vista al parque.

Victoria miró hacia las dos posibilidades que tenía ante sí y efectivamente se dijo que no había ninguna diferencia en lo que a ella le interesaba: las dos estaban a la misma distancia de las habitaciones del dueño de la casa.

—¿No hay otro cuarto en un lugar más aislado? Es importante para mí contar con un poco de privacidad. Esta es la primera vez que comparto casa con una persona casi desconocida para mí y creo que es conveniente estorbar lo menos posible.

—Lo siento, señorita Victoria, pero estos son los únicos dormitorios, a excepción del mío, claro está.

—¿Usted duerme aquí?

—No y tampoco estoy todos los días. El señor Brennan se las arregla muy bien solo y necesita poco de mis servicios. Vengo tres o cuatro veces a la semana para limpiar y poner orden en lo que sea menester o si me llama en una ocasión especial. Cuando estoy aquí preparo las comidas aunque la mayoría de las veces, el señor come y cena fuera. Sin embargo, él insistió en que tuviera mi propia habitación por aquello de que pueda descansar a gusto cuando termino mis quehaceres o debo permanecer en la casa alguna que otra noche si me necesita. El señor Brennan es muy considerado en cuanto a sus empleados se refiere.

—Sí... considerado es la mejor palabra que se me ocurre para calificarlo —murmuró irónicamente.

Una vida contigo

—¿Qué me dice? ¿Prefiere la de la izquierda o la de la derecha?
La de la izquierda o la de la derecha. ¿Qué importaba? Las dos estaban igual de cerca del sitio del que pretendía estar lo más lejos posible.
—Si tengo sólo estas dos opciones, me quedo en la que usted preparó Rose y disculpe si le parecí caprichosa al tratar de cambiarla.
—Estoy aquí para procurar su comodidad señorita y le aseguro que me sentiré satisfecha con lo que usted decida.
—Gracias Rose, se lo agradezco en verdad.
—No tiene nada que agradecer. Acomódese a su gusto y recuerde que puede cambiar lo que estime conveniente, el señor Brennan fue muy preciso respecto a eso.
—¿Dejó alguna otra "instrucción" para mí?
—Me dijo que en el escritorio de su despacho dejó algunos papeles para que tenga una idea del trabajo que tendrá que hacer. Cuando esté lista la espero para mostrarle, si le parece bien.
—Me parece perfecto. Estaré con usted en un momento.
Victoria se quedó sola.
La habitación era amplia y lujosa, no se podía pedir algo mejor, pero se sentía incómoda en ella. No debía estar allí, no debió ceder ante las presiones de la señorita Smith, de sus amigas y hasta de su propio sentido común que le había jugado una mala pasada al hacerla dudar acerca de lo que era conveniente hacer.
—Debiste ser más firme y no dejarte convencer. Esto no puede acabar bien.
Se estremeció al recordar la última vez que se había dicho lo mismo. Entonces también dejó de confiar en sus instintos y se había enredado en la aventura del club Soterby, una aventura que le trajo dolor y vergüenza.
—Olvídalo, Vicky, olvídalo, y trata de pensar que no pasó, sólo así podrás seguir adelante. Necesitas hacerlo porque ya no puedes cambiar de opinión.

Max estaba intranquilo. Sentado en la terraza trasera del hotel donde se hospedaba junto a Sonja, no podía dejar de pensar en la muchacha que debía estar llegando a su casa.
—¿Se habrá arrepentido en el último momento?

No lo creía. Había procurado dejarle pocas opciones para ello. Desestimó todas las excusas que dio para rechazarlo demostrando que no eran válidas y se procuró inteligentemente a todos los aliados que pudo para convencerla. La primera y más útil: la propia señorita Smith que apoyó su determinación inocentemente convencida de que era totalmente desinteresada y procuraba el bienestar de su alumna predilecta. David había señalado que su insistencia había sido permanente y desesperada y eso era cierto porque, según recordaba, desde hacía mucho tiempo no se empeñaba con tanto afán en algo.

Necesitaba saber si la chica ya estaba en su departamento pero no quería llamar para verificarlo y la incertidumbre lo estaba matando.

—Llamaré a conserjería. Allí deben saber si entró al edificio.

Actuaba como un colegial (se dijo a sí mismo) mientras marcaba el número en su teléfono:

—¿Douglas eres tú? Es Max Brennan

—Que gusto oírle, señor. ¿Puedo servirlo en algo?

—No puedo comunicar con mi departamento y necesito saber si una persona que estoy esperando llegó esta tarde. Estoy fuera de la ciudad.

—No se preocupe señor, de inmediato lo comunico por la línea interna.

—No, no es necesario —se apresuró a decir—. En verdad lo único que necesito es que me diga si alguien subió a la casa en el día de hoy.

—Yo acabo de empezar mi turno señor Brennan y desde que estoy aquí nadie ha subido a su casa pero si me espera un segundo puedo verificar en el libro de incidencias.

—Hágalo, por favor...

—Déjeme ver... Temprano en la mañana le llevaron el correo, como de costumbre, y a las 11am un empleado de los estudios dejó un paquete de parte de Trevor Hughes, Mike lo subió un poco más tarde.

Max se impacientaba

—¿Algo más?

—Pues... Sí, sobre las 2 p. m., una señorita, Victoria Wade, para ser precisos, subió a su departamento. Dijo que era su nueva asistente y que la estaban esperando. Rose lo confirmó.

El actor respiró satisfecho.

Una vida contigo

—Gracias Douglas, que pases bien el resto de la tarde.
—¿De verdad, no quiere que lo comunique con su casa, señor Brennan?
—No es necesario. Ya me has dicho lo que me interesaba saber.

David en su coche a la entrada de la casa de Sofie.
—David, ¿me dejas entrar?
La muchacha sonreía asomada a la ventanilla mientras el hombre distraído no había notado su presencia. Hunter, quitó el seguro que mantenía cerrada la puerta del auto.
—¿En qué estabas pensando que no me viste bajar?
—Disculpa, querida, —depositando un beso en su mejilla— pero hay varios problemas en el estudio y no hacen más que darme vueltas en la cabeza, llegué a pensar que el día de hoy no tendría fin ya que todo se retrasaba y por eso llegué un poco tarde.
—No te preocupes. Yo también me retrasé un poco, estuve ayudando a Victoria a preparar sus cosas. Hoy se mudó a casa de Max.
—Y ¿cómo se sentía?
—Parecía condenado a muerte que iba hacia al cadalso y de veras que no lo comprendo. Cualquiera estaría feliz. Ella misma hubiera caminado sobre carbones ardiendo por una oportunidad así hasta hace poco.
—¿No te ha comentado nada sobre esa actitud? A mí también me parece muy extraña.
—No, no ha dicho una palabra. Cada vez que le insisto sobre el tema dice que son imaginaciones mías pero así anda de rara de un tiempo a esta parte.
—¿Le pasó algo?
—Es lo que no sé pero unos meses atrás empezó a cambiar y no ha sido la misma Victoria desde entonces.
—¿Crees que tenga que ver con Max?
—No, no creo. Ella empezó a comportarse de manera distinta antes de que Max apareciera.
—Pues no se explica que haya puesto tanta resistencia para aceptar su oferta de trabajo.
—Sí, me sorprendió mucho. Creí poder asegurar, sin temor a equivocarme, que eso era lo mejor que le podía pasar. Un sueño hecho

realidad ¿sabes? porque Max Brennan es su actor preferido. Al menos lo era en todo el tiempo que puedo recordar. Vivía pendiente de lo que hacía, pasaba sus películas una y otra vez sin parar, a veces aburría de tanto hablar de él. Yo juraría que la posibilidad de trabajar a su lado podía ser la máxima aspiración de su vida, algo con lo que ni siquiera se atrevía a soñar. Su forma de comportarse ha desconcertado a los que la conocemos bien.

—Siendo así, lo comprendo menos.

—Vicky es mi mejor amiga, David. Y me preocupa mucho pero poco puedo hacer si ella insiste en que no pasa nada. Espero que su nueva vida la aparte de las preocupaciones o los problemas que puede tener y de los que no quiere hablar porque estoy segura de que será una vida bien interesante ¿no te parece así?

—Sí querida. Será una vida bien interesante.

Victoria entró en la cocina donde Rose prepara la cena.

—Ya estoy lista, Rose. Cuando quiera puede indicarme lo que tengo que hacer.

—Un momentito. Termino de picar estos vegetales y enseguida estoy con usted.

—No se apure. La espero aquí.

La muchacha avanzó y se sentó en una banqueta que estaba arrimada a una larga meseta que dividía el amplio espacio de la cocina.

—¿Lleva mucho tiempo trabajando en esta casa?

—Desde que el señor Brennan compró este apartamento señorita y ya han pasado más de cinco años.

—Y... ¿a qué hora acostumbra llegar el señor a casa? Esta noche ¿lo espera para cenar?

—El señor Brennan no está en la ciudad, pensé que lo sabía.

—No, no me dijeron nada.

—Salió por unos días. Asuntos de trabajo creo.

—¿Regresará pronto?

—Con él nunca se sabe. Puede que mañana mismo esté de regreso o se demore semanas. Pensé que usted estaba más enterada que yo al respecto. Me dijo que sería su asistente.

—Sí, pero todavía no estoy en funciones. Espero que en los papeles que dejó para mí explique qué debo hacer en su ausencia.

Una vida contigo

—Para luego es tarde, ya terminé aquí. Pasemos al despacho.

—Max y aquí estás... Llevo horas buscándote. Cualquiera diría que te estás escondiendo de mí.

Sonja entró en la terraza y Max se volvió contrariado. Empezaba a molestarlo la insistencia de la modelo en hacerse la ofendida por cualquier cosa.

—Me parece que estás exagerando tu papel, Sonja. Todavía no hemos comenzado a filmar.

—¿A qué te refieres?

—Que no tengo necesidad alguna de esconderme de ti cuando simplemente quiero estar solo. No tengo por qué estar dándote cuenta de mis movimientos, de mis actos o de dónde estoy.

La mujer presintió que debía cambiar su actitud y moderó sus palabras.

—Claro que sé todo eso querido y estoy muy lejos de querer interferir en el modo que usas tu tiempo pero casi nunca estamos juntos desde que llegamos aquí. Si no fuera por las horas que pasamos buscando locaciones nos veríamos muy poco.

—A eso vinimos, si no me equivoco y dormimos juntos, así que nos vemos todos los días.

—Para el caso que me haces podías haber pedido habitaciones separadas.

—Pensándolo bien no sería mala idea.

Sonja comprendió que el rumbo de la conversación marcaba un camino peligroso para ella. Melosa se sentó junto a Max y se acurrucó junto a él apretándose a su pecho.

—Estoy segura que no hablas en serio. Sabes que moriría si no estuvieras a mi lado en las noches.

Max no respondió nada. Por primera vez su presencia lo incomodaba y se libraría de ella con placer.

—Max, querido, ¿me perdonas si resulté pesada con mis reclamos?

—No tengo nada que perdonar, Sonja. Estoy un poco cansado y no quise responder de esa manera, pero me conoces y sabes que odio que traten de controlarme.

—Lo sé querido y yo no quiero hacer nada que pueda molestarte, por el contrario estoy aquí para hacerte la vida agradable y para darte placer... si me dejas.

Le ofreció su boca y él correspondió al beso apasionado de la mujer que vibraba en sus brazos aunque el ritmo del deseo que empezó a correr por su cuerpo no tenía la misma intensidad de otras veces.

Sonja y Max conversaban en el coche del actor que los trae de regreso a la ciudad:

—Entonces, ¿nos vemos mañana?

La modelo colgada de su brazo no había dejado de parlotear en todo el trayecto. Él le prestaba poca atención y sumido en sus pensamientos por momentos olvidaba que estaba a su lado.

Por fin regresaba. La semana resultó tediosa y larga. Si bien estaba muy satisfecho con algunos sitios que encontró para la filmación de exteriores, en lo particular se había aburrido de una manera insoportable. La compañía de esta mujer, que siempre fue placentera, en esta oportunidad había empeorado la situación. Agobiado por sus continuos reproches y actitud posesiva esperaba ansioso volver a estar solo. Sonja seguía gustándole mucho, sabía que sería difícil encontrar otra que lo complaciera tanto y no concebía su vida actual sin ella. Pensar en la posibilidad de que pudiera desaparecer de su vida le disgustaba, pero en aquel preciso momento necesitaba alejarse lo antes posible.

—Max, ¿no me escuchas? Parece como si estuvieras a miles de kilómetros de aquí.

—Tengo demasiadas cosas en la mente, querida. Dejé muchos pendientes y me esperan largos días de trabajo. Encargarme como director de un proyecto como este es nuevo para mí y aunque a veces le resto importancia, me preocupa bastante que no salga como espero.

—Todo saldrá bien cariño, tienes todos los recursos necesarios para lograrlo y por si fuera poco, me tienes a mí ¿No te parece estupendo que estemos trabajando por primera vez juntos en algo?

Después de la semana pasada, Max no estaba muy seguro de eso. Sonja era muy buena compañía para la cama y para divertirse, pero respecto a trabajar junto a ella... no, no le parecía tan estupendo.

Una vida contigo

Eludió dar una respuesta.

—¿No estabas esperando que te llamaran para la nueva campaña de Dior? Pensé que era inminente.

—No, eso no será hasta dentro de algunas semanas, pero si me necesitas aquí puedo renunciar a ella. Estar contigo es mucho más importante para mí.

—No será necesario. Falta mucho para empezar a filmar con los actores y por demás, no es la primera vez que te digo que es tonto que pongas tu carrera en segundo plano. En tu profesión has triunfado y eres de las mejores, como actriz queda por ver.

—¡Querido! —ofendida—. ¿Acaso lo dudas? Puedo ser tan buena actriz como la que más. Estoy segura y creí que tú también lo estabas.

—Seguro estaré cuando me lo demuestres, por ahora sólo espero que así sea.

Sonja no pudo dejar de mostrar la molestia que le causaba el comentario. Se separó del actor con un mohín de disgusto.

—Vamos, tampoco es para que te pongas así. Eres tan hermosa… —acarició su barbilla con el dedo—, que llenarás la pantalla y eso será suficiente.

—Pero tú te tomas muy en serio eso de la actuación y no te parecerá bien que sea sólo así.

—Tienes razón… —conciliador—, pero por ti, quizá haga una excepción.

—No lo harás y me estarás exigiendo todo el tiempo.

—Y espero que eso no te moleste porque aspiras a convertirte en una buena actriz ¿no?

—Si me ayudas así será.

—Puedes contar con eso.

El coche llegaba a la casa de Sonja.

—No respondiste a mi pregunta ¿nos vemos mañana?

—No sé, te llamo.

La modelo le dio un beso y salió. El chofer la acompañó hasta la puerta de la casa llevando sus maletas. De vuelta al timón del coche de Max, preguntó.

—¿A dónde lo llevo ahora, Señor?

—A casa Thomas. No veo el momento de llegar.

Y era verdad.

—Rose, estoy aquí.

Victoria gritó al oír cerrarse la puerta de la entrada principal de la casa. Recostada en el sofá que daba la espalda a la puerta del despacho de Max, la muchacha devoraba un libro que había encontrado en la biblioteca del actor. Pasaba largo tiempo en aquel despacho que le resultaba tan acogedor. Parecía mentira como había llegado acostumbrarse al lugar. No tenía mucho que hacer, pues su "jefe" dejó pocas indicaciones para ella pero se esforzó en encontrar varias cosas en que ocuparse y lo había disfrutado. Rose venía de tanto en tanto pero la mayor parte del tiempo estaba sola. Salía poco porque no sabía a qué atenerse en cuanto al horario que tenía fijado y lo menos que deseaba era que le señalaran alguna falta en el caso de que la persona que la contrató tuviera algo que opinar al respecto. Que esa persona no apareciera en todos estos días era la principal razón de que ella se sintiera tan bien y si tuviera una idea de cómo ocupar su tiempo en algo útil que fuera de provecho para las funciones por las que estaba allí, su satisfacción sería completa. La situación ideal sería que las instrucciones para su trabajo llegaran por teléfono o vía e-mail; que Max Brennan no volviera aparecer en su vida y ella pudiera desempeñar sus labores sin tener que tropezar con él pero sabía que eso era imposible. La tranquilidad que disfrutaba no duraría mucho, estaba segura, aunque tampoco esperó que terminara tan pronto.

No sintió la puerta que se abrió detrás de ella y sólo notó la presencia del hombre cuando lo tuvo enfrente.

—¡Qué descansada vida! —una expresión de sorpresa y reproche divertido alumbraba el rostro del actor que la contemplaba a sus anchas.

Como impulsada por un resorte, Victoria saltó del sofá.

—Señor Brennan. ¿Qué hace aquí?

—Vivo aquí, si no recuerdo mal.

—Claro… —muy nerviosa—. Quise decir que no lo esperábamos hoy. No avisó nada.

—No creo que sea necesario avisar cuando vendré a mi casa.

—Por supuesto que no pero… me sorprendió que llegara así… tan de improviso.

—Lo pude notar.

El actor sonreía mientras daba la vuelta y se paró detrás de su escritorio.

—¿Algo importante? —preguntó hojeando distraídamente unos papeles.

Victoria recobró la compostura. Parada delante de él lo miraba atentamente.

—No creo, pero allí en su escritorio encontrará todo.

—¿Y tú?, ¿qué has estado haciendo, además de acostarte a leer en mi despacho?

La reprobación implícita en las palabras la molestó:

—No mucho pude hacer con las pocas instrucciones que indicó, pero estudié los apuntes que me dejó sobre el proyecto que va a iniciar y le anoté algunas observaciones. Como en su escritorio encontré una copia del guion original y un esbozo de los libretos, me tomé la libertad de leerlos y también hice algunas recomendaciones que me parecieron oportunas y necesarias. Espero que no se moleste por eso.

Max no respondió, seguía hojeando los papeles que ella señalaba.

—Por otra parte, muchas personas le han llamado, algunas para consultarle asuntos relacionados con esta nueva producción, otros para cuestiones personales. Todo lo que tiene que ver con el trabajo se lo ordené según las prioridades que estimé más urgentes de respuesta. Las llamadas personales están anotadas según día y hora en que fueron recibidas. El correo está en la bandeja donde Rose me dijo que siempre acostumbra dejarlo para que usted lo revise y los paquetes que están a su espalda llegaron de los estudios, la mayoría de ellos me dijeron que son cosas que usted mismo encargó antes de marcharse.

Max continuaba de pie, no la miraba, sus ojos fijos en el escritorio como verificando que todo lo que le decía estaba ante él.

—Y es todo...

La falta de respuesta del hombre comenzó a irritarla.

—Rose no está en casa en este momento, fue al supermercado a buscar algunos víveres que faltaban en la despensa pero no demora en llegar, aunque si desea comer ahora puedo preparar algo rápido y servirle.

Max contestó sin levantar la mirada.

—No te contraté para que trabajes en la cocina.

—Es cierto... pero puedo hacerlo siempre que no se convierta en mi obligación.

La advertencia fue evidente en la respuesta. Y el actor dirigió sus ojos hacia ella. La observó por primera vez con detenimiento desde que entrara a la habitación. Era curioso que un cuerpo tan pequeño encerrara tanta fuerza y determinación. Su aspecto manso podía confundir a cualquiera que no tuviera la oportunidad de oírla opinar sobre temas que la molestaran. Su manera de enfrentarlo y la furia interna contenida que sus expresiones revelaban eran una peligrosa combinación de la que tendría que cuidarse, si no quería dejarse llevar por la atracción que ejercía en él aquella personita peculiar que tenía enfrente.

—No tengo deseos de comer ahora. Prefiero quitarme esta ropa y darme un baño para sentirme más cómodo, pero supongo que en eso no quieres ayudarme aun cuando no se convierta en tu obligación.

Los colores subieron a la cara de Victoria encendiéndole el rostro. Hizo un tremendo esfuerzo para no responder lo que se merecía aquel tipo.

—Creo que necesita estar solo, señor Brennan. Con su permiso me retiro.

Dio media vuelta dirigiéndose a la puerta.

—Victoria...

No quiso pensar en lo que se le ocurriría decir ahora. Se volvió hacia él desafiante.

—Diga.

—Quiero agradecer que hayas tratado de ocuparte de todo en mi ausencia. Ciertamente no esperaba tanto.

—Para eso me paga el señor o ¿es que lo olvida?

Dio media vuelta y salió del despacho. Max se quedó observando la puerta por donde había salido la chica.

—No, no lo olvido. Ni eso ni otras muchas cosas más.

Max entró al comedor donde Rose trajinaba poniendo la mesa:

—Que bueno tenerlo de vuelta señor, ¿la pasó bien?

—Muy bien Rose.
Se fijó en que el servicio dispuesto era para una persona.
—¿Y la Señorita Victoria?
—Está comiendo en la cocina.
—¿En la cocina?
—Nunca ha querido comer en el comedor, señor Brennan, y le aseguro que le he insistido hasta el cansancio que su lugar está aquí.
—Así es efectivamente. Vaya y dígale que venga a sentarse conmigo.
—Se lo diré señor, pero veremos qué hace. Es una muchacha muy dulce pero en algunos aspectos es más terca que una mula, perdonando la expresión.
—Espero que la convenza, Rose, no quiero molestarme en hacerlo yo mismo.
A los pocos minutos Victoria salió de la cocina con el plato en la mano y se detuvo al lado de la mesa. El actor, sin mirarla, señaló la silla para que se sentara a su izquierda. Rose la seguía y después que puso unos platos delante de Max, se retiró. La pareja permaneció callada por un rato mientras degustaban la comida.
—Espero que la casa sea de tu agrado y que hayas tenido la oportunidad de acomodarte a ella.
La muchacha no respondió
—Es una suerte que se te haya ocurrido revisar el guión. Nos espera mucho trabajo en los próximos días y conocer todos los detalles del proyecto será fundamental para ti si quieres ayudar para que avance rápido.
—¿Por qué escogió este proyecto, señor Brennan?
—Max
—¿Cómo?
—Que de ahora en lo adelante me digas Max y deja el usted, eres mi asistente y no acostumbro tratar a mis colaboradores con tanto protocolo.
Victoria decidió que era mejor no responder.
—¿Por qué decidió escoger un tema como este, señor Brennan?
El hombre enarcó una ceja dejando entrever que notaba que ella hacía poco caso de su recomendación, pero no insistió.

—Es un tema interesante y muy de moda. ¿No te parece?

—Pero no tiene nada que ver con lo que usted hace.

—Tienes razón, pero en la variedad está el gusto. Por lo demás, insisto, en estos momentos las situaciones que aborda parecen interesar a mucha gente. Abundan los *reality shows* y los programas que giran alrededor de ese mundo y se ha hecho una que otra película aceptable.

—No soy fan de ese tipo de filmes pero recuerdo al menos uno: *Prêt-à-Porter*. Se manejó bien entre la crítica y el público.

—Ya ves.

—Pero apostaron con la actuación de muchas estrellas taquilleras y el guión era muy bueno.

—Y este ¿qué te parece?

—De lo peorcito.

Un poco molesto

—Disculpa si no tomo muy en serio tu opinión, pero tienes poca experiencia en el asunto.

—Quizá no tenga experiencia práctica pero durante mis estudios tuve la oportunidad de analizar y desmenuzar libretos hasta el cansancio y tropecé con buenos, regulares y francamente malos. Creo con seguridad que puedo notar la diferencia entre unos y otros. A veces, como ejercicio, nos daban guiones inmejorables para que tratáramos de aportarles nuevas cosas y le aseguro que no era tarea fácil.

—Entonces... puedes tratar de hacer lo mismo con este, si te consideras tan capaz.

Sorprendida.

—¿Me dejaría hacerlo?

—Por supuesto, "para eso te pago", como hace un rato supiste señalar.

Victoria estaba tan entusiasmada que dejó pasar el evidente sarcasmo que marcó sus palabras.

Max la miró atentamente. Le satisfacía mucho verla así. Francamente interesada, sin el ceño fruncido ni la mirada torva que habitualmente le lanzaba presta a defenderse de cualquier cosa que él pudiera decir o mencionar.

—Victoria. Repito que tendremos mucho que hacer de ahora en lo adelante y necesito de la ayuda y del apoyo de todos. Me estreno

Una vida contigo

como director, ya lo sabes, y conseguir que esto funcione significa un gran reto para mí. Preciso estar seguro de que podré contar contigo y que dejarás atrás todo tipo de prevención absurda que tengas en mi contra, porque no podré lidiar con esas tonterías. Por otra parte estoy seguro que si te lo propones podemos formar un buen equipo.

Max parecía sincero y Vicky tuvo que reconocer que estaba en lo justo. Si había aceptado estar allí era mejor que se adaptara a la situación. A fin de cuentas, él no recordaba quien era ella y por más que le costara comprendía que su actitud debía parecerle irracional. Lo pasado debía quedar atrás. Lo miró directamente a los ojos y trató de hacerlo como si fuera la primera vez que lo hacía.

—Haré mi mayor esfuerzo señor... —corrigió— ... Max.

El actor sonrió complacido. De veras esperaba que la muchacha lo hiciera.

Los días fueron pasando y para los dos fue una sorpresa lo fácil que les resultaba trabajar juntos. Sus opiniones sobre diferentes temas convergían la mayor parte de las veces y cuando no era así, aunque discutían ferozmente, se percibía el respeto por considerar la opinión del otro y tomar la decisión que convenía más para resolver el problema que tenían entre manos. Aunque estaban siempre juntos pocas veces estaban solos. Pasaban gran parte del día en los estudios o en reuniones de trabajo. La casa era un constante entrar y salir de amigos, actores y colaboradores de Max que aparecían con nuevos asuntos o ideas que plantear. Vicky encajó muy bien en el staff. A pesar de que sus relaciones con el actor eran cordiales, cuando estaba a su lado no podía evitar reprimir los mejores rasgos de su personalidad por naturaleza confiada y divertida. Esas cualidades afloraban cuando estaba con el resto de sus compañeros de trabajo que se acostumbraron fácilmente a disfrutar y apreciar su compañía junto a su afán de ayudar en todo lo que fuera menester. En esos ratos que pasaba con ellos podía ser la Victoria que había sido siempre despreocupada y feliz, la que no tenía temor de enfrentar las cosas y creía que todo era posible. Había dejado de quejarse consigo misma, estaba aprendiendo mucho, le gustaba lo que hacía y todo parecía marchar mucho mejor de lo que podía imaginar.

Sin embargo, algunas nubes estropeaban el paisaje. La protagonista del filme no era de su agrado y no porque se enterara de que era la amante de Max. Eso la tenía sin cuidado, se repetía constantemente. La cuestión no era de su competencia aunque confirmaba el concepto que se formó del actor el día en que lo conoció. Era cierto que durante la convivencia había descubierto en él muchas buenas cualidades pero en cuanto a mujeres se trataba era un ser detestable. Estaba casado y tenía una amante a la que exhibía sin pudor alguno, además de las licencias que se permitía con ¡sabe Dios! cuanta mujer se le presentara en el camino, como ella conocía por experiencia propia y aunque trató que el asunto no la perturbara la señorita Sonja Wilson se encargó de que lo tuviera muy presente. La modelo le mostraba una absurda animadversión que no trataba de disimular. Desde el día que se la presentaron, la ignoró por completo y siempre que se encontraban le hacía notar que su presencia le estorbaba. Victoria estaba convencida de que a la incipiente actriz le molestaba sobremanera que viviera en casa de Max aunque esa circunstancia no tuviera nada que ver con el deseo de la asistente. Sonja debía reclamarle a Max por el hecho si tanto la inquietaba, pero Vicky presentía que no lo había hecho ni lo haría. A ojos vista se evidenciaba que la señorita Wilson era una mujer vanidosa y fría, lo suficientemente orgullosa para no rebajarse a hablar con el director sobre una persona tan insignificante como ella. Victoria también observaba que su comportamiento era muy distinto cuando Max estaba presente y podía asegurar que Sonja conocía demasiado bien el carácter volátil del actor como para poner en riesgo la relación que tenía con él y que era lo que le daba la oportunidad de protagonizar aquel filme. La señorita Sonja Wilson se cuidaría bien de evitar discusiones con Max Brennan por muy amante suyo que fuera y eso era notorio.

De cualquier manera, Victoria trataba de mantenerse lejos las pocas veces que la modelo aparecía por los foros para evitar malos entendidos, aunque aquel día parecía que no iba a tener suerte. Sonja entró al estudio y se dirigió directamente hacia ellos. Se le veía muy enfadada y Max estaba fuera filmando en exteriores.

La modelo se acercó al grupo que montaba la escenografía de uno de los set de filmación que se utilizarían más tarde.

—¿Dónde está Max?

Una vida contigo

Willy, el asistente de producción, le contestó

—Max está fuera de la ciudad filmando imágenes de fondo para algunas escenas pero regresará en una o dos horas a más tardar si todo sale como tenía previsto en la mañana, señorita Wilson.

—Bien... —había cierto alivio en la voz de la mujer al conocer que el director no se encontraba por los alrededores ¿Será que alguien me puede decir quién se atrevió a cambiar en los libretos la escena de la entrevista en la casa de modas?

Victoria dejó lo que estaba haciendo y se plantó delante de la mujer.

—Fui yo.

—Tú... Debí suponerlo. ¿Puedes decirme por qué no me consultaste al respecto?

—Disculpe pero nadie me dijo que debía hacerlo, señorita Wilson.

—Nadie tiene que decirte que soy la protagonista en este proyecto y que conmigo tienes que contar si pretendes cambiar algo en lo que yo tenga que intervenir ¿está claro?

—Lo siento pero los cambios fueron discutidos con el director y el resto del equipo que revisa los guiones. Es lo que siempre se hace y es lo que yo tengo indicado, si usted tiene una opinión diferente es mejor que se la diga al señor Brennan.

—Max no está y yo no estoy conforme con lo que has hecho, así que te ordeno que de inmediato te pongas a tratar de componer la escena.

—Con todo respeto señorita Sonja, lo siento pero no puedo hacer eso. Como le dije, todos los cambios fueron evaluados con el director y aprobados por él.

—Pues seguro no los revisó bien. Ya le advertí un montón de veces que tendría problemas si ponía cosas de tanta importancia en manos de personas con tan poca experiencia como tú.

Victoria hizo un esfuerzo para no responderle como se merecía.

—Tendré muy poca experiencia pero hago mi mejor esfuerzo para no defraudar las expectativas ni la confianza que han depositado en mí.

—Si ese es tu mejor esfuerzo no necesito conocer el resto. No sé qué ha visto Max en ti, si fueras otro tipo de mujer... —la miró de arriba abajo con desprecio— quizá pudiera entenderlo, Max siente debilidad por algunas mujeres pero tú... —dejó la frase sin terminar,

— 71 —

pero el gesto que hizo con la mano recorriéndola de pies a cabeza fue demasiado elocuente y colmó la paciencia de Victoria.

—Quizá dice eso por propia experiencia.

Sonja Wilson se puso pálida de ira.

—¿Cómo te atreves? ¿No sabes quién soy? Trabajando toda tu vida no llegarás alcanzar el prestigio y la fama que poseo. Todo el mundo me conoce y sin embargo a ti... ¿de qué presumes? Acabas de empezar y si Max no te hubiera dado la oportunidad estarías pidiendo trabajo de puerta en puerta como todas las de tu clase.

—Creo que se equivoca al pensar así. No aspiro al prestigio y a la fama que usted posee, tampoco a que todo el mundo me conozca. Me conformo con ser una buena profesional y le repito que pongo todo mi esfuerzo en ello. Es cierto que recién comienzo pero me he matado durante mucho tiempo trabajando y estudiando para llegar hasta aquí. Todos los que tratamos de avanzar en la vida comenzamos así aunque tal vez usted no lo comprenda porque ha llegado a este lugar utilizando otros medios.

La mujer casi se le fue encima pero la mirada desafiante y decidida de Victoria la contuvo.

—No tengo que perder el tiempo con una personita como tú. A fin de cuentas tu opinión no vale para nada.

Sonja dio media vuelta y salió. Los amigos de Victoria se acercaron.

—Hiciste muy bien en ponerla en su sitio. Merecía eso y mucho más. Tan engreída y petulante.

Todos la apoyaban y le daban palmaditas en la espalda, pero sospechaba que Max no pensaría igual. Nada bueno la estaría esperando cuando la odiosa de la señorita Sonja Wilson le contara.

Victoria estaba en la cocina preparando algo ligero de cenar. Cuando llegó a casa tenía un fuerte dolor de cabeza y no quiso ni probar lo que Rose había servido para ella. Sintió que abrían la puerta de entrada. Al poco rato, Max apareció en la habitación.

—¿Qué haces?

—Preparo un coctel de frutas. ¿Quieres?

—No, pedí que me trajeran de comer en el estudio cuando me di cuenta que no llegaría a tiempo para la cena.

Una vida contigo

Vicky respiró hondo, segura de que ya Max lo sabía. Era imposible que no se lo contaran allí. Por un momento esperó tener un respiro hasta la mañana siguiente si es que Sonja no había tenido oportunidad de hablarle en el día.

El actor se dejó caer en una silla frente a ella.

—Ha sido un día largo y agotador.

—Así es.

—Creo que para ti también fue difícil.

—Como cualquier otro, tenemos mucho trabajo ahora.

Max se dio cuenta que ella no le diría nada. Sonja, al contrario, lo agobió con el cuento cuando le habló al móvil en la tarde dándole una versión dramática de los hechos. Los muchachos del estudio le contaron como habían pasado las cosas en realidad.

—No deja de ser cierto pero me refería a otra cosa: discutiste con Sonja.

—Sí, así fue y sé que me excedí. Te prometo que controlaré mi lengua desde ahora y una situación como esa no volverá a repetirse.

—¿Acaso crees que vengo a reclamarte?

—Y ¿no es así?

—Por supuesto que no. Vengo a ofrecerte disculpas.

—¿Disculpas? ¿A mí? y ¿Por qué?

—Por no haber estado allí y evitar que algo así sucediera. Me disgusta que cosas como esas pasen en mi equipo.

—Bueno... —la muchacha estaba un poco sorprendida—, no es tu culpa y a veces no se puede evitar que pasen, tampoco hay que darle mucha importancia.

—Pero yo se la doy. No tolero que nadie ofenda o insulte a los míos. Sonja no tenía derecho alguno para reclamarte y aun cuando lo tuviera, la forma que utilizó no fue la más apropiada.

—Te agradezco que pienses así.

—Estabas segura de que iba a apoyarla a ella ¿no es verdad?

—Pues... es lógico que sea así, ella es tú... ustedes son grandes amigos.

—Y creíste que me pondría de su parte aunque no tuviera la razón.

—La verdad es que yo...

—Me sigues teniendo en el peor concepto ¿no es cierto, Victoria? Y ni siquiera sé por qué: me conoces muy poco ¿Qué puedes tener contra mí?

Victoria alzó la mirada y la clavó en el actor. Su rostro perdió el color. El recuerdo de palabras parecidas pronunciadas en aquella misma casa no hacía tanto tiempo la hizo estremecer. Max preocupado avanzó hacia ella.

—¿Qué te pasa? Te has puesto pálida.

—No te me acerques... —asustada.

El tono imperioso lo detuvo.

—¡Dios! Parece que me tuvieras miedo.

La muchacha trató de recobrar la calma.

—Perdona. Como has dicho ha sido un día largo y difícil. Será mejor que me vaya a descansar.

—Victoria...

La mujer se detuvo en la puerta pero no se volvió.

—No tienes por qué tenerme miedo. Yo sería incapaz de volverte a lastimar.

Se arrepintió de haber dicho aquellas palabras, pero si la chica se encontraba dispuesta, él trataría de arreglar sus diferencias pasadas de una vez por todas. Prosiguió alentándola a que sacara el tema a relucir:

—Esa animosidad que sientes hacia mí, me da mucho en qué pensar. Es como si te hubiera hecho un daño irreparable. ¿Estás segura de que no hay algo que me quieras contar?

Un escalofrío recorrió el cuerpo de Vicky aunque sus mejillas ardían.

—No Max. No hay nada. Nada que valga la pena recordar.

En las semanas que siguieron hubo tantas cosas que hacer que no tuvieron tiempo para volver a comentar lo sucedido pero un marcado cambio en la forma que tenían de comunicarse se hizo evidente. Había más cordialidad entre ellos y se trataban de manera amistosa. Max sentía que ella lo miraba sin reservas y la desconfianza había desaparecido de sus gestos cuando estaba a su lado.

Una vida contigo

Del incidente con Sonja nunca más se habló, la modelo evitaba encontrarse con ella y, por su parte, Victoria hacía lo propio. En los últimos días la señorita Wilson estaba muy entretenida preparando su viaje a París para la campaña de Dior y aparecía por los foros sólo para acudir a las llamadas de filmación y sin la molestia de verla aparecer en cualquier instante, Vicky se sentía más relajada.

Descubrió que disfrutaba al conversar con Max de varios temas fuera de los asuntos de trabajo que eran recurrentes en sus pláticas. A él le encantaba contarle de su país, de su Hacienda y sobre todo de sus hijos. Se veía que adoraba a los pequeños y les llamaba por teléfono a diario pero casi nunca mencionaba a la esposa. Sofie le había contado que ese matrimonio no iba bien, al menos en la opinión de David que era el más informado sobre el asunto, pero ella no trataba de averiguar demasiado. Veía poco a su amiga, tenía poco tiempo y Sofie también estaba muy ocupada montando un estudio de fotografía que le ayudaban a financiar sus padres. Su mejor amiga andaba muy enamorada del señor Hunter y cuando podía escapar de su rutina de trabajo prefería deleitarse con su compañía más que cualquier otra cosa y ella la comprendía. Victoria haría lo mismo si estuviera enamorada.

—Si estuviera enamorada… —repitió en alta voz.

Qué ajena y distante se sentía de aquella muchachita que fue un día y para la cual estar enamorada constituía una de las mayores aspiraciones de la vida. Había cambiado mucho pero si lo miraba de un modo objetivo quizá resultó para su propio bien.

Victoria divagaba acostada en una tumbona frente a la piscina mientras el contenido de una botella de Baileys, situada en la mesa que tenía a su lado, disminuía su nivel.

Max llegó del trabajo, se dio un baño y salió en busca de Victoria. La muchacha no estaba a ojos vista pero sabía muy bien dónde encontrarla. Sonrió para sí mientras avanzaba a lo largo del pasillo y recordó la sorpresa del rostro de la chica cuando descubrió que tenían una piscina techada dentro del propio apartamento. Rose no se lo mencionó y ella no reparó mucho en la puerta que quedaba al fondo del salón de billar pero desde que conoció el lugar, cada vez que tenía un rato libre corría a refugiarse en aquel sitio.

—Sabía que te encontraría aquí.

El actor entró en la enorme habitación. Victoria alzó la vista un poco sorprendida de que estuviera allí.

—Hola Max, no te sentí llegar.

—Tendría que entrar con una banda de orquesta haciendo un ruido infernal. Estás en el lugar más apartado de la casa.

Se acercó a ella señalando la botella y la copa que sostenía en la mano.

—No sabía que tomabas.

—Y no tomo, según el sentido que ustedes y precisamente tú, le dan a tomar... Es una bebida inofensiva: crema de whisky muy suave a la que además le agrego leche azucarada.

—Ninguna bebida es inofensiva pero la descripción de esta tampoco es sugerente.

—¿Quieres probar?

—Prefiero mi vodka. Tiene mucho más que ver conmigo.

Dijo encaminándose al bar y sirviéndose en un vaso una generosa cantidad de la botella.

—Estoy de acuerdo... te caracteriza de manera espectacular

—¿Te burlas de mí?

—Un poco —una pícara sonrisa le iluminaba el rostro al responderle.

El actor se dejó caer en otra tumbona que estaba al lado de Victoria.

—Te gusta mucho estar aquí.

—Es el único lugar de la casa donde me siento en paz. En cualquier otra parte hay gente saliendo, entrando y moviéndose de acá para allá casi todo el tiempo.

—Prefiero adelantar en casa cosas que quedan pendientes en el estudio. Sé que ha sido duro para ti.

—No es eso. Es natural que ocurra si queremos avanzar en la producción y yo estoy aquí para trabajar. No pienses que me estoy quejando. Sólo que a veces me gusta estar sola.

—Te conozco tan poco Victoria. Nunca hablas de ti.

—No hay mucho de qué hablar.

—Acabas de decir que te gusta estar sola y es extraño que a una mujer joven y bonita le guste estar sola.

Una vida contigo

—No le veo nada de extraño.
—¿No tienes novio?
—¿Crees que tengo tiempo para tener novio? Me paso el día trabajando y la noche pensando en lo que tengo que hacer al día siguiente.
—Y me culpas a mí de eso.
—No te culpo, sé que tiene que ser así, al menos por ahora, y tú haces lo mismo.
—¿Y tenías novio antes de venir a trabajar conmigo?
—No.
—Ves, eso también es raro. Una muchacha tan inteligente y atractiva no debía estar sola.
La muchacha se echo a reír.
—Quizá porque soy inteligente estoy sola.
—Hablo en serio.
—Yo también.
—No me vayas a salir con que no has tenido tiempo para enamorarte.
—Quizá, dediqué demasiado tiempo a soñar.
—¿Con un príncipe?
Había un tono burlón en sus palabras y Victoria le respondió de igual manera.
—Puede que sí...
—Y por supuesto ese príncipe nunca apareció.
—El problema precisamente es ese: que sí apareció.
—¿Entonces?
—¿Conoces el cuento del sapo que se convirtió en príncipe?
—Sí.
—A mí me pasó todo lo contrario.
—¿El príncipe se convirtió en sapo?
—Algo parecido.
—Y no te has vuelto a enamorar.
—Más bien... creo que dejé de soñar.
—Eso suena triste.
—Ni tanto.
—Y ¿el sapo?
—Debe andar dando saltos por ahí —respondió riendo.

—¿Tratando de convertirse en príncipe?

La mujer lo contempló como si pudiera ver a través de él, perdida en una imagen que una vez llenó sus sueños.

—Ya él es un príncipe... a su manera siempre lo fue.

—Quisiera ser ese sapo.

La muchacha no contestó, se recostó en su asiento y bebió un largo sorbo de la copa que sostenía en la mano.

—Sofie y David estuvieron hoy en los foros. Me contaron algo de ti que me sorprendió mucho.

Victoria se incorporó intranquila.

—Dice Sofie que me considerabas el mejor actor del mundo.

La chica respiró aliviada.

—Todavía lo considero así.

—Pues has sabido disimularlo muy bien la mayoría de las veces.

—Ya eres bastante engreído, no necesitas que te animen más.

Los dos rieron pero el tono de la conversación cambió y se hizo más íntimo. Max se inclinó hacia ella.

—Me gustas mucho Victoria, pero a veces no sé qué esperas de mí.

—Quizá recuerdes algo que ocurrió en un teatro mientras promocionabas una de tus películas, en este momento no recuerdo cuál, y una chica del público te gritó antes de que empezaras a hablar.

—Me gritan tantas cosas... pero no sé qué tiene que ver con lo que estamos hablando.

—"Quiero tener un hijo tuyo"

—¡¿Cómo?!

—Eso te gritó la chica —le sonrió traviesa.

—Y... ¿Eso es lo que tú esperas de mí? —se acercó más a ella.

—Hubo un momento en mi vida en el cual hubiera sido grandioso poder practicar contigo para conseguirlo.

Lo atrevido de sus palabras lo sorprendió, pero sabía que el licor estaba haciendo más efecto en ella del que podía imaginar.

Suavemente acarició sus manos y la atrajo hacia él.

—A veces me asustas muchachita.

—Espero que sólo a veces, por lo general soy una buena chica.

Le tomó el rostro entre las manos, rozando su boca con la suya.

Una vida contigo

—Vicky, ¿por qué no me dejas esta noche ser tu príncipe?

La muchacha pareció volver de un letargo. Se apartó lentamente pero con determinación. Se puso de pie.

—Lo siento Max... pero ya no creo en cuentos de hadas.

Dio media vuelta y salió de la habitación.

Despacho de Max. Tocan a la puerta.

—Sí.

Victoria entra y Max levanta por un momento la mirada que permanecía fija en el escritorio revisando unos papeles.

—Vicky, eres tú... pasa.

La muchacha se dirigió lentamente hacia el actor.

—Siéntate un momento. Ya sé que estamos retrasados pero quiero terminar de leer estos apuntes antes de salir. Me falta poco.

Con el rabillo del ojo la observó mientras ella se sentaba. La chica nerviosa se estrujaba las manos. Estaba tensa y apenada y a él le dieron ganas de abrazarla. Pasados unos minutos alzó la vista y la miró de frente.

—Dime

—Max, yo quería... —le costaba proseguir— verás... anoche yo...

Prefirió ahorrarle el apuro.

—Anoche tomaste mucho, creo que te advertí que ninguna bebida es inofensiva.

—Sí, lo sé y creo que dije cosas un poco...

—Atrevidas

—Pues sí... y no quiero que ni por un segundo pienses que yo... —se veía desesperada.

—No te apures ni te sientas mal, por favor. Sé muy bien los disparates que uno dice y hace cuando las neuronas están llenas de alcohol. Para ti no debe ser frecuente pero recuerda que yo tengo sobrada experiencia en eso —la sonrisa que le dirigió logró tranquilizarla un poco.

—De todos modos creo que debía explicarte, no quiero que te formes una idea equivocada.

—Descuida, entiendo que no eras tú y que el licor hablaba por ti. No le des importancia y olvídalo. Yo ya lo olvidé. Ahora, es mejor que nos apuremos, recoge todos esos papeles y tráelos contigo. Llama a Thomas para que saque el coche, bajaremos enseguida.

Al pasar por su lado camino a la puerta depositó un tierno beso en su cabeza.

Él podía ser muy encantador cuando quería y la muchacha no tuvo más remedio que reconocerlo.

Max se detuvo en la puerta y antes de salir, se dirigió a la chica que continuaba sentada dándole la espalda.

—Pero sabes Vicky, si te soy sincero, me gustaría que fuera verdad.

Un estremecimiento intenso recorrió a Victoria que no tuvo valor de responder.

Terminaron de filmar una escena en la playa y la mayoría del equipo aprovechó para darse un chapuzón en el mar, entre ellos Victoria. Max estaba discutiendo con el jefe de cámaras sobre algunas de las tomas que pensaba debían repetirse. Cuando estuvieron listos, se volvió a David.

—¿Dónde están todos?

—Aprovecharon el receso para darse un baño y yo estoy esperando por ti para hacer lo mismo, con este calor es lo mejor que podemos hacer hasta que volvamos a empezar.

—No tengo deseos de meterme al agua y aguantar todo este sol. Prefiero estar a la sombra con algo bien frio que echarme a la garganta.

—Pues allí están los toldos y todas las bebidas frías que se te ocurran. Los muchachos vienen siempre bien apertrechados. Yo sí que me voy al agua.

Max encaminó sus pasos a una de las tiendas de campaña improvisadas que habían montado con lonas debajo de unos pinos, agarró una botella de cerveza y se dejó caer en una silla. Dirigió la vista al grupo que chapoteaba en la playa unos metros más abajo de la posición en que se encontraba, buscando entre ellos una silueta en específico. Victoria estaba sentada en la arena, las piernas recogidas entre sus brazos, la barbilla apoyada en sus rodillas. David, que se acababa de cambiar, apareció por detrás de la chica y tiró un puñado de arena en su espalda.

Una vida contigo

—No lo pienses mucho, las mejores cosas suceden cuando no se las piensa y al mundo, tal como es, no se le puede arreglar.

La muchacha alzó la vista.

—¿Eso crees?

—Firmemente. Todo lo mejor que me ha pasado en la vida, es aquello que no me propuse, que no intenté cambiar o quise conseguir.

—Serás un hombre de mucha suerte.

—La verdad es que no me quejo.

Hunter se dejó caer en la arena al lado de la muchacha.

—¿Y Max?

—No quiso venir, se acomodó en uno de los toldos a echarse unos tragos y contemplar de lejos el mar.

—A veces toma mucho, no creo que eso le haga bien.

—Te preocupas mucho por él.

—Es mi jefe, me preocupo lo necesario.

—¿Se te hace fácil vivir a su lado?

—No me es difícil. La mayor parte del tiempo pienso que yo ni existo para él.

—Si piensas eso estás muy equivocada —la respuesta de David fue tan baja que la muchacha no pudo oírla.

—¿Decías?

—Que al principio creí que no sería así. A Max le cuesta compartir su espacio con personas que no sean de su estricta intimidad y pensé que ninguno de los dos se adaptaría fácilmente a vivir con el otro.

—El tiene su espacio. Yo me limito a estar alrededor cuando me necesita.

—Por lo que veo parece necesitarte muy a menudo.

—No te entiendo.

—Mejor así —David se puso de pie y entró al agua—. Vamos Vicky, si te quedas en la orilla te vas a achicharrar.

—Voy ahora, mientras tanto intentaré arreglar el mundo un poco —dijo bromeando.

—Tiempo perdido, te lo puedo asegurar.

David se zambulló y dando unas braceadas se acercó al resto del grupo que conversaba en un círculo. Dos jóvenes camarógrafos se acercaron por detrás de Victoria sin hacer ruido y cuando esta menos lo esperaba la cargaron entre los dos y se metieron con ella al agua. La chica forcejeó tratando de soltarse con piernas y brazos. Max se puso de pie de un salto dispuesto a intervenir pero se dio cuenta a tiempo de lo ridículo que parecería. Vicky reía saliendo del mar después de haber sido arrojada a él por sus compañeros. Empezaron a empujarse unos a otros, salpicándose con las manos y después los tres comenzaron a nadar uniéndose a los demás.

—Es tonto que te pongas así por una mujer —se dijo a sí mismo.

El actor buscó otra cerveza y se volvió a sentar en la silla. Durante un buen rato su mirada siguió atenta todas las maniobras que hacía la muchacha.

—Querido... ya me extrañaba que te hubieras ido con ese montón de locos.

Sonja tomó otra cerveza de la nevera portátil y se sentó al lado del actor.

Max la observó con detenimiento. Era realmente hermosa Sonja Wilson. Alta y cimbreada, con aquella melena larga rodeando el perfecto rostro de líneas delicadas. No por tanto se había deleitado con sus encantos durante tanto tiempo. Él se había sentido muy complacido a su lado. La encontraba divertida y era una excelente compañera de cama. Hasta hacía poco, con sólo verla su deseo despertaba y este descanso hubiera servido para esconderse en algún sitio a disfrutar su pasión. Le resultaba extraño poder mirarla con tanta frialdad sin que su cuerpo saltara de ansia por aproximarse a ella. Suspiró profundo, haciendo un gesto característico que en él denotaba singular aburrimiento.

—No sabía dónde estabas y como te perdí de vista hace rato, pensé que te habías retirado a la ciudad.

—No me iría dejándote aquí solo cuando podías necesitarme de nuevo.

—Tus tomas terminaron por hoy y no hay necesidad de repetir ninguna. Creo que te lo dije.

—Cuando hablé de necesidad, no me refería precisamente a una de ese tipo.

La insinuación implícita de sus palabras no provocó absolutamente nada en él.

—Lamento decepcionarte pero a mí me queda todavía mucho por hacer y no puedo pensar en otra cosa.

Una vida contigo

—Ahora siempre pareces demasiado ocupado. Tengo que hacer memoria para recordar cuándo fue la última vez que pasaste una noche conmigo. En las semanas pasadas no nos hemos visto a solas y en dos días me iré a París.

—Si apreciaras lo que hacen los demás, te darías cuenta que no descanso. La producción no para de generar problemas. No estoy de ánimo para juegos ni diversiones cuando tengo tanto trabajo encima.

—Eso es nuevo. Antes siempre tenías ánimo para esas cosas precisamente cuando más trabajo tenías.

—Me fastidia que no dejes de hacer referencia constantemente a un "antes" como si hubiera sido de tan vital importancia.

—Para mí lo fue, lo es... y como estoy segura que lo será, no me preocupo tanto.

Apretó sus senos provocativamente contra el brazo del actor.

—Sonja, ya te he dicho que detesto estas manifestaciones en público.

La modelo hizo un mohín de disgusto y se separó abanicándose con las manos.

—No se puede estar fuera de la cabina climatizada. Este calor me está matando.

—Puedes aprovechar y meterte al mar con todos los demás.

—No tengo nada que ver con esa gente. Me aburre hasta su conversación.

—Cualquiera diría que desciendes de reyes. Te convendría mostrar un poco más de humildad.

—No he llegado a esta posición para seguir codeándome con la chusma.

—Nadie aquí puede clasificarse de esa manera. Todos son gente buena y trabajadora, por demás excelentes profesionales. Si te tomaras la molestia de hablar con ellos creo que sería a ti a quien le costaría mucho estar al nivel de su conversación.

—Por favor Max, cuando se te suben esos humos de defensor del pueblo te pones insoportable.

—No olvido mi origen por mucho más que mi fortuna haya crecido. A mi familia y a mí nos costó mucho esfuerzo sobrevivir como simple clase media durante la mayor parte de mi vida. El dinero o el prestigio que ahora tengo no me hacen diferente de todas esas personas a las que tanto desprecias.

—Yo no desprecio a nadie. Simplemente no tengo tiempo para perder con ellos. Y tú, querido, puedes decir lo que quieras pero casi eres un rey, al menos eres mi rey.

—Te equivocas Sonja. Te has formado una imagen de mí que no es real y no sé por qué ya que nunca he tratado de comportarme diferente contigo. Soy un hombre simple de gustos muy sencillos. No pretendo ser mejor que nadie y me satisface que sea así. Creo que debías intentar conocerme un poco mejor. Estoy seguro que no estarías tan encantada con el resultado.

—Yo te conozco bien querido y todo lo tuyo me encanta. No existe hombre alguno que me guste más que tú Max y creo que te lo sé demostrar.

—Si es así no lo entiendo porque por lo general pensamos muy diferente sobre un montón de cosas.

—Pero nos llevamos muy bien donde se debe. Ahí todo funciona a la perfección. Eso es algo que no puedes negar y siempre has dicho que es lo más importante en una relación o ¿cambiaste de opinión también sobre ese punto?

—No, no he cambiado de opinión respecto a "ese punto", pero... quizá le agregué otros matices.

Dirigió su vista de nuevo al grupo que estaba en el mar. Sonja siguió el rumbo de la mirada del actor.

—Te gusta hablar mucho pero tampoco estás con ellos —hizo un gesto despectivo mirando hacia la playa—. Te has quedado aquí solo en vez de estar compartiendo con "tus amigos".

Max le devolvió una sonrisa vacía y no respondió. Era inútil discutir con la mujer sobre algunos temas y por el momento no le interesaba siquiera su opinión.

—Esa sí que se sabe divertir en ese ambiente.

La barbilla de la mujer apuntaba con desdén hacia Victoria que encaramada en los hombros de Willy se tiraba al agua y volvía a subirse a sus hombros para repetir la pirueta. Max dirigió la vista hacia ellos y su mirada se ensombreció. Le molestaba enormemente que los brazos del joven sujetaran a Vicky para subirla a sus hombros, le molestaba hasta que los pies de Victoria tocaran al chico. Le estaba resultando insoportable verla a su lado o al lado de cualquier otro hombre que no fuera él.

Sonja seguía hablando sin darse cuenta de la reacción que sus palabras provocaban en el actor.

—Mosquita muerta, eso es lo que es —dijo con malevolencia.

—No sé a quién te refieres —los ojos de Max clavados en Victoria desmentían sus palabras.

—A tu "imprescindible" asistente. No tienes más que verla, rodeada por todos esos mequetrefes que no sé qué le encuentran porque es totalmente insípida.

—Eres muy "generosa" cuando calificas a tus iguales del género femenino.

—¿Iguales? Esa chiquilla nunca, ni soñándolo, podrá igualarse a mí.

—En eso te concedo toda la razón —Sonja no pudo percibir el sarcasmo intencionado de las palabras de Max.

—Pero no se puede negar que la pequeña trepadora sabe aprovechar el tiempo, según parece es un centro de atención en este set de filmación. Lástima que no sepa elegir. Debía buscar gente de más nivel para codearse.

—Todavía no tiene tus artes, querida, pero seguro aprenderá pronto.

—¡Max!

El actor se puso violentamente de pie. Hizo un gesto a otros miembros del equipo que estaban comiendo en una tienda cercana.

—Terminó el receso muchachos. Hay que continuar para aprovechar la luz que necesitamos en la tarde. Llamen a todos.

Dio media vuelta y se dirigió al centro del set que habían montado en la mañana.

Sonja Wilson se quedó sola preguntándose qué pudo haber molestado tanto a Max para hacerle responder de tal manera.

Victoria y Max comían sentados a la mesa del comedor. El actor la miró de reojo mientras la muchacha devoraba los alimentos rápidamente.

—Un día de estos te vas atragantar.

Victoria se detuvo y comenzó a comer con mayor moderación.

—Perdona... sé que no son buenas maneras pero no puedo evitarlo. En cualquier mesa seré siempre la primera en terminar si no controlo mi forma natural de proceder.

—Aquí no tienes que controlar nada. Puedes ser como eres. A mí no me molesta que comas rápido o despacio sino que te sientas cómoda

—Entonces ¿por qué me regañas?

—No te regaño. Sólo hice una observación.

—Desde la tarde traes una cara que parece que vas a comerte a alguien. No has hecho otra cosa que pelear y enojarte con todos.

—Eso no es cierto.

—Lo es y lo sabes. La gente se echaba a temblar sólo con verte arquear una ceja porque parecías a punto de estallar. Se nos hace difícil trabajar cuando te pones así y por tu propio bien debías considerarlo.

—Tienes una manera exagerada de apreciar las cosas, creo que te lo he dicho en más de una ocasión.

—Tú tienes una manera exagerada de ocultar lo obvio cuando te conviene pero a qué discutir, no es problema mío.

—¿Y si lo fuera?

—¿Qué?

—Y si fuera problema tuyo corregir mis defectos, ¿lo harías?

—Siempre me trazo metas posibles, Max. Cambiar tu carácter es algo fuera de toda posibilidad.

—¿Tan malo te parece mi carácter?

—Cuando te violentas, te encaprichas o te sale algo mal quisiera, como el resto del mundo, estar a mil leguas de distancia.

—No lo creo.

—¿Que no crees, qué?

—Que tú le tengas miedo a mi carácter. Acostumbras llevarme la contraria con mucha frecuencia.

—Me parece que es mi deber darte mi punto de vista cuando no coincide con el tuyo pero realmente no creo que lo tengas en cuenta.

—Pues te equivocas, aprecio mucho tus observaciones aun cuando no se ajusten a la idea que tengo de las cosas.

—Lo disimulas bastante bien y lo creas o no, yo también te tengo miedo cuando te pones así.

—Tú nunca debes tenerme miedo. Lo he dicho en más de una ocasión. No haría nada que te hiciera daño, no a sabiendas.

—Ese parece ser el problema contigo. No sabes controlarte ni siquiera cuando te conviene.

—Cuando hablas así siempre parece que me estuvieras reprochando por algo que debo conocer.

Max esperó ansioso su respuesta pero la chica, como de costumbre, no mordió el anzuelo.

—Mejor lo dejamos ahí. Cuando discutimos nunca llegamos a ninguna parte y cada uno sigue pensando lo mismo.

Terminaron de comer. Victoria recogió los platos y los dejó en la cocina. Max se sentó en la sala a ver un partido de futbol y ella escogió una revista al azar y la empezó a hojear sentada en otro butacón.

—Te divertiste mucho esta tarde.

—¿Yo?... Sólo estuve haciendo mi trabajo.

—Me refiero a cuando te metiste al agua con los demás.

—Pues sí, pasé un buen rato.

—No sabía que te gustara tanto la playa.

—Tú no sabes lo que me gusta o no. Apenas me conoces.

—Tienes razón pero no es mi culpa. Eres tú la que nunca habla de ti.

—Creo que ya te dije que tengo poco que contar, mi vida no ha sido tan interesante como la tuya.

—Puede que eso no sea tan cierto, pero no voy a iniciar otra discusión inútil. Hablábamos de lo mucho que te divertiste hoy.

—Disfruto mucho del mar.

—¿Sólo del mar?

La chica no captó el doble sentido de la pregunta.

—El mar me parece suficiente para hacerme feliz. Si algún día logro tener mucho dinero me compraré una casa frente a la playa. Una casa con barandas de madera a todo su alrededor, que tenga un dormitorio en un segundo piso, con balcón techado mirando directamente al océano, un lugar desde donde se pueda ver amanecer y anochecer. Allí me sentaré a trabajar o simplemente a pensar. En mis sueños me imagino en un sitio así.

—Es un lindo sueño. Puede hacerse realidad.

—Sí en un millón de años... o quizá no hay que perder la esperanza, puedo ganar la Lotto o un Oscar como asistente de producción... —el tono de burla era evidente.

—Te lo digo en serio.

—Debías ser un poco más objetivo. Yo que soy la interesada sé muy bien que nunca se hará realidad. Es sólo un deseo imposible y siempre lo será.

—Y en ese sueño ¿te ves sola o con alguien?

—Depende.

—¿De qué?

Victoria lo miró. Dejó la revista a un lado pensando que no le convenía seguir aquella conversación.

—Es tarde Max y estoy cansada. Me voy a mi cuarto.

—Sin responderme.

—No hay nada que responder. Es sólo un sueño ya te lo dije.

—Hace poco me dijiste que te habías cansado de soñar.

—Y así es. La mayoría de mis sueños están rotos.

—Yo puedo ser tu reparador de sueños si me dejas. No sé si te das cuenta de lo empeñado que estoy en ello.

—Tú seguramente puedes hacer realidad mis pesadillas pero, te agradezco la intención y lo tendré en cuenta si algún día estoy tan desesperada.

—Repito que te hablo en serio. Yo puedo hacerte realidad ese sueño ahora mismo si lo deseas.

—¿Tú? ¿Y a cambio de qué?

—Podemos negociar.

—Trabajo para ti a tiempo completo, no me queda nada para negociar.

—No soy de la misma opinión.

—¿Por qué te gusta jugar conmigo? No le veo la gracia.

—Eres tú la que piensa que es un juego.

Max se puso de pie y avanzó hacia ella.

—No estoy jugando Victoria, ¿cuándo te darás cuenta de algo tan obvio? —la sujetó por los hombros. Con ternura extrema le delineó el contorno del rostro con su mano siguiendo con la mirada todo el recorrido—. ¿Por qué no me crees?

—Se ve que no tienes otra cosa mejor que hacer. Se trata de eso. Te aburres en casa y me tienes a mano. Es mejor que salgas a divertirte un rato.

—No me interesa. Sólo deseo estar aquí contigo —seguía acariciándole las mejillas y apartando con delicadeza unos mechones de pelo regados en su frente.
—Dejemos esto. No conduce a nada.
—Porque tú no quieres.
—Si te empeñas en verlo así, no te voy a desmentir. Efectivamente: No quiero.

Se separó de él suave pero decididamente. La breve silueta se perdió en el pasillo que conducía a su habitación.
—Pero querrás Vicky. Me aseguraré de ello.

Los días pasaron y el trabajo intenso de la filmación dejaba poco tiempo para otras cosas. Esa mañana, antes de entrar al set, Max revisaba unos papeles en su oficina de los estudios cuando Willy tocó a la puerta y saludó al director mientras su mirada parecía buscar a otra persona en la habitación.
—Hola Max.
—¿Se te ofrece algo, Willy? —Alzó una ceja interrogante mientras miraba al joven.
—¿Sabes dónde está Vicky?
—No la he visto desde que llegamos en la mañana pero creo que tenía varias cosas que hacer en vestuario.
—Gracias —el joven hizo intención de abandonar la oficina con bastante rapidez pero Max lo detuvo.
—¿La necesitas para algo en especial?
—Ayer me prometió que almorzaríamos juntos y no quiero que lo olvide.

Haciendo un guiño cómplice y sugerente, salió muy de prisa.
El buen humor de Max desapareció instantáneamente.

Max parecía león enjaulado cuando dos horas más tarde Victoria entró en su oficina.
—Vaya... ¡Al fin apareces!
—¿Pasa algo? Me dijeron que me andabas buscando.
—Hace horas que te busco y no tenía idea de donde podías estar.

La muchacha sonriendo trató de calmarlo.

—No pueden ser horas. Sólo hace un rato que salí del foro.

—¿Y dónde estabas?

—Salí a almorzar, no pensé que podías necesitarme.

—Siempre te necesito —la frase salió disparada—. Quise decir... que necesito encontrarte cuando hace falta y creo que para eso trabajas para mí. Debes estar disponible cuando sea menester.

—Trabajo para ti casi las 24 horas del día y creo que te será difícil encontrar otro empleado que esté disponible tanto tiempo seguido —el estado de ánimo de la muchacha que había sido confiado y risueño al entrar, comenzó a cambiar.

—Y eso parece molestarte mucho... —más enfadado todavía.

—Pues si vieras que no. No me molesta pero me extraña que te pongas así sólo porque disponga de una escasa hora para salir a comer, sobre todo si no dejo nada urgente por hacer. Tampoco soy tu esclava.

Victoria tenía razón y él lo sabía.

—De igual manera pudiste decirlo, nos habríamos ahorrado todo esto.

—Lo tendré en cuenta para otra ocasión, ahora ¿puedes explicarme cuál es ese asunto tan urgente que no podía esperar?

—Vienes conmigo a la entrevista con Trevor.

—Pero yo no pinto nada allí, no sé para qué puedo hacerte falta.

—Eso lo decido yo.

—Max, tengo asuntos que resolver aquí.

—Acabas de decir que no tenías nada pendiente.

—Dije que no tenía nada pendiente que fuera urgente cuando fui a almorzar, pero por supuesto que tengo muchas otras cosas de que ocuparme para adelantar el trabajo.

—Pues a mí me parece más importante que me acompañes y espero que no discutas eso.

—Eres el jefe. Con tal que luego no me estés reclamando...

Caminando hacia la puerta.

—Y recógelo todo, no volveremos al estudio.

—Max... te repito que todavía tengo que ordenar algunos asuntos para que estén listos mañana.

—¿Dejarás que decida yo lo que se debe o no se debe hacer aquí?

Su tono era tan furioso que Victoria prefirió no seguir insistiendo.

—Tú mandas.

—Me alegra que eso te quede claro.

La muchacha salió por la puerta que Max mantenía abierta frente a ella sin dirigirle una sola palabra más.

Victoria y Max discutían enojados en la sala del Departamento de Brennan.

—Perdona, pero eso me parece totalmente absurdo.

—No te he pedido opinión.

Su respuesta fue tajante. Parecía mentira que este hombre fuera el mismo que tan complaciente y tierno se había comportado con ella los últimos días. Le era imposible adivinar el motivo que lo pudo cambiar así.

—No me la has pedido pero no puedes evitar que la tenga. Y quedarme en casa de ahora en lo adelante me parece una pérdida de tiempo inútil que ni la producción ni tú se pueden permitir en estos momentos.

—Por lo visto te crees más importante de lo que podía imaginar.

Max sabía que había ido demasiado lejos. La mirada de reproche en los ojos de la chica le hacía comprender que además era injusto.

—Discúlpame, no quise decir eso. Sabes que valoro mucho lo que haces pero estimo que en estos momentos me serás más útil si trabajas desde aquí. En el estudio te distraen miles de asuntos que a veces no tienen nada que ver contigo, aquí dispondrás de más tiempo para ordenar y evaluar las cosas sin interrupciones inútiles.

—Pero así es nuestro trabajo. No podemos aislarnos en una torre de cristal y alejarnos de todos los problemas. La presión no siempre es mala, creo que a veces hasta saca lo mejor de ti, te mantiene alerta y al tanto de todo lo que pasa. Te hace más creativo y yo disfruto de eso Max, por eso elegí hacer esto.

Él la comprendía muy bien porque sentía lo mismo y su trabajo le apasionaba pero esa evidencia no le haría cambiar de opinión: no la quería cerca de los estudios porque la quería bien alejada del asistente de producción.

—No te quito razón pero ahora te necesito aquí y no voy a discutir más la cuestión. Además sabes que este apartamento es como un segundo frente, aquí se trabaja tanto como en los foros.

—Pero a mí me gusta estar allí.
—Sí...lo supongo —malhumorado.
—¿Decías?
—Nada. Ordena todo lo que precises para que tengas a tu alcance lo que puedas necesitar. El teléfono existe para algo y te mantendrá al tanto de lo que ocurre fuera de aquí y yo estaré trabajando contigo, como siempre, al alcance de la mano. Lo esencial no cambiará.
—Si tú lo dices... pero... por casualidad ¿no tendrá esto algo que ver con el regreso de Sonja?
—¿Sonja? ¿Cuándo regresa Sonja? —él no tenía la menor idea. No había pensado en la modelo desde que esta tomó su vuelo a París.
—No lo sé, pero estoy buscando algo que justifique tu actitud y si lo que te preocupa es que cuando ella vuelva tengamos otro encuentro desagradable, te prometo que yo no buscaré problemas, es más, te juro que me mantendré callada por mucho que me busque la lengua y estaré lejos de su presencia todo lo que me sea posible.
—Tu interés a ultranza en llevarme la contraria en este asunto comienza a llamarme la atención... y por cierto, que te quede claro que mi decisión no tiene nada que ver con Sonja. Debías saber que no permito que cuestiones personales interfieran en mi trabajo. —¿Y qué estaba haciendo ahora, se preguntó a sí mismo?.
—Max...
—No insistas Victoria, te quedas aquí y punto. No quiero volver a discutir sobre esto ¿Entendido?
Vicky no respondió, dio media vuelta y muy molesta se encerró en su habitación.

Días después, Victoria y Sofie almorzaban sentadas a la mesa del comedor en el apartamento de Max.
—Y ¿no sabes por qué cambió de ese modo?
—Ni idea. Empezaba a creer que las cosas marcharían bien entre nosotros, que hasta podíamos ser buenos amigos y de pronto ¡zas! No me habla más que lo estrictamente necesario, me aleja de los estudios y me observa como si le fuera a clavar un puñal en la espalda.
—Exageras... —riendo.
—Sí, quizá un poco —Vicky también sonreía— pero ha cambiado mucho, eso sin lugar a dudas. Puede que sea imaginación mía o que me

estoy volviendo paranoica, pero cuando está en casa me parece que hasta vigila lo que hablo por teléfono.

—¿Crees que le han ido con algún cuento y que esté desconfiando de ti?

—¿Quién y por qué? Me llevo bien con todo el mundo en la producción y además el cambio fue muy brusco. Por la mañana era encantador y de pronto un dragón en llamas.

—Algo tuvo que pasar, nadie cambia así sin motivo alguno.

—Yo creo que tiene que ver con esa mujer.

—¿La esposa o Sonja?

—La esposa parece tenerle sin cuidado. Es la otra, la modelo.

—Pero ella está en París o ¿es que ya regresó?

—No, todavía no regresa pero lo hará pronto y creo que tiene miedo que volvamos a tener un enfrentamiento en el estudio como la última vez.

—En aquella ocasión él se puso de tu parte, te dio la razón y eso te quedó claro.

—Sí, es cierto pero no creo que quiera tener problemas con ella por causa mía ni por nadie. Le interesa demasiado esa tipa.

—Y eso a ti te molesta.

—¿A mí? ¿Por qué habría de molestarme?

—¿Ya no te gusta Max, Vicky? Vivías suspirando por él antes de conocerlo. Siempre me pareció muy extraño que todo aquel "apasionado interés" haya desaparecido de un día para otro.

—Era un tonto interés. Un sentimiento absurdo de alguien que no tenía nada más provechoso que hacer. La realidad te hace ver las cosas como son y no te permite idealizarlas. Hace mucho tiempo comprendí que todo es bien distinto a como un día pensé.

—Cambiaste mucho desde aquella noche que fuimos al Soterby. A veces deseo que nunca hubiéramos ido y siguieras siendo la misma.

Victoria no permitiría que su amiga volviera a traer a relucir un recuerdo que ella casi había logrado desterrar.

—Nada de lo que me pasa tiene que ver con esa estúpida salida y no sé como hacértelo entender. Simplemente abrí los ojos y dejé de ser una tonta muchachita soñadora. A todos nos pasa más tarde o más temprano.

—Pues yo todavía sigo soñando amiga y puedo asegurarte que no me va nada mal.

Vicky se calmó y le dirigió una mirada complacida.

—Te va bien con David.

—Me va de maravillas. Sé que todos envidian la suerte que tuviste de conseguir el empleo con Max Brennan, pero yo no cambiaría mi suerte con la tuya por nada de este mundo. Conocer a David ha sido lo mejor que me ha pasado y que él se haya interesado en mí es como una bendición.

—Me das envidia, Sofie. Envidia de la buena. Yo también cambiaría mi suerte con la tuya sin pensarlo dos veces si pudiera estar enamorada de nuevo y alguien me amara como te aman a ti.

—Y ¿por qué lo dices como si eso no fuera a pasar?

—Verás...creo que será difícil. Es todo.

—Y no será que estás enamorada ya.

No se dieron cuenta de que otra persona estaba en la habitación.

—Eso es, Victoria. ¿Por qué no respondes? ¿De quién estás enamorada?

Las muchachas se volvieron sorprendidas hacia el actor que se recostaba en la puerta de entrada al comedor.

—Max, no te oímos llegar.

—Es evidente, pero estoy aquí desde hace rato aunque no quise interrumpir una charla tan amena por más que ahora esté interesado en conocer tu respuesta, Vicky.

—No hay ninguna respuesta y si la hubiera no creo que sea cosa tuya.

—Eso lo podríamos discutir, pero no creo que sea el momento.

Se adelantó a saludar a Sofie dándole un beso en la mejilla.

—Es un placer volverte a ver, hace días que no vas por el estudio.

—Estoy enloquecida montando mi negocio, pero esperaba estar con ustedes mañana en la fiesta que harán para celebrar el inicio de la filmación.

—A mí en lo personal me parece que es una manera tonta de perder el tiempo, pero es la costumbre y no me puedo oponer. Si quieres ir serás bienvenida.

—Creo que será entretenido. David me contó que montan un show entre ustedes mismos y se divierten mucho. Tú no te lo querrás perder Vicky, siempre te han gustado ese tipo de eventos.

Una vida contigo

La muchacha miró al director como esperando una confirmación de su parte.

—Estaremos allí, Sofie y espero que tú no faltes.

Dio media vuelta y se dirigió al despacho.

Sofie se giró a Victoria haciendo un gesto de interrogación con las manos.

La amiga se encogió de hombros pero su mirada permanecía fija en la puerta por donde había desaparecido Max.

David y Max en su oficina en los estudios.

—Me parece irracional que estés encerrado aquí mientras hay tremenda fiesta a unos pocos pies de distancia. Todo el mundo se la está pasando bien y creo que tú que eres el gran jefe debías estar allí, al menos para apoyar.

—Como has dicho, se están divirtiendo y no creo que mi presencia les haga falta.

—¿Qué rayos te pasa hombre? Andas con un humor de perros desde hace un montón de días.

—Hay mucho que hacer y millones de cosas en que pensar. De ahora en adelante los problemas irán creciendo. ¿Crees que no tengo razones para estar preocupado?

—Preocupado es una cosa. Furioso contra el resto del mundo es otra. Parece que no te das cuenta pero se hace difícil mantener una conversación cordial contigo últimamente. Todo te molesta, todo te parece mal.

—No suelo ser una persona agradable cuando me preocupa algo, tú lo sabes.

—Eso no es cierto. Sólo cuando las cosas no salen como tú quieres es que sueles ser una persona bien desagradable, la preocupación no tiene nada que ver con eso. Así que suéltalo ¿Qué fue lo que no salió como esperabas?

Max lo atravesó con una torva mirada. Hunter lo conocía demasiado pero no estaba para confesiones.

—Tu descansada posición no te deja ver más allá de tus narices. Si este proyecto fracasa toda la responsabilidad será mía, tú al igual que otros sólo te sentarás a decirme que me lo habías advertido.

—Eres injusto Max. Me interesa tanto como a ti que esto funcione y en lo que me toca hago más de lo que me corresponde, lo sabes bien.

—A veces lo dudo, andas tan encandilado con esa chiquita que pasas todo el tiempo que puedes metido entre sus faldas. No sé cómo estás aquí si finalmente ella no pudo venir.

—Ya salió el peine. El celibato te está afectando ¿es eso, no?

—¿De qué demonios hablas?

—Es evidente. Sonja lleva mucho tiempo lejos, que yo sepa no le has buscado sustituta, y no te das una vuelta por Sidney desde que esto arrancó. Demasiado tiempo sin mujer ¿no te parece? No es común en ti.

—Estás diciendo tonterías.

—Entonces ¿me equivoco? ¿Tienes algo? Lo creo difícil pues te pasas todo el día en el estudio o en tu casa, aunque claro… Ahora que caigo… en tu casa ya no estás tan solo.

Max se levantó de la silla donde estaba recostado y pareció que se le iba encima pero cambio el rumbo y se dirigió a la puerta.

—Es mejor que salgamos a formar parte de ese endemoniado barullo porque si no acabaré cerrándote la boca de un puñetazo.

—Buena idea, amigo. Me parece prudente no correr el riesgo de perder un diente.

Le pasó un brazo por los hombros y salieron al foro abierto donde la música y las risas de la gente llenaban el espacio.

La gente se amontonaba aplaudiendo y alentando a la pareja que bailaba en el medio del círculo que todos rodeaban. Max se acercó a mirar a quienes llamaban tanto la atención mientras David lo seguía tratando de pasar entre el montón de personas apiladas. El espectáculo que se daba ante sus ojos colmó la cordura de Max Brennan: Victoria y Willy bailaban al son de una música desenfrenada que los hacía contorsionarse de una manera que hizo arder la ira en el director.

Era un ritmo latino pegajoso cuyos pasos hacían que la pareja se acercara, se separara y volviera acercarse con movimientos sensuales y atrevidos. Chocaban sus caderas, pegaban sus cabezas, giraban sobre ellos mismos y después se apretaban dando vueltas y vueltas que parecían nunca acabar.

Una vida contigo

No se pudo contener y se abalanzó sobre ellos, el brazo de David no pudo detenerlo.

—No Max, no hagas eso...

David se quedó atrás cuando vio que su esfuerzo era inútil. Max irrumpió bruscamente en el círculo donde la pareja se movía y separó a Victoria de Willy con un tirón que estremeció por completo a la muchacha que no tuvo más remedio que apoyarse en él para no caer al suelo. La sacó del lugar casi a rastras ante el asombro de todos los presentes que permanecían en silencio mientras la música no dejaba de sonar.

Victoria se sentía avergonzada y ridícula. No intentó resistirse porque presentía que, de hacerlo, resultaría peor. No hacía otra cosa que bajar la mirada ante todas las personas que encontraban mientras avanzaban hacia el estacionamiento y que extrañados no entendían la explosiva reacción del director.

Max empezó a dar gritos llamando a Thomas que corrió a buscar el coche lo más rápido que pudo. De alguna manera entraron al auto y no se dijeron una sola palabra en el trayecto para no alarmar más al chofer que los miraba de reojo a través del cristal.

Victoria entró a la sala hecha una furia, el cuerpo le temblaba de coraje, las mejillas rojas por la ira pero la expresión de Max, que la seguía, no se quedaba atrás.

—Que sea la última vez, me oyes, la última vez que haces algo así.

—La que debe pensarlo dos veces antes de volver a dar un espectáculo como ese eres tú.

—¿Espectáculo? ¿Qué espectáculo? Yo sólo estaba bailando, el circo lo armaste tú al sacarme de allí en esa forma llamando la atención de todos.

—No iba a permitir que te siguieras llenando de vergüenza

—Pero ¿quién te has creído que eres para decidir por mí o para opinar sobre lo que hago?

—Eres mi responsabilidad, vives conmigo y te mantengo.

—Vivo contigo porque no me dejas otra opción. No me mantienes, me pagas porque me mato trabajando para ti y en ninguna forma soy tu responsabilidad.

—Puedes decir lo que quieras pero nada estaría pasando si no te hubieras restregado allí con ese tipo como si fueras una...

—No lo digas, no te atrevas...

—No puedo decirlo pero tú sí puedes comportarte como tal.

—Eso no es cierto pero si lo fuera... ¿qué? A ti qué te importa, no eres mi dueño, no tengo nada que ver contigo. No eres mi padre, ni mi hermano mucho menos mi marido o mi novio. Puedo hacer con mi vida lo que me venga en gana, así sea restregarme con todo el mundo en medio de una plaza pública.

—Eso quisiera verlo.

—Lo verás si me presionas mucho.

—Atrévete y sabrás de lo que soy capaz.

—No te voy a dar la oportunidad.

—¿Sí? Me gustaría ver cómo puedes evitarlo.

—Con irme de esta casa tengo. Es más, me voy ahora mismo. No voy a permitir que me sigas tratando así.

—No vas a ninguna parte. Y a mí me lo permites todo, que te quede claro.

—No eres nadie para decir eso, ¿Quién te ha dado ese derecho?

—Me lo diste tú porque vives conmigo, ya te lo he dicho.

—Te repito que yo "no vivo contigo", no soy una de esas tantas mujeres que acostumbras meter en tu cama.

—¿Estás segura?

La muchacha se puso pálida.

—¿Qué dijiste?

—¿Que si estás segura?

La insinuación que había en aquella pregunta la alarmó y la hizo bajar un poco el tono.

—Por supuesto que estoy segura. Yo... yo no me metería en tu cama si pudiera evitarlo.

—Esa es una buena respuesta...pero tiene solución.

El tono de la voz del hombre también bajó pero a Victoria le pareció mucho más peligroso ahora que cuando gritaba lleno de coraje.

—¿A qué te refieres?

—A que si no te metes de buena voluntad pueden obligarte... como pienso hacer ahora.

Una vida contigo

Caminó hacia ella que retrocedió hasta volver a pegarse a la pared como en aquella ocasión que trataba inútilmente de olvidar.

—No te me acerques, Max. No te atrevas —gritó.

—Como siempre... ya es tarde. Provocas demasiado. Atente a las consecuencias.

Max la estrechaba con violencia entre sus brazos y ella forcejeó tratando de separarlo.

—No me toques. Déjame.

—¿A qué tanto miedo? Apuesto a que no es la primera vez que estás con un hombre.

Victoria se derrumbó mientras Max la besaba en el rostro y en la boca, volviendo a hincar apasionadamente los dientes en su cuello como en aquella noche. Él la sentía temblar. La muchacha dejó de defenderse pero logró apartarlo un poco empujando entre ellos con sus manos. Bajó la cabeza y apoyó la frente en su pecho.

—No me hagas esto. Otra vez no —su ruego fue tan tenue que no lo hubiera escuchado si no estuviera tan apretada a él.

La actitud de la muchacha lo desarmó. Sentirla rendida entre sus brazos fue calmando poco a poco la demencia que movió sus actos desde que encontrarla abrazada a aquel hombre le hiciera ver todo rojo ante él. La estrechó fuertemente mientras controlaba el deseo que le urgía en la sangre. La separó acariciando su rostro y sus cabellos con suavidad y ternura aunque todavía no podía ocultar el deseo que ardía en sus ojos.

—Debes aprender a controlar esa boquita. Otra vez no tendrás tanta suerte.

La besó en la frente y salió de la casa. Victoria quedó sola en el lujoso salón, poco a poco se dejó caer en el suelo y no pudo evitar echarse a llorar.

David abrió la puerta. Max entró y fue directamente hasta el bar sirviéndose una copa. Se sentó en un butacón y se tomó el trago de un golpe. Miró al amigo que seguía observándolo desde la puerta.

—Vamos... acaba de decirlo.

—¿Serviría de algo?

—No.

David se dejó caer en un brazo del sofá.

—¿Dónde está Vicky?

—La dejé en casa.

—¿Está bien?

—Yo estoy aquí ¿no?

Sofie salió por la puerta de la cocina.

—Querido, ya todo está listo... ¡Max! —sorprendida—. No sabía que estabas aquí. Acabo de terminar la comida ¿nos acompañas a cenar?

Max se puso de pie.

—Gracias Sofie, pero no. Sólo pasé un momento y ya me retiraba.

La muchacha miró hacia David que le hizo un gesto elocuente.

—Bueno, yo... creo que olvidé algo en la estufa. Si me permiten —y salió deprisa de la habitación.

Max dirigió sus pasos a la salida.

—No es preciso que te vayas.

—No sabía que estabas acompañado, de saberlo no hubiera venido. No me gusta estorbar cuando tienes "visita".

—Sofie no es una visita.

El actor se volvió mientras abría la puerta.

—¿Tan en serio va el asunto?

—La mayoría no somos como tú, cuando metemos una mujer en casa es porque va en serio.

Max no llevó la cuenta de las horas que estuvo bebiendo en un bar hasta que decidió regresar a su departamento. No podía seguir así y sentía necesidad imperiosa de ver a Victoria. No tenía la menor idea de lo que iba a decirle ni de cómo lo recibiría la muchacha, pero era una situación que debía enfrentar y darle largo sólo empeoraba las cosas. Era mejor apurar el trago por muy mal que resultara y era tonto seguir perdiendo el tiempo en aquel sitio embotando sus sentidos con alcohol. Pagó la cuenta y fue por su coche. La necesidad de encontrarse con la chica se hizo más urgente.

Sofie guardaba unos platos en la alacena y David disfrutaba de un café sentado en la barra de la cocina.

Una vida contigo

—Cariño, ¿Qué le pasa a Max? Parecía muy contrariado.
—No sé, hace tiempo que está así y no me cuenta nada.
—¿Lo conoces hace mucho?
—Desde que vino la primera vez a Los Ángeles. No era tan famoso aquí entonces. En Australia ya tenía un nombre y eso llamó la atención de algunos productores. Yo también empezaba y eso nos unió desde un principio.
—¿Conoces a su esposa?
—Sí, conozco a Elizabeth.
—¿Tienen un buen matrimonio?
—Un día me hubiera atrevido a decir que sí, pero ahora las cosas no van tan bien.
—Pero él debe quererla si sigue con ella.
—Max no dejará de querer a Elizabeth, es la madre de sus hijos y eso tiene gran importancia para él, pero no creo que sea la mujer que necesita en su vida.
—¿Crees que esa mujer es Sonja?
—Hasta el día de hoy pensé que al menos Max creía eso pero ya no estoy tan seguro.
—¿Siempre trabajas con él?
—Cuando puedo y no tengo otros compromisos. Por lo general resulta estimulante trabajar a su lado.
—Pero no siempre.
—No, no siempre pero... y tú ¿por qué lo dices tan segura?
—Lo conozco poco pero creo que es caprichoso y que puede tener muy mal carácter.
David sonrió.
—Eso es cierto pero casi nunca afecta a su trabajo.
—Lo está afectando ahora.
—No sabía que estuvieras tan enterada.
—Vicky me cuenta algo, aunque ella tampoco es una gran fuente de información por estos días.
—Ustedes también se conocen desde hace mucho
—Desde que empezamos en la escuela de la señorita Smith hemos sido las mejores amigas.
—Y ¿qué te dice de Max?

—Poco, no es un tema que sea de su agrado pero la última vez que fui a verla la encontré preocupada. Me comentó que había cambiado mucho y que andaba con un humor de mil demonios.

—Sí, eso yo también lo he notado.

—Mi amiga piensa que es por Sonja.

—¿Y por qué piensa eso?

—Porque está al regresar y cree que a él le preocupa que esa mujer tenga problemas con ella, ya sabes que la tiene entre ceja y ceja.

—Sonja es muy posesiva, debe molestarle que Max y Victoria estén siempre juntos y que ella viva en su casa.

—Pero eso no es culpa de Vicky y esa tipa debía saberlo muy bien.

—Las mujeres son un poco raras al respecto ¿no te parece?

—No, no me parece. Las mujeres no somos ningún bicho extraño ni nada por el estilo para ser clasificadas de esa manera.

—No te enfades. No te incluyo a ti.

La tomó en sus brazos y la sentó encima de sus piernas.

—Has hecho una referencia a las mujeres en general. Y en lo particular ni yo ni muchas nos parecemos a la señorita Wilson.

—Doy gracias a Dios por ello.

Se enredaron en un beso que duró largos minutos. Sofie le acarició el rostro.

—Creo que no debemos seguir perdiendo el tiempo hablando de esas cosas. Esperemos que con el regreso de Sonja, el humor de Max mejore y así todos estarán más tranquilos.

—Quisiera poder confiar en eso pero casi estoy seguro que no será así —imágenes de lo sucedido en la tarde pasaban por su cabeza—. No, no lo será en modo alguno.

Max entró en su departamento. La sala estaba vacía y su despacho también. Se dirigió a la recámara de Victoria.

—Vicky, Vicky, ¿estás despierta?

Nadie le respondió, intentó hacer girar el picaporte seguro de encontrarlo cerrado pero para su sorpresa la puerta se abrió. El silencio del cuarto era completo y se encontró parado en medio de la oscura habitación sin saber qué hacer. Impaciente y decidido encendió

Una vida contigo

la luz. La cama estaba hecha. Nadie parecía haberse acercado a ella en toda la noche. Un estremecimiento helado lo sobrecogió.

El temor de que la chica se hubiera marchado en su ausencia empezó a inquietarlo de una manera insoportable. Ella no podía haberse ido. No podía haberlo dejado. Recordó que mientras discutían le había advertido que se iría, que abandonaría la casa. La sola idea de que aquello fuera posible lo angustió.

Salió deprisa y casi corrió hasta llegar a la piscina. El alma le volvió al cuerpo cuando la encontró allí.

Victoria estaba sentada en el piso, recostada a la pared y con la cabeza oculta entre las piernas. Tan abatida que no pareció notar su presencia.

Max avanzó hacia ella y se dejó caer a su lado. La chica no se movió, siguió en la misma posición, como si su llegada no la afectara, como si presintiera que él vendría y lo estuviera esperando.

Por largos minutos estuvieron callados, sin saber que decir o como si ya se hubieran dicho todo. Max se animó a tomar una de sus manos. Vicky no la retiró pero pasados unos segundos se levantó lentamente y sin decir palabra abandonó la habitación.

Max recostó la cabeza contra la pared.

—¿Qué voy hacer contigo Victoria? ¿Qué puedo hacer?

Max abrió los ojos y se levantó de un salto. No recordaba cómo había llegado hasta su habitación pues la noche anterior después que Victoria lo dejara solo continuó bebiendo como un demente hasta perder la noción de todo.

La cabeza le dolía horriblemente. Se dio un baño y encaminó sus pasos al comedor. Rose estaba poniendo la mesa.

—Buenos días, señor Max. ¿Le sirvo el desayuno?

—Si me hace el favor, Rose —mirando a su alrededor— y la señorita Victoria, ¿no se ha levantado aún?

—La señorita se levantó muy temprano. Estuvo nadando en la piscina y luego volvió a su habitación. No quiso desayunar pero pronto debe estar por aquí.

Max fue hasta la mesa y empezó su desayuno. Miraba constantemente hacia la puerta esperando ver llegar a la muchacha pero esta no apareció. Un poco más tarde tomó unos libretos y empezó a leerlos en la sala.

Pasado un rato, Victoria entró en la habitación y se sentó en el sofá que tenía frente a él. El actor levantó la vista y la observó, parecía muy tranquila.

—Max, creo que debemos hablar.

El hombre puso los papeles en la mesita que estaba a su izquierda y trató de controlar la ansiedad.

—Yo también lo creo.

—Es desafortunado lo que pasó ayer...

La interrumpió.

—Sé que mi comportamiento no tiene excusas y no intentaré pedírtelas porque sé que no las merezco, pero te juro que una situación así no volverá a repetirse.

—No creo que puedas asegurar eso. He comprobado que te es difícil controlar tu carácter en determinadas situaciones.

—Tienes razón pero prometo que esta vez lo haré. No volverás a tener queja en tal sentido.

—No veo por qué tengas que esforzarte en hacer eso por mí. No olvido mi lugar en esta casa. Sólo soy una empleada y si no te llevas bien conmigo, lo mejor para los dos es que me vaya.

—Eso no... —había desesperación en su voz.

—Es lo mejor Max, y lo estuve pensando detenidamente. Desde cualquier punto de vista es lo que aconseja el sentido común.

—El sentido común también indica que dejarse llevar en un momento de ofuscación no es lo correcto. Sabes que formamos un buen equipo y que si me abandonas ahora el proyecto en el que estamos trabajando se verá afectado sin lugar a dudas. Estoy seguro que entiendes lo que eso significa para mí.

—Puedes encontrar otra persona que te ayude.

—No podré encontrar otra como tú. Confío en ti y te necesito, espero que lo sepas.

—Es incómodo lo que nos está pasando. Un día me dijiste que no sabías lo que yo esperaba de ti, pero yo tampoco sé que es lo que tú quieres de mí. Te aseguro que hago todo lo que está en mis manos para complacerte y hacer bien lo que me pides, pero creo que eso no resulta suficiente.

Era verdad, pero no podía decirle que lo que él necesitaba de ella no tenía nada que ver con su desempeño laboral.

—Lamento si no te he demostrado lo imprescindible que eres para mí en todo lo que haces pero te tengo en alta estima y estoy más que complacido con tu trabajo.

—Entonces tal vez sea que mi modo de ser no te acomoda porque es evidente que hay algo en mí que te molesta, si no fuera así no me tratarías en la forma que lo haces a veces.

—No tiene nada que ver contigo. Yo soy el del problema. El mal carácter es mío. Hay días que no puedo evitar comportarme como un loco.

—Pero es tu opción ser como eres. Yo no soy nadie para pretender que cambies por mucho que me afecte. No tengo ese derecho y lo entiendo, espero que tú entiendas que tampoco estoy obligada a soportar que te comportes así.

—Tú tienes ese derecho porque estás a mi lado... trabajas conmigo y mereces mi respeto. No tienes que sufrir las consecuencias de mi mal humor, es a mí a quien corresponde evitar que eso te perjudique.

—Así y todo...

—Victoria, lo repetiré hasta que te convenza: no puedes irte, te necesito y no permitiré que me dejes ahora.

La muchacha se quedó callada. Se veía que encontrados sentimientos luchaban en ella. Max insistió:

—Estoy dispuesto a rogártelo, si es necesario.

Victoria lo miró. Le extrañaba su insistencia, dudaba que él pudiera cambiar su forma de ser, pero no podía negar que en aquel momento parecía sincero.

—Está bien... Me quedaré.

Max respiró aliviado. La chica continuó hablando.

—Pero necesito tomarme unos días.

—No creo... —la ansiedad volvió a cubrir su rostro.

—Regresaré, te lo aseguro, pero necesito un tiempo lejos de todo esto. Sólo unos días, lo prometo.

—Y ¿a dónde irás?

—Puedo ir con Sofie. Necesita ayuda en su negocio y cambiar la rutina será bueno para mí.

—Espero que no te acostumbres demasiado.

—Disfruto mucho lo que hago aquí, Max. No lo dudes. Por si fuera poco necesito este trabajo, dependo de él para vivir.

Él nunca se había detenido a pensar en eso y era cierto. Victoria no era una persona de recursos, tenía que trabajar para mantenerse y eso seguramente la hacía soportar todas sus exigencias sin protestar. No estaba allí por su gusto sino por necesidad. Tener conciencia de ello no le agradaba en modo alguno. ¿Pero qué podía esperar? Desde el día en que la conoció ella se vio obligada a plegarse a su voluntad. Él había jugado con su suerte y le había torcido el destino para satisfacer un capricho. Cada día que transcurría se sentía peor porque hubiera sido así, aunque no pretendiera cambiar el pasado. Es más, sería capaz de cometer los mismos errores si ellos lo ayudaran a retenerla a su lado. No podía resistir la idea de perderla. Estaba dispuesto a usar cualquier recurso que tuviera a mano por muy egoísta o injusto que este fuera y aunque después le pesara, en este momento, lo haría sin remordimiento alguno.

—Espero que no me defraudes y que estés de vuelta pronto, porque si no yo mismo te iré a buscar.

—No será necesario porque parece que, como de costumbre, no me vas a dejar otra opción.

—Eso puedes tenerlo por seguro, muchachita. No te dejaré otra opción.

El actor dio media vuelta y se dirigió a su despacho. Victoria miró alrededor y una sensación confortable la inundó.

Temprano en la mañana, un gran peso le oprimía el corazón. Se propuso abandonarlo todo y comprendió que algo que le parecía una liberación un tiempo atrás ahora era motivo de tristeza. Se había acostumbrado a vivir en aquel sitio, se había acomodado a estar allí. Aquella era su casa, el lugar a donde quería volver cuando estaba cansada, cuando el trabajo la agobiaba, cuando quería sentirse bien. Extrañaría el lugar, a Rose, extrañaría sobre todo a... Max. El conocimiento de ese hecho la abrumó pero debía afrontarlo.

Que el actor se mostrara tan renuente a su partida fue tan alentador para ella que no sabía cómo pudo seguir insistiendo en que debía irse. Agradecía que él no se lo permitiera y agradecía también poder marcharse unos días. Necesitaba tomar un poco de distancia, necesitaba estar sola y pensar... pero sólo por unos días. Era agradable

Una vida contigo

saber que regresaría de nuevo. Era realmente muy agradable saber que seguiría viviendo en esta casa, que no perdería su empleo y que permanecería al lado del director. La sola idea de estar lejos de él le disgustaba mucho más de lo que podía imaginar.

—Es la costumbre —se dijo a sí misma—. Uno se acostumbra hasta a lo peor.

Lo pensó en serio, pero no estaba muy convencida.

Max y David sentados en una cafetería. Max habla por el móvil y David lo observa recostado en su silla.

—Sí, entendí... ¿Quieres que envíe a Thomas por ti?... No en casa no... Pasaré por tu hotel en la noche... No puedo ir antes. Estoy muy ocupado con la filmación... Claro que te extraño... Mañana sí... Hasta pronto.

Cuelga el celular y sigue tomando su café.

—¿Sonja?

—Sí, llega mañana.

—No te veo muy entusiasmado.

—No acostumbro dar saltos por algo así o ¿es que me has visto hacerlo antes?

—No, pero tu satisfacción sería más evidente.

Max se hizo el desentendido, cambió el tema.

—Ibas a decirme lo que te comentaron los dialoguistas.

—Sí, el asunto es grave. No pueden avanzar en los cambios que quieren hacer sobre el guion original, el contrato con el autor no se los permite.

—Hasta ahora se las arreglaban bien con las nuevas ideas que pudieron introducir.

—Ya no. El texto primario tiene demasiadas deficiencias. Se te advirtió desde el principio.

—Lo sé pero las correcciones lograban superarlas.

—Hasta un punto. Ahora, según ellos, para que el guión mejore hay que hacer cambios radicales y te repito el acuerdo firmado no da esa facilidad.

—A principios de semana prepara una reunión con todos y veremos qué se puede hacer.

—Lo coordinaré.

Con el pensamiento perdido en otro derrotero, el actor se animó a preguntar:

—¿Y tu Sofie? No se la ve hace varios días y ya parecían siameses.

—No sabía que te fijabas tanto en ella pero no dejas de tener razón. Anda bien complicada con la inauguración de su establecimiento y como yo también estoy enredado en lo mío, no nos hemos visto con la misma frecuencia. Lo cierto es que la extraño mucho.

—Te ha dado fuerte con esa chica.

—Creo que encontré lo que estaba buscando. Es así de simple.

Max se echó a reír.

—Mira tú de lo que uno se entera. No sabía que andabas buscando algo en tal sentido.

—Todos buscamos en ese sentido, aun los que más se niegan a reconocerlo, y no paramos hasta conseguir lo que nos conviene.

El actor no se dio por aludido.

—¿Y cómo le van las cosas? ¿Dices que su negocio está por inaugurarse?

—Así es y eso nos ha mantenido separados. Si no se hubiera ido a ese pueblo del infierno, podríamos estar juntos más a menudo.

—No es tan lejos que yo sepa.

—Hay que salir de la ciudad y son casi tres horas de carretera. Ando tan complicado con todo lo que se nos ha venido encima que termino muy tarde y amanezco en los foros, por eso no he tenido ocasión de llegarme hasta allá pero de este fin de semana, no pasa.

Max no encontraba el pie para entrar en el asunto que más le interesaba y el amigo decidió ahorrarle el esfuerzo.

—Vicky ha sido de gran ayuda para ella en estos días.

Mientras jugaba con la taza que tenía en las manos, el actor volvió a preguntar restándole importancia.

—¿Ella... está bien?

—Creo que sí, aunque las dos trabajan como condenadas y no les sobra el tiempo.

—¿Te han dicho cuándo piensa regresar?

—¿Quién? —David puso su cara más inocente al interrogar, pero la mirada que le dirigió el amigo desvaneció cualquier deseo de bromear al respecto.

—Te está haciendo mucha falta la muchacha ¿no?
—Me acostumbré a ella y no se puede negar que es muy eficiente.
—¿Es sólo eso?
—¿Qué más puede ser?
—No hemos hablado nunca del incidente del día de la fiesta. Fue un poco... extraño, sobre todo si no hay nada entre ustedes como te empeñas en afirmar aunque es evidente que también insistes en eludir el tema.
—Tienes razón: no pienso hablar de ello.
—Max... —David se detuvo.
El actor levantó la cabeza y lo miró de frente esperando que continuara.
—Nada, es mejor dejarlo así. Eres muy mayorcito para que te dé consejos que por demás sé que no te animarás a seguir.
Max sonrió y se recostó hacia atrás en su silla.
—Me conoces tan bien que a veces asustas. No es el mejor momento para recibir consejos David, mucho menos cuando estoy seguro de no necesitarlos.
Hunter lo miró preocupado.
—Quisiera compartir tu seguridad pero no puedo. No sé el rumbo que llevas, pero me parece que no te conduce a nada bueno y te aseguro que por esta vez, desearía equivocarme de todo corazón.

Victoria estaba sola en el desván destinado a guardar los trastos. Los últimos días habían sido un suplicio y si no fuera porque estuvo trabajando hasta matarse para ayudar a Sofie en todo lo necesario, no habría podido soportarlos. Le costó muy poco llegar a la conclusión de que la vida lejos de Max era un infierno. Menos tiempo tardó en comprender que lo seguía amando como siempre aunque las condiciones de ese amor hubieran cambiado. Ella se enamoró de un sueño pero ahora estaba enamorada del hombre real, de un hombre al que veía todos los días y al que conocía con sus virtudes y defectos. Amaba a Max Brennan. Era un hecho. Lo que pasó entre ellos el día que se conocieron ya no importaba. Aquel recuerdo que era motivo de escarnio se había convertido en un anhelo apremiante por volver a estar en sus brazos, por volver a ser suya y entregársele con el deseo de su propia necesidad. No veía el momento de retornar a "su" casa porque eso era para ella la casa de Max, el único lugar en donde quería estar, el único lugar al que sentía pertenecer. En cuanto inauguraran el estudio fotográfico de su amiga, se regresaría corriendo. No resistía estar más tiempo sin verlo aunque no se hacía ilusiones respecto a la vida que compartiría con él. Era su asistente y seguro de allí no pasaría, pero lo aceptaba con conformidad si podía estar a su lado. Eso le parecía suficiente.

—Pasado mañana estaré de vuelta, sí. Ni un solo día más lejos de él, ni uno más.

La señorita Wilson esperaba impaciente a Max en la habitación del hotel donde se está hospedando.

—Mi vida...

Sonja se abalanzó en los brazos de Max que acababa de entrar al cuarto.

—Han sido días interminables. Nunca estuve tan desesperada por regresar a un lugar.

Max le devolvió el abrazo y el beso. La soltó y fue a sentarse en un amplio butacón. La modelo no dejó de notar la forma tibia de su acogida pero decidió pasarlo por alto. Se dejó caer a su lado y echándosele encima lo empezó a acariciar.

—Tú seguramente también me has extrañado ¿verdad, querido?

Max pensó que así debía ser porque siempre le agradó tenerla cerca pero lo cierto era que su regreso había significado poco para él aunque al contemplarla tan sensual y seductora no se explicaba el por qué.

—Por supuesto —la respuesta resultó poco convincente.

—¿Y cómo marcha todo?

—Endiabladamente. Los líos surgen por todas partes y no avanzamos. Creo que es la peor producción en la que he tenido que trabajar y resulta que es la mía.

—Bueno, ahora que estoy aquí, verás como las cosas mejoran. Siempre te he traído suerte y esta vez no será menos.

—Suerte me hace falta porque todo anda tan mal que he llegado a dudar de mi buen juicio en aceptar este proyecto.

—Max no me digas eso. Afirmaste que no te arrepentirías, que estabas encantado de hacerlo por mí.

—Es mejor que dejemos el tema. Ahora no hay como echarse para atrás y es inútil llorar por la leche derramada —hizo un gesto de impaciencia y preguntó cambiando la conversación—. A ti, ¿te fue bien?

—Sabes como son esas campañas. Mucho trabajo y pocas satisfacciones, a no ser el dinero que te pagan pero tampoco vale la pena hablar de eso, creo que tenemos mejores cosas que hacer.

—Lo siento querida, pero no puedo quedarme. Mañana tengo que madrugar.

—¿Y eso qué importancia tiene? Puedes quedarte a dormir aquí.

—Ese es el problema que no puedo. Todavía tengo muchos pendientes que atender cuando llegue a casa.

—Con esa estúpida asistente... —visiblemente molesta.

—Ella no está. Se tomó unos días de vacaciones.

La actriz se sintió más tranquila.

—Pues puedo irme contigo y quedarme allá —propuso entusiasmada.

—Sabes que no me gusta que te quedes en el departamento.

—Max, ¿qué te pasa? Parece como si no quisieras estar conmigo. ¿Es que no te hago falta después de tantos días? ¿No me habrás cambiado por otra? —comenzaba a mostrarse francamente enojada.

—No digas tonterías, por Dios.

—Entonces, no te entiendo. ¿Qué sucede? En cualquier otro momento me hubieras arrastrado hasta la cama sin darme tiempo para hablar.

El hombre se daba cuenta de que tenía toda la razón.

—Discúlpame, pero realmente estoy muy agotado y mi día no termina. Mañana nos vemos sin falta. Es una promesa. Ahora debo irme.

Le dio un beso y se dirigió a la puerta. Allí se volvió y le dedicó una sonrisa antes de salir.

Sonja Wilson se quedó sorprendida y preocupada. Ciertamente muy preocupada.

El día entero resultó un fastidio. Sonja llegó temprano a los foros y no se despegó de Max. Opinando sobre todo y haciendo observaciones que no venían al caso, estuvo a punto de colmarle la paciencia varias veces. El actor se sentía atrapado en una situación insostenible pero evitó las discusiones porque un berrinche de la modelo a esas alturas sería intolerable. A regañadientes, salió con ella de los estudios al final de la jornada. Había prometido que pasarían la noche juntos y no encontró una excusa válida que la incipiente actriz pudiera aceptar sin armarle un escándalo, pero le advirtió que tendría que trabajar y ocuparse de algunos asuntos que no admitían espera. Antes de dirigirse al Hotel pasaron al departamento de Max a recoger los archivos que quería revisar.

Con Sonja colgada al cuello y riendo de una tontería que acababa de contarle, Max entró en la sala de su casa. Lo menos que podía esperar era encontrarse con la pequeña figura que, dando un salto, se levantó del sillón que ocupaba al verlos entrar.

—¡Victoria!

La sonrisa que alumbraba el rostro de la muchacha cuando sintió abrirse la puerta desapareció instantáneamente, cuando lo divisó acompañado de la actriz. Asimismo, la alegría que inundó a Max al verla se esfumó ante la expresión que apareció en el rostro de la chica y las palabras que Sonja pronunció:

—Vaya, ¡qué pronto regresaste! Pensé que tus vacaciones nos harían descansar de ti unos días más —el tono fue ofensivo y grosero.

Victoria se sintió ridícula y fuera de lugar. Quiso disculparse pero le costaba pronunciar las palabras.

—Siento... siento mucho haber llegado en un mal momento —logró balbucear—. No tenía la menor idea de que usted se estaba quedando aquí señorita Wilson. Rose no estaba cuando llegué y no fui advertida —se recuperó a medida que las palabras salían de su boca y en un tono más seguro prosiguió—. De cualquier manera, comprendo que ha sido mi error volver sin avisar pero... eso puede arreglarse de inmediato: me iré al instante.

—Creo que es lo más apropiado —Sonja señaló de forma despectiva y arrogante.

Max la atravesó con una mirada asesina:

Una vida contigo

—¿Puedes hacer el favor de callarte, Sonja? —su tono no admitía réplica—. Se volteó a Victoria que parecía una hoja abatida por un vendaval parada en el medio de la habitación.

—No tienes que irte a ninguna parte Vicky. Trabajas conmigo y vives aquí. Sabes que puedes regresar a esta casa cuando te convenga, sin tener que avisar a nadie, por demás, y para tu información: Sonja no se está quedando en esta casa, vinimos a recoger unos papeles. Sólo a eso.

—No veo por qué tienes que dar tantas explicaciones... —la modelo empezó a protestar pero el actor no la dejó proseguir.

—Te dije que te callaras y no quiero volver a repetirlo.

Victoria intervino:

—Agradezco sus palabras señor Brennan pero de cualquier forma, ahora entiendo que debí notificarle antes de aparecerme aquí. No era mi intención estorbar en modo alguno.

Max no soportaba verla tan nerviosa y avergonzada.

—Tú nunca estorbas y nosotros estamos de paso —su tono era dulce y tranquilizador—. Permíteme que te dé la bienvenida. Realmente era importante para la producción que estuvieras de vuelta cuanto antes.

Victoria sólo quería desaparecer.

—Con su permiso, me retiro a mi cuarto. Buenas noches —antes de salir se dirigió a Sonja, tratando de ser amable—. Me alegra que usted también haya regresado señorita Wilson.

Sonja no se dignó a contestar ni miró a la chica mientras esta salía de la sala. Max se volteó hacia ella iracundo:

—Tu mala educación raya en la grosería —la acusó duramente.

—No es para tanto. Sólo es una empleada —lo dijo de una forma displicente que alteró mucho más a su interlocutor. Max hubiera querido responderle lo que pensaba pero prefirió no empeorar las cosas y terminar rápidamente con aquella situación.

—Mejor nos vamos y te dejo en tu casa —la tomó del brazo para conducirla hasta la puerta.

—Pero... ¿y los papeles que venías a recoger?

—No serán necesarios. Te llevo al hotel y me regreso.

—No me puedes hacer eso, Max. Me habías prometido...

— 113 —

—Tú lo dijiste "lo había prometido". Cambié de opinión.

—Pero ¿por qué? No me irás a decir que esa muchacha...

—Me molesta cómo tratas a los demás sólo por considerarlos inferiores a ti y no es la primera vez que te lo digo.

—Está bien, lo tendré en cuenta de ahora en lo adelante si eso te perturba tanto.

—Nunca lo has tenido en cuenta y dudo mucho que cambies al respecto. Tampoco es que tengas que cambiar por mí porque ser como eres es tu elección, pero por ahora me arruinaste el placer que podía sentir al pasar la noche a tu lado.

—No creo que un pequeño incidente como este pueda afectar tu deseo de estar conmigo.

—Pues ya ves, así es.

—Es inaudita tu manera de reaccionar. No tienes ningún derecho yo...

—Yo tengo el derecho de hacer lo que me venga en gana Sonja, parece como si no me conocieras. No quiero estar contigo en este momento y si no eres capaz de entender y aceptar esa necesidad temporal podemos hacerla permanente.

La actriz estaba a punto de estallar pero el instinto de conservación la hizo cuidar mucho su respuesta.

—Está bien querido, si un asunto tan simple te molesta a tal medida, no lo discutiré por más extraño que me parezca. Espero que tu humor mejore y te haga ver que haces una tormenta en un vaso de agua y por supuesto no insistiré en que me acompañes esta noche si no es tu gusto. Estoy convencida de que tendremos otras noches por delante.

—Te agradezco "tanta comprensión" —la ironía de sus palabras era evidente.

El actor la tomó del brazo y salieron del departamento.

Victoria se tiró en la cama hecha un mar de llanto. ¡Qué vergüenza! y cuantas ilusiones hechas pedazos. Sabía que no significaba nada para Max pero esperaba que, al menos, se alegrara al verla. El disgusto que mostró cuando ella se marchó la había convencido de que su regreso sería de su entera satisfacción. No podía negar que él la apoyó y le dio su lugar delante de la modelo pero aún así, no dejaba de comprender que debió arruinarles los planes. Por supuesto que no le creyó cuando dijo que Sonja no se estaba quedando allí, muy al contrario, daba por hecho que la señorita Wilson debía estar compartiendo la cama con Max en aquella casa desde que regresara de París.

—Compartiendo su cama... —¡cuánto le dolía esa certeza!

Tenía que controlarse. Ella era sólo una asistente. Comportarse como una mujer celosa no estaba dentro de sus funciones y nadie podía advertir lo que sentía por su jefe. Moriría si el actor o cualquier otra persona llegara a sospechar cuáles eran sus verdaderos sentimientos.

—Dios mío, ayúdame. Que nadie, nadie y mucho menos Max se dé cuenta de lo que siento por él.

Max regresó lo antes que pudo y fue derecho hasta la puerta de la habitación de Victoria.

—Vicky, Vicky...

—Ya estoy acostada ¿qué necesitas?

—Quiero hablar contigo. Sal un momento, por favor.

Ella no podía permitir que la viera con los ojos hinchados y enrojecidos de tanto llorar.

—Me caigo del sueño. ¿No puedes dejarlo para mañana?

—Necesito explicarte y quisiera hacerlo ahora.

—No hay nada que explicar Max y estoy muy cansada. Hablaremos mañana.

—No insistiré, pero espero que estés convencida de que me hace feliz tenerte de regreso.

—Me tranquiliza saber que es así. Buenas noches, Max.

—Buenas noches Vicky y que tengas dulces sueños.

A pesar del incidente de la noche anterior, Max se levantó de muy buen humor. Saber que Victoria ya estaba en casa lo tranquilizaba de una manera inaudita. Al tenerla lejos, descubrió que la muchacha era más importante para él de lo que pudo imaginar y el temor a que no regresara lo asaltó muchas veces con una angustia que rallaba en desesperación pero ya todo volvía a estar en orden y una situación similar no se repetiría si podía evitarlo.

—Buenos días.

Entró al comedor donde Rose se encontraba ordenando el desayuno en la mesa.

—Qué alegre está el señor esta mañana. Hace días que no se le veía así.

—Hace días que no descansaba tan bien. La señorita Victoria ¿ya se levantó?

—Ya estaba levantada cuando yo llegué señor y no sabe la satisfacción que sentí al verla de vuelta. La casa no era la misma sin ella.

—Tienes toda la razón Rose: No era la misma. Ella... ¿Dónde está?

—Desayunó y está en su estudio. ¿Usted va a comer algo ahora, señor?

—Sí. Sírveme rápido que hoy tengo mucho que hacer y no veo el momento de estar en mi escritorio para empezar. —dijo mientras se sentaba a la mesa.

Y era cierto, nunca antes sintió tanta urgencia para entrar en ese lugar como aquel día.

Despacho de Max. Victoria sentada en una silla revisando unos papeles.

—Madrugaste.

—Quería ponerme al día lo antes posible, pero lo que encontré en tu escritorio es casi nada y no me sirve de mucho.

—He trabajado poco en casa durante tu ausencia, la mayoría de los documentos están en la oficina de los estudios.

Max se acercó y se sentó en su silla.

—¿Dormiste bien?

—Sí...bien.

—Victoria, yo quería explicarte que anoche...

—Por favor, dejemos eso. Digas lo que digas sé que debí advertirte de mi regreso, pero ya estoy más que avergonzada por lo que pasó y no quiero hablar más del asunto.

—No lo haré si me aseguras que aceptas que todo lo que dije es cierto y que no disculpo el comportamiento que Sonja tuvo anoche.

Una vida contigo

La muchacha siguió leyendo los papeles como dando el tema por terminado pero al sentir la mirada de Max fija sobre ella, alzó la suya:
—Pasado y olvidado pero... ¿por qué me miras así?
—Te extrañé mucho aunque no sabía cuánto hasta hoy.
—Yo también te... los extrañé mucho a todos.
—Si fuera verdad hubieras vuelto antes.
—Sofie estaba bien aturugada con su negocio. Sentí que era mi deber ayudarla hasta la apertura pero ya estoy aquí y aunque dices que mi presencia era necesaria, tú no acabas de ponerme al día.
—Ya tendrás tiempo de ver cómo anda todo cuando lleguemos a los foros.
—¿Iré... iremos al estudio?
El actor asintió como si esa costumbre no hubiera cambiado nunca.
—Por supuesto, pero hoy lo haremos en la tarde. Tengo algunas cosas que atender en la mañana y lo haré desde casa.
—Yo no sé... quizá deba quedarme aquí —Victoria no sabía cómo enfrentar a sus compañeros después del episodio del día de la fiesta.
—Vicky, aquel penoso incidente está olvidado. Además, tú no fuiste responsable de nada. Allí todos están deseando verte. No han dejado de preguntar por ti... —hizo una pausa y prosiguió apuntando con intención— especialmente el tal Willy.
—¿Willy?
—¿Te sorprende?
—En realidad no, somos buenos amigos.
—El quisiera ser más que un amigo, me parece...
—No creo que estés insinuando lo que pienso.
—Precisamente. A la legua se nota que anda loco por ti.
—Tonterías.
—Sólo hay que ver cómo te mira.
—Si tú has visto eso es porque estás necesitando lentes.
—No me vayas a decir que no te has dado cuenta.
—Claro que no. No hay nada de lo que estás pensando. Ese chico no está interesado en mí.
—¿Y tú en él?
—Menos que menos pero si así fuera... a ti ¿qué puede importarte?
—Quizá me importa más de lo que crees.

— 117 —

Victoria se empezó a poner nerviosa con el sentido que percibía detrás de sus palabras.

—Estamos perdiendo el tiempo hablando de bobadas. Es mejor que hagamos algo de provecho ¿no te parece?

—Todo lo relacionado contigo me parece de provecho.

No fue lo que dijo sino el tono lo que llamó la atención de la chica. Max no había dejado de mirarla y a pesar de lo banal de la conversación, creía ver una segunda intención en todo lo que decía el actor. Sacudió la cabeza como alejando un mal pensamiento. Debía ser su imaginación.

—¿Nos pondremos a trabajar o seguiremos desperdiciando la mañana?

—¿Qué quieres hacer?

—Vaya que te has vuelto considerado —sonriendo—. Te repito que me gustaría saber cómo marcha todo aunque en primer lugar, estoy preocupada por algo que le dijo David a Sofie. ¿Es cierto que tienes un problema serio con los guionistas?

—Sí. Les está costando mucho esfuerzo adelantar en los libretos y eso ha retrasado la filmación de varias escenas. Mañana tenemos una reunión con todo el equipo para encontrar soluciones.

—Me gustaría estar si te parece conveniente.

—No sólo conveniente sino indispensable. Has trabajado más que nadie en ese guión. Seguro se te ocurren ideas que ellos ni siquiera adivinan.

—Son muy buenos, Max. Si dicen que hay problemas es porque los hay, de eso estoy segura.

—Lo veremos mañana. Ahora por favor, ya que estás tan ansiosa por comenzar: revisa esta agenda. Hay varias llamadas por hacer y citas que acordar, te agradeceré que te ocupes y que lo hagas pronto —era él ahora el que le sonreía.

—Voy al saloncito. Así no estorbaré lo tuyo.

—Creo haber mencionado que tú nunca estorbas. Espero que no lo olvides.

—Trataré de no olvidarlo señor, es más se lo recordaré cuando me encuentre hasta en la sopa y quiera salir de mí —lo dijo bromeando y haciendo un saludo militar mientras se dirigía a la puerta.

Ya la muchacha había salido de la habitación cuando el actor murmuró:

— 118

Una vida contigo

—Me temo que nunca querré salir de ti Victoria. Casi lo puedo asegurar.

En la oficina de Max en los estudios, los guionistas, David, Victoria y Max sentados en la sala de juntas, llevan ya un buen rato discutiendo.

—Ya no hay más nada que hacer. Hemos llegado hasta donde se puede —Mike, el principal de los dialoguistas hacía el resumen de lo que se estaba analizando.

—Pero siempre se puede encontrar la forma de seguir adelante —Max se empecinaba en que apareciera una solución y lo señalaba repetidamente.

—Señor Brennan, lo hemos intentando, pero el acuerdo con el autor original no permite hacer más cambios. Nos hemos regido por lo establecido y le aseguro que todas las ideas y sugerencias que se pudieron introducir para mejorar el texto se han hecho pero también se han agotado. Llegamos al momento en que tenemos las manos atadas para avanzar si no se puede variar el guión en su esencia.

Otro de los presentes creyó oportuno intervenir:

—El problema está en el contrato. Los abogados debieron ver que esa cláusula nos traería dificultades. Cobran una pasta y no tienen en cuenta las cosas que más nos perjudican.

—El contrato está bien. Es el que habitualmente se firma y es el aprobado por la sociedad de autores. No podemos pasarlo por alto sin que nos reclamen —Max le aclaró.

—Es un acuerdo entre partes, señor Brennan. Podía haberse conciliado con un poco de ventajas a nuestro favor en lo que se refiere a ese punto.

Mike volvió a la carga:

—Repito que el problema no es el contrato sino el guión.

Todos los presentes habían pujado por dar su opinión, pero callaron ante estas últimas palabras con las que todos coincidían y dirigieron su vista al director, pero fue David quien tomó la palabra.

—Creo que Mike ha resumido la cuestión. El problema es el guión. Lo ha sido desde un principio y todos lo sabemos. Estamos aquí para resolver las cosas, irnos por la tangente no nos llevará a ningún sitio —dicho esto también dirigió su mirada a Max, sabía que el resto no se atrevía abordar el tema tan directamente por temor a molestarlo.

Max agregó:

—Es cierto, muchachos, estoy de acuerdo. No ganaríamos nada si no decimos lo que pensamos exactamente. Sé que el texto original tiene grandes problemas, pero hay antecedentes parecidos y eso no ha evitado que se hagan excelentes filmes. Sólo hay que encontrar la forma de arreglar y encaminar la historia por el lugar adecuado.

Mike se atrevió a insistir de nuevo:

—No hay forma de encaminar esta historia señor Brennan. Disculpe que le diga esto, pero para mejorarla más de lo que se ha hecho, sería necesario reescribirla y el derecho del autor original nos lo impide. Estamos en un callejón sin salida y lo lamentamos tanto como usted. No podemos ser creativos si tenemos que ceñirnos a la obra primigenia. En mi modesta opinión es francamente mala y no es que sea difícil de abordar en cuanto a la versión cinematográfica, si no a que es pésima desde cualquier punto de vista.

Era algo que no se podía discutir y todos estaban de acuerdo sobre el punto. Max no podía rebatirlo pero consideró necesario establecer su posición:

—Cada día que estamos sin filmar es un gasto que la producción no se puede permitir, ustedes lo saben. Mientras encontramos una solución para este problema, les ruego que traten de ir sacando adelante las escenas que se pueden salvar, aun cuando haya que mudar el foro y el equipo de filmación en el mismo día. Sé que será pesado para todo el grupo incluyendo a los actores pero tenemos que hacerlo para aprovechar el tiempo y avanzar en lo que sea posible. Ahora, si no tienen nada más que agregar pueden retirarse.

David, Victoria y Max se quedaron solos.

—Sé que no gano nada diciendo que te lo advertí Max pero no puedo hacer otra cosa —David rezongó muy a su pesar.

El actor cruzó los brazos sobre la cabeza mirando al techo.

—Y si habláramos con el autor —Victoria se permitió sugerir.

—El tipo es más que cara dura y por demás se cree un genio. No aceptará que se cambie nada y está en su derecho pues el contrato lo protege.

David aclaró pero Vicky siguió insistiendo:

—Estuve estudiando el contrato y esa cláusula está a su favor, es verdad, pero tenemos otra que nos favorece a nosotros: Podemos cancelar el acuerdo en el momento que estimemos pertinente, sólo que él se quedaría con el 25 % de la suma que se le ha pagado, pero tendría que devolver el resto. Por cierto, que me llamó la atención que se le pagara la totalidad a la firma del contrato porque no es lo usual.

—La señorita Wilson insistió en eso, recuerda que es su amigo. David respondió dirigiendo una mirada de reproche hacia Max.

David y Victoria habían sostenido la conversación como si Max no estuviera en la habitación. El director sintió la necesidad de intervenir.

—¿Qué puedo ganar cancelando su contrato? Aun cuando me devolviera la suma íntegra que se le pagó, no recuperaría ni la décima parte de lo que llevo invertido en la producción general.

Victoria señaló:

—Es que no lo haríamos para eso. Me explico mejor: Lo importante para nosotros como están las cosas en este momento es poder seguir adelante con la producción cambiando el guión original por completo. Si le pedimos al autor que nos deje hacerlo no estaría de acuerdo, pero si le decimos que cancelaremos su contrato si no acepta nuestras condiciones, creo que lo pensaría dos veces antes de darnos una respuesta negativa, porque no dejaríamos de mencionar que puede quedarse con el 25% pero que tiene que devolvernos el 75% que resta.

—Eso es un farol —indicó David.

—Puede que sí y puede que no. Si no logramos encontrar una salida adecuada a este embrollo es muy posible que tengamos que cancelar el proyecto y perderíamos todo.

—Pues… —David dudaba—. Creo que no se perdería nada con probar. ¿Qué dices Max?

El actor los observaba discutir aunque parecía estar lejos de allí, pero demostró que estaba pendiente de la conversación al señalar:

—Es muy arriesgado.

—¿Qué podemos perder? La situación no puede estar peor.

Vicky dijo lo que pensaba y se volvió a David que asintió sin hablar.

—Si eso es lo que piensan… Podemos intentarlo. Será mejor que llames a los abogados, Victoria —Max aprobó sin convicción alguna.

Victoria no estaba de acuerdo con ese punto:

—No creo que sea prudente Max. La gente se asusta o se previene cuando le envías a tus abogados. Es mejor que uno de nosotros hable con el autor y trate de conseguir que nos firme un documento que nos permita hacer lo que consideremos pertinente con la historia original. Ese documento sí deben prepararlo los abogados, pero creo que convencer al hombre es cosa nuestra.

—Cualquiera de ustedes que quiera hacerlo cuenta con mi aprobación. Yo no quisiera hablar con el tipo. No dudaría en darle unos cuantos puñetazos si se me presenta la oportunidad.

—A mí me gustaría intentarlo —Victoria había lanzado la propuesta y miraba interrogante a los dos hombres.

—¿Te parece que podrás? —Max le preguntó preocupado.

—Soy una simple asistente, no estará prevenido en forma alguna pues no le pasará por la mente que necesito verlo para una cosa tan importante. Y creo que puedo manejar el asunto con discreta cordialidad sin que se sienta atacado o amenazado.

—Tal vez no te tome en serio —el actor insistió.

—Descuida, puedo parecer desvalida pero sé defenderme muy bien cuando es el caso —la muchacha les sonreía, mientras esperaba su decisión.

—Está bien, Vicky. Inténtalo. Como dices no hay otra cosa que hacer, pero tengo que advertirte que tengo muchas dudas de que pueda resultar. Ese hombre tiene muchas espuelas.

—También es bastante apegado a su dinero por lo que pude averiguar. Le será difícil renunciar a una suma que ya tiene en el bolsillo.

—No se diga más. Habla con los leguleyos para que te preparen el documento y cuando estés lista, lánzate a fondo.

Victoria salió disparada de la oficina con un "Así lo haré" pronunciado ya cuando estaba cerrando la puerta.

—¿Crees que tenga alguna oportunidad?

—No creo, David, no creo, pero sería cruel desanimarla, ¿no te parece?

—Últimamente te preocupas mucho por ella.

—Ella se preocupa por todo esto al igual que nosotros. Merece que la apoyemos.

Una vida contigo

—No me refería a eso Max y creo que lo sabes bien. No me refería a eso en modo alguno.

David salió preocupado de la habitación.

Pasaron por días de gran tensión. El trabajo en los foros no era fluido y el ambiente estaba cargado de una impaciencia inusual. La posibilidad de que la producción podía detenerse en cualquier momento angustiaba a muchos. Sonja era presencia habitual en el estudio aun cuando no tenía nada que filmar. No se le despegaba a Max y Victoria trataba de mantenerse lejos para no buscar problemas con la quisquillosa modelo, siempre presta a saltarle encima con alguna indicación grosera o de mal gusto. El mal humor de Max era ostensible con todos pero Vicky no tenía queja alguna al respecto pues en su trato con ella el actor se esforzaba en controlar los aspectos más ásperos de su carácter que se hacían mucho más evidentes por la presión que sentía al ver el rumbo que estaba tomando el proyecto.

Era tarde y todos se habían marchado pero Max esperaba por Victoria que ese día estaba en su entrevista con el autor del guion original. Se paseaba intranquilo en su oficina, dando vueltas de un lado a otro, cuando la muchacha abrió lentamente la puerta y se le quedó mirando con una cara de profunda decepción. Max detuvo su ir y venir.

—Dijo que no —las palabras del director no eran una pregunta sino una afirmación, aunque seguía esperando una confirmación de parte de la chica.

Victoria parecía no saber cómo empezar. Las manos detrás de la espalda. Parecía una niñita avergonzada y a Max le dio pena verla tan derrotada.

—No te preocupes Vicky. No te pongas así. Al menos lo intentaste y te estoy muy agradecido, pero ya sabía que no iba a resultar.

Se recostó al escritorio que tenía a la espalda y miró hacia el piso.

—Me pregunto ¿Qué podemos hacer ahora?

Victoria se acercó despacio.

—Yo te sugiero… ¡Que compres una botella de champagne!

Cambiando su expresión compungida por una de extrema alegría, le extendió el documento que ocultaba tras la espalda.

—Firmó, Max. Firmó. Puedes hacer lo que te venga en gana con el bendito guión, así sea quemarlo en el medio del foro.

—¿Firmó, dices que firmó?

Max estaba atónito. Le arrancó el documento de las manos y empezó a hojearlo buscando la firma como si no lo pudiera creer.

—Es cierto, es cierto —miraba a la chica sorprendido.

—Claro que es cierto, cariño —en medio de su dicha se le escapó la frase.

El actor dejó el documento en el escritorio y se acercó a Vicky, la tomó entre sus brazos, la alzó del piso y le dio vueltas y vueltas mientras los dos reían poseídos de una felicidad desbordante. La apretó contra sí muy fuerte y sin poder evitarlo, como si fuera la más consecuente reacción a sus actos, la besó. Empezó como un beso tierno que se fue convirtiendo en apasionado y en el que los dos se perdieron sin tener sentido de la realidad, ni del lugar.

La puerta se abrió violentamente:

—¿Con qué era esto?

Sonja parecía un basilisco detenida en medio de la puerta. Su rostro desfigurado por la cólera.

—Debí suponerlo desde un principio, ¿qué otra cosa se podía esperar de ti Max, siempre detrás de cualquier falda que te pase por delante? Y tú... tú, mocosa hipócrita, con esa carita inocente y estúpida... pero claro, si ya estabas metida en su casa aprovechaste para meterte en su cama.

Max se puso delante de Victoria como para protegerla de la iracunda modelo que parecía querer venírsele encima.

—Te ruego que te calles, Sonja. No tienes derecho alguno para hablar así.

—¿Que no tengo derecho? ¿Que no tengo derecho? Soy tu mujer Max. Tengo todo el derecho del mundo.

—No eres mi mujer. Eres... mejor dicho, has sido mi amante y hay una ligera pero notable diferencia en eso.

—¿Cómo te atreves? ¿Acaso piensas cambiarme por esta chiquilla desabrida?, ¿crees que tu interés por ella puede durar más que el embullo de tenerla siempre a mano y seguramente bien dispuesta todo el tiempo?

Una vida contigo

—Eso es asunto mío y no tengo que darte ninguna explicación.
—Si crees que te será tan fácil echarme a un lado, te equivocas. No te lo permitiré. Ningún hombre me deja de esa forma.
—Yo no soy "ningún hombre", Sonja. Lo sabes muy bien y creo que debes calmarte. Podemos seguir hablando en otro momento.
—¿En otro momento? No. Este es el momento pero quiero estar contigo a solas. Dile a esa tipa que se vaya.

Victoria hizo ademán por salir pero Max la detuvo por el brazo y la mantuvo detrás de sí.

—Victoria no va a ninguna parte. La que debe retirarse en este mismo instante eres tú y te ruego que lo hagas.
—No me iré si no vienes conmigo. No vas a convencerme así que ni lo intentes.
—Es mejor que vayas con ella, Max —Victoria susurró a sus espaldas.

El actor la miró con desesperación.

—No quiero dejarte aquí sola. No así.
—Estoy bien, por favor, ve con ella.

Max no se decidía, pero al fin se dirigió a Sonja y la tomó del brazo

—Vamos. Quizá sea lo mejor que definamos esta situación de una vez por todas.

Victoria los vio salir y se desplomó en la butaca giratoria de Max. Un centenar de sentimientos encontrados le aceleraban el corazón.

Max y Sonja se dirigían al estacionamiento.

El enojo del actor parecía superar al de la modelo mientras trataba de encontrar el coche de esta en el parqueo del estudio.

—Tu auto. ¿Dónde está tu auto? Dame las llaves.

Se dirigieron hasta el coche de Sonja y montaron cada uno por su lado, Max tomó el timón y arrancó el auto saliendo disparado hacia la calle.

—No creo que esto esté pasando y mucho menos que la causa sea esa insulsa asistente —las palabras de la actriz estaban cargadas de resentimiento.

—No es asunto tuyo y no mezclemos las cosas. Lo nuestro ha venido languideciendo de un tiempo a esta parte y debes haberlo notado lo mismo que yo.

—Yo sólo he notado que tú has cambiado, yo sigo siendo la misma. Yo sólo vivo para ti Max, sólo para ti.

El actor la miró brevemente sin dejar de observar hacia delante y a los vehículos que los rodeaban.

—Tú nunca vives para nadie que no seas tú misma y los dos lo sabemos.

—¿Cómo puedes decir eso? ¿Cuántos años he sacrificado por ti? ¿Sabes cuantas ofertas de matrimonio rechacé por permanecer a tu lado? Al lado de un hombre casado que siempre me advirtió que no dejaría a su esposa por mí.

—Eso te debió prevenir de cómo serían las cosas conmigo. Durarían mientras funcionaran, pero sólo hasta ahí.

—Pero yo esperé que duraran toda la vida. Estaba conforme con que fuera así si no podía ser de otro modo. Yo te quiero demasiado Max y estaba dispuesta a sacrificar todo por ti.

—Nunca te pedí que hicieras eso. Lo siento pero ni siquiera creo en todo lo que me estás diciendo. Te conozco demasiado bien.

Max se había desviado hacia una oscura carretera alejada del embotellamiento que impedía avanzar en el centro. El tráfico era mucho más ligero, pero la falta de iluminación entorpecía la conducción del coche.

—No sé cómo eres capaz de decirme eso y olvidar todo lo que hemos pasado juntos.

—No lo olvido Sonja. No lo olvido y precisamente por eso ha comenzado a pesarme. Lo mejor para los dos es terminar ahora, estás a tiempo para recuperar lo que dices haber sacrificado por mí —Lo dijo con ironía— y estoy seguro que no será el fin del mundo.

—Y así como piensas sacarme de tu vida piensas también sacarme de la película.

—No soy tan infantil. Eres la protagonista y lo seguirás siendo. Puedes decir que soy duro al decirte lo que siento pero no que me aprovecho de la ocasión para salir de ti. No es mi estilo proceder de una manera tan ruin.

—Dejarme por esa trepadora fácil, ¿no te parece ruin?
—Mantén a Victoria lejos de esto. Espero que no la molestes más. Estás en la película, eres la estrella pero ella trabaja conmigo y no permitiré que la sigas ofendiendo cada vez que se te presenta oportunidad.
—¿Cómo puedes cambiarme por una de su clase? ¿Acaso no te das cuenta que ese capricho durará poco?
—Te repito que no es asunto tuyo.
—No la puedes comparar conmigo Max. Ahora puede parecerte novedoso pero cuando pase un tiempo, que te aseguro será breve, te cansarás. ¿Qué puede ofrecerte esa mocosa, qué puede darte? Es una chiquilla que no será capaz siquiera de calentar tu cama y te aburrirás más pronto de lo que imaginas.
—Creo que te equivocas.
—No me equivoco. Has ido tras otras mujeres durante el tiempo que has estado conmigo ¿crees que no lo sé? Está en tu naturaleza pero siempre vuelves a mí y lo harás también ahora. Es igual que otras veces porque tú eres el mismo y lo sabes. ¿Qué te hace pensar que podrás cambiar ahora?
—Estoy enamorado de ella. Es así de simple. Estoy enamorado de Victoria y eso lo cambia todo —también él se asombró de la espontánea declaración del sentimiento que reconocía por primera vez.
La indignación de Sonja ante la sincera respuesta no tuvo límites.
—Detente, Max. Quiero bajar.
—Estás loca, mira dónde estamos.
—No importa, no soporto estar un minuto más en este auto contigo.
—Pues tendrás que esperar a que te lleve a tu casa. Tampoco pienso dejarte tirada en medio de la noche.
—Te dije que quiero bajar.
Sonja se tiró al timón y trató de poner un pie sobre el freno. Max perdió momentáneamente el control del coche ante la reacción imprevista de la modelo. Un camión que venía en sentido contrario por la estrecha carretera se vino contra ellos. El estruendo del coche fue espantoso cuando los dos vehículos chocaron a pesar de los esfuerzos inútiles de los dos conductores por frenar.

Victoria esperaba ansiosa y a la vez con temor la llegada de Max. Quería saber cómo había terminado la discusión con Sonja pero tener que enfrentarlo después de lo compartido, la inquietaba. Él la besó y ella correspondió a su beso con la misma pasión que lo colmó. ¿Qué podía decirle cuando se encontraran? ¿Qué pasaría de ahora en lo adelante? El timbre sonó. Era raro. Demasiado tarde para visitas. Abrió la puerta y se extrañó aún más de que Sofie y David estuvieran allí, la expresión de sus rostros no presagiaba nada bueno.

—Que sorpresa tenerlos aquí... No los esperaba pero siempre es una alegría verlos —se apresuró a decir tratando de ocultar su turbación— ...pasen por favor.

Ninguno de ellos avanzó un paso. Sofie se estrujaba las manos sin encontrar palabras para contarle a la amiga:

—Vicky...

—¿Qué les pasa? ¿Por qué esas caras? —Victoria empezó a inquietarse en serio.

—¿No estás enterada? Claro que no —se volvió a su acompañante. —Te lo dije, David.

—¿Enterada... de qué? Por favor, hablen..., ¿qué ha sucedido? —había urgencia en su voz.

—Max...

—¿Qué pasa con Max? —la preocupación desesperada que se plasmó en su rostro no podía ser más real.

—Sufrió un accidente —Sofie lo dijo de un tirón.

Vicky se puso pálida y retrocedió unos pasos llevándose las manos al pecho.

—¿Un accidente? ¿Cómo? ¿Dónde?

Fue David el que respondió:

—No sabemos muy bien. Iba con Sonja. Chocaron contra un camión y parece que es serio. Están dando la noticia por la televisión. Todas las cadenas se han hecho eco y no dejan de trasmitir lo sucedido pero ya sabes cómo exageran las noticias los periodistas, no debemos alarmarnos demasiado hasta conocer su estado real —aclaró mientras se acercaba a la muchacha temiendo que fuera a derrumbarse pues parecía muy abatida.

Una vida contigo

—Yo ni siquiera encendí la televisión en toda la noche. Balbuceó entrecortadamente —estaba esperando que Max llegara de un momento a otro... Dios, no tenía la menor idea...

David la tomó por los hombros.

—Vamos camino al Hospital y Sofie pensó que debíamos pasar por ti. ¿Vas a acompañarnos?

—Por supuesto... —agarró una cartera que estaba en la percha de entrada sin fijarse siquiera en cómo estaba vestida—. Vamos, vamos lo más rápido posible.

Fue difícil abrirse paso para entrar en el recinto medico, prensa, paparazzis y otros medios de comunicación rodeaban el hospital. En la sala de espera ya se encontraban algunos ejecutivos de la producción junto a Oliver Klein. Los tres jóvenes al entrar se aproximaron a ellos y David le preguntó al director:

—¿Alguna noticia?

—David... —Oliver saludó a las muchachas con una inclinación de cabeza—. Nada hasta el momento. Los dos están en el salón de operaciones.

—Pero algo deben haberles dicho. ¿Es grave?

—No han dado ninguna información precisa, sólo que Max parece ser el más afectado. La colisión fue por el lado del conductor y él iba manejando.

Victoria se mordió los labios para ahogar la exclamación que salía de su boca.

—¿Alguna idea de cuándo salen del quirófano?

—Nada. Fueron trasladados allí de inmediato después de recibir los primeros auxilios pero nadie sale para poder preguntar. Es mejor que se calmen. No tenemos más remedio que esperar.

Oliver tomó a David de un brazo, apartándose de los demás.

—La prensa se está dando un festín con la noticia. Los comentarios sobre una supuesta relación sentimental entre Max y Sonja están en boca de todos.

—Supuse que sería así. Las murmuraciones sobre el romance abundaban. Esto es como echar carne a los lobos.

—¿Llamaste a Elizabeth?

— 129 —

—Fue lo primero que hice al enterarme del accidente. Dijo que tomaría el primer avión.

—Espero que las lesiones de Max no sean graves y salga lo mejor posible de esto porque le espera una situación muy delicada con su esposa cuando se entere de lo que están diciendo. Será duro para Elizabeth.

—Sabía que esto iba a suceder, más tarde o más temprano, pero es lamentable que haya tenido que ser así.

La puerta del salón de espera se abrió.

—Ahí está el Doctor, veamos que nos dice.

Max abrió los ojos con mucha dificultad. Le dolía todo el cuerpo y la cabeza parecía que le iba a estallar.

—Max, querido ¿puedes oírme?

—Lissi, ¿eres tú?

—Bendito sea Dios, qué bueno que despiertas cariño.

—¿Qué haces aquí?

—Max, ¿acaso no recuerdas?... El accidente.

Max trató de llevarse una mano a la cabeza pero no pudo alzar el brazo.

—El accidente... cierto —tomó conciencia de lo sucedido.

—¿Cómo te sientes? Llevas casi tres días sin conocimiento.

—¡¿Tres días?!

—Sí, querido y aunque el médico dijo que era normal por el golpe que recibiste en la cabeza y por los calmantes que te han estado administrando, comenzaba a sentirme alarmada.

—No debiste haber venido.

—¿Cómo crees que podía no haberlo hecho?

—¿Y los niños?

—Están en casa con tus padres. Hubo que insistir mucho para que ellos no vinieran también.

—¿Tan malo ha sido?

—Pudiste haberte matado, Max.

—Lo cierto es que me siento medio muerto —tratando de sonreír.

—Tienes contusiones por todo el cuerpo, la peor de todas la sufriste en la cabeza, perdiste mucha sangre y era lo que más preocupaba a los doctores, por demás tienes un brazo y varias costillas rotas.

Una vida contigo

—Con razón me duele todo.
—Gracias a Dios, lo peor ya pasó.
Max trató de acariciar la mano que reposaba en su pecho pero su brazo roto lo impidió.
—Gracias por estar aquí Elizabeth.
—Soy tu esposa todavía ¿no?
Había un tono de reproche en sus palabras o ¿era imaginación suya? Tocaron a la puerta. David entró.
—¿Despertaste amigo? Ya era hora. Llegué a pensar que te perdíamos.
—¿Te quedas un momento con él, David? Voy a avisarle al doctor para que venga, creo que necesita revisarlo ahora que despertó.
—Claro, Elizabeth, y también es hora de que vayas a descansar un poco no te has movido de aquí desde que llegaste.
La mujer salió.
—Nos diste un buen susto hombre.
—¿Y Sonja, cómo está ella?
—Mucho mejor que tú. Recibió sólo unos golpes y se fracturó un tobillo. El mayor impacto fue el tuyo. ¿En qué andabas pensando, viejo? Por lo general conduces muy bien.
Max no respondió y a su vez preguntó.
—¿La producción?
—No te preocupes ahora por eso. Todo está bajo control y hay cosas más urgentes a las que tienes que darle frente.
La mirada interrogante del actor fue suficiente para que continuara.
—La prensa se cebó haciendo sugerencias sobre tu relación con Sonja. Las especulaciones y comentarios fueron tema diario en todos los noticiosos del mundo del espectáculo.
—¿Elizabeth?
—Puedes suponer como ha encarado todo eso aunque ya sabes que su carácter es muy controlado y no manifiesta lo que siente. Por si fuera poco, tu querida Sonja dio una buena escenita tratando de entrar a esta habitación para verte y ella estaba aquí.
—Condenada mujer.
—Te lo advertí amigo y sé que es algo que te repito mucho por estos días pero en relación a estos asuntos nunca puedes intentar tapar el sol con un dedo. A la larga no resulta.

—Por suerte "ese asunto" terminó.
—¿Estás seguro?
—Completamente.
—No creo que sea lo que piensa la señorita Wilson.
—David, sé que es mucho pedirte pero quisiera que trataras de hablar con ella para que entienda en qué posición estamos. Es la protagonista del filme, pero si insiste en complicar las cosas eso tendrá que cambiar, aun cuando tenga que cancelar la producción con todo lo que implica.
—No me gusta intervenir en esta cuestión pero si no queda otro remedio, lo haré. Aunque no creo que la solución tenga que ser tan drástica. Tu amiguita se avendrá a quedarse tranquila con tal de no perder el papel si la conozco un poco, pero tú... debes aplicarte y tratar de resolver los problemas con tu esposa, puede que esta vez no te sea tan fácil.

La puerta se abrió y los amigos callaron mientras Elizabeth entraba acompañada con el médico y una enfermera.

Los toques leves en la puerta despertaron a Max que estaba medio dormido.
—¿Puedo pasar? —con la puerta entreabierta y asomando la cabeza por ella, Victoria hacía la pregunta.
—Victoria... por supuesto, pasa.
La muchacha se acercó tímidamente a los pies de la cama.
—Te encuentras mejor?
—Mucho mejor, Vicky. Gracias.
—David me dijo que querías verme.
—Así es. Necesito decirte algunas cosas.
—Max, si se trata de aquel día... lo que pasó... yo siento que no es el momento y...
Max no la dejó continuar.
—Nada de lo que pasó aquel día tiene importancia ahora. Olvídalo —era poco menos que una orden y la mujer lo advirtió perturbada.
A pesar de la distancia que los separaba pudo notar el estremecimiento que recorrió el cuerpo de la muchacha. Su actitud

y su expresión cambiaron drásticamente mientras esperaba que él continuara. Max hizo un esfuerzo para seguir hablando de forma natural.

—Necesitamos enfocarnos en lo que está pasando y en lo que debemos hacer para resolverlo.

Vicky estaba desconcertada. Pensó que él tenía algo que decir sobre lo que pasó entre ellos aquella tarde. Su renuencia y desinterés no sólo la sorprendieron sino que le dolían profundamente, pero se sobrepuso para controlarse y no dejar que su inquietud la dominara.

—Entiendo. Tú dirás.

—En las condiciones en que estoy podrás suponer que no apareceré por la producción en un buen tiempo y aunque quisiera hacerlo el doctor lo prohibió terminantemente. Permanecer aquí sin hacer nada me parece inútil y me regreso con Elizabeth a Sidney mientras dure mi recuperación.

—Creo que es lo más prudente —aceptó sin emoción alguna.

—Sí, así lo considero yo también y es por eso que te mandé a llamar. Estaré necesitando de ti como nunca antes y quiero saber si estás dispuesta.

—Es mi obligación ¿en qué puedo ayudar?

—David quedará al frente de la producción hasta mi regreso y quiero que le colabores en todo lo que sea menester. El trabajo se duplicará para los dos y sé que será difícil pero espero que entiendas que es necesario.

—Lo entiendo perfectamente.

—Entonces ¿cuento contigo?

—Puedes irte tranquilo.

Max sabía que estaba molesta y la miró fijamente.

—¿Hay algo que necesites precisar?

—Todo está claro. Supongo que David tiene las indicaciones completas y me pondrá al tanto de los detalles. No te preocupes, haremos todo lo que esté en nuestras manos para que las cosas marchen lo mejor posible.

—Estoy seguro de eso, en nadie confío tanto como en ustedes —su tono era cálido al decirlo.

—Gracias, por lo que me toca. Si no tienes otra cosa que pedir, ahora debo retirarme. Creo que debes descansar.

Era visible la necesidad que sentía por salir de la habitación cuando se dirigió rápidamente hacia la puerta.
—Victoria...
La muchacha se detuvo antes de salir. Dio media vuelta y lo miró esperando que continuara.
—Gracias.
—¿De qué?
Salió cerrando la puerta muy despacio.

Hacía más de un mes que Max estaba en Sidney. Su recuperación fue más lenta de lo que supuso, pero ya consideraba estar completamente restablecido. Se mantuvo al tanto de lo que sucedía en los estudios de Los Ángeles donde, por suerte, se la estaban arreglando muy bien sin su presencia. La producción se retrasó mucho menos de lo que en un principio se esperó, pero ya estaba ansioso por volver y recuperar el mando. Hablaba varias veces al día con David y con Victoria. Ellos decían que era como si estuviera allí, pero él sabía que no era lo mismo.
Elizabeth entró en el salón donde Max terminaba de colgar el teléfono.
—Era David...
—¿Cómo van las cosas?
—Mucho mejor de lo que podía esperar, pero creo que ya va llegando el momento de que regrese.
—¿Crees que estás totalmente recuperado?
—Ya todo está en su lugar —dijo sonriendo y señalando al brazo, al tórax y a la cabeza.
—¿Te irás pronto?
—Pienso que la semana entrante.
Elizabeth dio unos pasos por la habitación. Se detuvo mirándolo fijamente:
—Max, cuando estuviste en el hospital y en los días que siguieron al accidente... hubo ciertos comentarios...
El actor temía aquella conversación desde que llegaron a su casa en Australia y la estaba esperando:
—Elizabeth...

Una vida contigo

La mujer pareció no escucharlo y siguió hablando.

—Sabes que he confiado siempre en ti y por eso quiero que me digas la verdad. ¿Es cierto lo tuyo con esa mujer?

Max la observó detenidamente. Estaba allí con esa actitud frágil y serena que la caracterizaba, preguntando sobre un asunto tan delicado como si no tuviera importancia alguna. Su pasmosa tranquilad para tratar el tema lo decepcionaba un poco, pero quizá era mejor así.

—Querida, yo quisiera explicarte que...

—Sólo dime si es cierto o no.

—Lo fue pero ya terminó y puedes estar segura que no afecta para nada lo que siento por ti.

—Y ¿qué sientes realmente por mí, Max?

—Creo que siempre lo has sabido. Eres mi esposa, la madre de mis hijos. No hay otra mujer en el mundo que sea más importante para mí.

—¿Estás seguro de eso?

Max no lo estaba. Desde hacía algún tiempo no lo estaba en forma alguna. Prefirió responder con otra pregunta.

—¿Por qué lo dudas?

—Porque no eres el mismo.

—Por favor Elizabeth, los años nos transforman un poco. No pretendo ser el mismo hombre que se casó contigo, pero en lo esencial no he cambiado.

—Has cambiado y no respecto al hombre con el cual me casé. Has cambiado más recientemente, casi desde el mismo momento en que empezó este proyecto.

No creía que ella se hubiera dado cuenta, pero su mujer resultaba más perspicaz de lo que podía imaginar, sin embargo insistió:

—Imaginación tuya.

—No. No es imaginación mía. Pareces estar siempre en otra parte. Al principio quise creer que era porque iniciabas una etapa nueva en tu vida estrenándote como director, pero ahora sé que no tiene que ver con eso. El problema es más serio.

—Te aseguro que mis sentimientos hacia ti siguen siendo los mismos.

—Puede que tengas razón, pero creo que esos sentimientos ya no te parecen suficientes.

—Te equivocas.

—Entonces es a mí a quien ya no le parecen suficientes.

—¿Qué quieres decir?

—No deseo seguir así Max y he decidido que lo mejor será separarnos...

—No creo que...

—Lo he pensado bien. Será lo mejor para los dos y en última instancia sé que será lo mejor para mí.

—No puedes estar hablando en serio.

—Siempre hablo en serio.

—Estás precipitando las cosas...

—Te estoy dando la oportunidad de hacer lo que quieres.

—El caso es que yo no sé qué es lo que quiero, Elizabeth —se atrevió a confesar.

—Pero yo sí lo sé y lo que deseo ahora es no estar contigo.

—¿Y si cambias de opinión?

—No lo creo. De cualquier manera, no debes preocuparte. No quiero que olvides que esta será siempre tu casa porque aquí están tus hijos. Independientemente de lo que pase con nosotros, serás bien recibido y puedes venir cuando gustes, pero ahora agradecería que te fueras y cuanto más pronto lo hagas será mejor.

Salió de la habitación tan silenciosamente como entró. El actor se dejó caer en el sofá. Sentía que era el mayor responsable en el fracaso de aquella relación. La actitud de Elizabeth era justificada pero nunca esperó una reacción tan definitiva. Su esposa tal vez podía cambiar de opinión si él se esforzara en demostrarle que estaba equivocada y la convenciera de su amor, aunque no podía fingir lo que no sentía. Ella tenía razón, lo mejor para los dos era poner distancia y lo haría de inmediato.

Victoria llegó al Departamento y se dejó caer en el sofá. Sentía como si no pudiera dar ni un paso más.

—Señorita Victoria, al fin llega. Pensé que tendría que marcharme sin verla.

—Disculpa, Rose. Debías haberlo hecho. No tuve tiempo de avisarte que llegaría un poco más tarde.

Una vida contigo

—Si me voy, seguro que se iría directamente a la cama sin comer como hace en los últimos días.

—Y es lo que haré. Estoy tan cansada que sólo quisiera darme un baño y meterme a dormir pero no tengo ánimo para llegar al cuarto, como puedes ver.

—Pues no se lo voy a permitir. Tendrá que comer algo. Se está quedando en los huesos y su salud se resiente. Se pasa todo el día en esos benditos foros o dando carreras por ahí, descansa muy poco y ahora tampoco quiere comer. No puede seguir así. El trabajo no lo es todo.

—Y ¿crees que no lo sé? Pero no me queda de otra. Necesito este trabajo. No creas que tengo mucho para escoger y al menos debo dar gracias porque disfruto lo que hago.

—Pero también puede pensar en divertirse un poco. Salir con sus amigas, ir al cine o a una fiesta, quizá buscarse un novio...

—¿Crees que puedo encontrar un hombre que me aguante en estas condiciones? No tengo tiempo ni para mí. ¿Qué tiempo podría dedicarle a él?

—Ya lo buscaría. Cuando uno está enamorado se las ingenia y todo funciona de maravilla. Nada es imposible cuando uno se enamora, se lo digo yo.

—Puede que así sea para otros, pero en mi caso...

—Usted es como todos, señorita Victoria. Lo que pasa es que no encuentra al hombre que le llene el corazón.

—Quizá ese hombre no exista.

—No diga tonterías. Lo que sí puedo asegurarle es que no lo va a encontrar encerrada en estas cuatro paredes.

Vicky sonrió enternecida con la ingenuidad de la buena mujer. Si ella supiera que el único hombre que le llenaba el corazón vivía precisamente entre esas cuatro paredes.

—Ya veremos cuando todo se normalice. Tal vez entonces tenga ocasión de seguir tus consejos.

—Uno no puede sentarse a esperar a que las cosas se arreglen solas. Uno tiene que empezar por arreglarlas uno mismo.

—A veces, Rose, sólo a veces.

Rose, que estaba de frente a la muchacha fue la primera que vio a Max que llevaba un rato recostado en el umbral de la puerta, escuchando la conversación.

—Por lo pronto espero que tenga más tiempo para usted ahora que ya regresó el señor Max.

Victoria se puso en pie de un salto.

—¡¿Max regresó?!

—Iba a decírselo pero ya no hace falta —hizo un gesto señalando hacia la puerta—. Con permiso —y se retiró.

Victoria se volteó con rapidez. Max le sonreía. La chica empezó a buscar los zapatos que había tirado cuando se desplomó en el sofá y se los calzó.

—¿Cuándo llegaste? Nadie me dijo que llegabas hoy.

—Temprano en la tarde y no le dije a nadie que llegaba hoy. Fue un viaje más largo de lo normal, hicimos varias escalas por mal tiempo. Cuando llegué, me tiré un rato a descansar y me quedé dormido hasta ahora.

—¿Ya estás bien?

—Mucho mejor y por lo que veo más descansado que tú.

—Hemos tenido mucho que hacer, los resultados lo merecen y lo sabes porque te mantuviste informado, espero que de eso no te quejes.

—No me quejo, aunque igual necesitaré que tú me pongas al día de todos los detalles... —ante el gesto de mortificación de la chica—. Por supuesto que no ahora, entiendo que estás "medio muerta".

—Así es y si lo permites me voy a descansar. Mi día ha sido tan agotador como el tuyo.

Trató de pasar a su lado atravesando la puerta pero el actor la sujetó por un brazo.

—Me alegra verte, Vicky.

—Yo también me alegro de que estés de vuelta. Haz hecho mucha falta en la producción.

—¿Sólo en la producción?

—Hasta donde yo sé... —se estaba poniendo nerviosa.

Max la soltó.

—Nos vemos mañana.

—Hasta mañana, Max.

Despacho de Max en su casa. Max sentado detrás de su escritorio y Victoria en una silla delante de él:

Una vida contigo

—Y, creo que eso es todo.

—No está nada mal. Siempre supe que se apañarían muy bien sin mí.

—Hubiera sido mejor que estuvieras aquí. Te he contado las cosas buenas, pero todas no lo son.

—¿Qué resta?

—Los gastos de la producción se dispararon. Están fuera del presupuesto inicial y no creas que descuidamos la prudencia al manejar el dinero en todo lo que fue menester, sin embargo, era imposible que los costos no se elevaran. Como te mencionamos por teléfono, ahora que podemos trabajarlo libremente, el guión ha mejorado de una manera increíble, pero se tuvo que invertir en nuevos sets, nuevas escenografías, nuevas imágenes de exteriores, etcétera, etcétera.

—No te preocupes por eso, era de esperar y lo tenía previsto. Ya que estoy metido en este aquelarre espero que el resultado, al menos, no me deje muy mal parado. El dinero se puede recuperar, el prestigio no. ¿Algo más por lo que deba preocuparme?

—David seguro que te dará más información sobre algunos hechos que he pasado por alto, pero en resumen creo que ya estás enterado de lo más importante.

—¿No hubo problemas de otro tipo? Por ejemplo... La señorita Wilson ¿estuvo a la altura de lo que se exigió de ella?

—La lesión de su tobillo la mantuvo lejos un buen tiempo y desde que se incorporó a la filmación ha estado tranquila. No va frecuentemente por el set, sólo acude a los llamados y se marcha enseguida que termina, aunque eso seguro cambiará ahora que regresaste.

—No veo por qué tenga que cambiar.

—Supongo que ahora la tendremos allí todos los días, siempre es así cuando tú estás en los estudios.

—Siempre "fue" así. Habla con propiedad. Las cosas ahora son muy diferentes y creo que para ti, en específico, eso quedó bien claro.

—Sobre "esas cosas" uno nunca queda bien claro y si es como tú dices, me alegra por ti y sobre todo por tu esposa. Imagino que no la pasó muy bien con tanto comentario a su alrededor cuando estuviste hospitalizado.

—Con Elizabeth también todo cambió. Nos estamos separando.

Victoria se quedó muda. Max seguía revisando unos papeles.

—Lo siento, parecían tener un lindo matrimonio a pesar de... Lamento que este escándalo causara algo tan lamentable.

—Así es pero ya no tiene remedio. ¿Puedes decirle a Thomas que tenga listo el auto? Salimos en pocos minutos, sólo necesito hacer una llamada.

Victoria se puso de pie, aunque no daba un paso mientras intentaba asimilar lo que Max le había contado.

—Victoria ¿me escuchaste?

—Sí, claro. Recojo mis cosas y te espero abajo.

Siguieron días en los que el trabajo continuó intenso, hasta que llegó el momento en que el ritmo de la filmación llegó casi a ser normal. Surgían problemas, los habituales que aparecen en cualquier producción y el equipo se mostraba optimista con los resultados que se estaban consiguiendo.

Era tarde cuando Max y Victoria entraron al cuarto de utilería a buscar una lámpara que el director quería utilizar en la escenografía de uno de los set de filmación del día siguiente. Victoria parecía disgustada mientras acompañaba al actor.

—Cuando te encaprichas en algo te pones imposible. Es increíble que estemos a estas horas buscando una insignificante lámpara. No entiendo qué de especial le ves a ese cachivache.

—Increíble es que tenga que buscarla yo mismo cuando hay más de unas cuantas personas que debían ocuparse de eso.

—Todos se han ido. Si no te has fijado es muy tarde.

—Desde por la mañana dije que la quería en el set.

—Entre otras cosas más importantes es comprensible que lo hayan olvidado.

—Pues yo no. Y no sé para qué protestas. De cualquier modo aquí estamos.

—Es cierto pero no puedo dejar de mencionar que era mejor dejarlo para mañana.

—Tú sí que te pones imposible cuando quieres discutir.

Fueron hacia el final de la habitación donde se encontraba una escalera tirada en una esquina. Victoria se aproximó a un stand.

—Si no me equivoco, la última vez que la vi estaba en ese depósito de arriba.

—Alcánzamela —dijo Max—. Me subo yo —señaló la escalera de madera que ya Victoria agarraba entre las manos.

—¿Con esas costillas que acaban de soldar? Ni lo pienses.

—No sabía que te preocupabas tanto por mí.

—Prefiero que no te lesiones otra vez. A fin de cuentas si te enfermas todos sufrimos las consecuencias.

—Que "considerada", y yo que comencé a sentirme halagado con tanta cariñosa atención sobre mí.

—Te sobra la "cariñosa atención sobre ti", querido Max, así que no me vengas con esas.

—Pero quizá no sea la atención que estoy buscando.

—Uno nunca sabe lo que tú estás buscando.

—Y a ti te interesaría saberlo.

—En estos momentos sólo me interesa encontrar esa dichosa lámpara con la que ahora tuviste la maldita idea de encapricharte.

—Debías moderar tu lenguaje, cualquiera diría que te pareces poco a la delicada jovencita que conocí en la escuela de la señorita Smith.

La muchacha le dirigió una mirada de pocos amigos mientras recostó la escalera contra los estantes y comenzó a trepar por ella. Cuando estaba por alcanzar la lámpara uno de los escalones crujió y se partió, el pie de Victoria resbaló y perdió completamente el equilibrio. Dando un grito empezó a caer.

Max se abalanzó hacia ella y la sostuvo antes de que llegara al suelo, pero el impacto del choque con el cuerpo de Vicky hizo que su rostro se contrajera en un gesto de dolor.

—¿Te lastimaste? —preocupada puso una mano sobre el torso de Max.

—Tenías razón estas costillas todavía no están en forma.

—Endemoniada escalera. Cualquiera podía matarse —Victoria dirigió una torva mirada al artefacto.

—Mañana debes decir que la arreglen o compren otra.

—Mañana armaré una fogata con ella en medio del foro —afirmó la chica.

Max no la soltaba y Vicky hizo por apartarse.

—Intentaré apilar unas cajas y trataré de alcanzar tu bendita lámpara.

—No... Déjalo. Tenías razón puede esperar a mañana.

Seguía sujetándola contra él y Victoria comenzó a sentirse incómoda.

—Creo que es mejor ir saliendo, si la caída no acabó conmigo, el polvo posiblemente lo hará.

Volvió a intentar zafarse pero Max reaccionó apretándola más fuerte y acercando peligrosamente su rostro al suyo.

—¿Max, me sueltas? Puedes confiar en que ya no voy a dar directamente contra el piso —irónica.

La voz del actor sonaba intensa:

—¿Lo recuerdas, Vicky? Dime que lo recuerdas —casi suplicó.

Desprendiéndose de él y caminando hacia la puerta.

—Lo único que recuerdo es que ya es tarde y debemos irnos. Llamaré a Thomas para que traiga el coche —salió.

Apartamento de Max. Los dos jóvenes entran. Victoria se acerca a la mesa de centro de la sala donde hay una nota, la lee y con ella en la mano se dirige hacia Max.

—Es de Rose. Dice que no pudo esperarnos y dejó la cena en el horno. No debe quedarse hasta tan tarde y últimamente nunca llegamos a tiempo para la cena cuando ella está en casa. Tienes que hablarle Max.

—¿Por qué yo?

—Porque a mí no me hace caso. Cansada estoy de decirle que cuando le llegue su hora de irse, se vaya.

—Lo hace por ti, cuando estaba sola conmigo, nunca se quedaba a esperarme a no ser que se lo pidiera expresamente.

—Creo que se acostumbró a hacerlo cuando nos quedamos solas. Sospechaba que me iba a la cama sin comer cuando ella no estaba.

—Y seguramente tenía razón. Parecías una vara cuando llegué.

—Terminaba muy cansada. Comía cualquier bobería en el estudio y cuando llegaba aquí no tenía ánimo para hacer otra cosa que dormir.

—Quizá porque me extrañabas demasiado y la tristeza te quitó el apetito —se recostó en el sofá, estirando las piernas y le dirigió una mirada sugerente.

—Siempre me ha parecido que tienes una imaginación grandiosa y a veces resulta absurda.

—¿De veras lo crees así? ¿Acaso no me extrañaste? ¿Ni siquiera un poquito?

—Te extrañé como todos ni más ni menos y los motivos los conoces bien. La producción pedía tu presencia a gritos.

—Pensé que tú tenías motivos un poco más personales para echarme de menos.

—No sé cuáles.

—Me parece que sí lo sabes.

Victoria hizo como si no lo escuchara.

—¿Quieres que caliente la cena? Prefiero hacerlo ahora si quieres comer. Después que me dé un baño no tendré el menor deseo de meterme a la cocina.

—No tengo hambre pero si tú quieres puedo acompañarte.

—Yo tampoco tengo apetito, quiero retirarme a mi cuarto si no se te ofrece nada más.

—¿Por qué no te quedas un rato aquí conmigo?

—Estoy agotada Max. Buenas noches.

La chica avanzaba hacia la puerta cuando las palabras del actor la detuvieron.

—El beso que te di aquel día... importó... y mucho.

Ella no se volvió hacia él pero no pudo evitar señalar.

—Dijiste que no importaba.

—Te mentí. Soy actor, ¿recuerdas?, puedo hacerlo muy bien cuando me conviene.

—Eres tan buen actor Max, que tus mentiras logran ser demasiado convincentes. Dudo que puedas lograr lo mismo si intentaras hablar con la verdad.

Salió apresuradamente de la sala sin mirar atrás.

Victoria se secaba el pelo sentada en la cama. Las palabras de Max todavía sonaban en sus oídos. No esperó que él volviera a mencionar aquel beso. Él dijo que lo olvidara y ella lo había intentado así como con otras cosas peores sucedidas entre ellos. Le parecía injusto haberse esforzado tanto en sepultar ese recuerdo para que él, así de pronto, lo trajera de nuevo a colación.

—Importó y mucho... —repitió lo que había dicho Max.

¿Qué se traía ahora? Si lo que quería era jugar con ella, no se lo iba a permitir. "Eso no, en modo alguno". —dijo en voz alta.

—Y ahora hablas sola...

—¿Qué haces aquí? —sorprendida y enojada dio un salto y se puso de pie.

Max se recostaba en la puerta de la habitación. Su pelo mojado indicaba que también había tomado un baño.

—Nada en particular. Me aburría solo y pensé que a ti te podía estar pasando lo mismo.

—Pensaste mal. Te ruego que te retires, no me gusta que entres aquí.

—¿Por qué no? —entró al cuarto y cerró la puerta tras él. Recorrió el dormitorio con una atenta mirada—. Has decorado esto muy bien, no recuerdo que la recámara luciera así antes de que la ocuparas.

—Agradezco que aprecies mi buen gusto, ahora vete.

—Vuelvo a preguntarte ¿por qué?

—Porque espero que entiendas que este es el único lugar de la casa donde tengo derecho a estar sola y mi trabajo de esclava terminó por hoy.

Max se acercó a ella que se mantenía de pie al lado de la cama.

—¿Realmente te hago trabajar tanto Vicky, tanto que llegas a pensar que eres mi esclava?

—A veces sí y creo que llevo razón.

—Pues yo creo que te equivocas. Si te considerara mi esclava hace mucho tiempo que entraría con bastante frecuencia a esta habitación.

—No te entiendo.

—Me encanta cuando mientes de esa manera tan descarada. Ni tú misma lo crees.

Max ya estaba muy cerca de ella, un breve gesto de su brazo y estaría apretada contra él.

—No tengo humor para bromas. Si quieres jugar con alguien búscate a otra más interesada.

Una vida contigo

—La única que me interesa la tengo frente a mí —la agarró por los brazos y la sujetó con fuerza.

Victoria se zafó y fue hacia la puerta.

—Es suficiente. Acaba de marcharte.

—¿Por qué tiene que ser siempre así entre nosotros, por qué no puedes reconocer lo que sientes?

—No tengo nada que reconocer. Sal de mi habitación ahora, hazme el favor.

Max también se dirigió hacia la puerta y Vicky respiró aliviada pensando que iba a salir sin insistir, pero no fue así. Al llegar a su lado, la atrapó en un abrazo, estrechándola ansiosamente contra el pecho.

—Sé que me deseas, sé que me deseas tanto como yo a ti. No puedes evitar ser transparente respecto a eso.

Victoria forcejeó entre sus brazos pero sabía que Max tenía razón. Su deseo era tan fuerte como el de él. Hasta pensó que en ella había una mayor urgencia porque moría por tenerlo cerca, por sentir sus besos, porque la hiciera suya como ya lo había hecho una vez pero estaba asustada, temía con la misma intensidad que deseaba y no podía evitar que ese temor creciera igual que su deseo.

Max comenzó a besarla suavemente pero era demasiada la atracción que el pequeño cuerpo que estrujaba despertaba en él para poder contenerse. Sus besos se tornaron de tiernos a voraces. Su boca la recorrió toda y sus brazos la apretaron hasta doler, poseído de un frenesí incontrolable que dictaba la pasión reprimida tanto tiempo.

La mujer se rindió a sus besos aceptando sus caricias. Su voz fue apenas un susurro al aceptar:

—Es cierto, yo quiero pero también tengo miedo.

Sus palabras lo hicieron volver en sí. Trató de controlarse a duras penas.

—No tengas miedo de mí. No tengas miedo de mi deseo por ti. Yo te necesito demasiado, te quiero demasiado y no puedo controlar mi manera de ser pero te juro, te prometo que te enseñaré a sentir de la misma manera. Yo necesito que me correspondas con esta misma intensidad. Necesito que tú seas esa mujer que presiento en ti desde la primera vez que te vi. Sólo te pido que me dejes intentarlo, que me dejes amarte de la única forma que sé. Déjame Victoria, te lo ruego. Entrégate a mí como estoy dispuesto a hacerlo contigo.

La separó un poco esperando su respuesta. Sus ojos estaban enfebrecidos por los apremiantes sentimientos que aquella mujer incitaba en él, mientras con un último esfuerzo reprimía la imperiosa necesidad de hacerla suya de inmediato. Victoria también se encontraba en su límite. Comprendió que, para su mal o su bien, nunca existiría otro hombre para ella que no fuera Max Brennan. Max, sólo Max reinaba en sus sueños y en sus días. Max era su mundo, su razón de ser. No respondió con palabras a la pregunta del hombre, pero guiada por el instinto prendió su boca a la suya con la misma furia que antes los labios de él avasallaron los suyos y, en la entrega de aquel beso, selló su destino para siempre.

Victoria despertó envuelta en los brazos de Max. El actor seguía dormido, su respiración acompasada se correspondía con la tranquila expresión que había en su rostro. Lo miró detenidamente con la impunidad que da no ser observada, estudiando cada uno de aquellos rasgos tan amados. No pudo evitar recordar otro amanecer muy distinto entre aquellos brazos, un amanecer en el que no despertó de un sueño como ahora sino de una horrible pesadilla en la que se sintió aplastada por el peso de la humillación. En aquella ocasión estuvo esperando que él se durmiera para escapar de su abrazo y no se detuvo ni un instante a mirar al hombre que acabó con su inocencia de una forma tan feroz. ¿Cómo era que podía sentirse tan feliz a su lado, tan confiada y agradecida de tenerlo consigo? La satisfacción que se apoderó de ella al estar allí, mirándolo a sus anchas, sepultó cualquier sombra que enturbiara sus pensamientos. Lo amaba demasiado. Se enamoró de él cuando era una muchachita ingenua que no imaginaba conocerlo. Lo amó desde entonces y eso no cambió. Logró engañarse por momentos pero lo cierto es que nunca dejó de quererlo. Todavía le parecía mentira haberse entregado a él sin pudor alguno. Fue suya de una manera tan completa, tan íntegra que se sentía parte de su cuerpo y de su sangre. Quería a Max, lo adoraba y así como le resultaba tan natural reposar en aquella cama junto a él, le parecía increíble haberse negado por tanto tiempo a vivir lo que estuvo anhelando desde siempre. Pero y él ¿qué sentía por ella? Le gustaba, sí, sabía eso. La deseaba. Eso también era indiscutible pero ¿había algo más? Una angustia intensa le aprisionó

Una vida contigo

el corazón. Y... si era sólo una de las tantas mujeres que pasaban por su vida o, peor aún, el capricho de una noche que al ser satisfecho sería descartado a la menor oportunidad. Este último pensamiento la sobrecogió porque sabía que precisamente ya eso había sido ella en su vida: una aventura olvidada que sirvió a su egoísta placer un día sin dejar huella alguna. Sacudió la cabeza, no permitiría que ese recuerdo ensombreciera la dicha que sentía, su expresión preocupada volvió a tornarse tierna mientras sus ojos recorrían el rostro del hombre que descansaba a su lado.

—No es agradable que lo observen a uno tan detenidamente cuando duerme. Es de mala educación.

Max no abrió los ojos pero sus brazos la atrajeron con más fuerza hacia su pecho.

—Es menos agradable que alguien se haga el dormido en tus propias narices y uno no se dé cuenta.

—¿No aceptas nunca una broma, pequeña Victoria? ¿Ni siquiera en un día como este?

Victoria no quería discutir. Tampoco quería seguir pensando en cosas desagradables. Aprovechó el abrazo de Max para fundirse aún más en él. El cuerpo del actor reaccionó instintivamente.

—¿Se acabó tu miedo?

Victoria no respondió, escondió la cabeza bajo su barbilla. Hecha un ovillo y acurrucada a su costado intentó no mirarlo. Él la apartó un poco y alzó su rostro buscándole los ojos.

—Dime: ¿ya no me tienes miedo?

—No quiero responder a eso.

—Pero yo necesito saber. No quiero forzarte a que hagas algo que no te resulta agradable. Deseo que aprendas a sentir como yo siento pero si no es así, te prometí que... Yo puedo tratar de cambiar y amarte de otra manera, de la forma que sea más cómoda para ti.

—¿Harías eso por mí?

—Haría cualquier cosa por ti y porque te sientas bien a mi lado.

—No debes decir eso. Puedo tomar ventaja de la situación para que las cosas entre nosotros sean a mi modo.

—Entonces ¿no te sentiste bien anoche? ¿Mis maneras fueron en excesivo... desmedidas?

—Tus maneras son las que se podían esperar de ti, Max. Mis expectativas no eran muchas respecto a eso.

La decepción en los ojos de él era evidente pero también su deseo de enmendarse.

—Podemos cambiarlo Vicky. Mejorará con el tiempo, se trata de acostumbrarnos mejor uno al otro y yo me esforzaré.

—Conociendo tu carácter creo que tendrás que esforzarte mucho.

—¿Tan impropio te pareció mi... comportamiento?

—Te repito que no esperaba otra cosa de ti.

—Parecías tan complacida. Yo pensé... que disfrutabas de todo lo que hacíamos tanto como yo.

—No creo que te detuvieras mucho en comprobar cómo me sentía, estabas muy entretenido en lo tuyo.

—No, no fue así, estuve atento a todas tus reacciones, temí todo el tiempo que fueras a rechazarme, que algún mal recuerdo... —se calló rápidamente pero la chica no reparó en lo que intentó sugerir con sus últimas palabras.

—Te agradezco que estuvieras tan preocupado por mí, pero a decir verdad ni lo noté.

—Vicky... no pudo ser tan malo.

—Tampoco he dicho eso.

—Pero me reprochas mi apasionamiento...

—Eres muy apasionado, sí.

—...y rechazas la intensidad al demostrarte mi deseo.

—Eres muy intenso, eso también.

—Lo controlaré. Lo haré por ti.

—No sé de dónde sacas que quiero que te controles.

—Acabas de decir...

—¿Acaso no soportas una broma Max? ¿Ni siquiera en un día como este?

La sonrisa traviesa de Victoria le pareció más hermosa que nunca y lo llenó de un intenso placer, aunque no pudo regodearse mucho en ella porque imperiosas necesidades los llevaron por otros derroteros.

—Espero que sepas a lo que te arriesgas al jugar conmigo chiquita. Un día te lo dije: provocas demasiado y creo que te advertí que la próxima vez no tendrías tanta suerte.

Una vida contigo

—Mi suerte es que ese día ha llegado, ¿no te das cuenta?
—Sí... creo que empiezo a darme cuenta —sus palabras se perdieron en un murmullo, mientras su boca se hundía en el cuello de Victoria.

Rose se preguntó hasta muy tarde por qué los señores demoraban tanto en despertarse aquella mañana.

Max leía el periódico acostado en una tumbona y Victoria daba las vueltas acostumbradas nadando en la piscina. La chica salió del agua, se sentó a los pies del actor y cruzando los brazos sobre sus piernas recostó allí su cabeza fijando la vista en él. Pasaron algunos minutos antes de que Max dejara caer el periódico.
—¿Qué pasa?
—Nada.
—¿Crees que no me doy cuenta que a cada rato te quedas observándome cómo si te preguntaras algo? ¿Qué te preocupa? Anda, suéltalo.
—Me gusta mirarte. Es todo.
—Estoy aprendiendo a conocerte bien y sé que no es eso. Dilo... o ¿es que todavía no me tienes confianza?
—Confío en ti. Me parece que te lo demuestro cada día y espero que no me defraudes.
—¿En qué puedo defraudarte?
—No soportaría que me mintieras.

Max se alteró un poco. Él le había mentido desde un principio.
—Espero que te refieras a un tipo específico de mentiras porque uno miente a veces por motivos que tienen razones muy justificadas.

Victoria rectificó recordando que ella no había sido muy sincera al no mencionarle que era la mesera de aquella noche.
—Tienes razón y te quiero tanto que creo que pocas son las cosas que no puedo perdonarte, pero estoy segura que una de ellas sería que me mientas respecto a lo que sientes por mí.
—¿Acaso te doy motivos para que dudes de lo que siento por ti?
—No, ahora no... y tal vez por eso tengo tanto miedo. No resistiría que algún día te vuelvas a enamorar y no me lo dijeras. Si estuvieras conmigo deseando a otra, quisiera morir.

—¿Por qué haría una cosa como esa?

—Ya te ha pasado o ¿me vas a decir que no?

—Si lo miras desde fuera puede que eso te parezca, aunque puedo asegurarte que estás equivocada. Lo que me ha pasado contigo es único. No he sentido por ninguna otra mujer lo que siento por ti y dudo que algo así se vuelva a repetir.

—Aun cuando lo que dices sea cierto, quiero que me prometas que si me dejas de querer o si llegara a interesarte otra me lo dirás de inmediato. Me será difícil tener que dejarte y lo aceptaré conforme, con tal de que no me engañes. Cualquier cosa será preferible a eso.

—No sucederá nada parecido cariño, pero si eso te hace sentir mejor: te lo prometo. Serás la primera en enterarte si alguien logra despertar el poco interés que me has dejado en cualquier otro ser del género femenino que no seas tú —la levantó del piso sonriendo y la acercó más a él.

—Es muy en serio lo que te digo.

—Y muy en serio es mi respuesta. Te quiero demasiado, pequeña, para que una tontería como esa llegue a pasarme siquiera por la cabeza y no quiero que a ti te preocupe si una promesa puede evitarlo. ¿Más tranquila?

Victoria asintió recostando la cabeza en su pecho.

—Ahora ¿puedes decirme en que otra cosa piensas cuando te dedicas a observarme con tanto detenimiento?

—Me pregunto qué viste en mí para llamar tu atención.

—No sé qué te extraña. Eres atractiva, inteligente y muy bonita según la opinión de muchos más de los que quisiera admitir.

—Pero muy diferente a las mujeres que son de tu gusto.

—¿Y qué puedes saber tú respecto a eso?

—Con dar una ojeada a tu pasado, salta a la vista. No me parezco en nada a ninguna de las parejas que has tenido.

—Tal vez por eso fueron relaciones que no duraron mucho.

—Pero cuando terminabas con una buscabas a otra parecida.

—Con la que tampoco me mantenía por largo tiempo.

—¿Y estás seguro de que vas a durar conmigo?

Max la rodeó por completo con sus brazos. La tumbona no era muy cómoda para aquella posición, aunque eso nunca era problema cuando se trataba de esta mujer.

— 150

Una vida contigo

—Me traes loco muchachita. Te tengo y quiero volver a tenerte. Nunca me canso de ti y cuando no estás cerca es como si me faltara el aire. ¿Crees que no estoy seguro de quererte a mi lado por todo lo que me resta de vida?

—Espero que lo estés, de verdad, espero que lo estés porque ya yo no puedo vivir sin ti.

Se enredaron en uno de aquellos abrazos apretados que usualmente duraban horas.

Victoria y Max llevaban un buen rato discutiendo en la sala.

—Es absurdo, completamente absurdo.

—Absurdo es que le hayas ido con el cuento a Elizabeth.

—Y ¿qué querías? Los niños estarán aquí en menos de una semana. Es tonto pretender que no le dirán nada a su regreso. Preferí decirlo yo y ahora.

—No era necesario. Yo puedo irme los días que ellos van a estar aquí.

—Sí, ¿no me digas? ¿Y a dónde si puede saberse?

—A un hotel, a casa de Sofie...

—Tú no te mueves de esta casa Victoria, aquí vives. Eres mi mujer.

—Sigues casado con Elizabeth, ella sigue siendo tu esposa y por ende, a los ojos del mundo, tu mujer.

—Tú, yo y ahora Elizabeth sabemos perfectamente que no es así y el resto del mundo me tiene sin cuidado. Por lo que a mí respecta estarían enterados si tú no te esforzaras tanto en mantener oculta nuestra relación.

—Sigo opinando que es lo más prudente y también lo más considerado.

—¿Prudente? ¿Considerado? ¿A quién le importa lo que hacemos con nuestras vidas?

—A nadie le gusta que su pareja se esté pavoneando con otro al poco tiempo de separarse.

—Yo no me quiero pavonear con nadie. Simplemente aspiro a llevar una vida normal contigo. A no ser por motivos estrictos de trabajo no quieres poner un pie fuera de esta casa. Como te dijo Rose, no hace mucho, te sofocarás encerrada entre estas cuatro paredes.

Victoria se acercó y se dejó caer en sus piernas. Le pasó los brazos por el cuello.

—Dentro de estas cuatro paredes está todo lo que necesito. No hay nada ni nadie más importante para mí que tú, Max.

El actor le acarició el rostro con una de sus manos.

—Si crees que esos arrumacos me harán darte la razón. Estás equivocada.

—Pero sabes que la tengo. Y si no, dime: con lo posesivo y celoso que eres ¿me puedes asegurar que recibes con agrado la noticia de que una de tus ex parejas se enreda con alguien a los pocos días de haber terminado?

—No me detengo a pensar en eso cuando se termina una relación y sí, te puedo asegurar que nunca me ha importado.

—Eres un mentiroso. Estoy convencida que te ha molestado en más de una ocasión aun cuando esa persona no te haya interesado mucho. Por ejemplo, no creo que te sentara bien que la señorita Wilson anduviera con otro.

—Lo que haga Sonja Wilson con su vida me importa un rábano. Es más, por si no te enteras, según me dijo David, ya anda saliendo con un camarógrafo y cuando lo supe sólo sentí un gran alivio de tenerla lejos de nuestro radio de acción al menos en lo que a ese aspecto se refiere.

—Porque sabes que lo hace para llamar tu atención.

—Cuando te empeñas en demostrar un punto te conviertes en un ser irracional pero no voy a dejar que me apartes del tema: sigo sin comprender tu decisión empecinada en evitar salir conmigo. Cualquiera diría que te avergüenzas de mí.

—Aunque lo jures no creo, ni por un momento, que eso te pasa por la mente.

—Pues debería pasarme. Cuando te invito, nunca quieres ir a cenar, ni a un cine ni a un teatro y sé que son cosas que te gustan.

—Prefiero no exponernos a ser la comidilla de la gente.

—¿Y qué te importa la gente? Nada importa que no seamos tú y yo.

—Quizá para nosotros no pero los dimes y diretes molestarían a muchos.

Una vida contigo

—Y te repito ¿qué diablos importa?

—Importa. Importó cuando todo lo tuyo y Sonja salió a la luz a raíz de ese desafortunado accidente y dio al traste con tu matrimonio de tantos años.

—Mi matrimonio andaba mal antes de eso. Hubiera terminado más tarde o más temprano.

—Pero no de esa forma tan desagradable expuesta a comentarios y especulaciones.

—Igualmente, insisto que tú no tuviste nada que ver en ello. En estos momentos no hay nadie que me pueda reclamar por sostener una relación contigo y sigues empeñándote en que se lo oculte a todos porque... ni siquiera le has dicho a Sofie ¿verdad?

—No, no quiero decirle a nadie pero tú sí se lo has dicho a David.

—No tenía nada que decirle a David. Él sabía lo que sentía por ti desde hace mucho. Creo que lo supo antes de que yo mismo me diera cuenta.

—Tardaste un poco, ¿no es cierto?

—¿Te pareció demasiado?

—Todo lo contrario. Nunca esperé siquiera que te fijaras en mí. Sé que soy muy diferente a esas mujeres elegantes y sofisticadas que acostumbran andar contigo.

—Siempre vuelves con lo mismo. Yo me fije en ti desde que te conocí aquella noche y nunca más pude sacarte del pensamiento.

—Pues ya ves lo bien que lo recuerdas. No me conociste una noche, sino una mañana en la oficina de la Srta. Smith., Señor Buena memoria.

Max no comprendía la insistencia de Victoria en no hacer referencia a su primer encuentro. Era como si se negara a aceptar el hecho. Siempre que se daba la ocasión, él daba pie para que ella se abriera y hablara del tema, pero la muchacha se mostraba renuente. Esquivaba las sugerencias que le hacía de un modo tan natural que se podía pensar que nada había pasado entre ellos antes de que se vieran en la escuela de la señorita Smith. El peso de la culpa, a veces, le agobiaba. Quería ser sincero con ella, contarle todo. Explicarle las razones de lo que había ocurrido y disculparse para poder dejar el incidente atrás sin remordimientos. No quería secretos entre ellos. Necesitaba liberarse de esa carga pero no se atrevía. Temía su reacción.

153 —

Para Vicky, el recuerdo parecía sepultado en un pasado del que no tenía intención de hablar y él no tenía entre sus planes perturbarla aunque presumía que no hacía lo correcto.

Dejó de pensar en el asunto y volvió a la discusión que los ocupaba.

—Bien, lo intentaste y lograste desviar mi atención pero esto es lo que debes tener presente y no permitiré que lo cuestiones: los niños están llegando en unos pocos días y no te moverás de aquí.

—No puedes evitar que te repita que no debiste contarle nada sobre nosotros a Elizabeth. Si no le hubieras dicho, tus hijos podían haber regresado a su casa sin sospechar que existo. No será fácil para ellos encontrar a una tipa viviendo con su padre.

—Tú no eres una tipa que vive con su padre. Eres mi mujer y espero que no tengas la intención de discutir eso. ¿Acaso no te das cuenta de lo importante que eres para mí?

—Pero para ellos eso seré. No puedes cambiarlo. Ponte en su lugar y también lo verás así.

—Les explicaré y tendrán que entender.

—No lo harás y si tengo que quedarme, prométeme que no harás nada que pueda hacer más difícil la relación entre nosotros. Con el tiempo me aceptarán pero ahora no quiero que me impongas, ya será bastante pesado para ellos encontrarme aquí.

—Estás exagerando las cosas sin necesidad alguna.

—Sabes que no y en el fondo también sabes que llevo razón. Los niños no tienen por qué padecer una situación que ni siquiera entienden todavía. Vienen a estar con su papá y compartirlo con otra persona no creo que esté en sus planes. De hecho, no les resultaré simpática por la única razón de estar contigo y no quiero que eso empeore porque tú quieras dártelas de caballero andante.

—No voy a permitir tampoco que te hagan la vida imposible.

—¿Cómo unos chicos pueden hacerme la vida imposible? Si me rechazan están en su derecho y yo los comprendo. No me están rechazando a mí si no a la persona que ocupó el lugar de su madre.

—Elizabeth y yo no terminamos por causa tuya. Ella es la primera que sabe eso y no veo por qué mis hijos no deben estar enterados también.

—No compliques más las cosas. Espero que estemos juntos por mucho tiempo y sobrarán las oportunidades para que me conozcan mejor pero ahora, olvida que existo por esos días y dedícate por entero a ellos. No quiero ser la intrusa que llega y les roba a su papá.

—Eres tan rara muchachita. Piensas demasiado en los demás. No te irá bien en la vida si continúas así.

—No pienso siempre en los demás cariño, pienso en la gente que me importa y en los que te importan a ti. En relación a otros creo que puedo ser bastante egoísta, celosa y acaparadora en todo lo que a usted se refiere, Señor Director.

—¿Es cierto eso? ¿Qué harías si, por ejemplo, alguien quisiera separarte de mí?

—Destrozaría a cualquiera que intentara hacerlo. Lo torturaría sin piedad hasta hacerlo desistir.

—¡Qué sanguinaria! Y sin embargo tan tierna que parece mi gatita.

—No permitiré que nadie me aparte de tu lado Max. Nadie. Excepto que lo hagas tú mismo.

—Si es así, estás condenada a cadena perpetua, sinuosa manipuladora porque no conseguirás nunca, ¿oyes bien?, nunca, separarte de mí.

Se enredaron en un beso que no terminó allí.

David y Max conversaban en el set de filmación.

—Entonces, Elizabeth ya lo sabe.

—Preferí decírselo yo. Lissi es una persona muy sensata y creo que comprenderá que es mejor para ella enterarse por mí que por otros.

—Sí, supongo que debe estar curada de espanto con lo que ocurrió con Sonja.

—Esto es muy distinto a lo de Sonja. Es completamente diferente a cualquier situación anterior.

—¿Estás seguro, amigo? Acostumbras decir algo parecido al principio de cualquier capricho.

—¿Te parece que esto sea un capricho?

No, a David no se lo parecía y por eso estaba tan preocupado.

—Max ¿qué fue lo que pasó entre tú y Victoria cuando se conocieron? Nunca me has querido hablar de eso.

—Y sigo sin querer. Baste saber que desde que la vi la quise para mí.

—Pues buen tiempo estuviste negándolo.

—Tal vez no quería reconocerlo, pero hace mucho comprendí que siempre fue así.

—No puedo negarte que para mí estuvo claro desde la primera vez que me hablaste de ella. Nunca antes te vi actuar de esa forma por mujer alguna.

—Cometí muchas locuras ¿verdad? —sonreía al decirlo.

—Te comportaste de una forma irracional y absurda. Como si en ello te fuera la vida.

—Y me iba la vida en ello aunque entonces no lo viera así. Vicky llenó todos los espacios que me completan. No sé qué haría sin ella. Si llega a faltarme no sé de lo que seré capaz.

—Y ¿qué va a pasar ahora?

—No te entiendo.

—Sigues casado con Elizabeth.

—Es cuestión de tiempo. Quiero darle la oportunidad de plantear el divorcio, me parece que es lo que corresponde.

—Tal y como sucedieron las cosas, yo también creo que debe ser así.

—Espero que Lissi encuentre la felicidad en otro hombre que sepa apreciarla mejor que yo. Siento no haber podido darle todo lo que merecía.

—No te culpes demasiado. Lo intentaste, simplemente ella no encajaba en tu vida. Desde un principio debiste darte cuenta que su carácter sólo apagaba el tuyo.

—Por eso mismo, no debí permitir que un estado de depresión y soledad arruinara nuestras vidas. Fui muy egoísta en convertirla en una vía de escape para la situación que atravesé en un momento.

—Tampoco tienen tanto que lamentar. Fueron felices mucho tiempo y tienen a esos dos preciosos chicos.

—Tienes razón. Nicky y Tony lo valen todo. Espero que Elizabeth sienta lo mismo al respecto.

—Adora a sus niños y también te quiere a ti, quizá no en la medida que tú necesitas, pero te quiere.

—Espero que encuentre la felicidad, lo deseo de todo corazón y así mi dicha será completa. Siempre sentiré un cariño muy especial por Lissi aunque Victoria sea la mujer de mi vida.

—¿Piensas casarte con ella?

—No he pensado en eso todavía.

—¿Y ella?

—Ella ¿qué?

—¿No sabes si quiere casarse contigo? Las mujeres, aun las que más lo niegan, siempre quieren eso.

—No creo que a Victoria le importe mucho. Somos felices así, papeles más, papeles menos, no podrán cambiarlo.

—Ojalá y no te equivoques.

—No será problema. Si de algo estoy seguro en el día de hoy es que el matrimonio no es el catalizador de una relación amorosa. No influye ni determina en que las cosas marchen bien o mal. Es sólo una formalidad social.

—Muchas veces necesaria, sobre todo cuando llegan los hijos.

—Te mandas a correr sin motivo y te preocupas por algo que a los interesados ni les pasa por la mente.

—Como estoy fuera veo mejor.

—A veces te equivocas.

—A veces quisiera equivocarme. Lo más que deseo es que te vaya bien.

—Lo sé amigo y puedes estar tranquilo. Nunca me ha ido tan estupendamente: tengo a la mujer que necesito a mi lado, mis niños están por llegar y este dichoso proyecto terminará en unos pocos meses más y si todo sigue como va, el resultado será mejor de lo que esperábamos en un principio ¿qué más puedo pedir?

—Si quieres que te diga la verdad, el que este proyecto esté caminando tan bien es lo que más me sorprende. Sabes que aunque terminé apoyándote no le tenía confianza.

—Ves cómo a veces también te equivocas.

—Creo que tuvimos mucha suerte al conseguir la autorización del autor para poder cambiar el guión original a nuestro antojo. Cuando nos libramos de ese escollo todo empezó a marchar como debía.

—Otra cosa que le debemos a mi inapreciable y singular asistente.

—No lo niego. El mérito es todo suyo.

—Ha trabajado como una condenada para sacar esto adelante. Nunca podré agradecérselo bastante.

—Disfruta su trabajo y es eficiente. Pocas veces deja que sus problemas personales afecten a los demás y en eso último no se parece a ti.

—Por suerte, si no esta producción sería un infierno —dijo riendo.

—Tú amiguita Sonja hubiera contribuido gustosa en eso.

—Deja a Sonja en paz, me molesta hasta mencionarla.

—Hasta hace muy poco no era así.

—No empieces a sermonearme, estoy de muy buen humor para que trates de estropearlo.

—Lo siento, pero me preocupa que dentro de poco estés diciendo lo mismo de Vicky.

—¿Cómo se te puede ocurrir eso?

—En ti... sería lo más lógico de esperar.

—Te equivocas. No entiendes que Victoria es única para mí. No tiene comparación con cualquier otra.

—Si tú lo dices...

—¿Por qué me parece que Vicky no te acaba de gustar? ¿Qué de malo le encuentras?

—No le encuentro nada malo. Todo lo contrario, me parece una chica admirable y es la mejor amiga de Sofie. Sólo por eso me caería bien.

—Pues desde un principio le estás poniendo reparo a mi relación con ella.

—Precisamente porque la aprecio y estimo mucho, no me gustaría verla sufrir sin merecerlo.

—¿Y crees que yo puedo hacerla sufrir? Yo la adoro, hombre. ¿No te queda claro?

—Ahora piensas así pero ¿mañana? ¿Puedes estar seguro de lo que sentirás mañana?

—Sé que amaré a esta mujer hasta el final de mis días. Estoy seguro y puedes apostar por ello.

Una vida contigo

Victoria se paseó inquieta por la sala. Max había ido al aeropuerto por los niños. Trató de calmarse y se sentó en un butacón. Había sido tan feliz en los dos últimos meses que se sentía extraña por la preocupación que ahora la asaltaba. En todo este tiempo nada había hecho sombra al sol espléndido que parecía iluminar sus días. Era feliz con Max. Inmensamente feliz con él. El actor cumplía todas sus expectativas y las superaba y ni en sus mejores sueños ella pudo suponer que la vida a su lado fuera tan placentera. Emociones nuevas y espectaculares la rodeaban constantemente y al lado de Max descubría un mundo que pensó no existía para ella. Un mundo lleno de amor, pasión y ternura. No había poses ni fingimiento alguno en aquella felicidad que los inundaba. Cada uno daba lo mejor de sí pero no dejaban de ser ellos mismos. Discutían, compartían, se acompañaban y se amaban intensamente. Nada podía ser más parecido al paraíso que su situación actual. Pero ahora, aunque por pocos días, las cosas iban a cambiar. No esperaba que los hijos de Max la aceptaran de buenas a primeras aunque ella se esforzaría en conseguirlo porque pensaba que los niños lo merecían. También lo haría por complacer al hombre del cual estaba enamorada. Él adoraba a sus hijos, la ilusión de verlos pronto enriquecía su sonrisa y la dicha que lo acompañaba esperando ese momento era evidente. Victoria estaba feliz por él y satisfecha de tenerlo por compañero, porque tener la constancia de que era tan buen padre la convencía más de que era el mejor hombre del mundo.

Vicky se esmeró para recibir a los chicos. Compró todos los dulces y comidas que Max le comentó eran de su preferencia. Sacó tickets para los espectáculos deportivos y culturales a los que sabía eran aficionados por los cuentos del padre. Acondicionó la casa para que se sintieran cómodos y a gusto. Seguía pensando que lo mejor para ellos sería no encontrarla allí durante su estancia pero el actor mantuvo una posición inflexible al respecto. Esperaba con fe en Dios, que todo saliera bien.

La puerta de entrada se abrió y Max entró cargado con las maletas y acompañado de sus hijos. Victoria se adelantó a recibirlos.

—Nicky, Tony. Ella es Victoria.

—Hola, ¿han tenido un buen viaje? —los niños se mantenían callados estudiándola detalladamente—. Supongo que vienen con hambre.

—Comimos en el avión —fue Nicky el que respondió antes de que su hermano asintiera.

—Pero la comida del avión es bastante desabrida a veces. Tenemos cosas muy ricas preparadas para ustedes.

—No queremos nada —el mayor de los chicos fue el que volvió a responder.

Victoria sintió el tono hostil de la respuesta. El muchacho de siete años le dirigía una mirada francamente inamistosa.

—Bueno, no insisto. Más tarde o cuando quieran pueden comer lo que deseen.

Max regresaba de dejar el equipaje en el cuarto.

—¿Quieren comer algo o prefieren darse un baño?

—Le decía a la señorita que no tenemos hambre papá. Un baño es una buena idea.

—No se diga más, a la ducha patos. Los abrazó a los dos y se dirigieron a su habitación.

Victoria los observó mientras se retiraban.

—No sería fácil —se dijo—. Nada fácil.

Vicky permanecía en la cocina mirando sin saber que hacer con toda la comida que había preparado. El cuidado que había puesto en ella ahora le parecía inútil. No notó la presencia de Max hasta que este se apretó a su espalda.

—¿Y qué tal?

Dio un salto y se separó del actor.

—Por favor, Max. Me prometiste que guardarías la distancia mientras ellos estuvieran en casa.

—Están metidos en la ducha, querida y definitivamente no creo haberte prometido nada. Tú fuiste la que marcaste esas reglas pero yo no te dije que iba a cumplirlas.

—Pues así lo harás. No quiero que se molesten más, ya bastante rara debe parecerles la situación.

—Se acostumbrarán cariño y llegaran a adorarte como lo hace su padre.

—No sé qué hacer con tanta comida. Dicen que no tienen hambre.

—Eso dicen ahora. Deja que pase un rato. Siempre es igual.

Una vida contigo

—Ve con ellos. Seguro quieren estar contigo después de tanto tiempo.

—Iré a buscarlos y los traeré aquí para ver si se embullan a comer y tú no te escondas en tu habitación porque iré a sacarte de allí.

Al poco rato Max apareció con los niños recién bañados y se sentaron a la mesa del comedor. Victoria salió de la cocina.

—¿Más descansados? ¿Se animan a probar algo, un dulce? ¿Un jugo? ¿Quizá un helado?

—Me gusta mucho el helado —dijo Tony.

—De inmediato te traeré uno, ¿tú también quieres Nicky?

—No.

—Se me olvidaba comentarles que sólo tengo de chocolate y de almendra porque son mis preferidos. ¿Cuál prefieres tú Tony?

—Yo quiero chocolate, a Nicky también le gusta pero prefiere el de almendras.

—Pero yo no quiero comer nada ahora —Nicky no quería ceder.

Victoria de manera muy dulce le respondió.

—Lo entiendo, pero cuando tengas deseos ya sabes que están en la cocina, puedes pasar y tomar el que te guste. Estás en tu casa.

—Eso ya lo sé —respondió en un tono desagradable y seco.

—Max, ¿tú quieres que te traiga algo?

—Yo sí que tengo un hambre atroz. De buen grado acabaré con todo lo que has preparado.

Victoria dio media vuelta y fue por la comida y el helado para Anthony.

—Nicky, no creo que debas contestarle así cuando sólo trata de ser agradable contigo.

El niño no respondió nada pero bajó la cabeza y Max le sacudió el cabello con un gesto cariñoso.

Terminaron en el comedor y se sentaron en la sala a ver un partido de futbol que pasaban en la televisión. Tony prefirió jugar con un videojuego sentado en el piso. Victoria tomó una revista y empezó a hojearla distraída.

—Dice mi padre que trabajas con él —Nicky preguntó mirándola de reojo.

La muchacha levantó la vista complacida porque el chico le dirigiera la palabra.
—Así es.
—Pero yo no te conocía.
—Eso es porque no vienes por acá desde hace mucho y yo tampoco llevo tanto tiempo trabajando con tu papá.
—Pero mi mamá vino hace poco y ella tampoco te conoce.
—No, no tuve oportunidad de conocerla en esa ocasión.

Max, que estaba entretenido viendo el juego, empezó a prestar atención a la conversación.
—Entonces trabajas con él pero también eres su novia.
—Sí, lo soy y espero que no te moleste demasiado.
—Mi mamá dice que se pueden tener muchas novias pero sólo una esposa.
—¡Nicky!

Victoria detuvo a Max con la mirada.
—Tú mamá tiene mucha razón.
—Si es así, no me molesta tanto.

Se levantó y se fue a su habitación. Tony lo siguió.

Los días que siguieron fueron muy molestos para Vicky. Por más que se esforzaba el rechazo de Nicky era notorio. Tony era distinto y si no fuera porque seguía las indicaciones del hermano, estaba segura que se llevaría mejor con él. Aún así entre el más pequeño y ella surgió una cordialidad que no aparecía nunca ni en los mejores momentos con el mayor. Ella trató de mantenerse alejada del padre y los hijos siempre que podía. Se excusó para no acompañarlos en sus salidas a pasear y la mayoría de las veces, cuando se quedaban en el departamento trataba de encontrar algo que hacer lejos de ellos. Max estaba muy disgustado con esa actitud, pero ella lo prefería así a que tomara partido a su favor en algún mal entendido que surgiera con los niños produciendo un mal mayor. La relación de Max con ellos era estupenda. Se veía que ellos veneraban al padre y este les correspondía con el mismo fervor. Por nada del mundo quería ser causa de que esa armonía se viera afectada en modo alguno.

Una vida contigo

La semana terminaba y Max y Nicky descansaban en sendas tumbonas al lado de la piscina, uno leyendo y el otro jugando con uno de los aparatos electrónicos que por lo general traía encima. Vicky, después de chapotear con Tony en la alberca, salió y se sentó en el suelo a los pies de las sillas.

—El agua está muy templada. ¿No te embullas a darte un chapuzón Nicky?

El niño no contestó, ni siquiera alzó la vista hacia ella. Victoria dirigió su mirada atenta a Tony que jugaba con una pelota.

—¿Siempre estás aquí?

Como de costumbre, cuando Nicky se dignaba a hablarle, se volvió hacia él con la mejor de sus sonrisas.

—Sí, casi siempre. Creí que sabías que vivo aquí.

—¿Y te acuestas con mi padre?

Max alzó la cabeza con una rapidez violenta y taladró a su hijo con los ojos. Victoria agarró una de sus manos para evitar que pronunciara palabra alguna.

—A veces —contestó mirando de frente al niño.

—¿En su cuarto? ¿Duermes con él ahí?

—¡¡¡Nicky!!! —esta vez no pudo evitar que Max se pusiera de pie para increpar al chico.

—Por favor, Max. Es sólo una pregunta y Nicky tiene derecho a hacerla.

—Me parece que...

Victoria se dirigió a Nicky sin hacer caso de Max.

—Pues sí. La mayoría de las veces duermo con él allí y supongo que te estarás preguntando por qué no lo hago ahora.

Se puso de pie y se enrolló la toalla que estaba a su lado en la cintura.

—Es simple la respuesta y no es ningún misterio. Tú padre prefiere dormir con ustedes ahora que están con él y a mí, aunque creas lo contrario, me parece muy bien.

Volvió a sonreír dándole a entender que comprendía su preocupación y sus temores, como si sus palabras no la hubieran afectado.

—Ya es tarde y voy a preparar algo en la cocina si no en esta casa no se comerá hoy.

Los niños se alistaban para partir a Sidney. Victoria los despedía en la sala. Se inclinó para dar un abrazo a Tony que le pasó los brazos por el cuello y le dio un beso, aunque miraba de reojo a su hermano que lo observaba con desaprobación. La muchacha extendió una mano a Nicky pero este no le dio la suya.

—Ojalá y puedan volver pronto. Los estaremos esperando con mucha ilusión.

Se inclinó hacia Nicky y depositó un beso en su cabeza.

—Algún día nos llevaremos mejor. Estoy segura de eso, pequeño, y lo deseo de todo corazón.

Max salió del cuarto llevando el equipaje.

—¿Le avisaste a Thomas?

—Los está esperando abajo. Tiene el coche listo desde hace un buen rato.

—Entonces vamos. Si nos demoramos más llegaremos tarde al vuelo. ¿Se despidieron de Vicky?

—Sí, Max, ya lo hicieron. Buen viaje chicos.

Cuando llegó a la puerta, Nicky se volteó.

—Adiós Victoria.

Vicky le dirigió una amplia sonrisa.

—Hasta pronto Nicky.

En ese momento no pudo imaginar cuánto tardaría en verlo de nuevo.

Victoria se sentó en uno de los butacones del despacho a revisar unos papeles. Hacía unos apuntes cuando Max, de regreso del aeropuerto, abrió silenciosamente la puerta y se acercó a ella, abrazándola por la espalda.

—Y así es como me estás esperando. Yo creí que iba a encontrarte preparando un baño tibio con el cuarto lleno de velas perfumadas.

—Qué más quisiera, pero si no recuerdo mal en pocas semanas termina la filmación y todo tiempo es poco para adelantar lo pendiente.

—Tu afición al trabajo a veces resulta peligrosa.

Max le quitó los papeles de las manos y tomándola por los brazos la puso de pie.

Una vida contigo

—Lo siento señorita, pero he decidido que cualquier cosa que no tenga que ver estrictamente con usted y conmigo, en el día de hoy, está fuera de lugar y ya no se permitirá más que las prioridades de esta casa cambien sin que yo lo apruebe.

—No me queda claro a qué prioridades te refieres ¿Hablas de las mías o de las tuyas?

—¡Hablo de las nuestras! Y de cómo se afectaron por seguir la corriente a tus ideas disparatadas.

—Vaya, no sabía que mis ideas te molestaban tanto. Haberlo dicho antes, mi señor —trató de hacer una reverencia burlona pero él no se lo permitió.

—No lo tires a juego. Fue necio que impusieras que mientras mis hijos estuvieran en casa no me acercara en forma alguna.

—No exageres. Estuvimos cerca todo el tiempo.

—Sabes a lo que me refiero y no trates de engatusarme con esa carita de niña inocente.

—Tendrás que reconocer que fui prudente.

—Tendré que reconocer que ha sido una semana infernal desde ese punto de vista. Te eché de menos en mi cama. Me hiciste mucha falta.

—¿Y cómo crees que me sentí yo? Aunque al principio pensaba que me ibas a asfixiar por esa manera de apretarme que tienes al dormir, ahora no logro conciliar el sueño si no siento tus brazos a mí alrededor.

—Fue una semana difícil. Lo sé.

—Fue una semana excelente puesto que tú estabas feliz.

—Nicky estuvo francamente desagradable contigo. Debí hablar con él.

—Pero cumpliste lo que me habías prometido y lo agradezco. Sé que no te resultó fácil pero algún día verás que fue lo mejor.

—No creo que me alegre nunca de haber soportado tal comportamiento en mi hijo que, por demás, me pareció injusto.

—Para él fue peor que para nosotros. No me digas que no lo entiendes.

—Sólo entiendo que fue grosero hasta más allá del límite de lo permitido.

—Ya se le pasará. Hay que darle tiempo para acostumbrarse a la idea. Estoy segura que llegara un día en que nos llevaremos bien, si antes su padre no decide abandonarme por las calles.

—Su padre debía abandonarte por mantenerme apartado de tu cuarto todos estos días. Cuando ellos dormían podía estar contigo.

—Se hubieran dado cuenta. Nicky lo habría notado.

—Como de costumbre, demasiado exagerada. Creo firmemente que lo que deseabas era descansar de mí.

—Después de tan mantenido acoso sexual su asistente tenía derecho a un buen descanso. Era eso o quejarse ante la comisión de ética. ¿No piensa lo mismo el Señor Director?

—No quieras saber lo que el Señor Director está pensando en este momento pero te aseguro que sería censurable hasta para la comisión de ética más indigna del mundo.

—A mí me parece que, a pesar de tus protestas, saldrás ganando. Después de detener un poco nuestra encendida pasión, podemos comenzar otra vez con energías nuevas.

—No necesito energía nueva para estar contigo, tengo la suficiente y te lo voy a demostrar muy pronto, si callas esa boquita por un rato. Vamos saliendo de aquí que se te acabó el receso y se nos hace tarde.

Max la arrastró fuera del despacho sin esfuerzo alguno pero en vez de llevarla camino a su dormitorio, como pensó Vicky, la empujó hacia la puerta de salida.

—¿Pero... a dónde vamos?

—No preguntes. Llevo prisa y puedes imaginar las razones.

—Max...

Salieron, tomaron el elevador que los conducía al estacionamiento y se dirigieron al coche deportivo de Max. El actor se sentó al volante después de dejarla en su asiento.

—¿Cariño, de qué va todo esto?

—Es una sorpresa que tengo para ti. La estoy preparando desde hace algún tiempo y espero que te guste.

—En este instante me gustaría estar ya en nuestra habitación, no creo que haya otro lugar en el mundo mejor para mí que ese.

—Lo hay, pronto lo verás.

La casa se encontraba en un sitio apartado y lejos de la ciudad. Semejaba un antiguo castillo flanqueado por unas hectáreas de prado y árboles añejos. La arquitectura era ecléctica con cierto predominante gótico y a esta hora de la tarde los rayos del sol ya no iluminaban las fachadas y su aspecto era un poco sombrío.

—¿Qué lugar es este, Max? Parece siniestro. ¿Estás buscando una nueva locación?

—Creo que te mencioné que todo lo que hagamos hoy tendrá que ver con nosotros dos exclusivamente.

—¿No estarás pensando en asesinarme y enterrar mis pedacitos en este lugar abandonado?

—Para su conocimiento señorita, "este lugar abandonado" es uno de los sitios más caros, apreciados y buscados por las parejas que se aman en el mundo entero.

—Pues todavía no adivino que le ven —Victoria miraba curiosa hacia todos lados.

Llegaban a la puerta de entrada de la gran mansión y un valet de parking se acercó presto, como salido de la nada, a recoger las llaves que Max le entregó. El coche desapareció antes de que ellos llegaran al umbral. En el dintel de la puerta un emblema resaltaba en letras bronceadas muy antiguas: The eternal mirror. Victoria se aferró al brazo de Brennan. El ambiente que la rodeaba comenzó a asustarla.

—Esto da miedo. Lo siento pero no sé cómo puede gustarle a alguien y mucho menos cómo has llegado a pensar que puede gustarme a mí. Creí que me conocías un poquito mejor.

—Te conozco mucho más que mejor y pronto estarás convencida de eso.

—Lo dudo —dijo en un susurro al traspasar la entrada.

—Mujer de poca fe.

La casa parecía solitaria, no se veía a nadie en todo el amplio vestíbulo. Unas escaleras enormes y anchas en el centro conducían a la planta alta. Empezaron a subir. Victoria esperó que alguien llegara a recibirlos, pero las únicas personas que parecían estar en aquel sitio eran ellos. Avanzaron por un pasillo lleno de candelabros, todos inclinados señalando a una misma dirección: una puerta de caoba bruñida situada al fondo.

—Parece embrujada... —Victoria susurró. Una risita apagada de Max fue su respuesta.

Al llegar a la entrada de la habitación. El actor la alzó en brazos antes de cruzar la puerta.

—Esto corresponde a otra escena y situación, pero no está mal por eso de la buena suerte.

Dentro de la habitación depositó a Vicky en el suelo pero la mantuvo sujeta por la espalda mientras los dos recorrían con la mirada el suntuoso cuarto. Todo allí era grandioso, parecía la recámara de un rey. Confortable y cálida, resultaba lo más acogedor que Victoria encontró desde que irrumpieron en el local. Una enorme cama ocupaba el centro. Doseles que caían del techo podían cerrarse a su alrededor aislando a sus ocupantes del resto del aposento si ese fuera su deseo. Delante de la cama un enorme espejo reflejaba el lecho. Hasta el mismo centro de ese espejo la condujo el actor, manteniéndola abrazada sin soltarla ni por un instante.

—Este es *The eternal mirror* y es por él que esta mansión es tan especial. Hay una leyenda sobre este espejo, una leyenda que ha recorrido el mundo. Se dice que es mágico aunque su magia sólo afecta a los que están verdaderamente enamorados.

Max sabía que Victoria, sin ser fanática, se entusiasmaba muy fácilmente con leyendas, tradiciones y cuentos sobrenaturales. Él se maravillaba de como la muchacha quedaba fascinada cuando escuchaba historias de hechos increíbles o raros. Le encantaban las situaciones que no tenían una explicación común y él se divertía mucho cuando podía contarle anécdotas de ese tipo. Cuando oyó hablar del lugar quiso traerla de inmediato pero no había sido nada fácil hacer realidad ese deseo. Como mencionó, muchos trataban de conseguir espacio para pasar una noche en el sitio y aunque el costo de esa noche significaba una suma de varios ceros, era excesivo el número de parejas que se podían dar el gusto y siempre había demasiados enamorados aspirando a conseguir una reservación. Max no sólo ofreció una cantidad adicional extrema para poder conseguir traer esa noche a Victoria. Movió también varias influencias y pidió algunos favores muy en contra de su costumbre, pero se consideraba satisfecho con el resultado aunque sólo fuera para ver la expresión en la cara de la chica.

Una vida contigo

Vicky se contempló embelesada en el espejo. Se recostó sobre Max, que mantenía cruzados los brazos sobre su cintura, la cara apoyada en su hombro. El reflejo de su imagen abrazada al actor la inundó de una dicha nunca soñada.
—¿Y cuál es su magia?
—Su magia puede ser una bendición o una maldición, según por donde se mire.
No dejaban de observarse en el espejo.
—¿Cómo es eso?
—La leyenda dice que los amantes que se reflejen en este espejo haciendo el amor nunca podrán olvidarse y la necesidad que uno sienta por el otro será eterna.
—¿Y cómo eso puede ser una maldición?
—Porque el espejo no promete que los pueda mantener juntos. Eso corresponde a la pareja. Si logran seguir unidos serán dichosos por siempre, pero si por alguna razón llegan a separarse, ninguno de los dos podrá jamás encontrar el amor que conoció en los brazos del otro.
Un escalofrío recorrió el cuerpo de Vicky. Apretándola más fuerte contra él, Max susurró en su oído.
—Para nosotros será una bendición.
—¿Y no tienes miedo?
—¿De qué?
—De que si algún día quieres dejarme no vuelvas a ser feliz con nadie más.
—Yo nunca voy a querer dejarte, Victoria.
—Nunca digas nunca jamás.
—Lo digo y sin temor alguno —comenzó a llevarla hasta la cama.
—Todavía estás a tiempo. Si es como dices, sólo si hacemos el amor delante del espejo su magia surtirá efecto —la muchacha le sonreía traviesa mientras el actor la recostaba sobre el cubrecama carmesí.
—Nada puede impedir que te haga el amor ahora, lo sabes muy bien.
—También sé que, con magia o sin ella, yo no te olvidaré nunca Max. Nunca...
Sus palabras se perdieron en la boca del actor.

Victoria despertó y medio se incorporó. El brazo derecho de Max cruzando su cintura le impedía levantarse más. El actor dormía rendido a su lado, agotado por todos los excesos de la velada anterior. Miró hacía la imagen que tenía enfrente. Si sólo la magia del objeto surtiera efecto por la intensidad de la pasión que se había duplicado en él durante aquella noche, el amor entre ellos duraría eternamente como rezaba la leyenda. Recostó la cabeza en la almohada y se apretó a Max como si quisiera fundirse en él. Su mirada siguió perdida en el reflejo de los cuerpos abrazados que le devolvía el grandioso espejo hasta que se volvió a quedar profundamente dormida.

—Dormilona, despierta...
Victoria abrió con pesar lo ojos. Las cortinas cerradas no permitían saber si era de noche o de día.
—¿Qué hora es?
—No lo sé ni me importa.
—Pero tenemos que ir a los estudios, nos deben estar esperando.
—Nadie nos está esperando.
—Pero...
—¿Quiere dejar de preocuparse por inútiles motivos y tomar el suculento desayuno que este hombre ha preparado para usted?
Una bandeja de madera labrada estaba en la cama, llena de todas las chucherías que Victoria gustaba de comer.
—Me estás mal acostumbrando.
—Es lo que usted merece Madame.
—También me vas hacer engordar.
—Menos tipos se fijaran en ti y te será más difícil pretender abandonarme.
—Si me pongo gorda tú también dejarás de fijarte en mí.
—No seas absurda, gorda o flaca me seguirás gustando igual y te seguiré haciendo el amor tarde, día y noche sin parar como hasta ahora.
—No creo que pueda continuar con ese entrenamiento incesante por mucho tiempo seguido, querido director.
—Termina de comer, así podemos discutir la cuestión de una manera más práctica.

Una vida contigo

Victoria se sentó en la cama y cubrió con una sábana su cuerpo desnudo. Max se sentó frente a ella, con una toalla enredada a su cintura. Su pelo mojado indicaba que había tomado un baño.
—¿Hace mucho que estás despierto?
—Un largo rato, suficiente para darme una ducha y preparar algo de comer. Descontando el tiempo que pasé observándote mientras dormías.
—Eso es de pésima educación según tus propias palabras, si mal no recuerdo.
—Tendré que rectificar esa opinión, porque de un tiempo a esta parte pocas cosas me producen más placer que contemplarte cuando duermes a mi lado.
—¿De veras que no tendremos que ir a trabajar hoy?
—No. Este día nos pertenece por completo y no tengo la menor intención de dejarla salir de este cuarto y mucho menos de esta cama por más que me lo exija a gritos, señorita.
—¿Me dejarás tomar un baño, al menos?
—Sólo si lo haces conmigo.
—No suena tan mal. Puede que hasta sea agradable.
Victoria le dirigía una mirada juguetona mientras devoraba una tostada.
—Te prometo que será más que agradable.
—¿No hay más nadie en esta casa?
—Debe haber montones pero no se dejan ver. Ese es su trabajo, hacer como si la casa sirviera a todos tus deseos por sí misma.
—Es un lugar mágico y es maravilloso que me hayas traído hasta aquí.
—Te dije que te iba a gustar.
—No sólo me ha gustado, recordaré todo esto hasta el final de mis días y siempre que lo haga estaré pensando en ti y en lo feliz que me has hecho.
—Te aseguro que lo haremos juntos, amor. Quiero cumplir cada uno de tus deseos, quiero cercarte en mis brazos y que en ellos encuentres todo lo que necesitas para que nunca vuelvas a escapar.
—No creo que pueda escapar nunca de ti querido. A donde quiera que vaya siempre estarás conmigo. Yo no puedo olvidarte Max. Traté de hacerlo una vez y no lo conseguí.

—¿Ya has tratado de olvidarme? No lo sabía. ¿Por qué harías algo así?

Victoria esquivó el tema, como de costumbre.

—Demasiado curioso. Ya es pasado y no vale la pena hablar de ello. Tú ¿no vas a comer nada?

—Ya lo hice, ahora sólo tengo deseos de devorar y morder otras cosas que tengo delante y me resultan más apetitosas. —Extendió una mano acariciándole un pequeño seno que se dejaba ver a través de la sábana.

El rostro de la muchacha enrojeció y Max se echó a reír.

—Todavía te ruborizas como una virgencita Vicky. Llevamos varios meses viviendo juntos.

—Todos los días me parece que te acabo de conocer.

Max apartó la bandeja que los separaba.

—Y a mí, siempre que te tomo en mis brazos me parece que será la primera vez que te haré el amor.

—La primera vez... —Victoria trató de desligar un recuerdo amargo de la dicha que la llenaba toda.

—Sí, Vicky. La primera vez. Contigo siempre es como la primera vez.

—Entonces soñemos que hoy es nuestra primera vez Max, que aquí frente a este espejo nos hemos conocido y haremos el amor por primera vez. Tal vez así su magia se haga verdadera y el recuerdo de este día y nuestro amor nos acompañen para siempre.

Sábana y toalla cayeron al piso mientras los cuerpos se entrelazaban una vez más y el espejo eterno les devolvía su pasión multiplicada en el cristal.

El trabajo se incrementó mientras el rodaje de la película avanzaba. La pareja llegaba muy tarde a casa con el único anhelo de su entrega diaria. Era difícil encontrar dos seres que disfrutaran más el estar juntos. Cuando estaban solos todos los problemas y malos momentos del día desaparecían. Nada podía perturbarlos ni distraerlos mientras el placer los fundía como si fueran una sola persona. No se cansaban de recorrerse enteros, de descubrir lo que uno no sabía del otro. Se perdían cada vez más en una pasión que los inundaba por completo

Una vida contigo

y que no tenía medida ni límite alguno. Se amaban furiosamente y con una desesperación inaudita como si anticiparan que algo pudiera interponerse entre ellos. Su deseo y su amor crecían a medida que pasaba el tiempo y la comunión de sus cuerpos parecía tan duradera y permanente que nada ni nadie podría separarlos.

Las semanas pasaron volando y quedaban pocos días para que la filmación llegara a su término. Grabarían la última escena de exteriores y a la mañana siguiente se haría la final en foros. Todavía faltaba mucho para que la película pudiera proyectarse, pero la parte más pesada y que generaba más preocupaciones y problemas estaba quedando atrás. La edición, la postproducción y otros detalles llevarían tiempo pero sería labor de unas cuantas personas, muy pocas en realidad, y Max consideraba que sería la parte que más disfrutaría.

David y el nuevo director pasaron el día rodando junto al equipo fuera del estudio, Victoria se quedó en los foros preparando la escenografía y alistando todo lo necesario, para que las cosas salieran bien en la jornada que ponía fin al arduo trabajo que realizaban desde hacía varios meses.

De regreso a la ciudad, los dos amigos se detuvieron a comer en un restaurant de la carretera. Sentados a la mesa, después de la comida, Max encendió un cigarrillo mientras David saboreaba una taza de café.

—Has jurado en muchas ocasiones que vas a dejarlo pero no lo haces y eso que has dicho que no era difícil.

—Dejar de fumar es fácil. Yo ya lo hice como 350 veces, como decía Mark Twain —dijo sonriendo ante el tono de reproche del amigo—, pero tienes que admitir que ahora fumo mucho menos que antes.

—Lo admito, pero eso demuestra que si te esfuerzas puedes dejarlo definitivamente. No entiendo por qué no acabas de hacerlo.

—Uno de estos días lo haré.

Se mantuvieron callados por unos minutos. Los dos dejando vagar el pensamiento por distintos rumbos.

—Max... ¿te estás cuidando?

—¿Cómo dices?

—Que si te estás cuidando.

—Es lo que me pareció escuchar —el actor todavía sonreía aunque su expresión reflejaba sorpresa—, pero ¿qué pregunta es esa?

No me decían algo parecido desde que estaba en el High School. ¿Estás bromeando?

—Pues no, te hablo muy en serio.

Max se dio cuenta que así era.

—¿Por qué me preguntas eso?

—A Victoria le dio un mareo bastante raro en casa. Sofie se alarmó mucho pues dice que desde que la conoce nunca le había pasado algo así. Estaba muy preocupada por su amiga pensando que pudiera estar enferma.

—Vicky no me ha dicho que se estuviera sintiendo mal.

—Nos dijo que se sentía perfectamente y a ella también le extrañó un desvanecimiento de ese tipo, aunque no le dio mucha importancia

—Porque seguramente no la tiene. Pasa muchas horas trabajando y se olvida de comer. Es natural que le haya pasado, pero descuida que pondré mayor atención para que no vuelva a ocurrir aunque yo mismo tenga que encargarme de alimentarla.

—Yo no pude evitar hacerle algunas preguntas.

—¿Preguntas? ¿De qué tipo?

—De las mismas que te acabo de hacer a ti.

—Te tildaría de loco.

—Se mostró desconcertada y decidí dejarlo así pero creo que tú debías poner más atención. Ese mareo puede tener un motivo diferente: estar embarazada, por ejemplo.

—¿Embarazada?... ¿Victoria? Imposible.

—¿Puedes estar tan seguro?

Max no respondió. ¿Con cuanta seguridad podía afirmar algo así? Llevaba varios meses compartiendo su vida sexual con la muchacha y no se cuidaba. Tenía que reconocer que ni siquiera había prestado interés a la cuestión. No pensó ni por un instante en la posibilidad de que la chica pudiera embarazarse y sin embargo era una consecuencia lógica, más que lógica, teniendo presente la frecuencia y el fervor que ponían a su relación.

—Max...

—Estoy seguro David. Vicky me hubiera comentado ¿no crees?

—Va y todavía ni se ha dado cuenta.

—Tonterías, una mujer se da cuenta enseguida de algo así.

—Yo que tú averiguaría. Me pareció preocupada cuando le hice notar el punto.

—¡¿Le preguntaste directamente si estaba embarazada?!

—No directamente, pero se lo sugerí.

—No debiste hacerlo. Sabes lo quisquillosa que es respecto a comentar sobre nuestra relación.

—Lo sé, pero me pareció imprescindible señalárselo, sobre todo porque creo que ha sido tan descuidada como tú en esa cuestión.

—Ella no tiene culpa de nada. Es demasiado... inocente en algunos aspectos.

—Victoria es una mujer hecha y derecha. No sé por qué te empeñas en clasificarla como un ser al que hubieras iniciado en la vida o descubierto. El que le hayas dado su primera oportunidad de trabajo no significa que tú seas el primero en todo lo que se refiere a ella, mucho menos en eso. Hoy en día, casi nos obligan a conocer cómo se debe proceder cuando tenemos una relación de este tipo. Los medios de comunicación no hacen otra cosa que alertar respecto a consideraciones más serias como enfermedades etcétera, etcétera, que llegan por la misma vía. Si por una casualidad, Victoria estuviera esperando un hijo tuyo, tendría la misma responsabilidad que tú porque no es una niñita ingenua. Tampoco es como si tú fueras el primer hombre que la tocara o algo por el estilo.

—Tienes la bondad de callarte —el tono de voz y la expresión del rostro del actor llamaron poderosamente la atención de David.

—Max... ¿No me vayas a decir que es así? —sorprendido y alarmado.

—Prefiero no seguir hablando de esto. Estás equivocado y exagerando como siempre. Me desagrada hablar, mucho más discutir, sobre mi vida privada al lado de Vicky con cualquiera, así ese cualquiera seas tú. Espero que lo comprendas, te olvides de lo que has dicho y lo dejemos aquí.

—Yo sólo quería...

—Lo sé, pero ha sido suficiente y a veces te pasas.

Max se puso de pie y fue hasta la caja a pagar directamente la cuenta. David lo siguió y no volvió a insistir sobre el tema, como le había advertido el amigo, ya había dicho lo suficiente.

Max llegó a casa y Victoria corrió jubilosa a sus brazos.

—Cariño, al fin llegas. Fue insoportable estar hoy lejos de ti.

—Yo también te extrañé.

Max le dio un largo beso y pasándole un brazo por los hombros la llevó hasta el sofá donde se dejó caer a su lado.

—¿Cómo fue tu día?

—Estoy más que satisfecho y sabes que soy difícil de complacer, pero la grabación quedó perfecta. Hicimos varias tomas más de las que teníamos previstas en un inicio y ya será problema de los cortes de edición decidir cuáles quedan. ¿Y tú, tuviste tiempo para resolver todo?

—Todo quedó listo, mi general. Espero que no tengas queja ninguna de mí cuando mañana llegues al set.

—Nunca tengo quejas de ti, querida —le acarició la barbilla y recostó su cabeza al respaldo cerrando los ojos.

—Se te ve muy cansado. ¿Preparo algo de comer o quieres un baño?

—Comí con David cuando venía para acá y tomaré un baño más tarde, ahora sólo quiero estar aquí cerca de ti.

Vicky se acurrucó a su lado y permanecieron en silencio un buen rato.

—¿Eres feliz conmigo, Victoria?

—No soy feliz, cariño. Soy dichosa.

—¿No extrañas nada? ¿No necesitas nada más?

—Tú eres todo para mí, Max. A tu lado no extraño ni necesito nada más.

El actor la tomó en sus brazos cruzándola sobre sus piernas.

—Victoria... ¿hay alguna posibilidad de que estés embarazada?

La muchacha se incorporó poniéndose de pie.

—David te estuvo contando.

—Sólo me dijo que te había dado un mareo en su casa.

—Creo que sólo eso fue: un simple mareo.

—Y no piensas que pueda ser... otra cosa.

A la chica se le notaba nerviosa. Max fue hasta su lado.

—¿Vicky? —levantó su barbilla y la miró a los ojos—. ¿Tienes miedo de decirme?

Una vida contigo

—No es eso. Es que no lo sé. Yo no he notado nada distinto en mí. Estoy como siempre. Me dio un desvanecimiento en casa de Sofie, es verdad, y no es costumbre que me pase pero le restaría importancia si David no me hubiera hecho tantas preguntas. Desde entonces no dejo de pensarlo pero no creo que sea cierto.

—¿Por qué no me habías dicho nada?

—Porque no quería preocuparte con algo que seguramente es falso. Estás lleno de preocupaciones y pensé en hacerme una prueba antes de comentarte, pero entre una y otra cosa lo dejé pasar. El tiempo es limitado con el final de la producción encima y esto ocurrió hace pocos días.

—Es algo demasiado importante como para dejarlo pasar. Debiste decírmelo de inmediato porque de confirmarse no podemos permitir que se haga tarde y se convierta en un problema. Por demás es un asunto en el que estamos juntos y nos concierne a los dos ¿estamos de acuerdo?

Victoria asintió bajando la cabeza.

—Ahora, vuelve acá.

La volvió a sentar en sus piernas.

—Mañana mismo iremos al médico. Cuando sucede algo así es mejor estar seguros lo antes posible.

—¿Por qué te alarmas tanto y por qué dices que es mejor saberlo antes de que sea demasiado tarde?

—Creo que lo debes suponer.

—La verdad es que no. Si diera la casualidad que estuviera esperando un bebé ¿qué podemos hacer?

—Vicky yo... pensaba que tú sabías... Un niño no está en mis planes.

—¿No quieres tener un hijo conmigo? ¿Es eso?

—Claro que no es eso. Si algún día volviera a querer tener un hijo seguro que sería contigo.

—¿Entonces?

—La cuestión es que no quiero tener más hijos.

—Yo siempre creí que te encantaban los niños. Vives para los tuyos y dices que me quieres a mí ¿por qué no desearías un hijo mío?

—Vicky... No quiero que me mal interpretes ni que te formes una opinión equivocada con lo que te voy a decir y sobre todo necesito que te quede claro que no se trata de ti, no tiene nada que ver contigo pero... Soy yo. Te repito: no quiero más hijos y eso no implica para nada el que te quiera o no. Yo te adoro, tenlo por seguro amor. Simplemente no deseo más niños...míos. Lo decidí cuando nació Anthony y es algo que debí hacerte conocer para que estuvieras preparada si algo así ocurría.

—Yo ni siquiera pensé en eso. Tampoco esperé que me pudiera pasar aunque...tú tal vez crees ahora que debí hacerlo. Quizá hasta sospechas que lo estuve buscando sin decirte nada para que te sintieras comprometido conmigo...

La muchacha volvió a ponerse de pie muy alterada. Parada frente al actor se estrujaba las manos sacando conclusiones derivadas de la conducta de Max. Parecía una niñita asustada por una falta que no cometió.

—Claro que no. Cálmate querida —Max se levantó casi junto con ella, la tomó en sus brazos y la acunó contra su pecho mientras volvía a sentarse— ¿Cómo puedes suponerlo siquiera? Sé que serías incapaz de algo así. Me ofendes solamente con pensar que yo pueda creer eso de ti. Si esto llega a ocurrir es porque no fui responsable para cuidarnos y toda la culpa es mía. Tú experiencia es poca, cariño, yo debí poner más atención y prever que algo así suele suceder cuando se practica tanto sin protección alguna.

—Yo también debí hacerlo, Max. Como dijiste antes, es cosa de dos y también soy responsable.

—Creo que nos amamos demasiado como para poder pensar en otra cosa que no sea nuestra mutua satisfacción. Nos olvidamos de todo lo demás. Nos pasó a los dos.

Permanecieron callados un largo rato.

—¿Hay alguna razón especial por la que no quieres más hijos? —se aventuró a preguntar tímidamente.

—Con Nicky y Tony tengo suficiente. No creo necesitar más.

La muchacha se quedó pensativa tratando de asimilar las palabras de Max.

—Victoria... sé que te puedo parecer egoísta o injusto y seguro soy ambas cosas porque tú no tienes hijos y no puedes sentir lo mismo que yo, pero me pediste que siempre te fuera sincero y para serlo tengo que decirte lo que siento al respecto y así es como pienso ahora.

Una vida contigo

—Eso quiere decir que si llegara a estar...si estuviera esperando un bebé tuyo tendría que interrumpir mi embarazo.

—Me temo que sí... pero no estarás sola cariño, yo estaré contigo, te acompañaré, me tendrás a tu lado todo el tiempo. Será fácil, no te preocupes.

—Algo así ¿ya te ha pasado?

—Sí.

—¿Y nunca lo lamentaste?

—¿Lamentar qué?

—Haber perdido la oportunidad de ser padre de nuevo.

—Parece que no lo vemos de la misma manera y hasta el momento sólo hemos escuchado mi opinión. Quisiera saber qué piensas tú en relación a todo esto. Tampoco es como si lo que tú sientes no importara.

—Si no quieres tener un hijo conmigo no creo que mi opinión te pueda importar. No quisiera traer al mundo un niño que no es deseado por su padre.

Se notaba una profunda decepción en sus palabras. Max acarició su rostro con suavidad.

—Vicky, creo que lo mejor es esperar a comprobar si el problema es real. Como tú misma dices: lo más probable es que sólo sea una falsa alarma y estamos preocupándonos inútilmente. Mañana mismo iremos al doctor y saldremos de dudas. Entonces volveremos hablar ¿te parece?

—Mañana no se puede, tenemos que grabar la última escena en foros y el día será de locos, pero no tienes por qué preocuparte. Sea cual sea el resultado se hará lo que tú digas. Para mí en este momento no hay nada ni nadie que importe más que tú y creo que así será siempre.

A pesar del tono decidido, había un dejo de amarga tristeza en la voz de la chica que no pasó desapercibido para el actor. Victoria se abrazó a él y recostó la cabeza en su hombro. Max la estrechó fuertemente.

—Pero quiero serte sincera así como tú lo has sido conmigo, aunque te agradecería que después olvidaras lo que te voy a decir: Me hubiera gustado mucho tener un hijo tuyo, Max. Sí... me hubiera gustado mucho.

Apartamento de Sofie en los altos de su estudio Fotográfico.

—¡David! Que sorpresa. No esperaba verte hoy, si acaso mañana y bien tarde.

—No pude resistir un día más sin verte —la abrazó y le dio un beso.

—Pues sí que debes tener ganas de verme para hacer ese viaje a estas horas, cuando mañana tendrás que madrugar para estar a tiempo en los foros si estás aquí.

—Eso es para que no te quejes de que no sé demostrarte que te quiero. Ahora puedes ver lo que soy capaz de hacer por ti.

—Ni siquiera sospecho que piensas que me quejo. La mayoría de las veces lo que hago es lamentarme porque no estemos más cerca.

—Yo no fui el de la idea de escoger este pueblito del quinto infierno para montar tu negocio.

—En este pueblito del "quinto infierno" es donde puedo progresar más pronto. Tengo menos competencia y recuerda que estoy empezando.

—Y espero que así sea porque de lo contrario te lo estaré echando en cara toda la vida. A propósito ¿cómo andan las cosas?

—Bastante bien considerando que nadie conoce todavía lo extraordinaria que es tu mujercita. Ya tengo varios encargos que empiezan a cubrir los gastos y sigo enviando promoción para hacerme con clientes que sean más permanentes, cuando lo consiga estaré un poco más tranquila. Y a ti ¿cómo te fue en tu última escena de exteriores?

—Todo marchó sobre ruedas. Max estuvo muy complacido y con eso ya sabes que tenemos el día hecho. Si mañana las cosas salen como hoy me daré por satisfecho.

Se dejaron caer en una butaca de la sala. David se recostó al respaldo y Sofie sentada en el brazo de la silla, se inclinó sobre él y acarició su cabeza.

—¿Qué te pasa?

David abrió los ojos que mantuvo cerrados por un momento.

—Nada, querida. Me agoté mucho con todo el ajetreo de la filmación y estas tres horas de carretera incrementaron el cansancio.

—No debiste venir.

El hombre acarició su rostro con una singular ternura.

—Ya te dije que moría por verte.
—Te creo y me siento halagada, pero también sé que estás molesto por alguna razón.
—Ahora mi genial fotógrafa es también adivina.
—Conozco tus expresiones como si lo fuera y para que lo sepas: sí... puedo adivinar cuando algo te preocupa como ahora. ¿Qué te ocurrió?
—Creo que fui indiscreto sobre un asunto y metí mis narices donde no me correspondía.
—Estoy segura que si lo hiciste fue con buena intención.
—De buenas intenciones está empedrado el camino del infierno.
—No puede ser tan malo.
—No sé. Uno piensa a veces que puede ayudar y lo que hace es enredarlo todo.
—¿No me puedes contar de qué se trata?
—No quiero preocupar a esta linda muchachita con mis problemas.
—Tus problemas son también míos. No creas que estoy aquí sólo para los buenos tiempos.
—Lo sé querida. Lo sé y lo aprecio pero si vine a verte es para olvidar todo tipo de preocupación. Si metí el delicado pie, el daño ya está hecho y no puedo remediarlo. Espero que nada se complique por mi culpa.
—No sé de lo que hablas pero seguro que estás exagerando un poco. Por lo general sueles preocuparte de más en algunos aspectos.
—Tienes razón, como siempre. Y creo que ya es hora de no seguir perdiendo más tiempo. No creas que hice este viaje sólo para conversar.
—Ahora que lo mencionas, empezaba a preguntarme si habías venido sólo por eso.
—Esa duda sí que te la puedo quitar de encima rápidamente.
La muchacha se echó en sus brazos.
—Estoy ansiosa de que me lo demuestres.

—Último día cariño. ¿No te parece mentira?
Sentados en la parte posterior del coche, Victoria y Max se dirigían a los estudios. La muchacha parecía encontrarse a miles de kilómetros de distancia.

—Vicky ¿me estás escuchando?

—Claro que sí. Disculpa estoy un poco distraída. Debe ser la tensión porque todo salga bien el día de hoy.

—Todo saldrá bien. ¿Acaso no tengo la mejor asistente del mundo?

Ella le devolvió una apagada sonrisa. Max la observó con un poco de preocupación. El ánimo de la chica cambió después de la conversación de la noche anterior. Era algo que había notado hasta en su manera de hacer el amor. Parecía como si estuviera fuera de foco, perdida en pensamientos que no la habían turbado hasta entonces.

—¿Estás segura de que te sientes bien?

—Por supuesto. Te repito que es sólo un poco de stress. Tú has pasado muchas veces por esto y para mí es la primera vez, no lo olvides.

Max esperaba ciertamente que se estuviera refiriendo a la producción.

—Concluido el día de hoy acabará la parafernalia en que estamos inmersos. Ya verás.

—Pero David dice que todavía falta mucho para que el filme se pueda proyectar.

—Es cierto pero se acabaron las filmaciones, el trajín con los actores y el equipo de grabación. A partir de ahora, seremos unas pocas personas ocupándonos de la edición y los cortes finales para terminar de armar este muñeco. Será una etapa creativa y divertida, puedo asegurártelo. Te va a encantar.

—Si tú lo dices, así será.

—Y sobre todo habrá mucho tiempo más para nosotros. A la primera oportunidad quiero llevarte a mi hacienda.

—¿Iremos a Koala's rock? ¿Viajaremos a Australia?

—¿No te entusiasma la idea?

—Por supuesto. Desde que me hablas de ese lugar, he pensado en estar allí pero ¿no crees que sea muy pronto?

—¿Pronto para qué?

—Para que tus amigos y tu familia conozcan de nuestra relación.

—No creo que vuelvas con eso. Te he repetido en más de una ocasión que si por mí fuera todo el mundo lo sabría desde el principio. Tú eres la que te empeñas en ocultarlo pero se acabó. Si sigues insistiendo

Una vida contigo

creo que me vas a obligar a pensar seriamente en que debo elegir otra mujer como compañera de vida —esto último lo había dicho sonriendo.

—¿Has estado pensando en eso últimamente? —no había nada gracioso en la pregunta que le dirigió la chica.

—¿Qué pregunta absurda es esa? Ciertamente estás hoy de un humor sombrío querida. Espero que al final de la jornada esa hermosa cabecita empiece a funcionar nuevamente como de costumbre. Eres mi aliento y mi alegría, Victoria. Cuando algo empieza a salir mal me basta sólo mirarte y verte reír para que mi mundo se arregle. Hoy más que nunca estaré necesitando la seguridad y la confianza que me da el tenerte a mi lado y mira nada más cómo amaneces.

La muchacha le tomó el rostro entre las manos y le dio un beso.

—Tienes razón. No me hagas caso y sobre todo no te preocupes. Estaré allí con mi mejor sonrisa si eso es lo que necesitas.

Se quedó mirándolo profundamente a los ojos.

—Te quiero tanto, tanto Max, que a veces duele. Perdóname si no siempre puedo ofrecerte lo que esperas de mí. Lo intento en todo lo posible, te lo aseguro y me entristece mucho no conseguirlo.

—Eres una tonta, sabes, una redomada tonta si piensas eso. Contigo mi vida está completa, no necesito nada más.

—¿Estás seguro?

—¿Quieres que te lo jure?

—No, no quiero que me jures algo en lo que quizá te estés engañando tú mismo.

—Pero... ¿Qué locuras estás diciendo?

El coche se detenía. Thomas se volteó a través del cristal que los separaba.

—Hemos llegado señor.

—Olvídalo. Dormí mal y estoy un poco alterada por el final de grabación, pero ya se me pasará. Como has dicho, no son más que tonterías. Te repito que no te preocupes y te deseo toda la suerte del mundo. Estoy segura que te espera un gran día. Nos vemos en el set —le dio un beso en la mejilla y salió sin esperar a que Thomas abriera la puerta del coche.

—Victoria... espera.

Vicky ya no lo escuchaba, avanzaba rápido hacía los foros. Max salió despacio del auto con una extraña sensación de opresión en el pecho.

—Yo también le deseo suerte señor.

—Gracias Thomas, no sé por qué pero creo que hoy la estaré necesitando más que nunca.

Se dirigió a su oficina con una expresión preocupada en el rostro.

Victoria ajustaba la cámara desde donde Max estaría haciendo el encuadre de escenas. David entró en el foro muy apresurado y se encaminó hacia ella que levantó la cabeza dirigiéndole una sonrisa.

—Se te pegaron las sábanas jefe, ejecutivo

—Anoche me fui a ver a Sofie y por más que madrugué me agarró el tráfico del centro.

—No te apures, todavía hacen los ajustes de escenografía y ni siquiera han hecho el primer llamado de actores.

—¿Y Max?

—En la oficina, quería revisar algunos pormenores antes de la filmación. En cuanto todo esté listo le tengo que avisar. ¿Cómo anda mi amiga?

—Haciendo miles de planes, como de costumbre. Si sólo una cuarta parte de ellos se hacen realidad, será la mayor empresaria de este país.

—Así es Sofie. Todo a lo grande. En la escuela era el centro de estrategia militar de cualquier asunto.

—Supongo que también de todas las locuras —dijo riendo.

—Para qué negártelo, ya la conoces bien.

—Seguramente tú eras la encargada de frenarla un poco.

—Te equivocas. Yo era la que siempre terminaba por secundarla en todo. Su poder de convencimiento es tan tenaz como su imaginación.

—¿Te metió en algún lío gordo alguna vez?

Vicky se quedó pensativa, perdida en un lejano recuerdo.

—Puede... que alguna vez.

—A propósito Vicky, yo quería decirte... tal vez no debí... pero le estuve contando a Max...

La chica lo interrumpió.

—Eres su amigo David y te preocupaste mucho. Pude notarlo. Lo más natural es que le contaras.

—Te correspondía a ti hacerlo y yo no tenía que irme de metiche con el cuento. Es cierto que Max es mi mejor amigo pero también te aprecio mucho Victoria, es algo que deseo que tengas presente y no quise traerte ningún tipo de complicación.

—No lo hiciste. Creo que tenemos que enfrentar la situación si es real y fue conveniente conocer lo que piensa Max al respecto.

—¿Hay posibilidad de que...?

—No lo sé pero muy pronto saldremos de dudas y espero que no tengamos tan mala suerte.

—¿Mala suerte? ¿Por qué?

Vicky no respondió a esa pregunta.

—¿Le contaste a Sofie?

—¿Cómo crees? Sabes lo que pienso sobre el tema, pero no seré yo quien te meta en ese aprieto con tu mejor amiga. Espero que cuando se entere puedan convencerla que yo tampoco sabía nada porque si no, el problema también será mío.

—Sé que será difícil para Sofie aceptar que le ocultara mi relación con Max, pero me las ingeniaré para que me perdone al menos a mí, respecto a ti no te garantizo nada —el tono de broma era evidente en su voz.

David, le hizo un gesto con la mano en señal de amenaza bromeando también.

—Nunca he comprendido por qué no le has dicho.

—Es mejor así y te pido, muy en serio te pido, David, por esa amistad que dices tenerme, que nunca le digas nada.

—No creo que demore mucho en enterarse Vicky. Max no parece muy dispuesto a seguir ocultándose de todos y será mejor que tú le cuentes primero a que se lo digan otros. Conociéndola, sabes que ese día considerará un acto de alta traición que la mantuvieras al margen de los hechos.

—Me las arreglaré con Sofie cuando llegue el momento. Mientras tanto cuanta menos gente sepa de esto, mejor. Sobre todo ahora.

—¿Por qué "sobre todo ahora"?

—Victoria ¿puedes llamar a Max? Todo el equipo está listo y ya esperamos sólo por él para empezar a grabar —Willy se había acercado a los jóvenes que se habían apartado un poco del resto mientras conversaban.

—Le aviso enseguida Willy. Max debe estar ansioso por comenzar.

Max, que frente a un archivo buscaba unos papeles en la parte posterior de su oficina, se sorprendió mucho al ver entrar a la señorita Wilson.

—Vengo a despedirme de mi insigne director.

—¡Sonja! Te hacía camino a París.

—¿Sin decirte adiós primero? ¿Cómo puedes suponer eso, querido?

La modelo se acercó contoneándose al actor que no se movió del lugar en que estaba.

—Te agradezco el gesto. Ahora puedes marcharte.

—¡Max! ¿Cómo puedes ser tan descortés con un antiguo amor?

—No soy descortés. Soy sincero. Por demás estoy falto de tiempo, en cualquier momento me llaman para grabar la escena final y me falta revisar unos bocadillos del guión que quisiera cambiar.

—Todavía te queda tiempo. Acabo de pasar por el foro y siguen montando la escenografía.

—De todos modos, estoy ocupado.

—¿Cuán ocupado? —la modelo se inclinó hacia él insinuante. El archivo abierto dejaba poco espacio entre los dos—. Antes nunca estabas ocupado cuando se te presentaba la ocasión de hacer algunas cosas.

—Dijiste bien: "antes" —cerró la gaveta del mueble y corriendo a Sonja a un lado, se encaminó al escritorio.

—Si eso fuera cierto, tendrías que haber cambiado mucho —la mujer lo siguió y permaneció a su espalda— y yo sé lo difícil que se te hace mudar de naturaleza.

—¿Qué quieres Sonja? No creo en esa necesidad desinteresada por despedirte de mí. Ya tienes lo que querías, fuiste la estrella del filme que tanto soñaste. Estás en una película, ¿qué buscas ahora?

—Lo que quiero y lo que busco, como siempre, es a ti Max. Lo sabes perfectamente.

—Creo que esta conversación está fuera de tiempo y lugar. Lo que hubo entre nosotros terminó y que yo sepa hace bastante rato.

—¿De veras crees que terminó? ¿Puedes asegurarlo así, teniéndome tan cerca?

Ella se abrazó a su espalda y lo besó en el cuello. El actor se volteó, la sujetó por los brazos y la separó de él.

—Por favor, no te rebajes y no hagas más penosa la situación. Ya no hay nada entre nosotros. No lo habrá nunca más. Fui muy claro al respecto y creo que me conoces lo suficiente como para saber que no suelo arrepentirme de las decisiones que tomo.

—Pero yo te quiero.

—Y yo no... —no le agradó ser tan duro al ver la expresión de pena que se reflejó en el rostro de la mujer—. La tomó por los hombros

—Escúchame y entiende: Tuvimos una buena relación. Nos la pasamos bien y fue conveniente para ambos mientras duró, pero ahora mejor lo dejamos así y nos despedimos sin resentimientos ni reproches. Estamos muy mayorcitos para eso y cada uno sabía lo que podía esperar del otro.

—En eso te equivocas. Yo no podía siquiera imaginar que fueras a dejarme tan pronto y mucho menos por una...

—Te ruego que no sigas... —dijo el actor interrumpiéndola. El tono de su voz era una clara advertencia.

—Max. Dices que te conozco y es verdad, te conozco mucho más de lo que puedes imaginar. Te lo dije un día y te lo vuelvo a repetir. El entusiasmo por esa chiquilla no te va a durar mucho. Es muy poquita cosa para ti, te vas a cansar de ella y...

—Basta —la agarró del brazo para llevarla hacia la puerta—. He tratado de ser amable contigo pero está visto que no se puede.

Sonja Wilson se resistió a moverse y no dio un paso.

—Te duele lo que te digo porque en el fondo sabes que tengo razón.

—Acaba de irte. No me hagas sacarte a rastras. Evítate esa vergüenza.

—No me iré, no lo haré antes de despedirme como se debe.

Se abalanzó hacia Max y empezó a besarlo ansiosamente. Él trató de apartarla pero el embate de la mujer al colgarse de su cuello fue tan fuerte que lo tomó desprevenido y lo hizo trastabillar hasta recostarse a la pared. Alzó sus manos para apartar los brazos de Sonja.

—Max te estamos esperando... todo está listo.

Las palabras de Victoria fueron un murmullo estrangulado en su garganta. El impacto de la escena que se desarrollaba antes sus ojos la dejó inmóvil y muda en el dintel de la puerta que comenzó a abrir con una gran sonrisa.

Max se zafó de los brazos de Sonja, que sonreía con gesto perverso mirando a la pobre chica que asombrada y atónita los contemplaba.
—Vicky... querida, puedo explicarlo —Max parecía desesperado.
—Bien cariño, gracias por despedirme como se merece.
La mujer rechazada recogió su cartera que estaba encima del escritorio y echó a andar hacia la puerta de salida. Al pasar por el lado de Victoria las palabras susurradas en su oído fueron una burla cargada de maldad.
—Ya me dirás cómo se siente el estar al otro lado de la escena. ¿Nada agradable, verdad?
Sonja Wilson salió de la oficina riendo satisfecha.
Max se acercó a Vicky y la sujetó por los hombros, la chica parecía estar en trance.
—Amor, no es lo que piensas. Ella vino y empezó a provocar. Supongo que trataba de conseguir algo como esto pero yo te juro que...
Victoria pareció volver en sí. De un tirón se separó del actor.
—La escena está lista. Te están esperando y cada minuto que permaneces aquí te está costando una fortuna.
—¿Crees que la escena o el dinero me importan ahora? Por mí puede irse todo al diablo. No me moveré de aquí hasta que no esté seguro de qué entiendes lo que ha pasado.
—No es difícil de entender. Puedo parecer tonta, puede que me haya comportado como tal durante todo este tiempo pero algo así lo entiendo, por supuesto que lo entiendo perfectamente —había ironía dolida en sus palabras.
—Victoria...
—Sabes. Debí lucir muy ridícula en esta patética escena. La ilusa muchachita que interrumpe el idilio de los viejos amantes. Razón tiene la señorita Wilson en burlarse de mí.
—Sonja Wilson es un demonio que sólo vino a intentar separarnos. ¿Es que no te das cuenta, es que vas a permitir que se salga con la suya?

Una vida contigo

Victoria se recostó en el escritorio. Se sentía aplastada y abrumada por los hechos. Con los ojos cerrados, la cabeza levantada hacia el techo.

—No creo haberte exigido nada nunca. Necesité tan pocas cosas desde que estoy contigo. Sólo te pedí que no me mintieras, que no me engañaras.

—Nunca te he engañado.

Ella continuó como si no lo escuchara.

—Era tan fácil para ti decirme. Me dolería, sí, pero no era necesario que me humillaras de esta forma. No creo merecerlo. Puedo entender que no me quieras más, puedo aceptar que ya no desees estar conmigo pero ¿qué necesidad tenías de mentirme?

—Te estás haciendo ideas completamente equivocadas...

—Si tenías la intención de volver con Sonja ¿por qué no me advertiste? ¿Acaso pensaste que podía perjudicarte en algo o es que esperabas a que terminara la producción para contarme?

—No digas mas locuras ¿Cómo puedes siquiera imaginar que...?

—¿Por qué no me dijiste que seguías con ella?

—Porque no sigo con ella, demonios, ¿cómo logro hacértelo entender? No la he visto a solas desde que terminamos, no hasta el día de hoy. Lo puedo jurar.

—Tus juramentos suenan un poco vacíos ahora ¿no te parece?

—Vicky, sé que tienes razón en estar pensando lo peor pero yo te aseguro que...

Nada de lo que decía a gritos parecía impresionar a Victoria que seguía hablando como si lo hiciera para sí misma.

—Si sigues queriendo a esa mujer... puedes continuar con ella, por mí ni te preocupes.

—Ya está bueno. No voy a permitir que sigas llenándote la cabeza con esas tonterías. Yo no quiero a esa mujer ni a ninguna otra. Mi mujer eres tú y tienes que escuchar lo que necesito decir. Máxime cuando no tengo responsabilidad alguna en lo que ha pasado. Ahora si me dejas explicarte...

—No necesito que me expliques nada. Los hechos fueron bastante instructivos. ¿Qué intentas demostrar ahora? Fue más que suficiente encontrarte con ella, no es preciso buscar otra explicación.

—Insisto en que tienes que oírme y lo harás.

—No tengo ningún interés en oírte, resultó mucho más edificante verte.

—Muchachos ¿qué pasa? Todo el equipo está listo. Hace falta que vengas Max.

David irrumpió en la habitación y se quedó mirándolos con la certeza de haber interrumpido algo muy serio.

—Victoria...

Max extendía una mano a Vicky pidiéndole que lo acompañara.

—Vayan ustedes... yo iré en un momento...

La desesperación en el gesto del actor era evidente. Apremiado por la llamada del Foro y temeroso de dejarla allí sola pensando lo peor.

—Esto no puede quedar así... necesito que...

—Ahora no... Ve, por favor. Te están esperando.

El actor le dirigió una última mirada antes de salir de su oficina. Ella se sentó en una silla y observó fijamente la pared que tenía enfrente. Parecía tan abatida y desolada que Max sintió ganas de apretarla contra su pecho y arrullarla hasta hacerle olvidar la bochornosa escena que presenció. ¡Maldita Sonja! Podía matarla si aparecía en aquel instante.

Los dos hombres se dirigieron rápidamente hacia el set.

—¿Qué pasó con ustedes? Tienen cara de tragedia.

—No quieras saber, pero se me ha torcido el día y antes que se me tuerza la vida, necesito terminar cuanto antes esta condenada escena para arreglarlo todo.

—Vi a Sonja salir de tu oficina cuando Victoria entró. ¿Tiene que ver con ella? Acaso ¿dijo algo inconveniente?

—Por supuesto que tiene que ver con ella y más que decir: hizo, pero todo es culpa mía por no sacarla sin miramientos en cuanto entró en el despacho.

—No me digas que Victoria los sorprendió en...

—No me sorprendió a mí porque yo no estaba haciendo nada, pero esa fue la impresión que se llevó. Esa mujer se me vino encima en el preciso momento que Vicky entraba y... ya puedes suponer.

—Siempre te advertí que de una manera u otra Sonja Wilson terminaría por arruinarte la existencia y ya ves. Fastidió tu matrimonio y ahora tu relación con Victoria.

—No, mi relación con Victoria no la fastidiará ni Sonja ni nadie. Sólo necesito tiempo para explicarle. Ella me conoce y sé que me entenderá. Ahora está ofuscada por la sorpresa.
—Debió ser una sorpresa bien desagradable.
—Lo fue.
—¿Quieres que vaya a buscarla?
—Creo que quiere estar sola y quizá le hará bien para calmarse y darle una mejor perspectiva a lo ocurrido. Lo importante para mí ahora es terminar con esto de una vez para volver con ella.

Se encaminó hacia la cámara principal y dirigiéndose al resto del equipo.

—Cuando quieran empiecen a rodar.

—Victoria, Victoria.

Max entró en el departamento y recorrió todas las habitaciones llamando a la muchacha. Se dirigió por el corredor hacia la piscina rogando interiormente encontrarla allí, pero el local también estaba vacío. Vicky ya no estaba en la casa. Fue de nuevo a su habitación, abrió el closet. De unas perchas colgaban unos pocos vestidos. Los que él le había regalado. Abrió gaveta, tras gaveta. Varias cosas que le pertenecían todavía estaban allí y evidentemente lo más imprescindible había desaparecido. Él presintió que algo así podía suceder cuando ella no regresó al set y David volvió diciendo que ya no estaba en la oficina. Antes de eso, el actor sólo pensó que tendrían una gran discusión y que posiblemente estuviera muy enfadada por unos días hasta que lograra convencerla de que estaba en un error, ni remotamente se le pasó por la cabeza que ella pudiera abandonarlo. En los estudios, pudo averiguar que Victoria salió de su oficina inmediatamente después que él partiera para al set y de allí debió encaminarse directamente a la casa para recoger sus cosas. En el departamento había demorado muy poco. El descuido que había en su habitación lo hacía evidente. Imaginó el estado en que debía encontrarse por el desorden que encontró en el cuarto. La Victoria de siempre dejaría todo organizado. Haría su equipaje con detenimiento y no olvidaría tantos efectos personales en su partida y por lo que podía apreciar había tomado nada más que lo necesario, apresurada por el deseo de irse pronto de allí.

—¿Dónde podía estar?

El timbre de la puerta sonó. Max se acercó rápidamente y abrió.

—¿Algo nuevo?

—Lo siento Max. Ni sombra de ella en los pocos lugares que frecuenta fuera de esta casa. Lamento decirte que tampoco fue a lo de Sofie. Y aquí ¿buscaste bien? ¿Encontraste algo que pueda ayudarte a saber dónde puede estar?

Max negó con la cabeza mientras daba vueltas por la sala, impaciente.

—¿Puedes darme alguna pista de otro sitio donde pueda seguir buscando?

—Victoria no tiene familiares ni otros amigos cercanos en la ciudad, ninguno que yo conozca aunque...quizá... La señorita Smith puede saber algo. ¿Pudieras ir y averiguar?

—Claro... pero... Cálmate. No puede desaparecer así como así. La vamos a encontrar pronto, ya lo verás

—No sé por qué presiento que no será así.

—No seas tonto amigo. ¿Dónde puede esconderse para que tú no la encuentres? Estoy seguro que moverás cielo y tierra y cuando te propones algo, siempre lo consigues.

—No tengo idea alguna de a dónde pudo ir y eso me desespera ¿No entiendes? La idea de que pudiera irse un día ni siquiera pasó por mi cabeza.

—Mal por tu parte. Con las mujeres nunca se sabe, tú debías saberlo mejor que nadie.

—Ella tiene que regresar. No puedo perderla y mucho menos por una equivocación tan disparatada como esta.

—A tus ojos es una equivocación, pero ella te encontró besándote con otra.

—¿Cuántas veces quieres que te repita que yo no besaba a nadie? Tenía a Sonja encima de mí, yo sólo trataba de apartarla.

—Parece que no fue lo que ella vio.

—¡Por Dios!, ¡tú tampoco me crees!

—Te conozco Max y se lo difícil que puede ser resistirse a los encantos de Sonja. Hasta hace poco tú olvidabas muchas cosas importantes por estar con ella.

Una vida contigo

—Pero eso se acabó. ¿Tengo que hacer una declaración pública en conferencia de prensa para que alguien me crea? Sonja Wilson dejó de ser parte de mi vida hace tiempo, es más, creo que dejó de interesarme desde el mismo momento que conocí a Vicky.

—Pues por un buen rato lo disimulabas bien.

—Basta David. Si no crees que ya estoy demasiado desesperado como para oír tus sermones, déjame solo.

—Perdona. Me voy de inmediato hasta la escuela de cine. Veré qué se me ocurre para no tener que decirle a la señorita Smith nada que pueda llamar su atención en un sentido que no convenga.

—Creo que también debes ir por casa de Sofie.

—Ella ya me dijo que no estaba allí y que no tenía noticias de su amiga en el día de hoy, ni siquiera la ha llamado por teléfono.

—Puede estar mintiéndote.

—¿Qué necesidad...? —el gesto de "obvio" que Max le hizo fue suficiente— Tienes razón aunque demoraré en llegar a lo de Sofie.

—Me llamas en cuanto estés allí y David... si la encuentras, donde quiera que sea, no la dejes ir hasta que yo pueda llegar.

—¿Y si no quiere esperar por ti?

—No la dejes ir. Retenla como sea y no la dejes ir.

Asintió en respuesta al pedido angustiado del amigo y se marchó cerrando la puerta tras sí. Max se dejó caer en el amplio sofá y miró a su alrededor como si su mundo se estuviera acabando.

—¿Dónde estás Victoria? ¿Dónde estás?

—No lo puedo creer. Es una broma tuya.

—No lo es y lo siento, Sofie.

—Pero Vicky me hubiera dicho. ¡Tú! Tú debías haberme dicho...

—No la tomes contra mi ahora, pequeña. No te dije nada porque la propia Victoria me lo pidió. No entendí nunca la necesidad que tenía de ocultarlo, no sólo de ti sino de todos. Respeté sus razones fueran cuales fueran y creo que no debes culparme por eso.

—Ella es mi mejor amiga. Puede que me haya estado necesitando todo este tiempo. Hoy sobre todo, después de lo que pasó. Debía saber que yo estaba aquí si me necesitaba.

—Yo creo que en cualquier momento acudirá a ti Sofie y es por eso que me decidí a contarte todo, porque tú quizá eres la única que puedes explicarle como sucedieron las cosas en realidad.

—Yo no sé cómo sucedieron las cosas en realidad y por lo que veo tú tampoco puedes estar seguro, ya que no estabas allí. Tú sólo sabes lo que te contó Max, me gustaría saber qué tiene que decir Victoria.

—Si vieras el estado en que se encuentra Max te convencerías tan rápido como yo. Es la imagen de la viva desesperación. Nunca antes lo vi tan perdido por mujer alguna. Él no tiene ojos más que para Vicky desde que se enamoró de ella.

—Todavía no me lo puedo creer. Max y Victoria ¡juntos! y desde hace tanto tiempo. ¿Cómo pude no darme cuenta?

—Has estado demasiado involucrada montando tu negocio y además apartada de todos en este bendito sitio. ¿Con qué frecuencia veías a Victoria? Si ella quería ocultarte su relación con Max supongo que cuando se encontraban trataba de disimular lo que había entre ellos.

—Sí... debió ser así aunque siempre me llamó la atención que...
—¿Qué?
—Nada, ahora no importa.
—¿De veras no se te ocurre dónde puede estar? Ni siquiera quiero que me lo digas. Me conformo con saber que tienes una idea y tratarás de hablar con ella para decirle lo que está pasando y explicarle lo que sucedió con Sonja.

—No tengo ni la más remota idea, David. Si la tuviera te la diría, no te guardo secretos como lo haces tú conmigo, pero aun cuando así fuera, Max debe estar preparado para lo peor. Victoria suele ser bastante terca cuando se lo propone. Si está convencida de que tu amigo la engañó con la modelito esa, no creo que ni yo ni nadie puedan hacerla cambiar de opinión.

—Señorita, Señorita...

Victoria sacudió la cabeza como volviendo de un mal sueño. Ante sí uno de los empleados del tren sostenía entreabierta la puerta del pequeño gabinete donde ella se encontraba.

—En unos pocos minutos estaremos llegando a la estación.

Una vida contigo

—Gracias.
—Espero que su viaje haya sido placentero.
Cerró la puerta y se encaminó a la próxima cabina.
Victoria miró a través del cristal de la ventanilla. Estaba amaneciendo. No sabía cuántas horas había permanecido montada en aquel tren. No sabía siquiera a dónde la estaba llevando. Cuando salió temblorosa y conmocionada del despacho de Max no podía pensar, sólo tenía una idea fija en la mente: desaparecer, irse lejos, no ver a nadie, ni ser vista por nadie conocido nunca más. Llegó a casa del actor más guiada por el instinto que por algún plan coordinado, recogió algunas de sus cosas lo más pronto que pudo y llegó a la estación de trenes comprando un pasaje en el primero de ellos que salía con un destino lejano. Hubiera tomado un avión hacia el fin del mundo pero sus escasos recursos no se lo permitían. Dos veces había sido humillada por el mismo hombre. Dos veces él había jugado con ella para dejarla después. En la primera oportunidad no se sentía responsable de nada, fue un elemento obligado por las circunstancias y por su mal sentido común, pero la última vez se involucró voluntariamente y con necio entusiasmo en la construcción de su propia desgracia. ¿Cómo pudo imaginar que aquello podía funcionar? ¿Cómo pensó que un hombre de ese tipo podía enamorarse realmente de una mujer como ella? Max Brennan sólo tenía intención de divertirse, como era su costumbre, y la cándida de Victoria estaba otra vez a mano. Sonja Wilson la juzgó con razón. La modelo y Max se reirían a su costa por un buen rato. Sonja sí que lo conocía bien y desde un principio se lo advirtió: él volvería a su lado en cuanto se aburriera de la aventura con la estúpida asistente.

De un manotazo se secó las lágrimas que seguían corriendo por su rostro. Se acabó (se repitió a sí misma). Ni un recuerdo más persiguiendo sus pensamientos, ni una mirada atrás para lamentarse por algo. El ayer no existía. Comenzaría de nuevo, se levantaría sola y haría cualquier cosa para conseguirlo entre gente que no conocía y que no sabía nada sobre ella. Entre gente que no sospechara lo ingenua y tonta que llegó a ser.

—Empezaré de cero. Sin nada ni nadie alrededor que me recuerde el pasado y así será mejor porque olvidaré con mayor facilidad.

El tren chirriaba los frenos al entrar en la estación y detenerse. Los pocos pasajeros, que llegaron a esta última estación, comenzaron a bajar. Victoria agarró la maleta y se unió a ellos caminando por el estrecho pasillo. Llegó a la puerta y miró hacia fuera asomándose al entorno de lo que sería su nueva vida. Una vida en la que Max Brennan no existía, ni aparecería nunca más. Bajó los tres delgados escalones que la separaban del pavimento y se adentró en la vieja estación que a esas horas de la madrugada parecía tan desolada y triste como el espíritu quebrantado de la muchacha.

—¿Te ayudo con tu maleta?

Un jovencito de modales desenvueltos, que se bajó del tren detrás de ella, intentaba quitar de sus manos la pesada maleta.

—Eres muy amable y te lo agradezco, porque apenas la puedo cargar.

—¿Eres nueva en el pueblo?

—Sí. Recién acabo de llegar ¿Tú vives aquí?

—Desde hace tres años más o menos.

—Es una suerte encontrarte, quizá puedas recomendarme una pensión decente y económica donde me pueda alojar.

—El Hostal de Perla... no es nada elegante pero es limpio y confortable y sobre todo económico. Un buen lugar donde empezar.

—¿Cómo dijiste?

—Perdona... es lo que me dijeron a mí cuando llegué a este sitio por primera vez y me recomendaron esa casa de huéspedes que fue, en verdad, un buen comienzo.

—Si hablas así es porque te ha ido bien desde entonces.

—No me quejo. La estaba pasando muy mal antes de llegar aquí. Me conseguí un trabajo en este pueblo y en casa de Perla me sentí como en familia. ¿Quieres que te lleve? Todavía vivo allí. Mi nombre es George.

—Yo me llamo Victoria y creo que iré contigo. Yo también estoy necesitando un buen lugar donde empezar.

—Disculpe mi demora, señora Wade.

Elliot Sullivan entraba al consultorio donde Victoria lo esperaba sentada desde hacía un buen rato.

—No tiene importancia Doctor.

—Bien, veremos que tenemos aquí —dijo sentándose y abriendo el expediente que estaba en el escritorio—. Mi asistente me comentó que estuvo aquí la semana pasada para practicarse unos análisis.

—Así es, vengo a recoger los resultados.

El doctor revisaba los papeles estudiando el informe de las pruebas que le habían hecho a la muchacha.

—Pues no hay duda alguna. La felicito señora: está esperando un bebé.

Victoria no se sorprendió. Tenía pocas dudas acerca del resultado de los análisis. Sospechar con certeza acerca de su estado fue motivo de un gran desconsuelo, cuando empezó a tomar conciencia de ello unas semanas después de llegar al lugar. Por un tiempo había olvidado la preocupación por completo, esta se había sepultado en la angustia que se le vino encima a raíz del descubrimiento de la traición de Max, pero los síntomas que empezó a sentir eran demasiado evidentes para dejar de tenerlos en cuenta. Acudió al médico para estar segura pero el hecho lo tenía incorporado como cierto aunque no dejaba de perturbarla en su justa medida, pues tenía conciencia de que afectaría su vida de manera inexorable. Hizo un esfuerzo para sobreponerse y encarar el problema con la mayor entereza.

—Quisiera saber qué debo hacer ahora, doctor.

La falta de entusiasmo sorprendió un poco a Sullivan.

—Tiene que cuidarse mucho de ahora en lo adelante, es la principal recomendación que siempre se hace en estos casos. No hacer esfuerzos físicos y alimentarse bien. Evitar los disgustos y el stress para asegurar el buen desarrollo del bebé y seguir todas las otras indicaciones que le iré haciendo en su debido momento, si es que desea que la continúe atendiendo.

—No sé si pueda continuar visitándolo regularmente, doctor. Supongo que un seguimiento de ese tipo es costoso y no tengo recursos para eso. En estos momentos no tengo empleo y mucho menos seguro médico.

—Por eso no se preocupe. Me pondré de acuerdo con su esposo y llegaremos a un arreglo conveniente. Puede estar tranquila.

—Tampoco tengo esposo.

Lo dijo reposadamente y con naturalidad pero se notaba su bochorno al aceptar el hecho, a pesar del gesto un tanto desafiante.

El médico reaccionó también de manera normal. Estaba acostumbrado a tropezar con situaciones como esta.

—Entonces lo arreglaremos entre usted y yo, pero no voy a permitir que su embarazo transcurra sin asistencia médica.

—Y yo no puedo aceptar que lo haga si no tengo cómo pagarle. En estos momentos, a duras penas me alcanza para costear los gastos de la pensión en donde estoy hospedada y, a pesar de mis esfuerzos, no puedo encontrar empleo desde que llegue aquí.

—¿Tiene experiencia en algún tipo de trabajo? ¿Ha cursado estudios de alguna materia en específico?

Victoria sopesó bien su respuesta. No quería dar información que no le conviniera.

—No he trabajado en ninguna parte todavía. Me gradué de dirección de cine en una escuela de Los Ángeles y sé que no puedo pretender encontrar un empleo relacionado con mi actividad en un lugar como este, así que estoy dispuesta a aceptar cualquier tipo de trabajo que me permita mantenerme y velar por el hijo que estoy esperando.

—¿Por qué decidió mudarse aquí si sabía eso? —su pregunta era indiscreta y curiosa, pero no pudo evitar hacerla.

—Necesitaba alejarme de... todo lo que me rodeaba en el sitio donde me encontraba. No es un asunto del que quisiera hablar.

—No tiene que hacerlo y fui imprudente en preguntarle algo así pero... ¿sabe? Quizá su decisión no fue tan desacertada como piensa.

Victoria esperó a que se explicara con una expresión de interrogación reflejada en su rostro.

—Ocurre que soy muy amigo de un productor que tiene un estudio de cine independiente muy cerca de aquí.

—¿Es posible?

—Lo es, su nombre es Robert Levistrain, quizá hasta lo ha oído mencionar, es bastante conocido.

—Por supuesto que lo he oído mencionar. Es uno de los más prestigiosos productores de cine independiente, con frecuencia salen críticas favorables a su trabajo en las notas de prensa.

—Pues como ya le dije: somos excelentes amigos. Fuimos compañeros de estudios durante muchos años, hasta empezamos juntos la carrera de medicina en la universidad y aunque él decidió, muy sabiamente en su caso, cambiar a Galeno por el cine, no hemos dejado de frecuentarnos. Doy servicio médico regular al personal que trabaja en el Orange´s Tree, que es su estudio de producción. Los foros y oficinas están a pocos kilómetros de este pueblo dentro del área que ocupa el rancho de Robert. Si le parece bien, creo que puedo intentar con muchas probabilidades de éxito conseguirle algo que hacer allí. No le aseguro que sea relacionado directamente con lo que usted estudió, pero sí vinculado al medio que debe serle familiar.

—No importa si está relacionado o no, como le dije estoy dispuesta aceptar cualquier cosa, aun cuando no tuviera que ver en absoluto con las materias que estudié.

—No hay nada más que discutir entonces. Hablaré con Levistrain y me atrevo asegurar que estará dispuesto a echarnos una mano.

—Doctor, yo... no sé cómo...

—No tiene nada que agradecer si eso es lo que intenta expresar —sonreía de manera alentadora y cordial—. Sólo estoy cuidando mis intereses. Si consigue empleo podrá pagarme —se levantó para acompañarla a la puerta —la llamaré en cuanto tenga noticias.

Victoria, que ya estaba de pie, estrechó efusivamente la mano extendida y se dirigió a la puerta. Sullivan se le adelantó y abrió galantemente la hoja para permitir su paso, y antes de traspasar el dintel, la mujer se volteó hacia él en un impulso inesperado y alzándose de puntillas depositó un beso en la mejilla del alto doctor.

—Gracias. No puede imaginar lo que ha hecho por mí.

Giró sobre sus talones y dejó apresuradamente la habitación.

Elliot Sullivan se llevó la mano al rostro. El beso de la muchacha lo había conmovido como nunca antes lo hizo el de ninguna otra mujer.

—Victoria.

Vicky se volvió sorprendida. No pensó que podía encontrar en aquella ciudad a alguien que la conociera. Estaba en Chicago cumpliendo algunos encargos de Robert para habilitar de varios insumos necesarios los estudios de producción. El muchachito, de alrededor de unos catorce años que había gritado su nombre, se puso de pie al lado de la mesa por la que había acabado de pasar, después de haber tomado un ligero refrigerio en un rincón apartado del establecimiento. Lo miró extrañada como haciendo un esfuerzo por reconocerlo pero no se detuvo mucho en hacerlo.

—¡¿Nicky?!

—Temí que no me reconocieras —había cierto alivio notable en su voz.

—Así sería si no llamas mi atención. Has crecido de una manera increíble en estos seis años. Estás más alto que yo aunque eso no es ninguna proeza —se señaló a sí misma con un gesto de burla para hacer notar su pequeña estatura.

—Tú por el contrario estás igualita.

—Favor que me haces pero no es verdad. Los años no han pasado por gusto.

—¿Estás apurada o puedes sentarte un rato?

Victoria se mostró intranquila recorriendo el local con la mirada, temerosa de que "otra" persona muy conocida estuviera en el lugar. —su preocupación resultó evidente a los ojos atentos del jovencito.

—Pues... no sé —dudaba al responder.

—Estoy solo, nadie que puedas conocer está conmigo. Unos amigos vendrán por mí dentro de un rato y todavía demoran un poco.

La mujer respiró un poco más tranquila. Apartó una silla y se sentó frente al joven en la mesa que este ocupaba. Nicky hizo lo propio.

—¿Y qué haces en Chicago? Lo menos que esperaba era verte aquí.

—Vine a pasar el fin de semana con unos compañeros de clase. Estoy estudiando en Boston.

—¿En Boston? ¿Anthony está contigo?

—No, Tony, sigue con mamá en Sidney. A veces lo extraño mucho.

—¿Hace mucho tiempo que estás estudiando allí?

—Cerca de siete meses y tú, ¿vives aquí ahora?

—No, sólo estoy de paso. Asuntos de trabajo. Ha sido más que una verdadera casualidad encontrarme contigo, sobre todo teniendo en cuenta que ninguno de los dos vive en esta ciudad y sólo estamos de visita.

El muchacho no respondió. Se quedó callado y Vicky pensó que su entusiasmo inicial se había apagado. La sorpresa de verla seguro lo había desconcertado para animarle a llamarla, pero nunca le había

Una vida contigo

sido simpática y ya debía estar arrepentido de haberlo hecho. No quiso hacerle penosa la situación.

—Supongo que tus amigos están por llegar y creo que debo marcharme —se puso de pie extendiendo su mano al chico—. Me agradó mucho volverte a ver.

—Por favor, no te vayas —el tono de súplica la sorprendió.

Volvió a sentarse. Alarmada por la preocupación que se notaba en su rostro.

—¿Te pasa algo? ¿Puedo ayudar?

—Creo que me metí en un problema. Vine con mis amigos a pasar estos días en casa de los padres de uno de ellos y no me siento a gusto. No encuentro una manera de poderme salir sin que se molesten conmigo.

—¿Por qué?

—No sé si puedes entenderme, sabes que no se ve bien que uno se "raje" en situaciones como estas, por lo menos no a nuestra edad.

—Entiendo como son esas cosas a tu edad, pasé por ella y cometí muchos errores estúpidos sólo por seguir las costumbres de los otros y no llamar la atención.

—Eso es precisamente lo que me pasa. No deseo estar con ellos y quiero irme pero no sé cómo hacerlo. Mis amigos tienen planes en los que no quisiera participar.

—¿Qué tipo de planes?

—No te alarmes. Tampoco es nada particular. No es que estén planeando asaltar un banco ni nada por el estilo, sólo que sus maneras de divertirse difieren de las mías. Supongo que ellos son normales y el raro soy yo.

—No tienes nada de raro Nicky y es natural que no te sientas bien en formar parte de algo que no es de tu gusto pero puedes volverte a tu escuela aludiendo cualquier motivo y ya está.

—No es tan fácil.

Victoria lo comprendía, desertar en un grupo de amigos tenía una connotación particular cuando se trataba de muchachitos de ese tamaño.

—Puedes hacer que alguien de tu familia venga por ti y no lo verán como una decisión tuya.

— 201 —

—Mamá está muy lejos, permanece en Australia, y papá está incomunicado por unos días en un set de filmación situado quién sabe dónde. No tengo otros familiares aquí.

—Parece que no te queda otro remedio que inventarte a uno.

—No te entiendo.

—Si no tienes inconveniente puedo prestarme para ello.

—No veo cómo puedes hacerlo.

—Tú puedes aseverar que soy de la familia, una prima o algo así. Yo me encargo del resto. Me mostraré muy enfadada de que estés en la ciudad sin habérmelo comunicado. Insistiré de una manera impertinente para que te vengas conmigo y no tendrán más remedio que aceptarlo.

—¿Harías eso por mí?

—Claro que sí. Y para que tus compañeros no desconfíen de ti te mostrarás bien disgustado con la situación.

—¿Crees que funcione?

—Déjamelo a mí y tú sígueme la rima. Algo habrás heredado de tu padre, que es tan buen actor. Recuerda parecer molesto con todo lo yo diga y funcionará.

Nicky miró ansioso sobre el hombro de Victoria.

—Ya están aquí —tres jovencitos de la misma edad del chico se acercaban a la mesa parloteando y jalándose entre ellos.

—Pues a la carga: corten y... Acción —Victoria apretó su mano por encima de la mesa dirigiéndole una mirada alentadora.

Todo salió según lo habían tramado. Los amigos de Nicky se tragaron el cuento de la prima inoportuna que aparecía de improviso arruinando los planes del chico. Después de salir de la cafetería fueron a la casa de los padres del amigo de Nicky para recoger su equipaje. El muchacho se despidió de sus amigos con gesto compungido y junto a Vicky tomó un taxi para dirigirse a su alojamiento temporal en un hotel de la ciudad. Victoria abrió la puerta de su cuarto invitando a pasar al joven.

—No es el Waldorf Astoria, pero puedes sentirte como en tu casa.

Era una sencilla habitación en un modesto ApartHotel, pero Nicky se sentía feliz y tranquilo de haberse librado de la compañía no deseada de sus amigos sin haberse buscado problemas con ellos.

Una vida contigo

Dejó su mochila encima de un butacón. Dos tabiques dividían el cuarto improvisando una pequeña salita y un pantry con horno y minibar dejando el mayor espacio y privacidad al espacio que se destinaba a dormitorio.

—Le diré al encargado que traiga una cama adicional.

—Puedo dormir en este sofá.

—No cabes en él y no hay necesidad de que duermas tan incómodo ¿Quieres tomar algo? ¿Un jugo, un refresco, quizá un helado? Recuerdo que te gustaban mucho los helados.

Los dos recordaron una situación parecida ocurrida tiempo atrás.

—Un helado estaría bien.

—Preferías el de almendra pero hoy sólo tengo nuez, ¿no te importa?

—Chocolate y almendra... No faltaron en casa de mi padre mientras estuvimos allí porque eran los que nos gustaban a mí y a mi hermano. Nunca fueron tus preferidos aunque nos lo hiciste creer en aquel tiempo ¿verdad?

—Confieso que así fue.

—En aquella ocasión sólo tratabas de hacernos sentir bien y que comiéramos lo que más nos gustaba.

—No tuve mucha suerte en ninguno de los dos casos, al menos en lo que a ti respecta —sonreía mientras servía el vaso con helado.

—Me porté de una manera insoportable.

—Eras un niño y no comprendías lo que estaba pasando. Entendí que estuvieras celoso de tener que compartir a tu papá con otra mujer que no fuera tu madre —fue conciliadora al decirlo.

—No tengo excusa. Tú no tenías la culpa de nada.

—No lo sabías ni podías comprenderlo.

—¿Por qué fuiste tan paciente conmigo? No lo merecía.

—Claro que lo merecías y de cualquier manera allí yo sólo era una intrusa.

—Eras la mujer de mi padre, yo debí entender y respetar eso.

Victoria alzó los hombros como restándole importancia.

—Ya es pasado ¿para qué molestarse pensando o hablando de ello?

—Muchas veces quise volverte a ver para disculparme.

—No tenía nada que disculpar y me alegra mucho saber que tu opinión sobre mí ha cambiado. Te repito que comprendí perfectamente tu posición de entonces. No te guardé ningún resentimiento, puedes estar convencido.

—Espero que estés diciendo la verdad —había recelo en sus palabras.

—¿Por qué te mentiría?

—Tal vez sigas pretendiendo sólo hacerme sentir bien.

—No te miento, también es cierto que siempre trataré de que te sientas bien si de mí depende y tú no opones demasiada resistencia, claro —una amplia sonrisa le iluminaba el rostro mientras depositaba el postre en sus manos.

—Es una lástima que no hayas seguido con mi padre. No olvido que me dijiste que llegaría un día en que seríamos muy buenos amigos.

—¿Y qué impide que lo seamos independientemente de que esa situación haya variado?

—No es lo mismo. Sería mejor si continuaras con él, así estaríamos más cerca.

Victoria calló. No quería seguir el rumbo de aquella conversación.

—¿Qué te decidió a venir a estudiar a Boston?, pensé que te encantaba vivir en Sidney.

—Mi mamá se volvió a casar y no es que tenga nada en contra de eso. Mi padrastro es un buen hombre y la hace feliz. Yo estoy contento por ella, pero me resultaba extraño verlo en casa todo el tiempo. Temí volver a meter la pata y estropear la relación que ellos tienen, no quería que se repitiera lo que pasó contigo.

—Nicky... ¿no pensarás que tú fuiste responsable de que tu papá y yo no siguiéramos juntos?

—Sé que no les facilité las cosas.

Victoria se acercó al chico, se sentó junto a él y le tomó las manos.

—Pero no tuviste nada que ver. Nos separamos por otras razones y ninguna estuvo relacionada contigo en lo más mínimo. Te lo puedo asegurar.

—¿No me estás mintiendo?

—Te lo juro si quieres y ahora prométeme que no te volverás a preocupar por tamaña tontería. Te repito que es pasado olvidado y no vale la pena perder el tiempo hablando de él.

Una vida contigo

El muchacho empezó a sonreír como si se quitara una pesada carga de encima. Victoria se puso de pie y fue hasta el improvisado espacio que le servía de cocina. Se sirvió otro vaso de helado y volvió a dejarse caer en una esquina del sofá.

—Y tú ¿qué haces ahora? ¿Sigues trabajando en el cine? —Nicky preguntó mientras seguía devorando su postre.

Vicky pensó muy bien en lo que debía responderle, no quería decir nada que pudiera dar detalles de su vida actual.

—De alguna manera sí y estoy muy contenta con lo que hago.
—Y ¿dónde vives?
—No muy lejos...

Se puso de pie y se dirigió a la puerta. Le costaba trabajo eludir las preguntas del chico sin tener que mentirle directamente.

—Creo que bajaré a conserjería a solicitar la cama, en este hotel "cinco estrellas", los pedidos es mejor hacerlos de manera personal. Ponte cómodo y haz lo que quieras. En la televisión pueden estar dando alguno de esos partidos de futbol que tanto te gustan y para la noche, haremos algún plan. No quiero que te aburras mientras estés conmigo.

Vicky abría la puerta cuando Nicky la detuvo al llamarla.

—Victoria...
—¿Sí?
—Gracias.

El chico se acercó a ella y le dio un abrazo. Vicky lo separó tomándolo por los hombros.

—¿De qué?

Lo besó en la frente y salió al pasillo camino al ascensor. Una amplia sonrisa bailaba en su cara cuando abandonó el cuarto.

Era bien temprano en la mañana y Nicky todavía dormía. Habían pasado una divertida noche en el cine y en una sala de juegos a donde fueron después de ver el filme. Se habían acostado tarde mirando la televisión mientras Nicky contaba anécdotas de cosas que le pasaron a él y a Tony durante los años en que habían estado sin verse. Vicky se acercó a la cama del chico y con delicadeza le tocó en el hombro.

—Nicky... despierta.

—¿Qué pasa? —el joven estiró los brazos haciendo un esfuerzo por despertar.

—No tengo muy buenas noticias —el sonido de su voz no era nada alentador.

El muchacho se incorporó rápidamente en el lecho.

—Tus amigos chocaron anoche. Manejaban un auto a muy alta velocidad y parece que iban ebrios.

—¿Es grave?

—El que iba al timón murió. Lo siento —abrazó al muchachito que estaba conmocionado con la noticia—. Los otros chicos están en el hospital del centro.

—Quiero ir a verlos.

—Me parece muy bien. Vístete y te acompañaré, pero antes debes llamar a tus padres y a tu escuela. Están dando la noticia desde esta madrugada y los que saben que andabas con ellos deben estar muy preocupados por ti.

—Mi papá no sabe que estoy aquí, su asistente se lo dirá en la primera ocasión que tenga aunque, como te dije, creo que en estos momentos es difícil tener comunicación con él. Le dejaré un recado en el buzón de su móvil para que esté tranquilo cuando se entere. Mi mamá debe estar desesperada si escuchó algo sobre lo que ha pasado.

—Entonces llámala de inmediato y también a la directora de tu escuela. Cuando estés listo saldremos para el hospital.

Nicky y Victoria no se alejaron de los familiares de los jóvenes accidentados en todo el día y la noche que siguieron al accidente. Estuvieron en el hospital tratando de ayudar y consolar en lo que pudieran a todos los que allí se encontraban. Era la mañana del segundo día después de los hechos y, por suerte, la condición crítica de los muchachos más graves fue superada. Era posible que uno de ellos fuera dado de alta en cualquier momento. Nicky esperaba que su amigo saliera para saludarlo y despedirse de él. Esa misma tarde pensaba regresar a Boston y había recogido su equipaje en el Hotel de la joven para incorporarse al grupo de alumnos que en representación de la escuela asistirían al funeral del joven fallecido. El celular del

Una vida contigo

chico sonó y este se apartó del grupo que se amontonaba en la sala de espera del hospital. Minutos después regresó y se acercó a Vicky.

—Era mi papá. Ya se enteró y te imaginarás lo alterado que está.

—Sabías que sería así, pero estará tranquilo de saber que no te pasó nada.

—No creo que lo esté hasta que me vea y hable conmigo.

—¿Irá para Boston?

—Viene para acá. Ya está en camino.

—¿Cuándo llegará? —Victoria comenzó a sentirse muy intranquila.

—En unos minutos. Me habló cuando salía del aeropuerto. Acaba de llegar a la ciudad.

Los nervios de Victoria se dispararon. Miró hacia todos lados como si Max Brennan fuera a irrumpir en ese mismo momento en el salón sorprendiéndola al lado de su hijo.

—Nicky, tengo que irme y aprovecharé para hacerlo ahora. Estarás bien cuando tu padre esté contigo.

—¿No te quedarás a esperarlo?

—No puedo.

—¿No puedes o no quieres?

—Tienes razón. No quiero, y aunque no me atrevo a pedirte que mientas por mí, te ruego que hagas lo posible por no decirle a Max que me encontraste y que estuviste conmigo.

—¿Por qué?

—Tengo mis razones, y si me puedes hacer ese favor sin preguntar te lo voy a agradecer infinitamente.

—No sé... nunca le miento a papá pero... —la desesperación del rostro de la mujer lo convenció—, lo haré si eso es lo que tú quieres.

—Gracias. ¿Me acompañas a despedirme de los padres de tus amigos?

—¿Te irás ya?

—Cuanto antes mejor.

Max entró en el salón y al divisar a su hijo entre el grupo de personas se abalanzó hacia él rápidamente. Lo abrazó con fuerza y respiró aliviado.

— 207 —

—¡Qué susto me has dado muchacho! Tenía que verte para saber que no me estabas mintiendo.

—Te dije que no tenías que preocuparte papá. Yo no estaba con ellos cuando ocurrió el accidente.

—De cualquier modo: vista hace fe.

Nicky se volvió hacia los familiares de sus amigos que contemplaban la escena. Se acercó a ellos llevando a Max del brazo.

—Papá, estos son los padres de mis amigos.

El actor estrechó las manos que le ofrecían y dio las condolencias de rigor. En ese momento el amigo de Nicky que estaba de alta, salía de su cuarto y el joven, junto a otros que estaban en el grupo, se dirigieron hacia él para interesarse por su salud y saludarlo antes de que se fuera a su casa. Uno de los padres de los jóvenes accidentados se acercó a Brennan

—Tiene suerte de tener un chico como él —dijo señalando a Nicky.

—Estoy orgulloso de mis hijos, no lo puedo negar.

—Y con razón. Se portó como todo un hombrecito. Él y su prima no se han movido de aquí en todo este tiempo. Han sido un apoyo y una ayuda inapreciable en estos momentos de angustia para todos nosotros.

—¿Su prima?

El amigo de Nicky se acercaba al hombre que hablaba con Max para preguntarle por su hijo y este fue a su encuentro dejando solo al actor.

—¡¿Su prima?!

Nicky salió del cuarto de baño en la lujosa suite que había reservado Max en uno de los más importantes hoteles de la ciudad. Brennan llamó a la escuela para decir que acompañaría a su hijo a los funerales del amigo y que hasta entonces el muchacho permanecería con él. Después se encargaría de llevarlo de regreso al centro estudiantil. Recostado en el sofá y con una copa de vodka en la mano, esperaba a que el chico estuviera dispuesto a explicar en detalle todo lo ocurrido. Nicky ya le había contado gran parte de los sucesos, aunque algunas cosas todavía no quedaban claras para el actor.

—Pronto subirán la cena. Supongo que debes estar muerto de hambre después de tantas horas seguidas en ese hospital.

Nicky se sentó en una butaca reclinable que estaba frente a su padre. Su actitud de cansancio y las ojeras de sus ojos hablaban por él. Max retomó la conversación que comenzaron en horas de la tarde.

—Quedamos en que no te sentías bien con tus compañeros y te fuiste con esta "prima" aparecida de la nada.

—Fue una suerte encontrarla y tomar la decisión de irme con ella, si no, a estas horas sabe Dios lo que me hubiera pasado.

Un escalofrío recorrió el cuerpo del padre.

—Tienes razón, fue providencial que decidieras hacer eso y encontraras una persona que te ayudara. ¿Pero quién es esa mujer? No me has dicho todavía.

—Ya te dije que una amiga.

—Una amiga tiene un nombre.

Su padre le había preguntado varias veces sobre la misma cuestión y Nicky ya no sabía cómo evitar la respuesta. Max podía percibir la resistencia de su hijo para darle el nombre o referencia alguna de la supuesta "amiga" que acudió en su ayuda.

—¿Qué pasa Nicky? ¿Qué me tratas de ocultar? Creí que habíamos quedado hace mucho tiempo en que no habría secretos entre nosotros. Me estás mintiendo o al menos tratas de esquivar decirme la verdad.

—Lo sé y no creas que me gusta, pero prometí hacer lo posible para no decirte quién era.

—Debes estar satisfecho porque cumpliste tu promesa. Has hecho hasta lo imposible para no decirme quién es, pero ahora debes hablar.

—¿Para qué quieres saber? Lo importante es que estoy bien gracias a ella, ¿no te basta con eso? ¿No te parece suficiente?

—No, no me lo parece. Por lo que me dices esa persona te salvó de una situación muy grave y yo preciso conocer quién es porque estimo necesario darle las gracias personalmente por lo que hizo por ti.

—No creo que ella necesite eso.

—Pero yo sí y es lo que debes tener en cuenta. No insistas y dime quién es. No te dejaré tranquilo hasta que me lo digas.

El tono de su voz era concluyente y no admitiría otra disculpa.

—Victoria.

—¿Victoria?... ¿Qué Victoria? El actor se inclinó hacia delante interesado y ansioso.

—Esa Victoria. La misma en la que debes estar pensando.

Max no lo podía creer.

—No puede ser —la incredulidad se reflejaba en su rostro y Nicky pensó que estaba enojado.

—Sabía que no te iba a gustar y creo que ella también pensó lo mismo, por eso me pidió que no te contara.

Nicky no comprendía que lo relevante no era que a su padre le gustara o no el asunto. Max estaba perplejo porque su hijo había conseguido, sin proponérselo, algo que a él le había sido imposible durante muchos años, y la circunstancia lo desconcertaba y sorprendía de manera alarmante.

—¿Cómo fue que la encontraste?

—Todo ha sido como te dije hasta ahora. En nada de eso te mentí. La encontré por casualidad en esa cafetería y le pedí que me ayudara. Lo demás ya lo sabes. Te oculté su nombre pero nada más.

—Pensé que nunca se te ocurriría pedirle algo precisamente a ella, mucho menos ayuda en una situación como esta. Creí que no te era nada simpática, más bien estaba seguro de que te caía mal.

—Nunca me cayó mal.

—Hiciste mucho esfuerzo para demostrarnos lo contrario.

—Estaba celoso y era natural que un niño se comportara así. Vicky misma lo entiende de esa manera.

—¿Eso te dijo? ¿Estuvieron hablando del pasado y reconciliándose por todo lo ocurrido? ¿Sobre esos términos giró su conversación?

—Ella no quería hablar del pasado ni en esos términos ni en ningún otro.

—Supongo que de mucho hablarían durante todo el tiempo que estuvieron juntos.

—Hablamos mucho pero no de aquel tiempo. Y si lo que te preocupa es saber si hablamos de ti, no lo hicimos de manera directa en ningún momento.

—Me alegra que hayan tenido esa delicadeza —vació de un trago todo el contenido que tenía en el vaso y se levantó para servirse una copa más—. Regresó a su butaca y preguntó como al descuido.

—Ella... ¿Cómo está?

—Creo que bien. No abundó mucho sobre el tema.

—Aunque no fuera el centro de sus confidencias, ¿preguntó por mí? —era notorio el esfuerzo que le costaba hacer aquella pregunta.

—No.

Max aceptó la negativa con desaliento.

—¿Te dijo si vive cómodamente, si sigue trabajando en lo mismo?

—No me contó nada específico al respecto. Me comentó que estaba de paso por asuntos de trabajo por lo que supongo que sigue trabajando y, en lo de vivir cómodamente... tengo mis dudas. El hotel en que nos hospedamos era muy modesto.

—Pero algo te diría del lugar donde reside de forma permanente.

—No, tampoco mencionó eso.

Se mantuvieron callados por un rato.

—¿Irás a verla?

Max pareció volver de un sitio muy lejano.

—¿Para qué? Por lo que dices no quiere verme.

—Eso me pareció a mí, aunque tú debes conocerla mejor.

—Lo creí un día pero ya no. Pienso que es mejor dejarlo así.

Nicky se puso de pie encaminándose a su dormitorio. Antes de salir se detuvo en la puerta y se volteó a su padre para preguntar.

—¿Ya no la quieres papá?

El actor, que se había levantado y estaba sirviéndose otro vodka en el minibar, se detuvo en seco.

—Ahora mi pareja es Julie, Nicky. Ese es un hecho que tienes una tendencia frecuente a olvidar.

—No te pregunté eso.

Max lo sabía y prefirió contestar.

—No, ya no la quiero —su tono fue seco y desafiante.

—¿Seguro?

—¿Por qué tanta insistencia en averiguarlo? Nunca antes te importó.

—Siempre me importó, pero no habíamos tenido oportunidad de hablar de ello.

—Considero inútil hacerlo ahora. Ya no tiene remedio y no hay necesidad. Tampoco creo que debas interesarte tanto.

—Me intereso porque hace tiempo descubrí que fui muy injusto y tonto al intentar separarla de ti y me preocupa que tú te puedas estar sintiendo igual —dio media vuelta y salió de la habitación.

—Yo no intenté separarla de mí Nicky. Ella se fue.

Sus palabras no fueron dirigidas a su hijo, porque aquel ya no podía oírlo.

Victoria salió casi corriendo del hospital para llegar al hotel, recoger su equipaje y hospedarse en otro lugar. Todo ocurrió tan rápido que no tuvo tiempo de pensar en nada mientras sucedían las cosas. ¿Quién le hubiera dicho que se volvería a encontrar con el hijo de Max en aquellas circunstancias? Se alegraba de ese encuentro, de poder aclarar los malos entendidos que pudieron quedar entre ellos. Le complacía comprobar que el chico no le guardaba resentimiento alguno y sentía satisfacción porque lo consideraba el resultado del comportamiento que había tenido con él cuando lo conoció, pero el hecho alteró por completo la confianza que sentía acerca de haber dejado su pasado atrás. Habían transcurrido más de seis años desde que decidió olvidarse de todos y de todo. Le dolió mucho haber perdido el contacto con todos sus amigos y no saber de ellos nunca más, era el precio que había tenido que pagar y lo asumió con entereza en la seguridad de que era necesario. Lo repetiría de nuevo con tal de alcanzar la posición en la que ahora estaba. El pasado todavía la afectaba. Era imposible desecharlo totalmente cuando la presencia de su hija se lo hacía recordar en toda ocasión, así que aprendió a aceptarlo con conformidad y resignación. Agradecida con la vida por haberle dado una hija como Megan, trataba de olvidar las circunstancias de cómo había sido concebida y todo el dolor que le traían los recuerdos de aquel tiempo. La pequeña había colmado su existencia y le daba sentido. Vivía consagrada a su niña. Nada ni nadie podía ser más importante. El que fuera hija de Max Brennan era un accidente al que trataba de restar importancia. Megan era sólo de ella. Así la sentía. No había necesitado de un padre que la representara para venir a este mundo y Vicky se aseguraría de que no lo necesitara nunca. No le fue fácil empezar de nuevo. Pasó trabajo y vicisitudes en esta nueva etapa que había iniciado y gracias a su esfuerzo, a su tenacidad y empeño había logrado salir adelante. La ayuda de Elliot

Sullivan en todo ese proceso resultó fundamental. El buen doctor se convirtió en un ángel salvador, que cuidó de su embarazo y trajo felizmente a su hija al mundo. También la ayudó a encaminarse con sus relaciones para conseguir trabajo y siempre estaba allí pendiente de ella y la pequeña. Era cierto que la vida que un día soñó había desaparecido hecha girones y todas las ingenuas ilusiones que la acompañaron dejaron de existir, aunque no se quejaba. Consideraba que su sacrificio valía la pena y la mayor parte del tiempo se sentía satisfecha. Fue difícil levantarse sola, con el peso adicional de ser madre soltera, no obstante lo había logrado y ya no le importaba el juicio o los comentarios de los demás. Trabajaba en los estudios de Robert Levistrain. Allí había hecho de todo para llegar al puesto de asistente de producción que ocupaba hoy y si no había avanzado más en su vida profesional era por decisión propia. Para hacerlo tenía que optar por separarse de Megan o disminuir en demasía el tiempo que pasaba junto a ella y no quería eso en forma alguna. Gustosa renunciaba a todo por estar lo más cerca que podía de su hija. El trabajo que tenía en el Orange's Tree, era ideal para sus propósitos. Un sitio apartado en el que se desarrollaban proyectos creativos e interesantes en el mundo cinematográfico, bastante alejado del medio más comercial y frecuentado donde tropezaría necesariamente con Max Brennan. Al principio, muchos de sus compañeros actuales de trabajo no entendían su renuente terquedad para no querer aparecer en ningún crédito, ni estar presente en ninguna de las ruedas de prensa que tenían lugar en el estudio cuando algún proyecto nuevo salía a la luz o se estaba produciendo. Después de conocerla un poco mejor, su actitud dejó de llamar la atención y nadie más la cuestionó ni intentó conocer las razones de su curioso comportamiento. Había hecho nuevos amigos y se sentía respetada y querida. Megan había crecido rodeada de cariño y afectos. Levistrain también había sido un gran apoyo para ella. Cuando la conoció y se enteró de la situación que estaba atravesando le ofreció uno de los bungalows del rancho para que se estableciera allí y lo había aceptado agradecida. Sabía que el doctor Sullivan había influido mucho en aquel ofrecimiento que significó un alivio tremendo, pues además de poder economizar para la manutención de su hija, le permitía estar siempre cerca de la pequeña. Megan creció gateando por los foros, siendo parte de la escenografía y el decorado del

Orange's Tree y su presencia era aceptada con satisfacción por todo el personal del estudio que se había acostumbrado a la niña de una forma natural. Para Victoria había sido mucho más fácil trabajar teniéndola a su alrededor que dejarla en el pueblo en manos ajenas. Su niña era su mundo, y el padre... formaba parte de una pesadilla que algún día, estaba segura, podría olvidar. Sin embargo por mucho que se esforzó en ignorar y no escuchar nada que hiciera recordarlo no pudo evitar enterarse de algunas cosas en el transcurso de los años. Supo de su regreso a Sidney unos meses después de su rompimiento. Se enteró por la prensa de las diversas nominaciones que recibió como director por la película que hicieron juntos y de los triunfos que siguieron coronando su carrera como actor y productor. No tuvo noticias de que volviera a dirigir otro filme pero se mantuvo en el candelero de la crítica siempre de manera muy favorable y su nombre ocupaba frecuentemente los titulares de la prensa del espectáculo. Lo importante para ella era que estaba a miles de leguas de distancia de su radio de acción y pensó que nunca, nunca más tendría la mala suerte de encontrarlo de nuevo. Su encuentro con Nicky ensombreció esa esperanza, pero nunca pudo imaginar que correría el riesgo de tropezárselo tan pronto. El pensar que estuvo sólo a minutos de tenerlo frente a frente la hacía ponerse a temblar. Su cuerpo se estremecía ante el conocimiento de que en ese instante se encontraban en la misma ciudad y que al doblar cualquier esquina podía verlo aparecer.

—Es una suerte que mañana pueda regresar a mi pueblo perdido en Texas. Un embarque más de utilería y acabaré con la más leve posibilidad de volverlo a ver.

Esa noche respiró un poco más tranquila cuando volvió a su hotel después de comprar el boleto de avión que la llevaría de nuevo a casa.

Max acabó con la botella de vodka y siguió con otra de whisky que terminó vacía al igual que la primera que rodaba en el suelo de su dormitorio. Hacía tiempo que no bebía tanto y consideró que la ocasión lo merecía. Él llegó a creer que la presencia o el recuerdo de Victoria no volverían a afectarlo de tal manera y sin embargo allí estaba, hecho polvo otra vez al saber que Nicky la había encontrado y compartido aquellos momentos con ella.

Una vida contigo

La buscó tanto, la esperó tanto que cuando tuvo la certeza de que la había perdido para siempre, sus sentimientos estaban tan embotados de dolor y resentimiento que no pudo asimilar hasta dónde su presencia había logrado cambiarle la vida. El transcurrir del tiempo sin que la muchacha volviera fue un acontecer de hechos banales y con poco sentido que se sucedieron uno tras otro, dejando pocas huellas que no tuvieron importancia alguna. Cuando se persuadió de que Victoria no regresaría, se fue a Sidney y se hundió en su hacienda para ocultar la angustia que lo colmaba y, aunque no dejó de hacer averiguaciones y mantener a varias personas buscándola, empezó a convencerse de que no la encontraría nunca más. Un día dejó su enclaustramiento y volvió a incorporarse a su rutina habitual, aunque ya nada fue igual. El dolor y la pena fueron sustituidos por una oscura y dolorosa nostalgia llena de decepción al comprobar que el amor que la mujer aseguró tenerle no había sido tan grande o permanente como sus promesas. Victoria lo abandonó sin vacilación alguna ante el primer problema de relación que habían tenido y no le dio la menor oportunidad de explicarse. Eso le parecía inadmisible. No dejaba de entender que a los ojos de la mujer los hechos habían resultado muy desagradables, mas tampoco era su culpa si las circunstancias lo habían puesto en aquella situación. Ella había estado equivocada al juzgarlo y debió haberlo escuchado. Llegó a la conclusión de que el amor que decía tenerle era pequeño y cobarde. Max se repetía que él nunca la hubiera dejado ir por algo así. La habría confrontado, tal vez destrozado y torturado con sus celos, pero no permitiría que se fuera sin haber llegado al fondo de la verdad. Durante todo el tiempo que transcurrió desde su partida, varias mujeres acompañaron su camino. Aventuras pasajeras que olvidó en una o pocas noches, pues tenía la certeza que nadie volvería a ocupar el lugar que aquella chiquilla despiadada había dejado vacío. Entonces apareció Julie. Al principio no era nada especial, aunque se fue metiendo en su vida y un día se dio cuenta que le era más fácil estar con ella que estar buscando a cada rato alguien ocasional que le sacara los demonios del cuerpo. Se acostumbró a la muchacha que hacía más apacible y placentero su entorno. No buscaba nada más ni creía necesitar nada más. Acababa de decirle a Nicky que ya no quería a Victoria y lo pensaba así, quería creerlo así.

—Ella ya no significaba nada para mí, estaba convencido, sí... estaba convencido y casi seguro... hasta esta noche.

Se fue quedando dormido por los efectos del alcohol, sin embargo, no le bastaron para borrar a la mujer de su mente.

Puerta del consultorio abriéndose, Vicky se asoma.

—¿Un poco de su tiempo para una vieja y devota paciente?

El rostro de Elliot Sullivan se iluminó.

—¡Victoria! Qué sorpresa, no sabía que habías llegado.

—Acabo de bajar del tren y no quise pasar sin saludarte.

—¿Cómo te fueron las cosas?

—Mejor de lo que esperaba, aunque estar tantos días lejos de Megan me sigue costando mucho.

—Sólo fueron unas semanas, mujer.

—La próxima vez me la llevo conmigo.

—Estás loca. Te olvidas que es una niña muy pequeña todavía, bastante tiene con criarse en los foros de filmación con un equipo de locos gritando alrededor suyo. No creo que eso sea adecuado y no me canso de decírtelo.

—Sabes que no tengo otra opción a pesar de que muchas veces estoy de acuerdo contigo, por otra parte creo que ha sido una suerte poder tenerla siempre cerca y a ella en particular no parece inquietarle haberse criado así. Disfruta de ese lugar tanto como yo.

—Lo llevará en la sangre, porque insisto en que no es un ambiente apropiado para una niña.

Victoria lo observó inquieta, temerosa de que su comentario pudiera tener una intención oculta, aunque la aseveración del médico no denotaba ninguna presunción. Elliot no sabía que Megan fuera hija de alguien relacionado con el cine aunque tal vez podía suponerlo porque su madre pertenecía al medio. A pesar de la confianza que existía entre ellos, nunca hablaba de ese tema con él. Tampoco lo hacía con nadie. El padre de la niña era una entelequia, una sombra que todos sabían que debía existir pero del que no se comentaba nada, al menos en su presencia. Suponía que su situación, en un principio, debió haber generado más de un comentario y que la curiosidad pudo abundar entre sus compañeros de trabajo. Mas la renuencia que siempre mantuvo a discutir algo que tuviera relación con su pasado había sido aceptada con el transcurrir del tiempo y no la molestaban con preguntas que por demás no tendrían respuesta. Era tonto presumir que Elliot podía sospechar algo acerca del origen de su hija y su paranoia sólo tenía explicación por la cercana presencia de Max, que estuvo rondándola en los últimos días.

—Te preocupas demasiado por algo que ya no afecta a ninguna de las dos.

—Insistes en eso porque eres terca y no quieres dar tu brazo a torcer. Sus vidas podían ser muy distintas si aceptaras mi propuesta. Tendrían un hogar normal y tú no sacrificarías tanto.

Victoria se sintió incómoda como cada vez que se tocaba el tema.

—Sabes cuánto valoro tus sentimientos Elliot y siempre te he dicho que los desperdicias conmigo. Te quiero mucho, has sido un apoyo inapreciable desde que llegué a este lugar y dudo mucho que las cosas me hubieran ido ni la mitad de bien si no fuera por tu ayuda, pero no soy la persona que estás buscando, sobre todo no soy la persona que mereces

—Eso es algo que decido yo y estoy seguro que eres más de lo que pudiera estar buscando y podría merecer. Lo supe desde el día en que te conocí y no trates de demostrarme lo contrario, porque a estas alturas debías saber que no me vas a convencer.

—Me es imposible corresponder a tus sentimientos y eso me entristece. A veces creo que piensas que soy muy mal agradecida.

—No pretendo que me quieras por agradecimiento, sólo deseo que te des cuenta de que a mi lado puedes ser feliz y darle a Megan el hogar que necesita. Sabes que la veo como a una hija y me siento con ese derecho.

—Es un derecho que tienes y nadie te discutirá. Megan no puede soñar con un mejor padre que tú.

—Entonces ¿por qué su madre no me acepta?

—Porque no quiero más hombres en un plan sentimental. El amor y otras tantas tonterías son una etapa que dejé atrás.

—Es lo más absurdo que oigo y cada vez que lo dices tendré que repetírtelo. ¿No te miras al espejo Victoria? Eres tan joven y bonita que ese papel de señora avinagrada y ajada por los años no te queda.

Estás en la plenitud de la vida y es un enorme desperdicio que te empeñes en seguir sola.

—No estoy sola. Tengo a mi hija. Eso me basta.

—Necesitas un compañero, un hombre que llene tus días y se ocupe de ustedes. Algún día me darás la razón. Nunca me has querido contar qué fue lo que te pasó, seguro tuvo que ser una experiencia muy amarga para que haya matado en ti los deseos de volverte a enamorar.

—Dejemos eso y no insistas, por favor. La relación que tengo contigo es perfecta tal y como es ahora. Disfruto de tu compañía y me encanta que podamos hablar con confianza de cualquier cosa siempre que no sea de esta cuestión. No quiero perder tu amistad. Es una de las cosas más valiosas con las que cuento desde que llegue aquí. Dejar de frecuentarte sería doloroso y no deseo alimentar falsas esperanzas que no nos llevaran a parte alguna. Mucho menos quiero hacerte daño y si lo consideras prudente creo que trataré de mantenerme alejada por un tiempo para que mi presencia deje de perturbarte. Quizá así entres en razón.

—Eso no lo permitiré en forma alguna. No volveré a insistir si eso te hace sentir tan incómoda, sólo recuerda que si algún día cambias de opinión yo estaré aquí, esperándote.

—No quiero que hagas eso, todo lo contrario, quiero que tengas presente que hay un montón de mujeres mejores que yo que darían cualquier cosa porque te fijaras en ellas. No sigas perdiendo el tiempo conmigo. Soy un caso perdido. Dime que te darás esa oportunidad y dejarás este empeñinamiento necio porque sólo así estaré tranquila.

—Te prometo que lo pensaré, aunque es difícil que cambie de opinión.

Victoria cambió el tono y fue más conciliadora y risueña al proseguir:

—Seré una tía consentidora para tus hijos, una amiga fiel y fastidiosa que te acompañará toda la vida y te aseguro que saldrás ganando, pues siempre estaré cerca sin ser una carga molesta para ti. Ya verás que cuando me ponga vieja, fea y gruñona no te resultaré tan deseable.

—Nunca serás esas cosas.

—Deja que pasen unos años y me contarás.

Los dos sonreían. Pasaron a otro tema.

—¿Has tenido noticias de Robert? ¿Sabes cómo van las cosas por el rancho?

—Estuvo ayer por aquí. Vino a recoger a unos amigos que están interesados en participar en una nueva producción. Llegaron en el tren de la tarde.

—¿Nueva producción? No estábamos esperando algo así cuando me fui.

—Parece que es una propuesta que surgió durante tu ausencia. Nuestro amigo estaba muy entusiasmado pues es gente de mucha pasta y pueden invertir en grande.

—¿Te dijo quiénes son?

—Mencionó nombres pero ya sabes como soy para esas cosas. Recuerdo que me dijo que eran personas famosas y con mucho dinero. Ayer llegó el principal promotor con la novia. Creo que se alojarán en el rancho, así que los conocerás hoy mismo y te enterarás de todo.

—Hoy trataré de no ver a nadie, sólo quiero llegar para estar con Megan y disfrutar de mi niña sin tener otra cosa en que pensar. Espero que Robert me dé esa oportunidad. Te aseguro que me la he ganado con creces en estas semanas que llevo de saltimbanqui de una ciudad a otra comprando todo lo necesario para el estudio.

—Espero que tengas suerte. Robert es muy impaciente cuando se trae algo entre manos y estará ansioso de ponerte al tanto para que le eches una mano en todo.

—Pues hoy tendrá que esperar, todo el tiempo lo quiero para mi hija.

Se acerco al médico y le dio un beso en la mejilla.

—¿Vas pronto por Orange's Tree?

—En dos semanas tengo que pasar para el chequeo médico de los trabajadores y si tengo oportunidad, iré a darles una vuelta antes.

—No dejes de avisar para prepararte de comer algo de lo que te gusta.

—Te llamaré.

—Cuídate, que como tú quedan pocos.

Victoria le guiñó un ojo mientras salía del consultorio.

—Ojalá apreciaras lo que dices y me hicieras más caso. Ojalá fuera así —murmuró muy bajo cuando la mujer ya no podía oírlo.

Max Brennan estaba sentado en un amplio butacón del despacho de Robert Levistrain. A su lado una exuberante pelirroja se recostaba en su hombro mientras los dos hombres conversaban.

—Fue una sorpresa que se te ocurriera contactarme por este motivo, Max.

—Debí hacerlo antes. Lo pensé varias veces y no debes sorprenderte porque hace años dijimos que nos gustaría hacerlo juntos, pero nunca tuve tiempo para centrarme en ello. Una u otra cosa solía aparecer y me llevaba por otros rumbos. Tengo la idea en mente desde aquel entonces y nunca quise llevarla adelante con la presión y el agobio del ambiente de Hollywood. Creo que se necesita un entorno más reposado y sencillo, sobre todo más independiente, para trabajar a gusto. Es muy difícil hacer una producción personal cuando estás bajo la mira de todo el mundo. Pienso que aquí, si logro interesarte en mi propuesta, podemos hacer algo más inteligente que satisfaga mis pretensiones y de paso las tuyas.

—El proyecto me interesa, te lo dije desde que hablamos aquella vez en Los Ángeles, nada más hay que analizar si los recursos están a nuestro alcance.

—Por eso no te preocupes. En lo que respecta a gastos me encargo de cubrir todo lo necesario. Lo importante es que proporciones un buen equipo de producción y personal de respaldo que aseguren que todo marche a la perfección.

—Entonces, has venido al lugar indicado. Sí eso es lo que buscas, aquí lo encontrarás, te lo aseguro. Mañana mismo te presentaré al grupo. En estos momentos estamos trabajando en dos proyectos más, pero creo que tenemos el personal disponible que será suficiente y en caso de que necesitemos de otros será cuestión de hacer algunas llamadas.

—Eso quiere decir que tenemos un trato.

—"Trato hecho jamás deshecho"—Robert se levantó para servir unos tragos a sus invitados. Se dirigió a la pareja mientras lo hacía.

—Y tú, Julie, ¿formarás parte del reparto?

La muchacha levantó la cabeza de la revista que permanecía ojeando y Max acarició una de sus manos.

—No, comenzaré a filmar con Ron la semana próxima en Zúrich. Vine sólo para acompañar a Max en esta primera visita y ayudarlo a instalarse. Tengo que irme a más tardar en dos días y quise aprovechar todo el tiempo que pueda estar a su lado. Estaremos sin vernos un buen tiempo en los próximos meses.

—Te prometí que iría a Suiza mientras estés filmando allí.

—Pero yo te conozco y sé que cuando te metas de lleno en esta producción no encontrarás tiempo para ir a ninguna parte —le dio un beso en la mejilla.

Robert se acercaba con los vasos en la mano.

—No creo que tengas necesidad de instalarte en otra parte. Hay espacio suficiente aquí en mi casa y será un gusto tenerte de invitado.

—No quiero molestar, será un largo tiempo.

—A mí no me molestas. Este lugar es como un hotel, a veces ni me doy cuenta quien sale o entra. Si llega a resultarte incómodo a ti puedes decidir alojarte en otro sitio cuando quieras, así que por el momento insisto en que permanezcas aquí.

—Acepto con gusto y te lo agradezco, prefiero estar cerca de la producción y ahorrarme traslados diarios que me harían perder tiempo.

—Soy de la misma opinión. Situé los estudios de filmación tan cerca de mi propia casa sólo por tener esa comodidad.

—También planeo hacer eso si un día me dedico de lleno a la producción.

—¿Has pensado hacerlo en serio? Recuerdo que una vez incursionaste en la dirección y no has querido repetir.

—Para ser sinceros, lo mío realmente es la actuación. Modestia aparte, creo que es lo que mejor se me da. En la dirección tuve suficiente con aquella experiencia. No creo que vuelva a repetirla, sin embargo, con la producción es diferente. Me entusiasma y pienso que puedo tomarle el gusto con facilidad si las cosas marchan como pretendo.

—Ojalá que así sea —se alejó de ellos camino a la puerta—. Llamaré a Ramón para que los acompañe a recoger sus cosas y los acomode en su habitación.

Max y Julie se pusieron de pie y siguieron a Robert. Al traspasar la puerta abierta, los hombres se estrecharon las manos.

—Bienvenido a bordo, Brennan. Estoy seguro que haremos algo grande con todo esto.

—Lo intentaremos con ganas y eso es lo importante. Con tu ayuda será más fácil.

Victoria salió corriendo de su casa masticando la última tostada del desayuno. Muy temprano en la mañana vinieron avisarle que se le esperaba en el salón de los foros que hacía las veces de sala de conferencias cuando así lo requería el caso. Robert presentaría al nuevo productor que se incorporaba al equipo en lo que sería, según las propias palabras que le comentaron había dicho su jefe, "el proyecto más ambicioso que habían tenido en Orange's Tree". Todo el personal había sido convocado y ella de manera muy especial por lo que casi corría para llegar a tiempo segura de que iba con retraso. Tal como supuso, Robert llevaba algunos minutos explicando el nuevo proyecto cuando ella trató de entrar sin hacer ruido por la puerta trasera del estudio, pero su presencia no pasó inadvertida. El director se dirigió a ella en cuanto la vio entrar.

—Pensé que no llegarías Victoria —la muchacha se volteó hacia ellos con la expresión de haber sido agarrada en falta, y esa expresión se convirtió en una de sorpresivo espanto al darse cuenta de quién acompañaba a su jefe.

—Aquí la tienes Brennan —Robert la señalaba con un gesto de su mano—. Esta es la persona de la que tanto te hablé, la mejor asistente de producción que podrás encontrar: Vicky Wade. Es puntual y siempre puedes confiar en que estará en el lugar preciso cuando la necesites. Espero que no te formes un juicio equivocado por esta primera impresión. No acostumbra llegar tarde a ninguna parte aunque ahora la afirmación carezca de sentido —su comentario era risueño y se notaba que estaba bromeando pero se sintió un poco desconcertado al comprobar que a ninguna de las dos personas a las que iba dirigido les resultaba gracioso.

Max y Vicky, por su parte, ni siquiera habían escuchado lo que estaba diciendo el productor y era imposible adivinar cuál de los dos estaba más sorprendido y asombrado por el encuentro inesperado. Victoria estaba helada, creía que no sería capaz de dar un paso para acercarse a las tres personas que estaban al frente del auditorio y a los que necesariamente tendría que aproximarse para ser presentada como era rigor. A Max lo atacaban sentimientos encontrados y hacía un esfuerzo extraordinario para reaccionar con naturalidad. Robert ya le había mencionado a la asistente encomiando su desempeño hasta la saciedad, aunque no había dicho el nombre. Lo menos que esperaba era que la persona fuera la misma mujer que destrozó su vida al abandonarlo. Tantos años buscándola y en el breve espacio de pocas semanas volvía a inmiscuirse por dos veces en su vida. La primera de ellas no contaba. La había descartado haciendo un esfuerzo por dejarla atrás. El encuentro de Victoria con Nicky sólo avivó su recuerdo, lo atormentó con la certeza de que no estaba olvidada como él creía suponer y ni siquiera llegó a verla. Sin embargo, ahora era muy distinto... Tenerla allí, de cuerpo presente, al alcance de la mano, era un hecho que le nublaba completamente la razón. La novia, colgada de su brazo, no pudo dejar de percibir el estremecimiento que recorrió su cuerpo ni la rigidez que se apoderó del actor cuando la pequeña mujercita empezó a avanzar hacia ellos por el pasillo.

—Acércate Victoria, quiero que conozcas al señor Max Brennan. Trabajará con nosotros de ahora en lo adelante.

Victoria vacilaba pero todos la miraban y no podía retroceder. Avanzó abriéndose paso entre el montón de personas apiladas que rodeaban a Robert, a Max y a la mujer que se apoyaba confiadamente en el brazo de este último.

Robert le hablaba al actor.

—Max, ella es Victoria Wade, como ya te dije es mi asistente de producción, puedo añadir también que mi brazo derecho. Estoy seguro que a ti también te será de gran utilidad.

—No lo dudo —Su voz era ronca y profunda mientras miraba fijamente hacia Victoria.

—Es un placer, señor Brennan —la mujer extendía su mano. Su rostro no mostraba ninguna expresión y parecía dejar bien claro que no tenía la menor intención de admitir que ya lo conocía.

—Encantado, señorita Wade ¿Nos hemos visto en otra ocasión? Su cara me resulta familiar —no pudo evitar lanzar la pregunta y ponerla en un aprieto.

—Se equivoca señor, de ser así, estoy segura que lo recordaría —estrechó la mano que le extendía Max y la soltó rápidamente.

Las palabras de Victoria daban por sentado cómo serían las cosas y el actor se dijo que si ella lo quería así, él no haría nada por llevarle la contraria, al menos por el momento.

—Es cierto, estoy de acuerdo en que sería algo que no se podría olvidar. Mi memoria, a veces, me juega malas pasadas.

—Tal vez la confundes con otra persona Max, porque este es el primer trabajo de Vicky y no puedes haberla conocido en otra producción. Saltó directamente de la escuela de cine a estos estudios. Tuve mucha suerte de que así fuera.

Max no dejaba de observarla con una expresión irónica y mordaz.

—Sí... supongo que tuviste mucha suerte.

—Bien, después de esta interrupción sigamos con lo que nos ocupa. Como les iba diciendo...

Robert siguió explicando al resto del equipo todo lo que estaba planeando realizar al lado de su nuevo socio. Victoria se retiró despacio y se integró al grupo que escuchaba atento. Trató de hacer un esfuerzo por concentrarse en la conversación pero le fue imposible. Otro tanto le pasaba a Max que no podía dejar de dirigir su mirada hacia ella de tanto en tanto. Al cabo de un buen rato, Levistrain dio por terminada la reunión y todos empezaron a dispersarse camino a sus ocupaciones habituales. Victoria aprovechó para salir disparada por la puerta principal antes que todos los demás salieran del local.

—Y bien ¿qué te pareció?

Max parecía no escucharlo.

—¿Brennan?

—Disculpa, Robert ¿Decías?

—Creo que todo marchó como esperábamos, y quería saber tu opinión.

El actor estaba en otra parte, sus pensamientos se habían ido detrás de la mujer que significó tanto en su vida y que había vuelto aparecer tan de repente.

—Pues fue... —volviendo en sí—. Me pareció perfecto. No tengo nada que agregar. Estoy seguro que todo irá sobre ruedas si contamos con la colaboración de tu equipo y, por lo que parece, todos están muy bien dispuestos.

—Lo están y son muy profesionales en lo suyo. Si de eso depende quedarás satisfecho —Robert se despidió al dirigirse a la salida—. Ahora me disculpas pero debo atender varios asuntos. Tengo otros proyectos en marcha como ya te comenté.

—Faltaba más.

—Después nos vemos para organizar el trabajo, necesito tu valoración sobre algunas cosas, también que me expliques mejor cuál es el personal que quieres tener bajo tu responsabilidad.
—Sí... no te preocupes. Tenemos tiempo para eso.
Robert se alejó.
—¿Qué te pasa? —Julie lo observaba preocupada.
—¿A mí? ¿Qué puede pasarme?
—Estás alterado y no puedo adivinar el motivo.
—No estoy alterado, quizá un pongo inquieto. Me sucede con frecuencia cuando empiezo un nuevo proyecto.
—Estabas perfectamente bien hasta hace un rato.
—Y sigo perfectamente bien —pasó un brazo por sus hombros y comenzaron a salir del salón donde se habían quedado solos—. Creo que a veces te preocupas demasiado por mí y te figuras cosas.
—No es así. Estoy segura de que algo te sucede. Tu expresión cambió de un momento para otro y tu humor también.
—Ideas tuyas. Nunca me he sentido mejor. No debes preocuparte. Nada ha cambiado y sigo siendo el mismo.
Sus palabras trataron de sonar sinceras y ciertas, aunque mentía con indiscutible seguridad.

Victoria se refugió en un viejo establo que a veces servía como locación para algunos set y que por lo regular era un lugar solitario. Su cuerpo entero se agitaba presa de una inquietud extrema y no podía permitir que alguien la viera en ese estado sin suscitar preguntas indiscretas a las cuales no quería responder. Su confusión era tal que sabía que no encontraría cómo explicar los sentimientos que la embargaban y que se evidenciarían delante de todos. La mala suerte que parecía acompañarla era increíble. No parecía posible que de todos los estudios de producción que existían, Max Brennan escogiera precisamente a este para realizar uno de sus tantos proyectos. Nunca hubiera esperado algo así, la mera posibilidad no sólo le parecía remota si no, desde cualquier punto de vista, casi imposible, no obstante allí estaba y, si lo conocía un poco, allí se quedaría sin lugar a dudas. ¿Qué haría ahora? Marcharse, huir de nuevo era una idea disparatada. Sólo ella sabía lo que le había costado construirse una vida en aquel sitio. Desechar el sacrificio de aquellos años, abandonarlo todo para empezar otra vez porque Max tuviera la caprichosa idea de aparecer, le resultaba injusto e inmerecido y sobre todo inaceptable, ¿Es que estaba condenada a que aquel hombre destruyera todo lo que lograba conseguir? El resentimiento que sentía hacia él crecía por minutos con una furia que ya creía olvidada. El actor regresaba de nuevo a su vida para hacerla miserable. De cualquier forma, a pesar de la rabia que sentía, no consideraba justo culparlo por estar allí porque estaba segura de que su presencia en el lugar no era premeditada. Su sorpresa al verla fue tan auténtica como la suya y de eso no tenía duda alguna o ¿debía tenerla? A fin de cuentas, de este hombre se podía esperar todo. El punto era que no tenía idea de lo que sucedería de ahora en adelante y la incertidumbre la estaba consumiendo. Bajó la cabeza hasta sus rodillas y la cubrió con los brazos. Así permaneció sentada por un largo rato sin decidir lo qué debía hacer.

—Esa muchacha, tu asistente de producción, ¿trabaja contigo hace tiempo?

Max hizo la pregunta como si no le diera mucha importancia. Estaba delante de un stand revisando unos libros en la oficina de Robert mientras este leía unos papeles en su escritorio.

—Si te refieres a Victoria, sí, hace varios años que está conmigo.

Max se volteó rápidamente. El gesto fue tan brusco que Levistrain levantó la vista hacia el amigo que lo miraba con el ceño fruncido, una de la cejas levantada en señal de interrogación.

—Quizá debí decir que "trabaja" conmigo, si es que estás interpretando otra cosa. Te has vuelto demasiado suspicaz con los años, brother.

—No sería la primera vez que una cosa así te pasa y tampoco es que tenga nada que objetar, yo mismo lo haría si la mujer fuera de mi interés.

—Sé cuáles son tus costumbres al respecto, no te esfuerces en recordármelo, yo por el contrario dejé de mezclar el placer con el trabajo desde hace largo tiempo. Comprendí que por lo regular cuando estos dos se juntan, se termina por afectar a uno en detrimento del otro.

Una vida contigo

Max volvió a los libros y Robert a sus papeles. Casi de inmediato levantó la cabeza pensativo y dijo como reflexionando para sí mismo.

—Aunque en este caso hubiera hecho una excepción.

El giro de Max esta vez no sólo fue rápido sino violento. Se acercó al escritorio con gesto torvo.

—¿Te interesa esa mujer?

Robert no se dio por enterado de esta última reacción ya que había vuelto a interesarse en sus papeles después de hacer su comentario, pero ante la directa pregunta se recostó en la silla para seguir la conversación.

—Ahora no, en su momento me interesó y mucho, aunque creo que tú no puedes comprenderlo. No es el tipo de mujer que suele interesarte.

Max se acercó y se dejó caer en una silla frente a Robert.

—No sé por qué todos se empeñan en adjudicarme un gusto determinado por cierto tipo de mujer, cuando en realidad mi gusto es muy variado y no tengo particulares preferencias al respecto.

—Las muestras que exhibes hablan por sí solas, no tienes que abundar mucho sobre la cuestión.

—No tengo la intención. En realidad me importa poco lo que piensan sobre mí, además nos estamos alejando del tema. Tu comentario indica que lo intentaste con tu asistente ¿lo conseguiste o te diste por vencido?

—Ni lo uno ni lo otro. Quiero pensar que me retiré a tiempo y que hice lo correcto porque ella es la mujer soñada del mejor de mis amigos. De cualquier manera, no creo que hubiera progresado mucho porque ella nunca mostró interés alguno por mí.

—Prefirió a tu amigo.

—No, él tampoco ha tenido suerte pero sigue insistiendo porque está realmente enamorado.

—¿Está comprometida con otro?

—Que yo sepa no y eso le da esperanzas a mi amigo. Como es tan persistente algún día tal vez lo logre, ya que ella lo quiere mucho y le está muy agradecida.

—¿Agradecida?

—La ayudó cuando llegó aquí. Este trabajo, por ejemplo, se lo debe a él. Fue quien me la recomendó y yo acepté por hacerle un favor,

— 227 —

aunque a la larga el favorecido resulté ser yo. Cuando te dije que es mi brazo derecho no te mentí. Es muy eficiente en su trabajo y resulta una ayuda inapreciable en todo lo que hace.

Max parecía no estar escuchando.

—Eso quiere decir que está sola... —murmuró en voz alta pero como si hablara consigo mismo.

Robert detuvo su parrafada y lo miró con mayor interés.

—Comienzas a llamar mi atención... ¿no me digas que te gusta esa mujer?

—No seas absurdo. Sólo trato de familiarizarme con el personal. Es bueno saber a qué atenerme con cada uno de ellos. Si vamos a trabajar juntos es bueno conocerlos.

—Sí... esa es una respuesta razonable —dijo con tono burlón— Pero te advierto por lo que pueda ocurrírsete más adelante: no te lances porque perderás el tiempo. No creo que tengas éxito donde otros fracasaron.

—¿Es que hay más?

—Unos cuantos. Es una mujer bonita y aquí siempre hay más hombres que féminas. Cuando alguien nuevo llega se hace ilusiones intentándolo y ella las echa por tierra en un dos por tres. Sus intereses parecen estar muy definidos y dirigidos a un mejor destino.

—No te entiendo.

—Ya lo entenderás.

Una empleada tocó a la puerta y entró al despacho a la orden de Robert.

—Señor, la mesa está servida.

—Gracias María. Vamos Max, nos están esperando. Invité a varios colaboradores que formaran parte de tu equipo. Podrás aprovechar para "familiarizarte" también con ellos —le dirigió una sonrisa socarrona.

—Voy por Julie y estaremos enseguida con ustedes.

Max se adelantó a Robert y cruzó la puerta. Levistrain lo siguió. En su rostro una expresión de entendimiento cómplice y a la vez compasivo.

—Uno más que irá por lana y... después que no diga que no se lo advertí.

Una vida contigo

—De todos los lugares del mundo...

Durante todo el día, Victoria trató de mantenerse alejada de los sitios posibles en que podía encontrarlo, aunque sabía que más tarde o más temprano el momento llegaría.

—Hola, Max.

—¿Hola, Max? Después de seis años y medio, ¿eso es lo único que se te ocurre decir?

—No creo que estuvieras esperando que me echara a llorar.

—No, no lo esperaba. Durante este tiempo pude comprobar que tienes un duro corazón.

Victoria no contestó, siguió revisando los objetos para la escenografía, intentando que él no se diera cuenta de lo que su presencia producía en ella. Max se sentó encima de una mesa situada a sus espaldas. Recorrió con mirada apreciativa el lugar que resultaba bastante descuidado.

—No has progresado mucho desde la última vez que te vi. Con tu talento esperé encontrarte en mejor posición.

—Estoy satisfecha en el lugar que estoy.

—A mi lado estarías mejor.

La muchacha se volteó y lo miró de frente.

—A tu lado... ¿a tu lado, Max? Es más que seguro que de haber seguido contigo, para estas fechas ya no estaría a tu lado

—No veo por qué estás tan segura de eso.

—¿No lo ves? ¿Crees que hubieras permanecido conmigo por mucho tiempo? ¿Cuánto más le calculabas a nuestra relación? ¿Un mes, dos meses a lo sumo? No durarías tanto, ya te habrías aburrido para entonces. Bastaba que apareciera otra actriz, otra modelo, otra mese... Los dos sabemos que ibas a terminar cambiándome por cualquiera, pero ¿qué estoy diciendo? Ya lo habías hecho cuando me fui ¿es que no lo recuerdas?

—No puedo recordar lo que nunca sucedió. Si me hubieras dejado explicar...

—Pero no lo hice y no tiene caso que lo hagas ahora.

—¿Eso quiere decir que debo permanecer condenado sin razón alguna?

—No creo que te haya ido tan mal en esa condena, en el supuesto caso de que te sintieras así realmente.

— 229 —

Max se puso de pie y avanzó hacia ella. Su actitud apacible había cambiado totalmente.

—¿Qué sabes tú cómo me sentí, qué sabes acerca de lo que siento? ¿Qué presumes que pasó cuando me dejaste? Debiste ver lo que padecí, lo que sufrí tratando de encontrarte. Te quería tanto, Victoria. Eras todo para mí.

—Sí, recuerdo que me lo demostraste muy bien.

—Lo hice y tú no supiste apreciarlo. Por tu parte, demostraste "un cariño inmenso" al abandonarme y olvidarte de mí tan fácilmente.

—Todo eso pasó hace mucho tiempo ¿no te parece inútil hablar de ello? Después de todo no veo que lo lamentes tanto, sigues muy bien acompañado.

—¿Pensaste encontrarme solo, todavía penando por ti como un demente y echando en falta que no estuvieras conmigo? ¿Esperabas que mi desesperación durara hasta el día de hoy?

—No esperaba nada. De ti dejé de esperar cualquier cosa desde hace mucho.

Max se acercó más y la tomó por los hombros. Hizo que lo mirara de frente.

—¿Cómo fuiste capaz de hacerme una cosa así? ¿Por qué destruiste lo que teníamos sin darle la menor oportunidad? ¿No irás a decirme que no te ha pesado, o es que tratarás de convencerme de que nunca más te acordaste de mí?

—Creo que lo mejor es que no te diga nada porque no espero que quieras oír la verdad.

—Me olvidaste. ¿Es eso lo que quieres decir?

—A buen entendedor.

—No te creo.

—Tan soberbio como de costumbre. Estoy segura que te sigues creyendo el centro del universo y ya es hora de que sepas que no lo eres, al menos en lo que a mí respecta.

—No puedes estar hablando en serio... Sé que debí hacerte falta, tanta como la que me has hecho tú a mí —trató de rodearla con los brazos pero ella se soltó de un tirón.

—Te equivocas, no te he echado de menos. He podido vivir sin ti sin problema alguno.

—Antes podía adivinar sin dudas cuando me mentías.

Una vida contigo

—"Antes" ya no existe —hizo una larga pausa—. Mira, la mala suerte ha hecho que volvamos a encontrarnos. No lo esperaba, te lo confieso pero ya que ha tenido que ser así, hagamos un esfuerzo para tolerarnos por el bien de los dos. He construido una vida aquí y no estoy dispuesta a dejar que me la eches a perder de nuevo.

—¿Pretendes que haga como si nada hubiera ocurrido? ¿Vas a insistir en convencer a todos que ni siquiera me conoces?

—Pues sí, insisto en que es lo mejor y debías agradecerlo porque es lo que más te conviene a ti también, así tu nueva amiguita no se molestará contigo.

—¿Celosa?

—Yo, ¿de qué? Lo que hagas con tu vida me tiene sin cuidado, pero no quiero tener sobre mí los ojos rencorosos de una más de tus mujeres, con la experiencia anterior tuve bastante.

—Julie se irá mañana.

—Y como no estará te sientes dispuesto a engañarla en la primera ocasión que se te presente. Se nota que no has cambiado.

—No es mi costumbre engañar tal y como supones.

—Lo es meter en tu cama a cualquier mujer que tengas a mano.

—¿Lo dices por experiencia propia?

—Sí, lamentablemente, lo digo por amarga experiencia propia.

—No parecía tan amarga cuando disfrutabas de ella.

—Era muy tonta, me conformaba con cualquier cosa.

—¿Y ahora?

—¿Ahora qué?

—¿Te sigues conformando con cualquier cosa o crees haber conseguido algo mejor?

—Eso no te importa.

—Te equivocas. Puede que todavía me importe. Puede que no haya olvidado lo que hubo entre nosotros.

—Me parece que no acabas de entenderlo. Ya no hay nada que importe en relación a lo que hubo entre nosotros. Ya no hay ni habrá nunca más un "nosotros" y eso es lo que debes tener en cuenta.

—Lo dices muy segura.

—Estoy segura.

—Me gustaría comprobarlo, ciertamente.

Sin darle tiempo a responder la cercó entre sus brazos. Apretándola contra sí intentó besarla en el cuello. Victoria se soltó.

—No vuelvas hacer eso.

—Es difícil que pueda cumplirte ese deseo.

—Te lo digo en serio y no creas que te será tan fácil manipularme como lo hiciste un día. Crecí, Max. Ya no soy cera blanda en tus manos para que puedas hacer lo que quieras conmigo. No estoy dispuesta a soportar tus impertinencias ni tus juegos y te agradeceré no tener que volver a repetirlo.

—No creo ni en la mitad de lo que dices. Tú también me quisiste, yo también fui importante para ti.

—Pero ya no. Dejé de quererte. Te olvidé y no me importa nada de lo que tenga que ver contigo. Entiéndelo de una vez y déjame en paz. No estorbes en mi camino como yo no estorbé en el tuyo. Sigue con tu vida y olvídate por completo de mí, te harás un favor y yo estaré tranquila.

—No puedo prometerte eso.

—Peor para ti. No quiero que te me acerques si no es por motivos de trabajo. Si tengo que soportar tu presencia házmela leve.

—Por lo que veo sigues muy ofendida conmigo y en consecuencia no puedes convencerme de que ya no te importo. No te inquietarías tanto si no sintieras algo por mí.

—No te confundas. No dejes que tu vanidad herida te haga empecinarte en cambiar las cosas. Sería lamentable que por tu estúpido orgullo trataras de convencerme de un cariño que estás muy lejos de sentir.

—Creo que es "tu empecinado y estúpido orgullo" el que no te deja ver cómo fueron y son las cosas en realidad.

—Si lo quieres ver así me tiene sin cuidado. Ya no es cosa mía hacerte entrar en razón y por favor mantente alejado de mí. Es lo único que puedes hacer ahora.

—Es lo único que no haré.

—Max...

—No eres tan distinta a mí como quieres dar a entender. Puedes haber cambiado mucho pero no lo suficiente como para hacerme creer lo que más te convenga. Esto no ha terminado. No terminará hasta que aceptes que te equivocaste, que me dejaste sin razón alguna.

—¿Y qué puede cambiar que lo acepte o no?

—No sé. Tal vez nada, pero necesito que admitas que el error fue tuyo. Que viste lo que quisiste ver y me acusaste sin motivo.

—Ya no me interesa. Quizá hasta esté agradecida que pasara lo que pasó, porque así pude librarme de ti a tiempo.

—¿A tiempo para qué?

—Para que no me hicieras más daño.

—Yo nunca quise hacerte daño.

—Pero me lo hiciste y eso es lo que cuenta.

—Victoria...

—Basta. Ha sido suficiente y te lo repito, no quiero saber de ti, no quiero tenerte cerca. Mantén la distancia y no me busques. Verte lo menos posible es lo que más deseo en la vida y que lo creas o no ni siquiera me importa.

—Si quiero, haré que te importe. Estoy seguro que todavía puedo.

Sus palabras se perdieron en un murmullo que no fue escuchado por la mujer que, dando media vuelta, se perdió en el patio dejándolo solo en la inmensa habitación.

Oficina de Robert Levistrain. Llaman a la puerta. Aparece Victoria.

—Pasa Victoria.

—Richard me dijo que necesitabas verme.

—Así es. Estuve revisando el informe de tu viaje y me parece excelente.

—Yo también estoy muy satisfecha, me llevó más tiempo del que supuse, pero los resultados lo ameritan. Mejoramos los precios en casi todas las compras aunque en algunos casos tuvimos que cambiar de proveedor.

—¿Alguna dificultad con eso?

—Con algunos de ellos, sí. Insistieron en que sus productos eran mejores y que llevaban surtiéndonos por varios años. Lo cierto es que sus precios se elevaron mucho con la crisis y no podíamos costearlos. Espero que no me haya equivocado en cancelar esos contratos y pasarlos a otros, era un riesgo necesario si queríamos cubrir todos los encargos que me hiciste.

—No te preocupes, me parece que tu decisión fue correcta.

Victoria se había sentado en el brazo de la butaca que estaba frente al escritorio.

—Por aquí ya veo que hay mucho movimiento.

—El proyecto de Max Brennan nos tiene muy ocupados. Es lo más importante que nos ha caído en las manos y hay que aprovechar la ocasión.

—No sé muy bien de que se trata todavía, supongo que significará grandes costos adicionales.

—Por los que no tendrás que preocuparte, Brennan lo costeará todo.

—Claro, él puede —había cierto desprecio en su voz.

—Pues sí, puede y es una bendición para nosotros ¿no te parece?

—Si tú lo dices... —el tono seguía siendo despectivo.

—Es algo grande Victoria. Puede que sea la mejor producción que salga de este estudio y tenemos que estar a la altura. Por lo pronto te quiero metida en esto de lleno, cualquier otra cosa pasa a segundo plano.

—Pero tenemos otras producciones en camino ¿no pensarás pararlas por esta?

—Por supuesto que no. Pero el mejor equipo lo quiero aquí y tú estás incluida.

—Yo trabajo contigo y tú te ocupas de todo, espero que siga siendo así.

—Sí y no. Yo me seguiré ocupando de todo, como siempre, y tú claro que sigues trabajando conmigo, sólo en el proyecto de Max. Te voy a necesitar allí de tiempo completo.

—No veo la necesidad.

—Brennan es obsesivo con el trabajo y moviliza mucha gente a su alrededor. Necesitará más de dos manos para controlar todo. Yo trataré de estar lo más cerca posible, pues como mencionaste tengo que seguir ocupándome de todo lo demás. Considero que tú puedes estar siempre al alcance para lo que sea menester.

—Para serte sincera, no me gusta la idea.

—Me extraña que digas eso, supuse que estarías encantada.

—Estoy encantada con el trabajo que tengo, no necesito nada más.

—Bromeas. Esta producción es el sueño de cualquier cineasta. Yo deseaba hacerla desde hace varios años, pero nunca tuve los recursos necesarios. Ha sido un detalle de Max ofrecérmela para hacerla juntos. Pudo haber buscado cualquier otro productor asociado. Te aseguro que nadie le diría que no.

—Supongo que no es fácil decirle que no al señor Brennan.

Robert sonrió.

—En eso también tienes razón. ¿Lo conocías de antes?

—Como todo el mundo.

—Es más talentoso de lo que se piensa y tiene el poder del prestigio y el dinero. No se rinde fácilmente y consigue todo lo que se propone.

—No me extraña que tampoco le importe atropellar a cualquiera para obtener lo que desea.

Lo había dicho con rabia y el director la miró con suspicacia.

—¿Tienes antecedentes de algo así?

La muchacha se dio cuenta que había ido un poco lejos en su comentario.

—¿Yo? No. Lo digo porque nunca se llega tan alto sin pasarle por arriba a muchos.

—No creo que sea el caso... pero ese no es nuestro problema. Estimo a Brennan y le agradezco que me haga posible realizar un sueño largamente acariciado. Espero que no tengas problemas para trabajar con él.

—Estoy aquí para trabajar Robert, no te defraudaré.

—De eso estoy seguro.

—Si eso es todo me voy al foro 5. Richard me está esperando para ver un problema con el vestuario de las escenas que se grabaran mañana.

—Puedes ir y recuerda que en la tarde nos reunimos aquí para estudiar el proyecto de Max a fondo.

—¿Él estará también?

—Por supuesto. Decidió quedarse de una vez.

—¿Quedarse de una vez?

—Sí. Cuando llegó pensaba dejar pasar unos días antes de establecerse con nosotros y hoy me dijo que prefería empezar ya. Creo que como la novia se marcha a Suiza, se decidió. Es mejor estar aquí que quedarse solo en Los Ángeles. De todos modos tenía que regresar muy pronto si quiere acelerar esta producción como pretende.

—¿Buscará casa en el pueblo?

—No será necesario. Le sugerí hospedarse en el rancho. Hay espacio suficiente y le será más cómodo que andar todos los días de aquí para allá y de allá para aquí.

—El pueblo queda cerca.

—¿Qué pasa Victoria? ¿Tienes algo contra Brennan? ¿Por qué te molesta que viva aquí?

—No me molesta para nada. No sé de dónde sacas eso. ¿Qué puedo tener contra él? No lo conozco. Sólo fue un comentario.

—No me pareció.

—Pues sólo eso fue.

—Si tú lo dices.

Richard toco a la puerta y asomó la cabeza.

—¿Demoras mucho Victoria? No podré esperarte, me necesitan en el set.

—No. Ya voy contigo.

Se dirigió a la puerta.

—Hasta luego Robert.

—Te espero en la tarde. No lo olvides.

—Tranquilo. No lo olvidaré.

La puerta se cerró detrás de ella. Levistrain se recostó en su silla con el ceño fruncido.

—Hay algo raro aquí, Victoria. Algo que no me dicen ni Max ni tú y empieza a preocuparme no sé por qué.

Sacudió la cabeza como apartando un mal pensamiento y se inclinó sobre sus papeles para seguir con la tarea que tenía por delante.

Robert supuso que sería una jornada difícil cuando esa tarde se encontró en la oficina con su asistente y el nuevo socio. A la legua se podía notar que a Victoria le molestaba la presencia de Brennan y que éste no haría nada para hacérsela más fácil. Si al principio pensó que aquellos dos no podían trabajar juntos, pronto se dio cuenta que estaba totalmente equivocado. En cuanto empezaron a discutir el proyecto, la atmósfera hostil que se respiraba cambió de manera radical. Enfrascados en los análisis y evaluaciones de los planes a seguir, los que parecían antagonistas natos olvidaron sus diferencias y departían entre ellos animadamente distribuyéndose tareas, aportando ideas y discutiendo los pros y los contras de las ocupaciones futuras que tendrían que enfrentar. Robert se percató que la mayoría de las veces ni lo tenían en cuenta. Pendientes sólo de lo que decía uno u otro parecían olvidar que se encontraba entre ellos. La conducta de la pareja había llamado su atención desde el primer momento y ahora estaba francamente curioso por conocer qué era lo que trataban de ocultar. De tanto en tanto el productor los miraba de reojo. Era natural y fluida la forma que tenían de tratarse y esa química no se lograba de manera fortuita, tenía que ser necesariamente producto de la práctica continua. Disponían de las cosas con un sentido de conocimiento mutuo que no pudiera darse si no lo hubieran practicado antes y era algo que saltaba a la vista para cualquiera que los observara con detenimiento mientras colaboraban juntos. Era evidente que se conocían y se conocían bien. El porqué se empeñaban en negarlo comenzaba a interesarle más de lo debido.

Llegó la hora de la merienda y María, la empleada del servicio, entró con una gran bandeja llena de diferentes aperitivos. Robert se había empezado a servir, mientras tanto, Max como Victoria seguían con los ojos metidos en los papeles que estaban revisando. La empleada se aproximó a ellos.

—¿Café?

—El del señor Brennan negro y sin azúcar —el pedido salió de su boca como algo habitual, algo que debió haber repetido incontables veces con frecuencia.

Robert no pudo evitar mirarlos asombrado. Era increíble que no se dieran cuenta de cómo se ponían en evidencia, pero ninguno de los dos pareció inmutarse. Seguían con la atención dirigida a lo que estaban evaluando como si ninguna otra cosa más existiera. Al cabo de un rato, Max dejó los papeles a un lado y se dispuso a tomar algo de la merienda que María había depositado delante de él.

—Te ocupas del guion, eso se te da muy bien. Revisaremos con los dialoguistas para ver qué ideas tienen. Supervisa regularmente los cambios que te sugieran y se acepten para que no los alteren, porque no quiero apartarme mucho de la línea original.

Victoria asintió y también abandonó lo que estaba leyendo para alcanzar un bocadito de la bandeja. Tanto uno como otro parecían seguir una línea de pensamiento común que permanecía ocupada en lo que habían estado haciendo. La familiaridad de su trato no parecía afectarles ni preocuparles en aquel momento y eso resultaba aún más extraño, porque debían prever que su conducta resultaba inexplicable ante los ojos de los que creyeran la versión de que en aquel rancho se habían encontrado por primera vez.

—No pensé que pudiéramos adelantar tanto en media tarde y si les parece bien, por hoy podemos dejarlo hasta aquí —Robert los miró esperando respuesta.

Max y Victoria asintieron. La actitud de esta última cambió de inmediato y la prisa por abandonar la habitación se hizo notoria.

—Yo salgo de inmediato a los foros, tengo otras cosas importantes que hacer en lo que me resta del día, si no se les ofrece nada más.

—Por mí está bien y si Max no tiene alguna otra recomendación que hacer, puedes irte.

—Para mí también fue suficiente. Mañana podemos continuar.

—Señor Brennan, Robert. Hasta mañana —saludó a los dos con un gesto de su cabeza y salió disparada del despacho.

Los hombres se quedaron solos. Robert sirvió dos generosos vasos con whisky. Le entregó uno a Max y volvió a recostarse en su amplia silla giratoria. Observó al amigo que parecía perdido en sus pensamientos.

—Es una buena chica.

—¿Cómo? —su expresión reflejaba que no estaba prestando atención.

—Te digo que Victoria es una buena chica. Inteligente, eficiente y dedicada a su trabajo, como habrás podido notar.

—Sí... eso parece.

—Más que parece y sospecho que lo sabes bien. Es extraño lo extremadamente fácil que fue para ustedes conectarse, es como si lo hubieran hecho toda la vida.

—¿El qué?

—Trabajar juntos. No es fácil comunicarse tan bien cuando se comienza a colaborar con alguien. A mí y a ella, por ejemplo, nos costó bastante llegar a entendernos en muchas cosas.

—Es cuestión de afinidad.

—La de ustedes es muy notoria.

Max comenzó a poner un poco más de atención a la conversación.

—No sé a qué te refieres.

—Creo que sí lo sabes. Parecía que estuvieran acostumbrados a situaciones como estas. Que siempre hicieran lo mismo. Conocían perfectamente lo que el uno podía esperar del otro y de lo que cada cual podía hacerse cargo sin preguntar siquiera.

—Eso sólo indica que, como tú mismo aseguras, esa chica sabe cómo hacer su trabajo.

—No lo discuto y a nadie mejor que a mí le consta, pero es muy raro que tú sepas exactamente lo que ella puede hacer mejor.

—Simplemente le asigné las tareas que a mí me son más molestas. Es lo que siempre hago. Si esas asignaciones son lo que mejor sabe hacer es pura casualidad.

—¿Es una casualidad también que ella conozca a la perfección la manera en que prefieres tomar tu café?

Max le devolvió una mirada cargada de recelo.

—¿A dónde quieres llegar? Me gusta que me hablen claro.

—No creo que ustedes dos se hayan conocido aquí, casi puedo asegurar que lo han hecho hace mucho y me estoy preguntando por qué tienen tanto interés en negarlo.

—Tu asistente fue la que dijo que no nos conocíamos ¿tienes alguna razón para desconfiar de ella? ¿Suele mentirte a menudo acaso?

—No desconfío de ella ni creo que me haya mentido antes.

—¿Entonces?

—Empieza a preocuparme que lo haya hecho ahora. Creo conocerla un poco y siendo así, tengo que pensar que ha tenido una muy buena razón para hacerlo.

—Yo no conozco de buenas razones para mentir. Si confías tanto en la señorita Wade debes creerle y si ella te dice que no me conoce así debe ser.

—Intentaré hacerlo, aunque no me resultará fácil. No si siguen comportándose de ese modo.

—No hay nada de extraño en nuestro comportamiento. Imaginación tuya y es mejor que no le des más vueltas.

—Te prometo que lo haré. Tampoco es que me interese lo que pasa entre ustedes y lo menos que desearía es tener que llegar a preocuparme.

—¿Por qué tendrías que llegar a preocuparte?

—No sé, es un presentimiento.

—No juegues al adivino. Es de magros beneficios. Te aseguro que no tienes que preocuparte en modo alguno.

Se levantó, estiró los brazos y se dirigió a la puerta.

—Creo que daré una vuelta por el pueblo, quisiera familiarizarme un poco con el lugar.

—Es un pueblo pintoresco y agradable, sin muchos sitios disponibles para "divertirte", si eso es lo que estás buscando.

—No estoy buscando la clase de diversión a la que te refieres. Soy un hombre comprometido por si no lo recuerdas.

—Eso no te ha detenido en el pasado y no creo que te detenga ahora. No acostumbras tener muy en cuenta los compromisos sentimentales si sigues siendo el mismo que conocí.

—Cría fama...

—No intento juzgarte y mucho menos meterme en tus cosas, es sólo una observación al margen. No doy consejos que no suelo seguir.

—Lo sé, además sería igual, a estas alturas no cambiaré mis hábitos por muchos consejos que reciba o por más que te apliques en enmendarme.

—Dios me libre. Sólo intentaba hacerte una sugerencia que estimé oportuna para que no perdieras el tiempo si era ese el tipo de entretenimiento que buscabas, porque el día que necesites encontrar algo en esa dirección tendrás que ir un poco más lejos.

—Quizá no sea necesario.

—¿No me digas que ya le echaste el ojo a alguien cuando sólo acabas de llegar?

—Julie no acaba de tomar el avión y ya me la estás dando de Don Juan. No sabía que mi reputación fuera tan mala.

—Te sigo los pasos con entusiasmo respecto a esa mala reputación y no predico lo que no practico.

—Ya ves, eso está mejor. Es lo más agradable que me has dicho en un buen rato.

Una vida contigo

—Sólo espero que la forma que escojas para divertirte no afecte tu desempeño.
—No te entiendo.
—No importa, es mejor así.
—Te confieso que la jornada me dejó frito para enredarme a descifrar un acertijo. Nos vemos en la noche y no te preocupes si no llego a cenar.
—Estás en tu casa y puedes hacer lo que gustes. Quizá pasen días en que ni nos tropecemos. Cuando el trabajo arrecia esto se convierte en un caos.
—Espero que no sea así. Me agrada tenerte cerca Robert, como en los viejos tiempos.
—Ha pasado mucha agua bajo el puente desde aquellos días.
—Pero los buenos recuerdos prevalecen.
—En eso tienes razón. Que te la pases bien y trata de no meterte en problemas en tu primer recorrido.
—Seré un manso corderito, te lo prometo.
Salió cerrando detrás de si la puerta.
—No será así. Lo puedo apostar —y no se equivocaba.
Robert podía predecir que se avecinaban problemas y aunque no sabía cuáles serían, estaba casi seguro de conocer de dónde vendrían.

Salió del dormitorio anudándose la delgada bata de dormir a la cintura cuando sintió los golpes en la puerta. Era muy tarde, no acostumbraban llamarla a esa hora y no tuvo prevención en abrir el portón, nunca la tenía en aquel lugar que era custodiado y seguro.
—¿Qué haces aquí? —Max en la puerta, las manos abiertas apoyadas en el marco a la altura de la cabeza.
—Creo que entre tú y yo queda una conversación pendiente.
—Entre tú y yo no queda pendiente nada. Márchate.
Vicky hizo intención de cerrar la puerta en sus narices, pero el actor interpuso su brazo y entró a la sala pasando delante de ella, sin mirarla.
—Agradezco tu hospitalidad —rezongó irónico—. Así que aquí es donde vives.

En el medio de la habitación dio una vuelta sobre sí mismo apreciando todo lo que había en ella.

—Si es lo que viniste averiguar... date por enterado: sí, aquí es donde vivo —parecía que hablaba a un niño majadero que no quiere entender—. Ahora ya puedes largarte.

—¡Qué modales! Definitivamente no han mejorado con los años.

—No estoy para tus bromas a estas horas de la noche. Trabajo mucho y a diferencia de ti necesito descansar. Además estás borracho.

—Es un efecto automático que produces en mí. Cada vez que te encuentro la necesidad de una botella de vodka se hace imprescindible y esta suele aparecer ante mis ojos como si fuera magia. Recuerdo que fue así desde la primera vez que te vi —la mujer no entendió la alusión.

—Pues si de magia se trata, te agradecería mucho que acabaras de desaparecer.

Max volvió a recorrer la habitación con la vista, ahora un gesto despectivo apareció en su rostro.

—Al menos no te puedo acusar de interesada. Tendré que repetirte que tu idea de progreso me parece peregrina. Si te hubieras quedado conmigo te iría mejor.

—Estoy segura que tu idea de progreso no coincide con la mía. Dudo mucho que a tu lado hubiera llegado a ningún sitio.

—¿No tratarás de convencerme de que este lugar es mejor que el que yo podía ofrecerte?

—No intento convencerte de nada, quise decir que en cualquier lugar estaría mejor que contigo.

—No te quedaste para averiguarlo, así que es inútil discutir la cuestión ¿no te parece?

—No tengo interés en discutir nada y creo que te lo hice saber de manera muy clara hace tiempo.

—Ya admití que mi memoria no es la de antes. Tú debías hacer lo mismo, pues parecer ser que ahora los dos olvidamos muchas cosas con facilidad.

Se tambaleaba un poco y se dejó caer en una butaca, aunque estaba perfectamente consciente de lo que hacía, era cierto que había tomado mucho.

Una vida contigo

—Max, aquí las costumbres no son tan relajadas como en el lugar de donde vienes. No me conviene que mañana empiecen a correr murmuraciones y creo que a ti mucho menos.

—Siempre tan preocupada por mi conveniencia. Me ha sido difícil encontrar alguien que se preocupe tanto por mí desde que te fuiste, aunque es justo aclarar que también ha sido imposible dar con cualquiera que sea capaz de hacerme pedazos como lo hiciste tú.

Victoria retrocedió pensando que se pondría de pie y le iría encima. Su mirada indicaba que su deseo era ese pero Max permaneció sentado, los ojos clavados en ella como si fuera a devorarla.

—Tomaste demasiado, como es habitual en ti, y ya empiezas a desvariar. Te haré un café bien fuerte para que vuelvas a tus cabales si me prometes que después te irás.

Él no respondió nada pero se recostó en la butaca cerrando los ojos y para Victoria fue como si asintiera. Se dirigió a la cocina. Ponía la cafetera en la estufa cuando los brazos del actor la agarraron desprevenidamente por detrás.

—¿Qué haces? Suéltame —forcejeó entres sus brazos que trataban de atraparla.

—Me has hecho tanta falta. Tanta falta... —susurraba muy cerca de su oído.

—Te digo que me sueltes... —hizo un esfuerzo por salir de su abrazo y lo consiguió—. Nunca más te vuelvas a acercar a mí de esta manera. Nunca más.

La muchacha jadeaba furiosa en el medio de la cocina. A Max le pareció más hermosa que nunca. Dio unos breves pasos y la aprisionó de nuevo con facilidad.

—¿Nunca te cansas de este juego? ¿Cuántas veces me has dicho lo mismo? Tú y yo sabemos cómo termina siempre.

—Te equivocas, ese tiempo ya pasó.

—Yo también lo creí y bastó que aparecieras para comprobar que lo que siento por ti no ha pasado.

Victoria volvió a zafarse y puso distancia entre ambos.

—No soy como tus otras amantes Max, debías saberlo. No me puedes tener y dejar cuando se te antoje para después volverme a recoger cuando te plazca.

—Yo nunca te consideré una amante.

—¡Ah! ¿Ni a eso llegué?

El actor no tuvo en cuenta la ironía.

—Tampoco fui yo el que te dejó. Si haces el mínimo esfuerzo por recordar, tú me abandonaste a mí.

—Y ¿por qué sería? Mi memoria no es tan esquiva como la tuya y me acuerdo perfectamente.

—Me condenaste sin oírme.

—Te vi Max, te vi. No había necesidad de nada más, máxime cuando conocía tu tendencia a ser infiel.

—Dices eso porque estaba casado y tenía otra mujer.

—Digo eso porque estabas casado y tenías varias mujeres entres las que, lamentablemente, me incluyo.

—Tú sabes que eso no es cierto. Nunca fuiste otra más para mí. Sabes eso Victoria, lo sabes muy bien. ¿Tengo que demostrártelo?

—No tienes que demostrar nada. Lo único que tienes que hacer es irte.

—Me iré después de esto...

Se acercó y la arrinconó contra la pared, allí la apretó tan fuerte que no podía moverse. Empezó a besarla con furia y desesperación arremetiendo contra ella una y otra vez.

—¡Mamá!

Megan parada en el medio de la puerta de la cocina los miraba asustada. Max soltó instantáneamente. Impresionado y sorprendido no podía dejar de observar a la figurita que permanecía de pie frente a él y no le quitaba los ojos de encima. Victoria se colocó como pudo la bata que le había sido desprendida y se acercó a la niña. Arrodillada a sus pies la abrazó para tratar de calmarla.

—Cariño, ¿qué haces despierta?

—Escuché ruidos y fui a tu cuarto, no te encontré... ¿Quién es? —señalaba a Max con su bracito extendido.

El actor también se acomodó la ropa que se le había desajustado.

—Es un amigo.

—¿Por qué te empujaba contra la pared?

—No me empujaba Megan, no viste eso.

—Te empujaba una y otra vez, lo vi bien mamá. ¿Te estaba haciendo daño?

Una vida contigo

—¿Cómo crees, amor? Te digo que te equivocas. Debes estar medio dormida todavía. Es mejor que vuelvas a tu cuarto. El señor ya se va.

Se puso de pie mientras apretaba a su hija contra las piernas. Su gesto hacia Max no podía ser más desafiante.

El hombre no pronunció palabra al pasar frente a ellas y dirigirse a la puerta de salida. Victoria tomó de la mano a la pequeña.

—Vamos a tu cuarto Megan. Y no te preocupes más mi niña. Todo está bien, perfectamente bien.

Hubiera querido resultar más sincera al decirlo.

Era bien temprano en la mañana y Robert se encontraba lejos de los foros en la parte más apartada de su rancho, dedicada a la cría de caballos. Recostado a la cerca observaba el dome de algunos de los potros que recién había adquirido cuando Max se le acercó.

—Madrugaste Brennan.

—Un poco menos que tú.

—Disfruto de venir aquí bien temprano, cuando el trajín del día empieza se me hace difícil con todos los problemas que llegan.

—Son excelentes ejemplares —señalaba hacia los potros.

—Los acabo de comprar. Los caballos son mi pasión. Invierto en ellos gran parte de lo que gano.

—Te entiendo porque a mí me pasa lo mismo.

—Es cierto, tienes buenos sementales en tu hacienda ¿no es así?

—Unos cuantos pura sangre, aunque no les dedico todo el tiempo que quisiera. Casi nunca estoy allí. Algún día me encerraré en Koala's rock y sólo me dedicaré a cuidar de mi finca y de los animales.

—Es un excelente propósito. Ojalá lo hagas mientras puedas disfrutarlo. Por lo general se acaba priorizando lo que consideramos importante en detrimento de lo que se quiere hacer en realidad. No creo que valga la pena ¿sabes? Tanto esfuerzo por perseguir un sueño y cuando lo tienes al alcance de la mano uno mismo se encarga de dejarlo ir.

—No me pasará. Ya llevo mucho tiempo pensando detenidamente en colgar los guantes. Hace unos años estuve a punto de hacerlo.

—¿Y qué te detuvo?

—El destino se torció en mi contra.

—¿Y no trataste de arreglarlo?

—Lo hice mientras pensé que se podía enderezar. Luego fui perdiendo la esperanza y ahora ya ni estoy seguro que fuera una buena idea —parecía que estaba lejos, perdido en unos viejos recuerdos.

—Me parece que ya no estás hablando de tu hacienda.

—¿Decías? —Max hizo un esfuerzo por retomar el hilo de la conversación y Robert no quiso insistir en lo que acababa de sugerir.

—Que todavía no tienes que preocuparte. Estás en tu mejor momento y te queda mucho camino por delante. Quizá pensar en el retiro es una idea prematura en tu caso.

—Empiezo a estar realmente cansado de todo esto. Sería dichoso rodeado de mis seres queridos en el lugar del mundo que más venero y ese lugar es mi finca. No quisiera otra ocupación que hacer felices a los míos y atender a mis caballos.

—Pero tus negocios son muchos según he oído decir.

—Es cierto, pero de eso se ocupan los administradores. Yo sólo me preocupo por cobrar las rentas —sonreía al admitirlo.

—Se habla mucho de esa empresa multinacional de bienes raíces que presides. Debes tener casas regadas por todo el mundo.

—Por tener, tengo hasta una casa encantada.

—¿Una casa encantada? ¿Cómo es eso?

—Una larga historia que terminó mal.

—Pero que te dará dividendos.

—Hasta el día de hoy no sé qué hacer con ella. En su momento fue el medio para conseguir algo que apreciaba mucho.

—Costoso seguramente.

—Muy costoso, pero eso no importaba. Era valioso en sí mismo por otras razones que no tenían nada que ver con su precio.

—Valor y precio no siempre van juntos y hay que saberlos diferenciar.

—En este caso los dos eran muy elevados y resultó que la inversión no valió la pena.

—Lo siento, suele suceder. Espero que un día me cuentes la historia completa.

—Tal vez... un día.

Robert se dirigió a uno de los peones que arrastraba un potro hasta el centro del corral.

—Joaquín, atención con las riendas, tensa bien y ajusta los frenos, de lo contrario lastimarás al animal.

Observaron las maniobras del jinete por un largo rato.

—No me dijiste que Victoria tenía una hija.

—¿Debí decirte? No pensé que fuera de tu interés.

—No lo es, sólo que son comentarios que siempre se hacen.

—Te ibas a enterar más tarde o más temprano. La pequeña siempre está por los alrededores, se crió aquí. ¿Tropezaste con ella? Un encanto ¿no es cierto?

—Sólo la vi unos segundos.

—Ya te cansarás de verla. Le encanta meterse en los foros en cuanto tiene ocasión, aunque ahora creo que ya va a la escuela y se la ve menos.

—El padre de la niña... ¿también trabaja para ti?

—¿El padre de Megan? Por supuesto que no —la respuesta de Robert le pareció demasiado áspera y lo sorprendió. Dirigió una mirada interrogante al amigo pero este no prestó mucha atención. El potro encabritado que tiró al domador al piso llamó más su interés.

—¿Trabaja cerca?

—¿Quién? —Robert seguía atendiendo a lo que ocurría dentro del corral.

—El padre de la niña —a Max le molestaba ser tan obvio.

—Creo que no... —Robert le respondió y seguido se dirigió a los peones.

—Esa no es la montura, pongan la otra —se volvió al actor—. Perdona Max, si no estás atento pueden estropear el entrenamiento y hacerlo más difícil para el potro. Me preguntabas por el padre de Megan. No te puedo decir mucho. No lo conozco.

—Se me hace extraño cuando su mujer y su hija viven en tu rancho.

—Él no vive con ellas. No creo que sea una bonita historia.

—¿Qué quieres decir?

—Victoria sola se encarga de la niña. Nadie conoce al padre y la madre es renuente hablar del tema. Suponemos que tropezó con un mal tipo y las abandonó. Nunca apareció por aquí que yo sepa, ni tampoco las apoya en nada.

—Pero está casada.

—No lo creo. Sus papeles no dicen nada al respecto. Es una lástima que algo así le ocurra a una mujer como ella. No parece ser del tipo que le diera una hija a cualquiera pero todos cometemos errores y seguro ha debido lamentarlo, aunque está muy contenta con su niña.

—¿No tiene a nadie que la ayude?

—Creo que es de esas personas que piensan que pueden hacerse cargo de todo y en parte la entiendo. No debió ser fácil enfrentarse al mundo con pocos recursos, una hija pequeña que mantener y sin un hombre que la respaldara. Ya sabes que presumimos de mucha liberalidad pero en el fondo, todos somos una partida de puritanos. Lo peor es que su carrera se estancó a causa de la pequeña.

—¿Cómo es eso?

—Aunque la conozcas poco... —hizo una pausa esperando la reacción de Max, que permaneció inmutable— te será fácil comprenderlo. Te habrás dado cuenta ya de lo inteligente que es. Una persona así se hace imprescindible con mucha facilidad y ha rechazado varias oportunidades que hubieran mejorado su posición por no separarse de la niña. Su prioridad siempre ha sido Megan y eso no la ayudó, eso y su empecinamiento necio en mantenerse en la sombra. ¿Sabes que cuando llegó aquí pensé que estaba huyendo de algo? Al principio traté de averiguar pero después dejé de preocuparme. Para mí es una bendición tenerla conmigo y pensando en mi beneficio, su comportamiento me conviene.

—Entonces ¿no tienes idea de quien pueda ser el tipo?

—Ni la más remota. Te repito que nadie lo conoce y Victoria nunca lo menciona... pero a ti ¿por qué te interesa tanto?

—No me interesa, me llamó la atención igual que debió pasarle a todos en su momento.

—Sí... puede ser —había un tono de duda en su voz.

Max hizo una pausa y cambió el rumbo de la conversación.

—Hoy es domingo, supongo que no hay mucho que hacer por acá.

—Ni creas, aquí a veces los fines de semana pueden ser como cualquier otro día, cuando no hay urgencia la gente aprovecha para descansar un rato y hoy... Dios, se me había olvidado... Victoria debe

Una vida contigo

estar llegando al almacén del foro 5, quedé con ella en revisar una mercancía que compró hace poco.

Miró alrededor buscando algún empleado de la casa que pudiera ir avisarle a la muchacha que no llegaría a la cita. Le gritó a un chico que iba hacia los establos.

—Peter, ven acá, necesito que le lleves un recado a Victoria.

Max lo detuvo.

—No lo distraigas. Puedo hacerlo yo mismo, de todas maneras pensaba darme una vuelta por los foros.

—Te lo agradezco Max, no me gustaría hacerla esperar por gusto.

Max se acercó al foro 5 que era una especie de galpón habilitado como escenario, aunque en aquellos momentos parecía más un almacén por la cantidad de cajas apiladas que había en uno de sus extremos. Victoria sacaba objetos de algunos cajones que estaban abiertos y los colocaba en una mesa improvisada con unas tablas que había colocado en una esquina. No estaba sola. Su hija Megan jugaba con una muñeca y un cochecito sentada en el suelo cerca de la puerta posterior del local. La muchacha estaba tan absorta en lo que estaba haciendo que no lo sintió entrar, la niña como estaba de frente a él lo vio y siguió en su juego sin prestarle atención.

—Dice Robert que no podrá venir, pero que te verá en la tarde.

Victoria pegó un salto asustada por la voz que la sorprendió a sus espaldas. Se sintió un poco ridícula por la expresión que debió reflejarse en su rostro.

—Podías anunciarte cuando llegas a un lugar y no deslizarte como si fueras un gato al acecho.

—Siempre me halagan tus comparaciones.

Victoria no hizo el menor caso de sus palabras. Empezó a recoger los objetos que había dispuesto sobre la mesa.

—¿Esas son las cosas que estuviste comprando?

—Lo que ha llegado hasta ahora. Todavía falta mucha mercancía que debe estar en camino.

—Desperdicias tus conocimientos en esos menesteres cuando los puede hacer cualquiera.

—Tal vez te parezca así pero no es tan fácil, sobre todo en los tiempos que corren. No todos tienen tanto dinero como tú para gastar sin miramientos.

—Entonces a esto es a lo que te dedicas tan orgullosamente: a regatear por la mercancía que necesitan en las producciones.

—Entre otras cosas y yo no siento vergüenza alguna en hacerlo, por lo que puedes ahorrarte tus burlas.

—No me burlo, sólo señalo que has descendido a un nivel que nunca imaginé.

—La apreciación que tienes de descender seguramente no corresponde a la mía.

—En eso puede que estemos de acuerdo.

—¡Qué alivio! No podría vivir sin tu aprobación —Max no pudo evitar sonreír ante el sarcasmo.

—Todavía me haces reír a tu pesar. ¿Necesitas ayuda?

—¿Y hacerte descender a mi nivel? Por Dios, nunca lo permitiría.

Terminaba de cerrar las cajas y trató de dirigirse hacia la niña para salir del espacioso local pero el actor la retuvo por un brazo.

—Quería disculparme por lo de anoche. Me pasé un poco con la bebida.

—Pude darme cuenta.

—¿Me disculpas?

—No.

Desprendió su brazo e intentó continuar, pero sus palabras la detuvieron en seco.

—¿Cuántos años tiene tu hija?

Había esperado esa pregunta desde la noche anterior. No podía decirle la verdad. Él sacaría sus cuentas y estaría perdida.

—Pronto cumplirá cinco.

La ansiedad que había en la voz del hombre se apagó. Como al descuido hizo la próxima pregunta.

—¿Te casaste?

—No.

—Supongo que la niña tiene un padre. ¿Por qué no está contigo?

—No creo que eso te importe.

—Pues da la casualidad que sí me importa.

—Pero yo no estoy obligada a responderte, así que esta conversación terminó.

—No vayas tan de prisa. Sólo quiero entender qué fue lo que pasó.

—Lo que pasó o lo que dejó de pasar no es cosa tuya. No eres mi confesor ni mi amigo para estar contándote cosas.

—No soy tu confesor, es cierto pero... tu amigo ¿por qué no puedo ser tu amigo?

—No clasificas en esa categoría Max y si te conozco un poco, estoy segura que tú tampoco te apuntarías para serlo.

—Tienes razón, yo nunca podría ser tu amigo.

—No tienes que jurarlo. Lo sé muy bien

—De todas maneras por lo que hubo entre nosotros, creo que tengo derecho a saber.

—Tú no tienes derecho a nada en lo que a mí respecta. No sé hasta cuando tendré que repetirlo.

—Insisto en saber qué fue lo que te pasó. No puedes evitar que me preocupe por ti ¿Qué hay de malo en eso?

—He vivido muy bien sin tus preocupaciones y puedo seguir prescindiendo de ellas.

—¿Tan malo fue? ¿Tan bochornoso que no quieres hablarme de eso?

—Piensa lo que se te venga en gana, me tiene sin cuidado.

—¿Quieres que piense que te fuiste a enredar con cualquiera y que le diste una hija a un tipo que ni siquiera tuvo la decencia de reconocerla?

—Y si fuera así ¿qué te importa? No es cosa tuya.

—Me duele pensar que puedas haber caído tan bajo.

—Podrás comprender que "tu dolor" tampoco me afecta.

—Entonces ¿es cierto? ¿Eso fue lo que ocurrió?

—Si es necesario que te lo diga para que me dejes en paz: sí. Eso fue lo que pasó. Mi hija no tiene un padre que la represente. No tuvo un padre que quisiera reconocerla ni que le importe velar por ella, pero tampoco le ha hecho falta. Me ha tenido a mí y ha sido suficiente. ¿Estás satisfecho ahora y dejarás de preguntar?

—¿Cómo pudiste cambiar tanto? ¿Cómo fuiste capaz de hacer algo así sin pensar en las consecuencias?

—Dicen que los golpes enseñan pero, por lo visto y yo debo ser muy bruta —la ironía de sus palabras no dejaba de reflejar una gran tristeza.

—¿Para eso me abandonaste Victoria? ¿Para irte a entregar al primero que se cruzara en tu camino?

—No voy a discutir mi vida sentimental contigo, no tengo una sola razón para hacerlo.

—Podía ser una razón que fui tu primer hombre, que empezaste esa vida sentimental conmigo.

—No fuiste mi primer hombre Max, supongo que eso lo debes recordar bien.

Le asombraba comprobar que siguiera siendo tan necia para insistir en negarlo, mas era el momento menos indicado para traer el asunto a colación.

—Tienes razón, eso es algo que se supone uno debe recordar siempre.

—Pues ahí está. Ni fuiste el primero y como te puedes dar cuenta tampoco serás él último. Asunto cerrado y espero que no vuelvas a mencionar el tema.

—No respondiste mi pregunta.

—Te repito que no tiene caso.

—Pero yo no lo veo así. Pasé mucho tiempo reprochándome por lo que pasó y aunque no fue mi culpa ni tuve responsabilidad directa en que te llevaras esa impresión, por más que te hayas empecinado en creer lo contrario, me remordía la conciencia pensando que pude haber evitado que algo así sucediera. Estuve angustiado por días, semanas, meses y mucho tiempo más por no saber que podía estar pasando con tu vida. Te busqué desesperadamente hasta que me convencí que no tenía la menor posibilidad de encontrarte. ¿Crees que no tengo derecho a una simple explicación? ¿Cómo quieres que digiera algo así tan fácilmente? ¿Cómo quieres que me quede tan tranquilo cuando me dices que mientras yo me moría por saber de ti tú ya estabas revolcándote con otro?

—Lo que hice con mi vida después que terminé contigo no es algo que te importe.

—Lo es porque tú me culpaste de una manera implacable. ¿Qué me reprochabas tan severamente? ¿Qué rechazabas en mí que no fueras capaz de hacer al mismo tiempo? ¿Por qué tan ofendida? ¿Por qué tan dolida cuando enamorarte de nuevo no te fue tan difícil?

—Destrozaste mi vida, ¿te parece poco? Acabaste con mis ilusiones y mis sueños de un solo manotazo. De una manera burda y cruel. Me engañaste y mentiste todo el tiempo.

—No fue así y algún día lo comprobarás, aunque ni siquiera crea ya que valga la pena, porque a fin de cuentas poco amor pudiste tenerme si me echaste a un lado con tanta prisa.

—No puedes decir eso.

—¿Que no puedo? ¿Que no puedo? Dices que destruí tu vida, que acabé con tus sueños y tus ilusiones pero me olvidaste demasiado rápido y tardaste más que poco en meterte a la cama con otro.

—No te permito...

—No me permites ¿qué? ¿Lo vas a negar? Serías muy cínica y tus palabras carecerían de valor cuando me bastaría señalar a... esa chiquita —volteó la vista mirando a la niña que no podía oírlos por encontrarse en el sitio más alejado del amplio salón. Recorrió su pequeño cuerpo con rabia pero de inmediato se dio cuenta que quizá había ido demasiado lejos descargando su ira en la persona que menos lo merecía.

Victoria avanzó rápidamente cubriendo la distancia que la separaba de su hija. La levantó del suelo y la apretó contra ella queriéndola proteger del ataque tan inmerecido. Con su manita apretada a la suya se dirigió a la puerta y antes de salir se volteó para responderle al actor.

—Hay algo en lo que te equivocas, Max. No te olvidé tan rápido. Ni siquiera tuve necesidad de hacerlo porque tu recuerdo no me molestó jamás.

Dio media vuelta y se retiró. Las últimas palabras de la mujer resonaban en los oídos de Max como una bofetada, mientras un resentimiento amargo le aprisionaba el corazón.

Los días que siguieron estuvieron cargados de hostilidad. Se hablaban estrictamente lo necesario y trataban de evitarse. Los dos sabían que una situación así no podía continuar sin llamar la atención. La estrecha relación de trabajo que debían mantener no se los permitía. Empezaron a llevarse mejor aunque sólo fuera cuando se reunían para resolver los asuntos concernientes a la producción y, para cualquiera que no los observara con detenimiento, su relación podía pasar como normal. Aún así Victoria vivía presa de una angustiosa inquietud. Temía que el impredecible carácter de Max estallara en el momento menos esperado y pusiera en evidencia lo que con tanto celo había tratado de ocultar. Lo conocía bien y sabía que detrás de aquella fingida benevolencia, con la que se esforzaba en tratarla delante de los demás, se escondía un profundo resentimiento.

No se equivocaba, Max hervía de celos y orgullo herido. Sólo el verla le hacía sangrar el corazón. Muchas ideas le cruzaron por la cabeza durante todo el tiempo que estuvieron separados. Su imaginación fue fértil, suponiendo diversas situaciones que la mujer podía estar enfrentando mientras estaba lejos. Cuando los años fueron pasando su esperanza de encontrarla sola fue desapareciendo y así como él buscó compañía para amueblar su soledad, presumía que ella podía haber hecho lo mismo, mas pensar que lo había dejado para ir a meterse directamente en la cama de otro era algo que no sospecharía, aunque miles de personas vinieran a decírselo. Una cosa así estaba fuera de lugar y no porque él creyera ser el centro del mundo, como le había dicho la propia Victoria hace poco, sino porque Max la creía especial y única a ella, a la que sí consideraba el centro de su universo. La seguridad que había sentido acerca de su cariño desapareció. Sabía que se había engañado. Vicky lo olvidó rápidamente y se entregó a otro. No era necesario que se esforzaran en convencerle de lo equivocado que había estado porque la existencia de su hija lo proclamaba a gritos con su sola presencia. Se dolía consigo mismo por haberla querido tanto, por seguir queriéndola todavía a pesar de todo.

Preparaban el set de filmación cuando el actor entró al foro. Megan corría detrás de los aparejos tratando de esconderse de un camarógrafo que jugaba con ella. No era un estorbo para nada ni para nadie. Faltaba mucho para que la escena estuviera lista y no empezarían a grabar hasta dentro de un buen rato, no obstante Max no pudo contener la incomodidad que sentía al verla. Las risas de la pequeña eran aguijones para él. Su vocecita parloteando divertida lo alteraba hasta la exasperación. La niña era la prueba del desamor de la madre, de la pasión que había compartido lejos de él en los brazos de otro hombre. No lo pudo soportar.

Una vida contigo

—Me hacen el favor de sacar a esa niña de aquí. No hace más que molestar —gritó enfurecido.

Las miradas de todos los que estaban en el set se volvieron airadas contra él. Megan había crecido entre ellos, era presencia frecuente en los foros y nunca había molestado a nadie. Era una niña bien portada y tierna por quien la mayoría sentía un gran afecto. Max se sintió apabullado ante el reproche silencioso que llenó el ambiente. La niña se detuvo asustada ante el grito potente del actor. El camarógrafo que jugaba con ella se acercó y tomándola de la mano trató de tranquilizarla.

—Vamos cariño. Empiezan a filmar y es mejor salir de aquí —salieron del local agarrados de la mano.

Brennan percibió la desaprobación general que recibía por su actitud, mas no se perturbó. Su gesto era desafiante cuando se sentó en la silla detrás de cámaras para iniciar la grabación.

Sentado en la terraza de la casa de Robert, Max dejaba divagar sus pensamientos. Un libro abierto en su regazo no lograba acaparar su atención. Su mirada se perdía en el horizonte cuando Victoria se acercó al actor.

—¿Estás ocupado?

Max se volteó en la silla con gesto interrogante.

—¿Qué se te ofrece?

—¿Puedo pedirte un favor?

—Tú dirás.

—Deja a mi hija fuera de nuestras rencillas.

El actor se puso de pie y se recostó en la baranda de espaldas a la mujer.

—No creo que sea apropiado que un niño esté jugando en el set cuando se prepara una grabación. No importa que sea tu hija u otro cualquiera.

—Ella está acostumbrada y no molesta, sabe muy bien cuando parar. Ha crecido en ese ambiente y la grabación no había empezado según tengo entendido.

—Tal vez me excedí un poco. Sabes que soy muy exigente a la hora de grabar. Trato de quitar de en medio todo lo que pueda significar un estorbo.

—Megan no era estorbo para nadie hasta que tú llegaste pero trataré de comprender tu posición. Procuraré que no esté por los alrededores cuando estés presente. De cualquier manera no tenías por qué gritarle de ese modo, no es costumbre y se asusta con facilidad.

—No le grité específicamente a ella.

—Eso fue lo que pareció. Es difícil para un niño sentirse rechazado y ya bastante tiene con...

—El rechazo de su padre.

—No era lo que iba a decir, pero tienes razón. También eso es suficiente para ella.

—Debiste pensarlo cuando decidiste tenerla con un tipo así.

—No decidí nada, fue cuestión de circunstancias.

—Las circunstancias tienen solución si uno se detiene a pensar las cosas.

—Sí, ya sé como acostumbras solucionar situaciones de ese tipo. Es una de las cosas que tengo más presentes cuando pienso en ti.

—¿Admites entonces que piensas en mí?

—Sólo cuando recuerdo cosas desagradables y... no me alejes de lo que vine a discutir. No quiero que trates mal a mi niña, puedo evitar que te la tropieces pero no voy a permitir que le grites o la hagas llorar.

—Está bien —no quería discutir. Ya se sentía bastante mal consigo mismo por lo que había ocurrido—. No te preocupes, te aseguro que no volverá a repetirse y tampoco fue tan grave como para hacerla llorar.

—Es muy sensible y está acostumbrada a que la traten bien. La mantendré alejada de ti, lo prometo, y así tú tampoco tendrás que preocuparte porque su presencia te incomode.

—¿Crees que haces bien manteniéndola en este ambiente? ¿No piensas que puede no ser conveniente para una niña?

—No tengo muchas opciones si quiero tenerla cerca.

—Sacrificas mucho por ella.

—No lo siento así ¿por qué llegas a esa conclusión?

—Robert me dijo que has rechazado varias oportunidades de progresar en tu carrera por no separarla de ti.

—Es lo más importante que hay en mi vida.

—Por eso mismo debías esforzarte. Si tu vida mejora la de ella también.

—Posición y dinero no siempre lo son todo.
—Pero los necesitarás si quieres darle bienestar y estudios. Supongo que deseas hacerlo y eso cuesta mucho.
—Cuando llegue la hora me las arreglaré.
—Debías ocuparte desde ahora si quieres asegurar su futuro.
—Agradezco el consejo, aunque no te das cuenta de lo fácil que resulta para ti lo que para otros es casi imposible.
—¿Necesitas ayuda?
—Me basto sola para ocuparme de mi hija. No necesito de nadie, mucho menos de ti.
—La soberbia no se considera una virtud.
—Considéralo en tu propio caso.
—No dejo de hacerlo. Sé que a veces mi soberbia me ha llevado por los peores caminos y no quisiera que te pasara a ti. Es siempre lamentable tener que arrepentirse.
—¿Y de qué tendría que arrepentirme?
—De no haber aceptado que pudiste estar equivocada. De ser tan implacable en tus juicios para conmigo.
—Sigues dando importancia a un asunto que no la tiene. Si cometí o no un error al juzgarte ya no tiene significado alguno. Tú reconstruiste tu vida y yo trato de hacer lo mismo con la mía. Ya nada tiene remedio y es mejor así.

Max la miró fijamente como si quisiera ver a través de ella y hurgar en sus más profundos sentimientos.

—Puede que hasta tengas razón...
—Entonces ¿no crees que puedes hacer un esfuerzo por dejar el pasado atrás? Estoy cansada de pelear. Si estamos obligados a trabajar juntos tratemos de tolerarnos sin recriminaciones que no conducen a nada, es lo mejor para la producción, para "tu producción" que supongo es lo que más te interesa en estos momentos.
—Ese es mi problema de siempre, que cuando tú apareces mis prioridades y mi interés se confunden un poco.
—Tu orgullo herido es el que habla por ti. No fui tan importante como quieres hacer aparecer.
—Eso no lo sabes.
—"Eso" se demostró... y ya estamos cayendo en lo mismo. ¿Tratarás de hacer que esta situación pueda ser más llevadera o insistirás en hacerla insoportable?

—Si fuera imposible cambiar mi forma de sentir y proceder ¿Qué harías?

—No me dejarías opción Max, como siempre ha sido tu costumbre, y tendría que marcharme. No puedo soportar que me estés atacando todo el tiempo. Estoy cansada, muy cansada y necesito paz para mí y para mi hija.

—Esa es la única solución que encuentras: marcharte, abandonar.

—Es la única solución que me dejas. No creas que se hace fácil para mí. Te parecerá muy poco llegar hasta aquí, pero será penoso tener que empezar de nuevo sólo porque tú hayas aparecido.

Max le dio la espalda y volvió a dirigir su mirada al extenso paisaje que tenía delante.

—No tendrás que cambiar tu rumbo por mi causa. No otra vez.

—Gracias —su voz fue un apagado susurro.

Victoria se alejó por el patio con la vista del hombre clavada a su espalda.

—Pudo ser tan distinto, Vicky. Pudo ser tan distinto.

Sus palabras se ahogaron en el silencio del atardecer.

La silueta de la muchacha no había desaparecido en el patio cuando Robert entró en la terraza procedente de la sala.

—¿Era Victoria?

—Sí, era ella.

—¿Algún problema?

—Ninguno. No sé por qué piensas siempre que puede haber problemas entre nosotros dos.

—Me enteré de lo que pasó con Megan en el foro.

Max hizo un gesto de mortificación. Encendió un cigarrillo y se recostó en la baranda dándole el frente al amigo.

—Parece que hay pocas cosas interesantes que hacer aquí cuando todo el mundo habla de lo mismo.

—Supongo que a eso vino Victoria.

—Sí, a eso vino pero ella es la madre, es lógico que se moleste. No sé por qué los demás la han agarrado contra mí.

—Creo haberte comentado que la niña se crió entre nosotros y a nadie le estorba su presencia. La quieren y la protegen. El que se meta con ella sin razón se las tendrá que ver con todos.

Una vida contigo

—No sabía que era una pequeña tirana.

—Es un amor de chica y no causa ningún problema. Dudo que hiciera algo indebido esta mañana. Reconoce que te pasaste.

—Pues no. Me parece absurdo que me critiquen porque no quiera niños rondando por el set. Por muy bien portados que sean no se sabe nunca como van a reaccionar. Pueden echar a perder cualquier toma con un berrinche o un grito.

—Esta niña no es así.

—Es una niña como otra, no le veo nada de especial y seguramente en cualquier momento puede salir con una majadería como corresponde a su edad.

—No la conoces. No estás hablando con propiedad.

—No la conozco ni la quiero conocer. No vine aquí para hacerme simpático a los hijos de nadie. Considero que un set no es lugar apropiado para un niño a menos que sea un actor y que esté allí a fin de hacer una escena. Es lógico que piense así y cualquiera en su sano juicio me dará la razón.

—En algo la tienes. Es cierto que no conoces a la pequeña y es posible que temieras que realmente pudiera afectar la grabación, lo que no comprendo es la magnitud de tu reacción ni por qué "esta niña" te incomoda tanto.

—Lo que me incomoda es precisamente que todos ustedes se pongan así. Me miran como si hubiera cometido un crimen y sólo le llamé la atención porque andaba corriendo de un lado para otro y era necesario que abandonara el estudio. Fue un pedido sencillo, no había que hacer tantos aspavientos.

—No fue el pedido, sino la forma que utilizaste lo que molestó a todos.

—¿Y ahora que te han dicho de mi forma? ¿Le pegué acaso? ¿Me le fui encima? Por Dios, ni me le acerqué siquiera. Tampoco me dirigí a ella, sólo pedí que la sacaran.

—Exigiste a gritos que la sacaran.

—Como quiera... ¿Quieres decirme para qué estamos hablando de esto? ¿Tan grave te parece? ¿Tendremos un disgusto por esa niña a la que sólo he visto escasamente por unos minutos dos veces en la vida?

—Espero que no. Pero creo que te equivocaste y no tienes intención de admitir ese error. Te sugiero que lo pienses porque te repito que no era necesario que reaccionaras de esa manera, bastaba con pedirlo de una forma natural.

—Lo tendré en cuenta, aunque prefiero no tener que pedirlo en forma alguna y con que la mantengan fuera de mi vista será suficiente.

—Perdona que te insista con la misma pregunta pero ¿conocías a Victoria antes de encontrarla aquí?

—Ya te dije que no.

—Pues es muy raro...

—¿Qué te parece "raro"? —se notaba que estaba muy incómodo.

—Esa forma extraña que tienen de tratarse como si estuvieran al mismo tiempo de acuerdo y desacuerdo en todo a la vez.

—No creo que nadie pueda entender lo que estás diciendo.

—Porque es complicado de entender. Tienen ideas muy parecidas para encarar los problemas de trabajo que se le presentan, es como si estuvieran acostumbrados a una dirección común de entendimiento mutuo y a la vez dan la impresión de querer saltarse a la yugular con el más mínimo pretexto.

—Debías haber estudiado psicología, aunque con esas conclusiones creo que tus progresos no serían muchos.

—Quizá, pero no me gusta la relación que hay entre ustedes. Es como amenaza constante de tormenta.

—No hay relación alguna entre nosotros fuera de la que tú mismo nos has asignado en esta producción. Si tanto te preocupa puedes decirle que se encargue de otra cosa.

—¿No te importaría?

—¿Por qué habría de importarme?

—Entonces tal vez lo haga. Creo que mientras más lejos estén ustedes dos me sentiré más tranquilo. Mañana mismo hablaré con ella.

Max se mordió la lengua por hablar tan apresuradamente. Robert se alejaba para volver a su despacho.

—Robert...

—Sí... —el productor apenas giró hacia Max sin retirarse de la puerta.

—Mejor que no le digas nada. Ya me achacan un problema con la hija. No quiero que me sumen también problemas con la madre.

—Despreocúpate, lo haré de modo que tú no aparezcas como responsable de nada. Victoria desde hace mucho trabaja vinculada directamente a mí, no será extraño si de pronto la requiero para algo distinto.

—Pero esta es la producción más importante que tienes entre manos. Encomendarle otra tarea será como si la tuvieras a menos.

—Se afectará ella, no tú, y te repito que nadie relacionará la decisión contigo pues soy yo el que la toma y lo dejaré bien claro.

—Pero me sentiré responsable de ello.

—Ya te digo que lo hago por mi tranquilidad. Será mi disposición y nadie te cuestionará porque evidenciaré que tú no tienes nada que ver.

—Lo pensarán de todos modos y no me interesa buscarme la aversión del equipo por algo tan insignificante.

—Quiero que te sientas a gusto Max. Es una gran oportunidad para nosotros que estés aquí y me complace facilitarte las cosas. No me cuesta nada concederte ese deseo.

—No es mi deseo —lo admitió a su pesar.

—Ah ¿no? Por lo que dijiste pensé...

—No pienses tanto, olvídalo y deja las cosas como están.

—Insisto en hacer lo que me parece que es lo más correcto para todos y debías estar de acuerdo.

—Lo más correcto es que las cosas sigan así, no necesito que cambies nada.

—No te comprendo, hace sólo unos segundos acabas de recomendarme que la saque.

—Esas no fueron mis palabras.

—Su significado era igual. No entiendo ahora tu renuencia en aceptar lo que tú mismo propusiste. Por demás no le veo el caso a esta discusión sobre un asunto que dijiste no te importaba.

—Pero me importa —lo aceptó a regañadientes.

Robert le dirigió una sonrisa socarrona.

—Eso pensé.

Dio media vuelta y dejó a Max maldiciendo por haber caído en su trampa ingenuamente.

Pasaron algunos días sin mayores incidentes. Max y Victoria no habían tenido más enfrentamientos, pasaban juntos gran parte del tiempo pero fuera de los encuentros que tenían que ver con el trabajo, parecían ignorarse mutuamente.

Era media mañana y todavía estaban preparando las escenas para las grabaciones que tendrían lugar en la tarde. Max se alejó de los estudios y del trajín del ir y venir de los tramoyistas y escenógrafos que preparaban el decorado. No tenía deseos de ir hasta la casa y se refugió en una glorieta apartada esperando a que el set estuviera listo. Se recostó en un banco y cerró los ojos hasta que una vocecita llamó su atención.

—¿Es verdad que no quieres que esté por aquí?

Megan estaba parada delante de él y lo miraba muy seria.

—¿Quién te ha dicho eso? ¿Tu mamá?

—Me lo dijo Richard.

—Y ¿quién es Richard?

—Uno que quiere ser mi papá. ¿Es verdad lo que dice?

Max no quería responder.

—Yo... creo que este no es lugar para ti.

—Siempre estoy aquí.

—Pero no debieras. ¿No te gustaría estar con otros niños? Sería mucho mejor ¿no crees?

—Quiero estar cerca de mi mamá.

—Tu mamá tiene que trabajar, no siempre puedes estar con ella.

—Pero siempre estoy y quiero estar.

—No siempre se puede hacer lo que uno quiere.

—Si no me quieres ¿por qué no te vas tú? Yo llegué primero.

No pudo dejar de sonreír.

—Tienes razón. Creo que tendré que pensarlo mejor.

—¿Quieres ser mi amigo?

—¿Tú quieres ser mi amiga?

—Sí.

—¿Y por qué quieres ser mi amiga?

—Porque así no me botarás de aquí.

—Muy lista.

—Entonces ¿ya eres mi amigo?

—Sí, Megan, si quieres seré tu amigo.

Una vida contigo

—También eres amigo de mi mamá.
—Ella... ¿te dijo eso?
—No pero yo te vi en mi casa ¿no te acuerdas?
—Sí, ahora que lo dices me acuerdo.
—Yo sé hacer muchas cosas y te puedo ayudar. Ayudo a todo el mundo.
—Y ¿qué es lo que sabes hacer?
—Recojo las cosas que se caen y las traigo muy rápido y puedo sujetar una escalera para que no te caigas, eso es importante.
—Ya lo creo.
—Ahora ¿te gusto?
—Sí, me gustas mucho.
—¿Puedo quedarme en los foros?
—Creo que usted es una gran manipuladora jovencita.
—¿Una qué?
—No importa. Mejor háblame de ese Richard que quiere ser tu papá ¿lo quieres mucho?
La niña alzó los hombros en un gesto despectivo pero no respondió.
—¿Tú mamá lo quiere mucho?
—Es su amigo.
—Pero me parece que no es muy amigo tuyo ¿es cierto?
—No quiero que sea mi padre.
—Y ¿por qué no quieres?
—Porque ya tengo uno para qué quiero otro.
—Tienes mucha razón. Y tu papá ¿dónde está?
—Muy lejos y trabaja mucho por eso no puede venir a verme.
—¿No lo ves con frecuencia?
—No lo veo nunca pero él me quiere... ¿Tú crees que no me quiere? —había ansiedad en su pregunta.
—¿Por qué iba a creer eso?
—Es lo que dice Richard.
—Creo que ese Richard se equivoca demasiado. Estoy seguro que tu papá te quiere cantidad.
—Si es así ¿por qué no viene a verme aunque sea un ratico?
—Tú misma me dijiste que está lejos y trabaja mucho.
—Algunos padres de mis amiguitas también viven lejos pero vienen a menudo a verlas. El mío no —manifestó con tristeza.

— 263 —

A Max se le encogió el corazón.

—Estará muy ocupado, pero ya vendrá. Seguro que vendrá.

—Tú tienes los ojos como él.

—¿Cómo sabes eso si no lo has visto nunca?

—Mi mamá me dijo un día que tenía los ojos azules.

—Tú también tienes los ojos azules. Prefiero tener los ojos como los tuyos y no como los de tu papá.

—¿De verdad? —preguntó entusiasmada.

—Por supuesto. Estoy seguro que los tuyos son más bonitos.

—¿Crees que soy linda?

—Muy linda, eres una de las niñas más bonitas que he conocido.

—Eso dice Elliot.

—Y ¿quién es Elliot? ¿No me digas que también es otro que quiere ser tu papá?

—Es mi tío. Es médico y dice que es como mi padre porque me trajo al mundo. ¿Lo entiendes?

—Sí, creo que puedo entender eso.

—Yo no.

Enfurruñó un poco la carita al decirlo y Max acarició su mejilla instintivamente.

—Me tengo que ir, si mi mamá me ve me va a regañar.

—¿Por qué lo haría?

—Me dijo que no podía venir por aquí cuando estuvieran trabajando y menos si tú estabas cerca.

—Bueno, ahora no estamos trabajando.

—Se va a poner brava de todas maneras porque hablé contigo.

—¿No quiere que hables conmigo?

—No quiere que te moleste pero ya yo no te molesto ¿verdad?

—No, no me molestas.

—Eres mi amigo y ahora te gusto.

—Así es Megan, soy tu amigo y me gustas. Ciertamente me gustas mucho.

—Me voy.

La niña salió corriendo hacia un bungalow cercano y Max la siguió con la mirada. Pobre chiquita añorando a un padre que la había despreciado. Odiaba al tipo sólo por ser capaz de un acto así. Bueno, lo odiaba de todos modos y si fuera un buen padre lo odiaría más. Se sorprendió de un pensamiento tan mezquino. Pero de cualquier modo el hombre debía ser de lo peor. Un hijo era sagrado. Debía ser un desgraciado infeliz que no merecía la hija ni la mujer que el destino habían puesto en su camino. Un ser despreciable y ruin, sin embargo, Victoria se había enamorado de él. Debía haberlo querido mucho cuando decidió darle una hija. Cuando pensaba en ello la rabia le inundaba el corazón.

Max ajustaba una de las cámaras que utilizaría mientras se preparaban para la grabación. A su lado Robert revisaba los libretos.

—¿Quién es Richard?

—Uno de los camarógrafos que está filmando en otra de las producciones.

—¿Buena persona?

—Es excelente con la cámara, aunque no somos muy cercanos ¿por qué te interesa?

—Me parece que hace comentarios un poco indebidos ante personas inapropiadas.

—¿Algo que tenga que ver contigo?

—Para nada, sólo me llamó la atención. Siempre anda con esa niña.

—¿Con Megan?

Asintió si responder.

—Es natural. Como no puede andar con la madre supongo que piensa que ganándose a la niña puede llegar hasta a ella.

—Parece que tu asistente es muy popular.

—Es una de las pocas mujeres atractivas que tenemos siempre aquí. Las actrices van y vienen. Y ya sabes...

—Estará muy ocupada con tanto cortejo.

—Para el caso que hace. Ya te dije que su único interés parece ser su hija. A todos los que nos hemos acercado con otras intenciones nos ha dado el corte.

—¿A ti también?

—A mí el primero y creo que ya te lo dije, también que supe retirarme cuando era debido y salí ganando porque ahora tengo una colaboradora muy eficaz que me resuelve montón de problemas y de la que me sería muy difícil prescindir. Si hubiera tenido suerte al principio es casi seguro que a estas alturas la habría perdido por completo.

—¿No te parece suficiente mujer como para llenar tu interés por largo tiempo?

—Al principio me acerqué por lo que vamos todos, cuando la conocí más a fondo las cosas cambiaron. Así y todo, considero que me libré de una buena. No hablaba de mí cuando dije que pienso que lo nuestro no hubiera progresado, creo que ella me habría dado el plantón en el remoto caso de que por una razón o por otra me aceptara en su momento. De no ser así estaría con el lazo echado al cuello a pesar de que hubiera perdido a un gran amigo.

—¿Por qué?

—Porque Elliot no me habría perdonado. Ya te conté que está loco por ella.

—Dices que es tu amigo, pero eso no impidió que te le echaras encima a la mujer de sus sueños.

—No me le eché encima. No llegué a eso aunque ganas no me faltaron de intentarlo. Respecto a los amigos, no siempre pensamos con el cerebro cuando nos gusta una mujer y cualquier amistad se convierte en un lazo frágil cuando de amores se trata.

—Es extraño que puedas mantener una simple relación de trabajo con ella si tanto te gusta.

—Pasó hace mucho. Ya lo superé y nos va muy bien en esa "simple relación de trabajo" que te parece tan extraña. Victoria no es mujer para mí, lo descubrí hace tiempo y prefiero tenerla como amiga a ser un reflejo de alguien de su pasado.

—¿Por qué consideras que serías algo así?

—Porque intuyo que eso será el hombre que quiera compartir su vida de ahora en lo adelante. Está atrapada en lo que dejó atrás y no la veo interesada en entregarse al amor de nadie. Debieron lastimarla mucho ya que "enamorarse" no parece estar en sus planes. Si me preguntas, creo que sigue queriendo al padre de Megan. Por más desgraciado que sea el tipo pienso que eso es lo que le sucede.

—Es tan raro que no se sepa nada de él. Por muy mal que les haya ido, tienen una hija, debía interesarse por conocerla al menos.

—Ya ves. El hombre no debe valer mucho, aunque no hay duda de que Victoria no pensó igual. Una mujer como esa no tiene una hija con cualquiera.
—Quien sabe...
—La chica te cae muy mal o demasiado bien. Todavía no me atrevo asegurar ni una cosa ni otra.

Max pareció como si no escuchara la acotación y preguntó:
—¿Por qué me has contado todo esto ahora? Nunca lo habías hecho antes.
—Antes pensé que no te importaba.
—Sigue sin importarme, sólo que fuera del trabajo aquí no hay mucho tema para conversar.
—Es inaudito que un tipo como tú diga eso y permíteme que no te crea. Hay muchos temas para conversar que no giren alrededor de Victoria Wade.
—Sigues dándole mucha relevancia a cualquier comentario que te hago sobre ella.
—Quisiera creer que sólo son comentarios. Te repito que no me gusta que la vida se complique a mí alrededor.
—En el caso, que no lo es, pero en el supuesto caso que me interesara no veo por qué la vida se complicaría a tu alrededor. Parece que ese tipo de interés está constantemente girando sobre ella: el tal Richard, el doctor Elliot, tú mismo en su momento y quién sabe que otro que no conozcas, sin embargo, no te veo preocupado por eso.
—Tal vez pienso que tú serías distinto.
—¿Por qué pensarías así?
—Porque insisto en que hay algo que no me convence acerca de ustedes. Algo que no quieren decir y no me atrevo a adivinar.
—Nadie parece ser tan suspicaz como tú.
—Puede que tengas razón y en este caso en particular me alegraría mucho equivocarme. Bueno, ya perdimos el hilo de la conversación y, como se hace costumbre, terminamos hablando de Victoria. En definitiva ¿qué te pasa con Richard?
—Ya te dije, por comentarios que hizo pienso que no es una buena persona.
—¿Celoso?
—¿Vas a volver con lo mismo? Ya me aburre tu insistencia.

—Sinceramente espero que estés diciendo la verdad.

Lo miró directamente a los ojos, Max lo esquivó y dirigió su atención a la cámara que enfocaba la escena que debían empezar a grabar.

Victoria descansaba en una de las terracitas del rancho. Max, Robert y ella se habían pasado la mañana y buena parte de la tarde trabajando en la oficina del productor hasta que éste había sido requerido en los foros y ella aprovechaba el descanso fumando un cigarrillo. Max entró en la terraza, se acercó y, quitándole el pitillo de las manos, lo llevó a sus labios dejándose caer en una silla cercana.

—No debes fumar.

—Mira quién lo dice.

—Cada día me propongo hacerlo menos.

—Tus buenos propósitos no suelen duran mucho, por lo que veo.

—La costumbre nos hace más dependientes de lo que deseamos.

Hicieron una larga pausa recreando su vista en el hermoso paisaje que tenían delante.

—Acabo de hablar con Nicky.

—¿Cómo está?

—Muy bien, quiere venir a pasar conmigo el Día del Padre.

—Sigue siendo un buen chico.

—Nunca te agradecí lo que hiciste por él cuando se encontraron en Chicago.

—No tuvo importancia.

—La tuvo y mucha. Si no lo hubieras sacado de allí ese día, las cosas pudieron terminar mal para él.

—Pensé que no te había contado.

—Sé que se lo pediste, pero no pudo ocultármelo cuando insistí en ello. Me sorprendió mucho "la prima" salida de la nada y no paré de acosarlo hasta que me lo contó todo.

—No debí pedirle que te mintiera. Lo pensé después.

—Pues no, no debiste hacerlo, aunque en su defensa quiero que sepas que lo intentó con mucho entusiasmo.

—Debió ser difícil para él, no creo que acostumbre ocultarte cosas.

—No, no lo hace. Tenemos una comunicación muy franca entre nosotros y me llamó la atención que, por primera vez, tratara de esconderme algo. Me asombró más que lo hiciera por ti porque siempre pensé que no eras santo de su devoción.

—El tiempo compone algunas cosas.

—Pero no todas.

—No, no todas —aceptó pensativa.

—Me alegra saber que ahora le caes bien. Era absurdo su resentimiento hacia ti.

—Nunca fue resentimiento, sólo celos de un niño que teme perder a su padre.

—Tenías eso muy claro desde el principio.

—Entendía su punto de vista. Había que ponerse en su lugar.

—Tuviste razón, al menos en ese aspecto.

—¿Entonces vendrá pronto?

—Sí y supongo que se alegrará de volver a verte aunque no sé si le agrade estar aquí. Él no es como Anthony que adora estar en el campo con los caballos y es granjero nato como yo. Gusta más de la ciudad, sus preferencias están más cercanas al estilo de la madre y yo no puedo irme hasta allá, no debo alejarme de la producción, no por ahora.

—Hay algunos lugares interesantes que no quedan tan lejos: un parque de reserva natural, un balneario y el pueblo es bastante animado.

—No sabía que había una playa cerca.

—La costa está sólo a unas millas de aquí y el ambiente es bueno cuando se adentra bien el verano. Ahora no encontrarán mucha gente para divertirse, aunque podrán disfrutar del mar, siempre es una buena opción.

—Recuerdo que era la mejor opción para ti... —trató de no caer en el tema personal y arruinar la cordial camaradería momentánea que había surgido entre ellos—. Sí, puede que tengas razón, Nicky también disfruta mucho de los deportes náuticos. ¿Tú vas muy a menudo?

—No con la frecuencia que deseo. Llevo a Megan algunas veces. No es un lujo que pueda permitirme siempre que quiero. Es un sitio para gente rica, aunque tiene dos o tres pensiones decentes donde nos hospedamos unos días cuando tenemos vacaciones.

—¿Irás ahora que tenemos estos días libres?

—Todavía no lo sé, es posible que lo haga, la niña quiere ir y no es justo tenerla aquí todo el tiempo.

—¿Me ayudarías a escoger una casa de alquiler? Sabes que detesto los hoteles.

—Puedes hacerlo solo, o encargárselo a una agencia. Para ti todo es fácil.

—Pero me gustaría que lo hicieras tú. Tienes buen gusto y me conoces lo suficiente para saber lo que necesito. Quiero que Nicky se sienta cómodo y contento.

—Lo siento, pero no puedo hacerlo.

—¿Ni siquiera por él?

—Te digo que no.

—¿Por qué?

—Simplemente no quiero. Es razón suficiente.

—Creo que dijiste que podíamos ser amigos.

—Dije que podíamos hacer un esfuerzo por llevarnos bien, sólo eso.

—¿Cuándo te volviste tan dura? Antes no eras así.

—Antes solía ser muy tonta.

—Eras mejor. Más divertida y dulce. Más amable y confiada.

—Ya no soy así.

—¿Tan mal te ha ido en la vida?

—Todo empezó a ir mal desde el día en que te conocí.

—No lo creo. Tuvimos muy buenos tiempos y tú parecías feliz.

—Tienes razón parecía.

—Eras feliz, Victoria. No mientas. Recuerdo perfectamente cada uno de aquellos días y no pudiste fingir tan bien.

—Viviendo al lado de un actor uno aprende muchas cosas y tú eras experto en eso.

—¿Crees que fingía cuando estaba contigo?

—Tú mismo diste a entender en una ocasión, que como actor podías mentir impecablemente cuando se trataba de tu conveniencia y esa es una de las pocas cosas en que estoy de acuerdo contigo.

—No actuaba cuando te hacía el amor, al contrario era muy sincero y creo que convincente.

—Ese es tu trabajo, resultar convincente. Y ya estamos cayendo en lo personal hablando de sentimientos que no vienen al caso. Es mejor que cambiemos de conversación. Esta no conduce a nada.
—Porque tú no quieres.
—¿No me digas que intentarás seducirme de nuevo?
—¿Tengo alguna posibilidad?
—No la tienes. Ahórrate el trabajo y no pierdas tu tiempo.
—¿Tendría tanta importancia después de todo? Has experimentado con otros hombres, ¿qué importaría uno más, máxime cuando ya es un viejo conocido?

Victoria se levantó violentamente. El rostro rojo de vergüenza por la ofensa directa. La frágil línea que mantenía el equilibrio de la relación entre ellos se quebró y Max comprendió que se había pasado. Se puso de pie y la retuvo por un brazo intentando que no se marchara.

—Perdóname. Soy un bruto. No quise decir eso, mucho menos ofenderte.
—Lo dijiste y es lo que piensas, pero no me ofendes. Nada de lo que puedas decir o pensar puede ya lastimarme.
—Eso no es cierto, sólo hay que mirarte para ver que mis palabras te han herido.
—No estoy acostumbrada a que me hablen así y aunque no me interesa cambiar tu forma de pensar no estoy obligada a soportarla.
—Es cierto. Disculpa mi grosería, quiero que sepas que cuando pienso así me duele más que a ti.
—Es absurdo lo que dices.
—¿Te parece tan absurdo que todavía te quiera?
—Me lo parecería si creyera que me hubieras querido alguna vez.

Se soltó del brazo que la sujetaba y entró a la casa.

—Victoria —el jovencito gritaba su nombre mientras salía corriendo de la casa.
—Nicky ¿cuándo llegaste?
—Anoche. No lo podía creer cuando papá me dijo que estabas aquí.
—Ya ves, el mundo es más pequeño de lo que uno piensa.

—¿Y esta niña? —señalaba a Megan que iba de la mano de Victoria y lo miraba con curiosidad.

—Es mi hija. Megan, saluda a Nicky.

El muchacho reaccionó extrañado. No imaginaba que Vicky tuviera una hija y mucho menos tan crecida. Se agachó un poco para acercarse a la niña que se había escondido detrás de las faldas de la madre.

—Así que te llamas Megan. Eres muy linda.

La niña se le plantó delante demostrando más confianza.

—Tú también eres lindo ¿te vas a quedar aquí?

Nicky sonrió ante la salida de la muchachita.

—Por unos días y espero verte a menudo.

—Te puedo llevar a pasear. Conozco todo alrededor —extendía sus manitas señalando el espacio que los rodeaba.

—Me encantará pasear contigo —le dio un beso en la frente y se incorporó. Victoria los miraba con ternura.

—No sabía que tuvieras una hija tan grande. Papá no me dijo nada.

—No creo que considerara importante comentarlo.

—Tú tampoco me lo dijiste cuando nos encontramos en Chicago.

—Nuestro encuentro estuvo lleno de tantos contratiempos que lo olvidé.

Volvió a mirar a Megan con mayor detenimiento.

—Realmente es una niña preciosa y me recuerda a alguien pero no puedo precisar a quién.

—Soy igual a mi mamá.

Nicky volvió a sonreír y le acarició la mejilla.

—Tu mamá también es preciosa, pero tú no te pareces a ella.

El jovencito se quedó pensativo como tratando de convocar el rostro que le recordaba a la niña y Victoria empezó a sentirse intranquila. Efectivamente su hija había sacado poco de ella. Sus facciones recordaban mucho mejor al padre. Sus rasgos eran parecidos aunque lo que era recio y varonil en Max se suavizaba en la delicada carita de la chiquilla, pero lo que más los asemejaba no era el físico sino el carácter. Victoria descubría en Megan expresiones y modos que señalaban indudablemente a su progenitor. Era una suerte que nadie se tomara el trabajo de reparar en ello. Contribuía a esto la falta de relación que les suponían y Max le prestaba tan poca atención que tampoco había notado nada. Estaba segura de que a nadie se le había ocurrido compararlos. No tenían motivo alguno para hacerlo y confiaba en que eso no variaría. Ahora la situación parecía complicarse con la presencia de Nicky. El joven reparó en el parecido de inmediato y Victoria temió que descubriera el vínculo que los unía porque para él hacer la conexión sería muy fácil. No sería muy conveniente que los chicos confraternizaran y no creía que pudiera evitarlo si estos se lo proponían, por otra parte, disfrutaba ver a los dos hermanos juntos y deseaba que se llevaran bien.

—Me alegra mucho que estés aquí y lamento tener que dejarte ahora. Vamos hasta el pueblo. Debemos hacer unas reservaciones para el fin de semana, quiero llevar a Megan a la playa.

—Creo que mi padre tiene el mismo plan. Me estuvo hablando de algo así anoche. ¿Estaremos en el mismo lugar?

—Es posible aunque en sitios muy distintos.

—¿Por qué?

—Max se puede permitir gastos que yo no. Estoy segura que disfrutarás del lugar si es allí donde piensa llevarte. Es una playa muy bonita y encontrarás cómo pasártela bien y "sin peligros" de ningún tipo.

—Estoy curado de espanto como para que una situación como esa vuelva a repetirse, te lo puedo asegurar.

—Sólo estaba bromeando.

—Lo sé. Espero que podamos vernos con frecuencia mientras esté aquí.

—Siempre serás bien recibido en mi casa Nicky. ¿Ves aquel bungalow? El verde con ventanas blancas. Allí vivimos Megan y yo. Te estaremos esperando cuando quieras aunque seguro nos veremos también en los foros. De niño te encantaba ir a las filmaciones y espero que no hayas perdido la costumbre.

—Ya no me entusiasma como antes. Me aburro un poco con tanta repetición pero de seguro me daré una vuelta y allí las veré.

—Ven conmigo y te enseño todo el rancho, te va a gustar cantidad.
—Megan le agarraba una mano para que fuera con ella. Victoria la detuvo.

—Ahora no Megan. Te dije que iríamos al pueblo.

—Ya no quiero ir al pueblo, me quiero quedar con él.

—Estabas muy contenta de ir a ver al tío Elliot hasta hace unos minutos. Me parece que te estás convirtiendo en una cambia casacas muy rápida, jovencita.

—¿Una cambia qué?

Victoria reía al tomar de la mano a la niña.

—Que eres como una veleta hija. Cambias de dirección con una velocidad que asusta. Despídete de Nicky, tendrás tiempo de sobra para enseñarle "todo el rancho" cuando estemos de vuelta.

—¿Me esperarás, no te irás con otra? —la pregunta de la niña era ansiosa al dirigirse al hermano.

—Claro que te esperaré Megan, ¿dónde puedo encontrar otra como tú?

Victoria le dio un beso en la mejilla y diciendo adiós con una mano se alejó con la pequeña hacia el sendero que conducía al portón de salida.

Max estaba en la terraza revisando unos guiones cuando su hijo se acercó y se sentó encima de la baranda.

—¿Ya diste una vuelta? ¿Qué te pareció?

—Es un rancho inmenso y la parte que tienen destinada a los foros es muy extensa. Algo así podías hacer en Koala's rock.

—Lo he pensado a veces pero creo que en definitiva no me gustaría mezclar nuestra hacienda con este trabajo. Koala's rock es mi Nirvana. Un lugar para disfrutar sin tener que preocuparme por nada que no sean ustedes.

—Cualquiera diría que no te gusta hacer esto.

—Me encanta lo que hago, pero de alguna manera esta es mi vida pública y con la finca relaciono mi vida íntima, la personal, esa que sólo comparto con mis seres más queridos.

—Hablando de seres queridos... Me encontré con Victoria —Max advirtió el sentido que su hijo quiso darle a sus palabras, mas lo pasó por alto.

—Ya te dije que vive y trabaja aquí, te tropezarás con ella a menudo.

Una vida contigo

—Se iba con su hija al pueblo... —esperó para ver la reacción del padre que ni se inmutó—. No sabía que tenía una niña. Es extraño que no me dijeras nada.

—Más extraño es que ella no te lo dijera cuando se encontraron en Chicago.

—Sí, también me lo pareció y se lo dije.

—¿Y cuál fue su respuesta?

—Que lo había olvidado.

—Ya veo... eso es algo que parece hacer muy a menudo últimamente.

—¿Qué cosa?

—Olvidar muchos hechos importantes.

—¿Te molesta habértela encontrado aquí y que debas trabajar con ella?

—En lo más mínimo. Es una colaboradora eficaz. No puedo quejarme.

—Y... ¿no te afecta para nada tenerla tan cerca?

—No, Nicky. No me afecta para nada y ya discutimos la cuestión hace poco ¿acaso no te quedó claro?

—Si quieres que te sea sincero, tengo que decirte que no.

Max suspiró profundamente dando a entender que la terquedad del muchacho era inaceptable pero que no tenía intención de discutir con él. Sin decir palabra volvió a centrar la vista en los papeles que tenía delante. Pasaron varios minutos.

—¿Con quién se casó? ¿Con otro actor?

—¿Quién? —preguntó sólo para molestar.

—¡Papá!

Max rezongó un poco antes de contestar.

—No se casó.

—¡Que no...! ¿Y... entonces Megan...?

—La chiquita no tiene padre. Quise decir, que no tiene uno que se preocupe y la represente dando la cara por ella. Ni siquiera tiene su apellido. Victoria y ella se las arreglan solas y el tipo nunca apareció por aquí. Esos son los comentarios porque nadie parece conocer nada más.

—No puedo creerlo. No me hubiera parecido que Vicky...

—Nos equivocamos mucho en la opinión que nos formamos a veces de las personas, hijo. Nunca podemos estar seguros de lo que alguien es capaz de hacer en realidad.

—Debió dolerte mucho.

—Me dolería en otro tiempo, ahora ya no —la decepción que se notaba en su voz era la prueba de que no era sincero.

—¿Por qué te empeñas en demostrarme que no te importa? Sé que no es así.

—Y yo no sé por qué insistes en adornarme con sentimientos que hace mucho dejaron de existir. Ya todo eso pasó ¿no te das cuenta? A pesar de lo que puedas creer Victoria está feliz con su hija, sea cuales fueran las circunstancias en que fue concebida, y en lo que respecta a mí en lo particular, no es algo que me concierna, así que puedes estar convencido de que no me dolió.

—Me gustas más cuando me hablas con la verdad, papá. Acostumbrabas hacerlo por lo general.

—Por lo general no. Siempre lo hago.

—En este caso me estás mintiendo.

—Si serás terco...

—Terco eres tú en negar algo que es evidente, pero no te hablaré más de este asunto si tanto te molesta.

—Eso está mejor —Max volvió a su trabajo pensando que su hijo dejaría de hacerle preguntas, lo que no fue así.

—¿Julie sigue en Suecia?

—Estará allí por unos meses.

—Debes extrañarla mucho —el tono irónico y burlón no pasó desapercibido para Max.

—Pues sí, la extraño mucho —respondió desafiante. Su actitud podía haber intimidado al chico si no lo conociera bien.

—No tienes que jurarlo. Se nota a la legua —la sonrisa que acompañaba estas palabras terminó por exasperar al actor.

—¿Qué diablos te pasa jovencito? ¿De cuándo acá te interesas tanto por los detalles de mi vida sentimental?

—Me interesa que seas feliz.

—Soy feliz, gracias. Puedes estar tranquilo.

Nicky se bajó de la baranda y se dirigió a los escalones que lo conducían al patio y, antes de descender, se volteó a su padre.

—¿Sabes papá? No siempre eres tan buen actor como pretendes ser. Debes poner atención a eso.

No se quedó a escuchar los improperios que su padre empezó a vociferar a sus espaldas.

La fila que esperaba el autobús que salía para el balneario era interminable. Victoria estaba impaciente y Megan no dejaba de protestar por el calor y la incomodidad. Llevaban un gran rato allí cuando un lujoso coche deportivo se detuvo a pocos pasos de donde se encontraban. La cabeza de Nicky apareció en una de las ventanillas.

—Vicky, Vicky.

—Mira mamá, es Nicky.

Megan se desprendió a correr hacia el auto.

—Megan, ven acá.

La muchachita no la escuchó o no quiso escucharla, siguió en su carrera y ya estaba al lado de la ventanilla hablando con Nicky. Victoria no tuvo más remedio que seguirla.

—Hola Nicky ¿a dónde vas? —Megan jadeaba por la carrera mientras preguntaba al chico.

—Nos vamos a la playa. Ustedes también ¿no?

—Sí pero el autobús demora mucho.

—¿Cómo estás Nicky? —Victoria saludó con una inclinación de cabeza al chofer que estaba al timón mirando a través de la ventanilla—.

—Dice Megan que llevan mucho tiempo esperando. Vamos para el mismo lugar ¿por qué no vienen con nosotros? —Nicky hacía el ofrecimiento como la cosa más natural del mundo.

—Gracias pero ya tenemos los boletos comprados —Vicky señaló los tickets que tenía en una mano.

—¿Y qué importa? Llegarán más rápido y será un viaje más cómodo. Sólo tienes que pensar en que obtuviste un resultado mejor con tu inversión —una amplia sonrisa iluminaba su rostro mientras trataba de convencerla.

—Muy ingenioso, pero no es necesario. El autobús está por llegar.

Megan tiró de su brazo.

—Mamá quiero ir con ellos. Ya estoy muy cansada.

—No lo hagas por ti Victoria, sabemos que puedes soportarlo todo. Hazlo por la niña. Este auto no muerde. Sus integrantes tampoco —Max habló por primera vez desde que Megan y su madre se habían acercado al coche.

—Vamos Vicky, no te hagas de rogar. Nos hará felices llevarlas con nosotros —Nicky insistía.

—Mil gracias a los dos por pensar en nosotras, pero repito que debemos tomar el autobús.

—¿Por qué mami? Quiero irme con Nicky.

—Si tanto te molesta ir con nosotros puedes dejar que la niña lo haga. Puedo llevarla a donde me digas en cuanto estemos en el balneario. De esa manera Megan quedará satisfecha y tú no estarás obligada a soportar nuestra presencia —las palabras de Max le resultaron provocadoras e insolentes y Victoria quería responder como se merecía, pero la presencia de los niños se lo impidió.

—Pero… ¿Qué dices papá? No voy a permitir que Victoria se quede aquí. Las dos se vienen con nosotros.

Nicky se bajó del auto y abrió la puerta del asiento trasero. Megan se coló sin que Victoria pudiera evitarlo y el chico la siguió sentándose a su lado. La puerta abierta no le dejaba otra opción. La incomodidad que la embargaba era evidente cuando no tuvo más remedio que entrar en el coche y sentarse junto a Max.

El actor puso en marcha el automóvil.

—Está demostrado que contigo sólo funciona obligarte a hacer las cosas —sus palabras fueron un tenue susurro que no fue escuchado por los que iban detrás.

—¿Por qué van juntos a la playa? ¿Son amigos? —la vocecita de Megan interrogaba.

—Él es mi papá, Megan ¿no lo sabías?

—No —la chiquilla parecía asombrada.

—Bueno, ahora lo sabes. ¿Te sorprende mucho?

La niña respondió con otra pregunta.

—¿Te regaña a menudo?

—No, casi nunca lo hace —el muchacho sonreía al contestar.

—¿Y no te grita?

—¿Qué pasa Megan? Quieres que mi hijo piense que me porto mal contigo, que te regaño y te grito. Pensé que ya éramos amigos.

—Es verdad, ya somos amigos. ¿Ves mamá que no te mentía cuando te lo dije?

—Nunca pensé que me mentías Megan. De cualquier modo debes andarte con cuidado, el humor del caballero puede cambiar de manera sorpresiva cuando menos lo esperes.

—No te entiendo —la niña se inclinó hacia ellos por encima del respaldo delantero.

—No le hagas caso. Tú mamá a veces exagera. No me conoce lo suficiente como para hablar así.

—Yo creo que te conoce a la perfección ¿no es cierto, Vicky? —Nicky soltó una carcajada.

—Si los dos se ponen contra mí, tendré que retirarme, es injusto que estén de acuerdo en achacarme un defecto del que carezco.

—¿Te atreves a negar que tienes mal carácter y que este aflora en los momentos más inesperados? —Nicky preguntó en tono jocoso.

—No admito en forma alguna que sea así —Max se defendía pero se notaba que las críticas de su hijo no lo afectaban y las recibía de buen humor.

—Así es papá y te lo repito: no hay dudas de que Victoria te conoce muy bien.

—Lástima que yo no pueda decir lo mismo.

Megan se estaba perdiendo el sentido de toda la conversación y volvió a la carga con lo que era importante para ella.

—Yo sé que no cambiarás Max y que no volverás a regañarme porque ahora me quieres —la niña pegaba la carita a la espalda de Max.

—¡Al fin!, alguien capaz de reconocerme una virtud. Debías ser mi hija y no ese traidor de allá atrás.

—Vuelve a tu lugar Megan, no está bien que estés ahí —Victoria no la quería tan cerca del padre, mucho menos haciéndose arrumacos entre los dos. La muchachita se volvió a sentar correctamente en el asiento y empezó una animada conversación con Nicky.

Max se inclinó hacia ella. Pegándose a su oído murmuró:

—¿De veras estás segura de que me conoces bien?

—Lo que quisiera es no haberte conocido nunca.

La conversación que sostenían era en un tono tan bajo que no podía ser escuchada por los chicos.

—Estoy seguro que no piensas eso.

—Lo mejor es que permanezca callada durante el resto del camino. Si te respondo lo que mereces, tu decepción sería tan grande que corremos el riesgo de perder al chofer.

Había desenfado en su voz y ninguno de los dos pudo dejar de sonreír. Un ambiente de cordialidad los animó y el resto del viaje transcurrió con placidez.

Era ya noche cuando llegaron a la casa que Max había alquilado. Victoria insistió en tomar un taxi pero el actor prometió llevarlas a la pensión en cuanto descansaran un poco y comieran algo.

Fue completamente absurdo aceptar la sugerencia, se decía Victoria mientras observaba el mar desde el balcón de la habitación que le habían dispuesto. La casa era de ensueño y Max se había esforzado en ponderarles todas sus bondades. Insistió en mostrar habitación por habitación con toda la calma del mundo y para cuando las invitó a pasar la noche allí no hubo manera de convencer a Megan de que debían marcharse. Como la mayoría de las veces, Brennan volvió a salirse con la suya y el conocimiento del hecho la llenaba de coraje e impotencia. Maniobró muy bien a su favor y se aprovechó de la insistencia de su hija y los ruegos de Nicky pidiéndole que se quedaran. No tuvo más remedio que aceptar, pero presentía que era un error y, aunque la noche transcurrió en paz, no se sentía confiada en modo alguno. Max se comportó de manera encantadora en su papel de anfitrión solícito y conciliador y el modo en que Nicky trataba a Megan le tocaba el corazón. La niña no podía soñar con un hermano mejor y era doloroso admitir que no conocería el lazo que los unía. Se retiraron a dormir muy tarde y su hija se encaprichó en hacerlo en la habitación de Nicky. Por más que la madre trató de sacarle la idea de la cabeza, la muchachita se mostró renuente a cambiar de opinión. Poca ayuda significó el apoyo incondicional de su hermano para que se quedara en su cuarto y la complacencia de Max ante el hecho. Los chicos estaban organizando varios planes para ellos como si pensaran permanecer juntos por muchos días y Victoria no tuvo otra opción que ceder. Ahora estaba sola, desvelada y abatida en aquel balcón frente a la playa que podía haber sido un lugar paradisiaco en cualquier otra ocasión. Estaba intranquila, ansiosa, segura de que algo perturbador podía pasar antes de que lograra salir de allí y no tuvo que esperar mucho.

—Se parece a tus sueños ¿no es verdad?

Cualquier duda que pudiera tener para asegurar que aquello terminaría mal, se disipó al ver la figura de Max, reclinada en la puerta.

—Es muy tarde para que entres a la habitación de tus huéspedes sin ser invitado.

—Hubo un día en que creí que siempre tendría el derecho de entrar a tu cuarto sin invitación alguna.

—Ese día me parece tan lejano que no estimo que se deba recordar.

—No tengo la intención de perturbarte. Sólo quiero conversar un rato. Supuse que tú tampoco podías dormir.

—Aunque no pueda dormir, prefiero estar sola.

—Eso no es cierto. Nunca te gustó la soledad aunque una vez te empeñaras en hacérmelo creer.

—Pues, me acostumbré a ella. Retírate por favor —su ruego era inútil y sabía que él no haría caso.

Max avanzó hacia Victoria, cerrando la puerta tras de sí, pero pasó por su lado sin rozarla. Se detuvo en la baranda del balcón y miró el océano inmenso que se abría ante ellos.

—Querías una casa así: con un balcón que mirara al mar, un balcón donde pudieras sentarte a pensar ¿recuerdas? Escogí esta casa porque sé que sería la que tú hubieras elegido.

Victoria no podía desmentirlo. Efectivamente era como la casa de sus sueños, de aquellos sueños que tuvo un día pero que irremediablemente habían quedado atrás.

—Me alivia saber que cuando quieres puedes recuperar tu buena memoria. Es una lástima que sólo recuerdes algunas cosas.

—¿Me reprochas porque recuerdo cosas buenas, cosas que consideré serían lo más importante en mi vida? Yo quería cumplir todos tus sueños Vicky y estuve a punto de hacerlo si lo hubieras permitido.

Se esforzaba en pensar que le estaba mintiendo pero, parado allí frente a ella, lamentándose por un pasado que habían perdido y que resultaba doloroso olvidar, Max parecía tan sincero que Victoria no pudo dejar de compartir la angustia que lo afligía. Él lo había significado todo en su vida y nadie podía entender la decepción que sentía por aquel malogrado amor como ella misma. Victoria supo que tenía que sobreponerse o estaría perdida. Empezaba a sentirse nuevamente presa en la seducción del hombre que representaba su cruz y su martirio. El peligro se le hizo más evidente cuando la sangre empezó a correrle por el cuerpo con aquella urgencia que creía olvidada. En un alarde de fuerza de voluntad, que no sentía, trató de argumentar:

—Es bonito de escuchar. No se puede negar que eres experto en manejar el lenguaje, aunque sean sólo palabras.

—No es cierto que pienses eso. Me conoces lo suficiente como para saber que no hay mentiras en lo que te estoy diciendo.

—No estoy segura de conocerte bien y tú lo acabas de afirmar esta misma tarde.

—Pero siempre has sabido cómo me haces sentir, es algo que no puedo evitar aun cuando me lo proponga.

Se acercó y la rodeó con los brazos. Su pulso latía apresuradamente. En los ojos una mirada inconfundible que la hacía estremecer ante la pasión que con fuerza incontenible empezaba apoderarse de los dos.

—Suéltame. No cometas una locura. Terminarías lamentándolo.

—Locura es lo que se apodera de mí cuanto te tengo cerca. Nadie me hace sentir como tú. Nadie lo ha hecho ni creo que pueda hacerlo jamás.

Acarició su rostro con las dos manos, delineando el contorno de la cara. La reclinó suavemente hacia atrás para observarla con detenimiento, con aquel gesto característico que tenía la costumbre de repetir cuando compartían momentos íntimos en el pasado. Sus labios se pegaron a su frente y rodaron por sus mejillas descendiendo hasta el cuello, prodigando besos ardientes y sin despegarse de su piel. Se detuvo cuando llegó a su boca como si esperara el consentimiento para apoderarse de ella. Vicky estaba como hipnotizada, no podía pensar, no quería pensar. Envuelta en la magia de aquel hombre que, para ella, era el único. Con un último esfuerzo logró susurrar.

—Es una insensatez, un error, un gran error. Lo sabes tan bien como yo.

—No, no lo sé. Cuando estoy contigo sólo puedo pensar en ti y en mi deseo. En lo mucho que me haces falta.

—Te dejas llevar por el momento, eso es lo que te pasa. Lo que siempre pasa.

—¿Y es tan malo que sea así? Vicky, estamos aquí en esta casa de ensueño, en esta habitación que idealizaste tantas veces. Nuestros hijos están cerca llevándose como hermanos. ¿No es acaso una situación perfecta? ¿No podemos hacer que por esta noche, aunque sea sólo por esta noche, todo sea olvidado y volvamos a ser los mismos de antes, aquellos que pensaban que no había otro mundo que no fuera el nuestro?

—No se puede...

—Todo se puede. No te resistas más. ¿Crees que no percibo lo que tú estás sintiendo también? No puedes ocultarlo, no de mí, mucho menos cuando te tengo así tan pegada a mi pecho. Tu respiración confundiéndose con la mía, tu sangre corriendo como si fuera por mis propias venas. Deseas esto tanto como yo y no puedes evitarlo.

—Pero quiero evitarlo, sé que debo evitarlo.

—Sólo esta noche Vicky... sólo esta noche. Vuelve a ser mía como lo fuiste antes, como debiste serlo siempre.

El beso intenso que siguió le arrebató las fuerzas y su resistencia cayó sin pudor alguno. Se aferró a él, poseída de la misma desesperación que lo agitaba. Se disolvió en su cuerpo como si quisiera meterse dentro de su piel y como si en ello le fuera la vida. Esa vida que dejó de tener sentido cuando tuvo que obligarse a vivir lejos de sus caricias. Perdieron la noción del tiempo, del espacio y de todo lo que no fuera la exaltación que los envolvía en una llama vibrante de deseo y ansias contenidas. Apretados el uno al otro se hundieron en el abismo que los atrapaba siempre que estaban juntos. Sus cuerpos desaparecieron al mezclarse en un abrazo desbordado que los hacía confundirse en uno solo.

El móvil de Max comenzó a sonar y Victoria abrió los ojos. Estaba sola en el gran lecho donde poco pudieron dormir la noche anterior. El cuerpo entero le dolía. Max la había estrujado hasta la saciedad, pero su dolor era tan placentero que la reconfortaba de una manera especial. El actor tomaba una ducha en el baño continuo y el correr del agua se escuchaba desde el dormitorio.

—¿Puedes ver quien llama, amor? —su voz terminó de despertarla.

Perezosamente estiró un brazo para alcanzar el celular que estaba en la mesita de noche y pestañeó varias veces antes de divisar el nombre que aparecía en la pequeña pantalla. De un golpe todo el embrujo que la rodeaba desapareció ante el hecho que la devolvía a su cruda realidad. Se incorporó rápidamente en la cama y recogiendo las ropas que estaban dispersas por el suelo comenzó a vestirse con prisa. Max salió del baño con una toalla arrollada a la cintura y frotándose el cabello con otra que sostenía en las manos. La sonrisa que traía en el rostro se desvaneció al percibir la alteración que era visible en la mujer.

—¿Qué estás haciendo?

—No quiero que Nick o Megan me encuentren aquí cuando se despierten.

—Falta mucho para que se despierten, ahora es que empieza amanecer. Por demás estás en tu cuarto.

—No estoy en mi cuarto, sólo pasé aquí la noche.

—¿Qué te pasa Victoria?

Trató de acercarse pero la mujer lo esquivó y sin responder, se dirigió a la cómoda donde comenzó a cepillarse con fuerza el cabello. Max dirigió su vista al móvil que estaba en la cama.

—¿Quién llamó? —tomó el celular en sus manos y revisó el registro: un nombre femenino resaltó tal y como la novia lo había puesto para que apareciera cuando le telefoneara: "Tu Julie"—. ¿Es por esto? ¿Una simple llamada puede hacer que todo vuelva a cambiar entre nosotros?

—Entre nosotros nada ha cambiado. Todo sigue igual y por la llamada de tu mujer, no te preocupes. Por supuesto, no contesté.

—No importaría mucho si lo hubieras hecho y no creo que entre nosotros las cosas sigan igual. No puedes decir eso después de lo que vivimos anoche.

—Una noche de buen sexo no cambia nada y tú lo debes saber mejor que nadie.

—¿Eso te pareció? ¿Buen sexo, nada más?

—A estas alturas de la vida no creo que pienses que pudo ser otra cosa ¿no es lo que fue para ti también?

Una vida contigo

—Mereces que te diga que sí.
—Hazlo, no te hará daño ser sincero por una sola vez.
—Si no fuera por esa inoportuna llamada no estarías así.
—Esa llamada no varía como son las cosas entre tú y yo, por el contrario, acentúa lo que ya se hace costumbre: que alguna de tus mujeres establezca la exacta medida de nuestra relación.
—Puedo explicarte lo que me pasó con Julie.
—Ahórrate esas explicaciones. No las pedí ni las necesito. Tampoco le des tanta importancia a lo que pasó. Yo no se la doy. Fue sólo una noche más. Ahora yo también puedo disfrutar de algo así como tú y darle el valor que tiene.

Max se abalanzó sobre ella y la tomó con fuerza de un brazo.
—Estás mintiendo.
—¿Te sientes ofendido porque soy sincera? ¿Qué estabas pensando? Que porque dormí contigo iba amanecer rendida en tus brazos, agradecida de que me hicieras el favor de amarme otra vez.
—Lo cínica no te queda.
—Tienes razón, esa es una cualidad que nadie mejor que tú sabe lucir bien.
—Mírame y dime que no sentiste lo mismo que yo. Dímelo. Atrévete.
—No puedo saber lo que tú sientes, es algo que dejé de tratar de descifrar hace mucho pero yo me la pasé bien, tan bien como con otro cualquiera que me sepa hacer el amor como tú. No pretendo negar que eres un excelente amante, puedo admitirlo sin pudor alguno si eso te complace.
—Cuando hablas de ese modo, te desconozco.
—Mucha agua ha pasado bajo el puente. Debías haberte dado cuenta desde que volviste a encontrarme. Ya no soy aquella muchachita con la que solías jugar.
—Todavía creo que mientes.
—Porque tu vanidad es mayor que tu entendimiento. La pasamos bien, es cierto, pero fue un error. Te lo dije antes de empezar pero no me hiciste caso. Ahora no te quejes.
—Me desconcierta tu frialdad. No eres la misma que anoche te entregabas a mí una y otra vez. No podrías fingir tanto ardor aunque quisieras.

—Soy de carne y hueso y te repito que tú eres uno de los mejores amantes que he tenido. Cuando estoy contigo trato de estar a tu altura. Espero no haberte defraudado.

—Me defraudas con cada palabra que sale de tu boca. Con la desfachatez que presumes de tus muchos amantes.

—No han sido muchos, quizá en eso exageré, y siento que tu orgullo sea tan sensible. Una razón más para que te mantengas alejado de mujeres como yo.

—Victoria... No colmes mi paciencia. Deja esos juegos porque todo tiene un límite.

—Te empecinas en creer que estoy jugando porque te niegas a ver la verdad. Olvidemos esta noche. Después de todo para ti será fácil. Es una más de tantas que has compartido con otras mujeres.

—¿Quieres hacerme creer que te será fácil olvidarla a ti?

—Yo ya la olvidé. Me hice ese propósito en el mismo momento que decidí ceder a tus deseos.

Max se hartó de la discusión. No creía nada de lo que la mujer le estaba diciendo y se maldecía internamente por haberle pedido que tomara aquella llamada telefónica. Estaba seguro que sin la intervención de Julie las cosas serían muy distintas pero si Victoria se empeñaba en retarlo él no se quedaría atrás.

—Está bien, si así lo quieres así será y como consideras que fue algo natural a lo que no se debe dar importancia, espero que no te moleste si insisto en repetir la experiencia de nuevo.

—Creo que la experiencia fue suficiente para los dos, pero lo tendré presente si llego a estar muy necesitada.

—Procuraré estar bien cerca cuando eso ocurra.

Vicky sintió que comenzaba a perder terreno. Estaba cansada de fingir una calma que no existía. Se asombraba de sí misma por todas las barbaridades que se atrevió a gritarle. Sintió cierto placer en demostrarle que él tampoco significaba nada para ella, que la noche anterior era como otra cualquiera, pero la entereza que había demostrado para enfrentarlo no duraría mucho si Max empezaba a devolver los golpes. Su lengua era peor que la suya si se trataba de ofender.

—Espero hacer una mejor elección para la próxima vez.

—¿Quién sabe? Tal vez no encuentres a otro tan dispuesto a dejarse tomar y dejar tan repetidamente como yo.

El sarcasmo de sus palabras la dejó sin respuesta. Recogió el maletín que yacía abandonado cerca de la puerta, metió en él la bata de dormir que se había puesto en las primeras horas de la noche e intentó salir de la habitación, pero el actor la sujetó por un brazo.

—¿No sientes miedo Victoria, no sientes miedo de estar equivocada, de que algún día puedas darte cuenta que me has juzgado mal sin motivo alguno y ya sea tarde para cualquiera de los dos?

—Si me hubiera equivocado respecto a ti y eso pasara, me lo tendría merecido ¿no crees?

—Lo creo y por eso te recomiendo que te lo pienses despacio. No siempre me tendrás aquí esperando por ti. Yo también puedo cansarme.

Victoria no respondió, se desprendió del brazo que la sujetaba, y salió del cuarto. Max empezó a vestirse con calma y la siguió un poco más tarde. Cuando entró en la sala del primer piso, Victoria estaba peinando a Megan. La carita de sueño de la niña reflejaba que debía estar profundamente dormida cuando su madre decidió levantarla. Nicky en piyamas trataba de convencerlas para que no se fueran.

—Pero ¿por qué no se quedan aquí? Hay espacio suficiente. ¿Ya mi padre sabe que se marchan?

Max entró en la habitación.

—Sí, ya lo sé.

—Yo no quiero irme mamá. Nicky me dijo que me iba a llevar a pasear en un barco.

—No podrá ser en esta ocasión.

—Pero ¿por qué? —la niña insistía llorosa.

—Porque tenemos habitación separada en la pensión y nos están esperando.

—Podemos llamar y cancelarla ¿verdad papá? —Nicky se volteó a Max pidiendo su apoyo.

—Creo que no debemos insistir hijo, Victoria está decidida a marcharse. No podemos obligarla a que permanezca aquí.

—Yo quiero quedarme —la muchachita no cejaba de establecer su prioridad.

—Atiende Megan. Eres muy pequeña para comprenderlo y es necesario que aprendas que tú y Nicky viven en mundos muy distintos. No está bien que te acostumbres a unos lujos que no puedes darte.

—¿Por qué dices que Nicky es distinto? Yo lo veo igual a mí.
—Pero no son iguales.
—¿Porque él tiene un papá y yo no?
Victoria se puso roja ante la conclusión a la que llegó la niña.
—No quise decir eso.
—Pero eso es lo único que él tiene que yo no tengo.
—No se trata de eso y no tiene sentido lo que dices, tampoco lo tiene que te lo explique, como ya te he dicho eres muy pequeña para comprender. Lo que debes entender ahora es que debemos irnos. Por favor, llama un taxi —se dirigió a Max aunque seguía mirando a la niña.
—Yo puedo llevarlas —el actor adelantó unos pasos hacia ellas.
—No será necesario —Victoria se puso de pie y retrocedió. Max se detuvo.
—No quiero irme —Megan se soltó de la mano con la que la sujetaba su madre y corrió hacia Max escondiéndose detrás de sus piernas. Nicky, que estaba al lado de su padre, se acercó más a ellos formando un grupo cerrado frente a ella —quiero quedarme con Nicky y con su papá.
Victoria sintió como si le desgarraran el pecho. No se echó a llorar porque el orgullo que le quedaba no se lo permitía.
—¿Prefieres quedarte aquí y que yo me vaya sola? —sus palabras de reproche conmovieron a la criatura.
La niña volvió a su lado y se abrazó a sus piernas.
—Tú no te puedes ir.
—Yo me tengo que ir Megan y tú debes venir conmigo. Lo vamos a pasar muy bien en la pensión, iremos a la playa que tanto te gusta, al parque, haremos todo lo que tú quieras…
—Quiero quedarme aquí. Eso es lo que quiero. Pasear con Nicky y su papá. Hoy es el día del padre y si mis amiguitos me ven pueden pensar que él es el mío. Max es mi amigo y no le importará ser mi papá por un día ¿verdad que no? —se dirigió a Max implorando con su vocecita quebrada.
—Claro que no Megan, no me importaría que me creyeran tu padre, todo lo contrario, me daría mucho gusto.
—Te lo agradezco Max, pero mi hija no necesita tu caridad.

—Yo...

—Me llamas un taxi o ¿tendré que salir a buscar uno?

—Llamaré a la estación ahora mismo —respondió molesto y salió de la habitación.

Megan lloraba pegada a las faldas de Victoria. Nicky se acercó, se sentó en una butaca que había a su izquierda y atrajo a la niña hacia él. Levantó con su mano la carita de la hermana haciendo que esta lo mirara de frente.

—Iré a verte, Megan. No te pongas así. Tú mamá tiene razón. Hay una habitación muy bonita esperándolas y si yo pudiera me iría con ustedes, seguro que es más alegre que este enorme caserón.

—No puede ser más bonita que esta. Esta casa me gusta mucho.

—A mí no. No me gustan las casas tan grandes.

—Entonces ven con nosotras.

—No puedo dejar solo a mi papá, no estaría bien y tú tampoco puedes dejar sola a tu mamá. ¿Quién la cuidaría si tú no estás con ella?

La niña empezaba a dudar.

—¿Me prometes que irás a verme?

—Palabra de hermano mayor.

—¿Te gustaría ser mi hermano?

—Claro que me gustaría y puedes considerarme como si lo fuera.

Max volvió a entrar en la sala.

—El taxi las está esperando en la puerta.

Victoria abrazó al muchachito.

—Gracias Nicky, no sé como podré pagarte esto.

—Ya lo has hecho en más de una ocasión, cuando tenía aproximadamente la edad de Megan y cuando nos encontramos en Chicago.

—Ninguna de las dos fue suficiente. Eres uno de los mejores chicos que he conocido y Megan tiene mucha suerte de que seas su amigo—, le dio un beso en la frente y se dirigió con la niña hacia la puerta. Pasó al lado de Max sin mirarle siquiera.

Vicky observaba fijamente a su hija que muy enfurruñada se había recostado a la ventanilla del coche. Esperaba que el enojo le durara poco, aunque a veces en sus berrinches mostraba la misma terquedad obstinada del Brennan. Megan se parecía tanto a Max en sus arranques que empezaba a tener miedo de que alguien notara el parecido. A medida que la niña iba creciendo las expresiones de su rostro le recordaban mucho más a su progenitor. Los ojos azules tan iguales a los suyos reflejaban él animo que la acompañaba, antes que sus palabras, como sucedía con el padre. Temía que este se diera cuenta de esas semejanzas el día menos pensado y a veces se asombraba de que no las hubiera notado todavía. Pero Max miraba a Megan como a la hija de otro y su resentimiento lo cegaba de manera increíble. Victoria se estremeció al recordar el momento recién vivido. Se había sentido aterrada cuando la niña corrió a refugiarse entre sus piernas. La actitud y la expresión de las tres personas que tuvo ante sí eran tan parecidas que nadie dudaría que un lazo familiar los unía. Por primera vez tuvo miedo de algo en lo que nunca había llegado ni a pensar: Megan algún día podía desear irse con el actor si descubría quién era. Cerró los ojos tratando de alejar un pensamiento tan cruel. La vida no podía ser tan injusta con ella, pero sabía que su preocupación tenía fundamento. La niña sin casi conocerlo o relacionarse con él lo había escogido sin pensarlo dos veces. Era cierto que era una situación sin importancia y que su actitud obedecía a un deseo infantil sin relevancia alguna. No era como si Megan tuviera que escoger entre ella y su padre, pero ¿qué pasaría si con el tiempo la situación se complicara? ¿Qué haría su pequeña si llegara a enterarse de que ese padre al que tanto añoraba no era otro que Max Brennan?... ¿Y Max, qué haría Max si descubriera que Megan era su hija? No podía seguir torturándose con aquella suposición. Nada pasaría. Estaba exagerándolo todo producto de la aprensión que sentía. Megan era sólo una niña, el enojo que mostraba desaparecería enseguida. Su deseo de permanecer en aquella casa rodeada de lujos era natural, ¿qué niño no se sentiría contento de estar allí? Ella no había preferido quedarse al lado de Max. Quiso quedarse con Nicky y eso se podía entender. Con respecto a Brennan, pronto se iría y lejos de ellas las olvidaría muy pronto. Él no deseaba más hijos ¿por qué tendría que preocuparse por una que no sospechaba siquiera que existía? Sus últimas conclusiones llegaron a tranquilizarla un poco, sin embargo, consideró que fue un inmenso error aceptar la invitación a quedarse esa noche en casa del actor. Debía haber comprendido a tiempo todo lo que arriesgaba, debió saber que nunca podía estar segura tan cerca de ese hombre. ¡Qué fácil fue para él que ella cediera ante sus deseos y que volviera a caer víctima de sus insensatos sentimientos! Su mayor equivocación era haber confiado en sí misma cuando una caricia de sus manos fue suficiente para convertirla en arcilla blanda entre sus brazos. Max la moldeaba a su gusto y manera sin pedir permiso y ella se dejaba, se entregaba a sus apetitos sin recato alguno y sin medir las consecuencias. Así había sido y volvería a ser si no lograba apartarse de su lado. ¡Qué necia era en su comportamiento! ¡Cuánta estupidez en su manera de obrar y decir! El actor tenía razón en asegurar que le mentía descaradamente. Nadie podía creer en sus palabras cuando sus acciones habían demostrado lo contrario de una manera tan rotunda y contundente. Después de habérsele entregado con tanto desenfreno era imposible que él pensara que le era indiferente. Recordó la escena de la mañana con vergüenza. Brennan tenía la facultad de hacerla sentir absurda y ridícula. Ella vociferaba, amenazaba y hacía un esfuerzo inaudito para mostrarse inaccesible y a él sólo le bastaba extender los brazos para que fuera rendida hacia ellos. ¿Es que acaso nunca aprendería? ¿Tantos golpes no le habían servido para nada? Cuando recordaba la forma en que le había pertenecido la noche anterior podía darse la respuesta: No, no había aprendido nada, los golpes que había recibido serían sustituidos por otros peores porque no podía resistirse ante el amor que sentía. Un amor que no tenía sentido pero que no podía arrancar del corazón.

El fin de semana transcurrió sin mayores incidentes. Nicky pasó por la pensión a la mañana siguiente y llevó a Megan a pasear por la playa, fue en un taxi y Max no apareció. El domingo en la tarde regresaron en el autobús al rancho. Cuando llegaron ya noche, el auto deportivo del actor estaba desde hacía rato en el car porch delantero de la casa de Robert. El lunes muy temprano, antes de que Megan saliera para la escuela, Nicky vino a despedirse prometiendo volver a la primera ocasión que se le presentara. Max se encontró con Victoria esa misma tarde en los foros, el trato entre ellos fue tan frío y distante como en los primeros días de su llegada a Orange's Tree. No cruzaron otras palabras que las necesarias para entenderse en asuntos de trabajo y ninguno de los dos parecía interesado en estar cerca del otro más que cuando era estrictamente imprescindible. La noche compartida parecía un episodio olvidado o que no había ocurrido y del que no se volvería hacer mención.

El primer corte de producción se acercaba y el trabajo se incrementó por unas semanas. Victoria trabajaba frenéticamente como si ella sola pudiera apresurar el fin de aquel proyecto y hacer que Max Brennan saliera de una vez y para siempre de su vida.

Era muy entrada la noche y Vicky todavía estaba en el viejo galpón organizando scripts y revisando libretos cuando Max se detuvo en la puerta a observarla desde el dintel.

—No podrás acabarlo tú sola por mucho que lo intentes.

—Si te esforzaras un poco terminaríamos más rápido. Nunca te vi trabajar con mayor desanimo y lentitud en proyecto alguno.

—No tengo prisa. Sólo pretendo que salga bien y que yo sepa no eres una experta en mi manera de abordar los proyectos. Trabajamos juntos en aquella ocasión y nunca más.

—Para la muestra un botón. No hay que ser un experto ni estar a tu lado siglos para saber cómo es la forma en que trabajas. Andas siempre apurando a todos como si el mundo se fuera acabar, por eso me sorprende que ahora te lo estés tomando con tanta tranquilidad.

—Puede que la vida me esté enseñando a ser paciente.

—Dudo que la vida o alguien te pueda enseñar algo que no sea de tu particular interés y conveniencia aprender.

Max avanzaba por el viejo establo recorriéndolo todo pero no se acercaba a la mesa en la que ella estaba trabajando. Se sentó encima de una larga tabla que hacía como banco y estaba a las espaldas de Victoria. Jugaba con un cigarrillo que tenía en la boca, que no acababa de prender.

—Puede que David venga pronto —mencionó como al azar.

Victoria se dio vuelta en su silla.

—¿David Hunter?

—¿Qué otro podía ser?

—Esperé que apareciera en cualquier momento desde que tú llegaste, siempre andaban juntos.

—Y así es todavía, pero cuando se me ocurrió empezar esta producción ya estaba comprometido con Oliver, no podía dejarlo plantado para seguirme los pasos.
—¿Sabe que estoy aquí?
—No quise privarle de la sorpresa, será una de primera cuando te encuentre aquí.
—Espero que su curiosidad haya disminuido con los años, lo recuerdo haciendo siempre averiguaciones indiscretas cuando menos lo necesitabas.
—Cualquiera diría que lo tildas de entrometido.
—Sé que lo hace con buena intención, pero no me negarás que a veces le gusta preguntar demasiado.
—En eso te doy toda la razón —dijo sonriendo.
—¿Cómo se encuentra?
—Muy bien hasta donde yo puedo saber. Me extraña mucho que no preguntes por nadie de aquellos días, ni siquiera por David o por la que decías era tu mejor amiga.
—Sofie... —el recuerdo de la amiga trajo una sonrisa a sus labios—. He querido preguntarte por ella varias veces pero no he tenido ocasión.
—No exageres, las ocasiones han sobrado.
—Nuestras conversaciones no suelen ser cordiales cuando no hablamos de trabajo y cualquier tipo de confidencia queda al margen.
—Puede que también eso sea cierto y ahora, increíblemente, los dos estamos de buen ánimo y puedes preguntar lo que quieras.
—¿Sabes de ella, la seguiste tratando? ¿Siguió bien relacionada con Hunter?
—¿Bien relacionada? No sé que puedas pensar al respecto. Se casaron hace cinco años y tienen un niño de tres del cual soy el orgulloso padrino.
—¡¿Sofie con un hijo?! No lo puedo creer —no tenía que esforzarse mucho, su expresión de incredulidad era evidente.
—¿Por qué no? Tú también tienes una hija y mucho mayor. Era de suponer que tu amiga no se quedaría atrás.
—No me imagino a Sofie con un niño propio, ella misma era una niña grande la mayor parte del tiempo.

—Según su marido, que además la considera el plus ultra de las mujeres, es una madre estupenda.

—Se casó con Hunter... Era su sueño ¿sabes? Desde que lo vio la primera vez no pensó en otra cosa que estar toda su vida con él.

—Pues la lucha se le hizo fácil, porque a David le pasó lo mismo. Desde que se encontró con esa gatica de ojos verdes no se pudo contar con él para más nada. Lo perdimos para siempre.

—Lo perderían para sus alborotos y sus juergas, porque sigue siendo tu amigo y que haya encontrado la felicidad no creo que te pese.

—Por el contrario, la mayor parte del tiempo lo envidio. Es mi mejor amigo, verlo feliz me ha hecho feliz a mí también.

—¿Sofie sigue con su negocio de fotografía? ¿Siguen en aquel pueblito?

—Por Dios, creo que no tienes en cuenta que han pasado más de seis años. Sofie es ahora una gran empresaria. Tiene varios estudios fotográficos que conforman una empresa considerablemente importante y si bien sigue manteniendo el estudio de aquel pueblito, por cuestiones sentimentales, está establecida en Los Ángeles junto a su flamante esposo que es su accionista mayoritario.

—Me alegra que la vida haya sido amable con ellos. Se lo tienen merecido. Sabían lo que querían desde un principio y lo consiguieron.

—¿Lamentas que la vida a ti no te haya tratado tan bien?

—Me ha tratado como merezco. Uno solo es el que se forja su felicidad o su desgracia al elegir un camino y después es inútil lamentarse, pero eso no impide que me alegre mucho porque a ellos les haya ido distinto. Sofie fue la mejor compañera que tuve en la escuela. Haría cualquier cosa por ella y sé que ella haría lo mismo por mí.

—Sin embargo, has dejado que viva preocupada por tu ausencia durante todos estos años. Nunca entraste en contacto. Nunca le hiciste saber dónde estabas ni qué había pasado contigo.

—No quise complicarla en mis problemas y ahora sé que hice lo correcto. Hubiera sido un estorbo dentro de su felicidad.

—No creo que ella lo vea así. Se ha preocupado mucho. Todavía lo hace. Lo sé muy bien porque soy el blanco directo de sus constantes acusaciones. Me hizo responsable de todo lo que te pudiera pasar. No me fue fácil mantener una relación cordial con ella cuando tú te fuiste y no puedo evitar que me mire con recelo hasta el día de hoy.

Victoria sonrió. Sabía lo implacable que podía resultar su amiga cuando algo o alguien perjudicaba a sus afectos.

—Sí, supongo que debió ser difícil para ti, aunque debe habérsele pasado si permitió que fueras el padrino de su hijo.

—Nunca me lo han dicho, yo creo que la peor discusión que han tenido fue por esa causa. Casi lo puedo apostar.

Los dos rieron. Un silencio cómplice los acompañó durante un buen rato mientras cada uno por su lado recordaba a los amigos distantes.

—¿Cuándo llega David?

—No lo sé con certeza, la producción de Oliver terminó y después de holgazanear por un tiempo al lado de su familia, estará cayéndonos por aquí el día menos pensado. Espero que sea pronto.

Victoria estiró los brazos y se frotó los ojos. Apartó los papeles que tenía delante.

—Creo que ya no doy más.

—Nadie te pide que trabajes hasta tan tarde. No es necesario ni hace falta.

—No me gusta dejar pendientes.

—Me parece que te quieres atiborrar de trabajo para no tener que pensar.

—Siempre crees saber lo que quiero o no quiero hacer.

—Y por lo general suelo tener razón.

—Te equivocas, pero hoy no quiero discutir.

—Yo tampoco —se bajó de la mesa y encendió el cigarrillo que tenía entre los labios—. Te acompaño hasta la puerta de tu casa y me voy a dar una vuelta al pueblo. Hoy no tengo deseo alguno de irme temprano a la cama.

Victoria no hizo comentario alguno. Caminaron juntos hasta la entrada del bungalow que no estaba muy lejos.

—Buenas noches Vicky. Dile a Megan que Nicky llamó y preguntó por ella, le envía un abrazo.

—Se lo diré. Buenas noches, Max.

El actor dio media vuelta y se dirigió a su coche, montó en él y se perdió en el camino. Victoria no entró a su casa hasta que las luces traseras del auto de Max dejaron de verse a lo lejos. Había dicho que no tenía sueño y se iría al pueblo a dar una vuelta. Era fácil suponer a lo que iba. No pudo evitar que un sentimiento de tristeza profunda inundara su corazón, mordido por los celos.

—Llegaste muy tarde anoche por no decir esta mañana. Te vi cuando salía a los potreros.

Robert entró al comedor cuando Max estaba empezando a desayunar.

—Me sentía aburrido y me fui al pueblo. Allí tampoco había nada entretenido que hacer y seguí hacia ese otro lugar que mencionaste el otro día.

—Y allí encontraste la diversión que estabas buscando.

—Pues no, allí también me aburrí como una ostra sólo que entre una cosa y otra casi me amanece.

—Imagino que estarás hecho polvo.

—Ni creas, las he pasado peores y aguanto muy bien. Tomé un poco y la resaca sí me trae mareado.

—La madre de tus hijos te llamó anoche. Estuvo timbrando a tu celular y nadie le respondía. Estaba un poco confundida por el cambio de hora y no sabía que era tan tarde. Le dije que ya estabas dormido, pensé que era lo mejor antes que darle más detalles.

—¿Pasó algo con Anthony? —preocupado.

—No creo. Hubiera insistido para que te despertara. Dijo algo sobre las vacaciones de Nicky, no entendí muy bien, perdóname viejo pero yo sí que estaba en el quinto sueño cuando ella llamó.

—Voy a llamarla ahora mismo. Anoche el móvil se quedó sin carga y no me volví acordar hasta hoy.

—No te preocupes, estoy seguro que no es nada urgente. Lo habría dicho.

Max salió apresuradamente de la habitación. Poco rato después volvió a entrar y se sentó al lado de Robert que tomaba su café.

—¿Algo importante?

—No, sólo asegurarse de que Nicky pasará las vacaciones de verano con ella. Parece que este año me quedaré solo, a no ser que me vaya a Sidney.

—¿Y Julie?

—Julie estará en Europa por largo tiempo. Un filme se le empata con el otro y de Suecia se irá a Francia sin escala ni descanso, quizá venga unos días.

—Tú también puedes ir a verla.

—Me da flojera estar en otras filmaciones que no sean las mías. A veces ya hasta estas comienzan a cansarme. Me hice la ilusión de que Nicky pasaría parte del verano conmigo y no será así según los planes de la madre.

—Creo que la pasó muy bien cuando estuvo aquí. Hizo buenas migas con todos, sobre todo con la hija de Victoria.

—Me pareció increíble la relación que estableció con la pequeña, aunque comprendo que la compañía de una niña que está por cumplir cinco años no es su mejor plan de diversión. Seguro prefiere estar con otros amigos que sean de su misma edad.

—¿Quién está por cumplir cinco años?

—Megan... Eso me dijo Victoria. Creo que cumple años pronto.

—Sí... muy pronto. Acostumbramos celebrarlo aquí en el rancho con una gran fiesta.

—Ya... No olvido que es la pequeña emperatriz de toda la región.

—No me dirás que le sigues teniendo mala voluntad a la chica.

—Nunca le he tenido mala voluntad. Fueron exageraciones de toda esa partida de tontos que la miman.

—Merece todos los mimos que le hacen. Recuerda que sólo cuenta con el cariño de la madre, pero creo que ya no es necesario hacerte guerra a favor de ella. Los he visto hablar muy animadamente en más de una ocasión.

—Es muy simpática y despierta. Muy inteligente para una niña de esa edad.

—Los chicos ahora nacen sabiendo y Megan ya va a cumplir... ¿Dice Victoria que... cinco? No tengo muy buena memoria para esas cosas.

—Sí, eso me dijo y debo comprarle un regalo en nombre de Nicky, si no quiero hacerlo quedar mal.

—Haces bien, se pondrá muy contenta.

—Veré que se me ocurre.

—Puedes preguntarle a la madre.

—Prefiero no hacerlo, tal vez no le guste la idea.
—Me pregunto ¿por qué?

Max alzó la mirada, en los ojos de Robert encontró la suspicacia que de vez en cuando aparecía cuando mencionaban a Victoria.

—Un regalo es una sorpresa, mientras menos gente lo sepa mejor y creo que ya estoy hablando de más diciéndotelo a ti.

—¡Cuánto celo! Ahora resultarás más preocupado por complacer a la niña que todos los que estamos aquí.

—Eso sí que esta bueno. Si peleo soy un monstruo y si quiero ser amable exagero. "Palos porque boguen y palos porque no boguen". ¿Qué hago para quedar bien? No hay quien te entienda.

Salió rezongando por la puerta dando un portazo tras él.

—Yo tampoco te entiendo a ti Max, te juro que no. Hay algo que tengo que aclarar con Victoria en la primera ocasión que se presente, porque eso lo entiendo mucho menos todavía.

Max entró en la oficina que Robert le había destinado en uno de los foros. Victoria estaba sentada al escritorio revisando unos libretos.

—Siento aparecer tan tarde.

La mujer ni siquiera alzó la vista para responderle.

—¿Y los dialoguistas? —Max miraba hacia todos lados con expresión interrogadora.

—Hace un rato les dije que se fueran, no tenía caso que siguieran esperando cuando no sabía a la hora que ibas a llegar y tenían mucho que hacer.

—Me levanté un poco tarde y se me complicó la mañana. Anoche casi no pude dormir.

—Supongo —la palabra parecía un gruñido y no fue audible.

—¿Decías?

—No tienes que dar tantas explicaciones. Eres el jefe y puedes llegar a la hora que se te pegue en ganas.

—¿Estás disgustada por algo? Pareces de mal humor. Por la cara que traes supongo que también pasaste mala noche.

Efectivamente había pasado muy mala noche y sus motivos eran bien diferentes a los de él. No había cerrado un ojo pegada a la ventana de su cuarto esperando verlo regresar.

—Como paso mis noches no es asunto tuyo.

—Lo sería si las pasaras conmigo pero no me das la oportunidad.

—Para lo que te hace falta —hablaba en un susurro mascullando las palabras.

—¿Pudieras hablar más alto? Esta mañana no se te entiende nada.

—Será porque todavía no acabas de despertar. Suele ocurrir cuando te levantas tarde.

—Me conmueve que recuerdes tan bien mis costumbres.

—Lástima que no sean nada agradables de recordar.

—¿Qué mosca te ha picado? Anoche no estabas así.

—Anoche no había estado perdiendo el tiempo esperando por ti para hacer un trabajo urgente.

—Lo dijiste antes, el jefe soy yo, la urgencia del trabajo puede cambiar si lo considero prudente.

—Juegas con el tiempo de los demás en beneficio de tus diversiones y tu placer personal, en eso no cambias.

—¿Dé que hablas o a qué te refieres? No te acabo de entender.

—Ni falta. Ya ni sé por qué me molesto en hablar contigo de algo que no sea estrictamente de trabajo.

—Será porque nos unen demasiadas cosas que no tienen que ver con asuntos de ese tipo.

—No nos une nada y gracias doy a Dios por ello cada día que pasa.

—Algo te traes y si no me lo dices es imposible que pueda remediarlo.

—Nada puedes remediar en lo que a mí respecta. Ahórrarte ese tiempo y dedícalo a un propósito con mejor provecho.

—Debes saber que yo decido cómo perder o no mi tiempo y ahora no me iré de aquí hasta que me digas qué fue lo que hice para que te hayas vuelto a poner en contra mía de esa manera. Que yo sepa no ha pasado nada nuevo que justifique tanta incomodidad.

—Tu sola presencia basta para que me incomode. Es un hecho y no sé por qué te extrañas.

—No te entiendo, cuando empiezo a creer que puede existir una relación medianamente cordial entre nosotros, explotas sin motivo alguno.

—Lamentablemente tenemos que trabajar juntos, pero entre nosotros no hay ni habrá relación alguna de ningún tipo. Ese "nosotros" no existe.

—Porque tú te empeñas tercamente en complicar las cosas.

—¿Yo? ¿Soy yo la que me empeño en complicar las cosas?

—¿Quieres decirme de una vez qué demonios hice ahora que te ha molestado tanto?

—Tener que verte todos los días es suficiente.

—No es cierto. Ayer no te parecía así.

—Ayer y hoy es lo mismo. Me revienta tener que soportar tu presencia y es necio que te niegues aceptar algo tan evidente.

—Es más necio que te empeñes en convencerme de que no ha pasado nada que te ha hecho cambiar de actitud. Dame una razón válida y la entenderé.

—A estas alturas pensé que conocías todas esas razones de sobra.

—¿Puedes hablar con más exactitud? Ya sé lo que me reprochas por todo lo que, según tú, ocurrió en el pasado, pero ahora se trata de algo más. Estoy seguro.

—Dejémoslo ahí. No vamos hacia ningún sitio con esta pelea inútil. Estamos perdiendo un tiempo valioso cuando hay otros asuntos más importantes que atender.

—Te repito que eso lo decido yo. Quiero saber qué pasa y no haremos otra cosa hasta que me lo digas.

—Entonces no haremos nada. Así te puedes ir a dormir "la mona" y a reponerte de tu desvelo.

—Tomé mucho anoche, es cierto, pero la resaca ya pasó y no acostumbro a dormir de día. Lo sabes bien.

—Debías considerar cambiar la costumbre. El cuerpo necesita descanso cuando te pasas la noche derrochando energías.

—Aparte de la bebida fue una noche bastante tranquila. No estoy agotado en lo más mínimo.

—No te molestes en negarlo, conozco perfectamente cómo amaneces cuando tienes noches así.

—¿Y tú qué tanto sabes de cómo pasé mi noche? Aparte de mencionarte que bebí mucho no te comenté nada más —la miraba suspicaz.

—No hay que ser una lumbrera para suponer lo que estuviste haciendo.

Max se puso de pie y dando la vuelta al escritorio se sentó justo donde ella estaba revisando los papeles. Empezaba a comprender su enojo. Con una mano levantó la barbilla de la mujer haciendo que ella lo mirara a los ojos.

—¿Y qué piensas que pude estar haciendo que te afecte tanto a ti en particular?

—Nada de lo que tú hagas me afecta a mí en particular. Sólo creo que debías mostrar un poco más de respeto con las personas que trabajan para ti y que pasan horas esperando a que llegues mientras tú te repones de una noche de desenfreno.

—Te repito que no fue una noche de "desenfreno". Me aburría y salí a tratar de divertirme un poco. Terminé llenándome de alcohol más de lo debido, sólo eso.

—Allá el que esté interesado en creerte, a mí no me importa.

—Te importa y mucho. Cualquier otro no tendría el menor reparo en creerme. Sólo una mujer celosa pondría tantas dificultades para aceptar esa clara explicación.

—Espero que no imagines que esa mujer sea yo.

—Me dejas pocas posibilidades para pensar lo contrario.

—Pues te equivocas por completo. Lo que haces o no con tus días y tus noches me tiene sin cuidado y no puedo evitar hacer las conjeturas correctas cuando te veo aparecer de ese modo. No olvido lo que pasa cuando "tu diversión" supera tus fuerzas.

—"Mi diversión" sólo supera mis fuerzas cuando la comparto contigo y no creas que eso lo admito con demasiado entusiasmo.

La cara de Victoria se puso roja como granate. Max volvió a sujetar su rostro entre las manos.

—¿Estás celosa, mi pequeña Victoria? ¿Celosa porque piensas que estuve compartiendo mi tiempo con otras mujeres?

La mujer se puso de pie violentamente y se alejó de él.

—No seas absurdo. ¿Qué me puede importar con quién compartes el tiempo? Nada que tenga que ver contigo me importa.

—No veo otra razón para tu actitud de hoy.

—Acostumbras a ver sólo lo que te conviene. Me tienen harta tus suposiciones de que todavía muero por ti.

—Sé que no mueres por mí. Tampoco creo que lo hicieras en el pasado. Me atribuyes suposiciones que ni siquiera me rondan la mente. Demostraste de manera indudable lo que por mí sentías cuando me abandonaste.

—Me niego a discutir sobre el pasado. Con la pesadilla de este presente ya tengo bastante.

—Insisto en que no sé a qué te refieres porque últimamente me estoy portando bien. Desde la noche de la playa —el rostro de la mujer volvió a cambiar de color— no intento ni rozarte una mano. ¿Será eso lo que tanto te fastidia?

—Mira Max, para que te quede claro. Lo último que deseo es que te me vuelvas acercar con alguna intención de ese tipo y lo único que me haría feliz es perderte de vista para siempre. No veo el momento de que te acabes de largar y salgas de una vez de mi vida.

—¿Estás segura de que eso es lo que quieres?

—Más que segura. Es lo que imploro con vehemencia en cada uno de mis días.

—No debes angustiarte tanto. Quedan pocas semanas de grabación y en cuanto termine me iré. Lo más probable es que tus oraciones sean escuchadas más pronto de lo que esperas.

—Daré gracias por ello.

—Yo por el contrario lo sentiré mucho y espero que tú no te arrepientas nunca de haber sido tan injusta.

—No debes inquietarte por mí. Lejos de ti estaré bien.

—Me acusas de soberbia a menudo, pero nunca he visto una como la tuya.

—No es soberbia. Es un poco de dignidad, algo que tú acostumbras olvidar muy fácilmente.

—Te pasas... pero prefiero no responder lo que mereces. Sólo te digo una cosa: si todavía me quieres un poco, a pesar de lo que intentas hacerme creer, lamentarás lo que has hecho de nosotros. El día que me vaya de aquí no volveré a buscarte por mucho más que me duela renunciar a ti.

—Entonces tendré algo que agradecerte —sus palabras trataron de ser desafiantes pero el tono resultó apagado y no llegó a convencer.

—Es lo que haré, puedes estar segura... pero todavía falta un poco para que me pierdas de vista por completo. Te recomiendo que

Una vida contigo

moderes tu actitud para hacer de esos días que restan un tiempo más apacible. Aprende a mejorar tu mal carácter cuando su causa sean las libertades que me tomo respecto a mi vida personal. Otros pueden pensar que te interesas en mí más de lo debido y será embarazoso probarles lo contrario. Te resultará más difícil convencerlos a ellos, más difícil de lo que te resulta convencerme a mí.

Salió de la oficina dando un portazo. Victoria se derrumbó en la silla. La sensación de angustia que la embargó fue inmensa. Max se marcharía muy pronto y eso era lo que ella necesitaba, lo que ella quería, aunque no podía evitar el desaliento que al mismo tiempo le causaba. Lo amaba demasiado y siempre sería así. Era tonto tratar de negárselo a sí misma cuando era un hecho que no cambiaría.

Todos se habían reunido en el foro 5 al terminar la tarde. Últimamente las jornadas había sido agotadoras y nadie había tenido tiempo para descansar ni alejarse de los estudios. Robert y otros miembros del equipo pensaron que organizar una fiesta aliviaría las tensiones y sería un respiro en medio de tantos asuntos que todavía quedaban por resolver. Era costumbre en Orange's Tree hacerlo de vez en cuando y ya se habían demorado bastante. Todos estaban contentos, haciendo jaranas, improvisando juegos y otras diversiones. La bebida comenzó a circular desde horas tempranas y al caer la noche ya todos habían ingerido la suficiente como para no beber un solo trago más, sólo que ninguno de los presentes podía emular con Max. El australiano había hecho honor a su origen tomando con dedicación y entusiasmo aunque no se le notaba muy alegre. Después de la conversación con Victoria se había retirado al estudio de Levistrain pensando que en el lugar nadie lo molestaría puesto que el productor estaba en los foros organizando el jolgorio. Allí mismo comenzó a vaciar la primera botella de vodka y así continuó hasta entrada la noche. El actor aguantaba muy bien los tragos pero él mismo empezaba a reconocer que aquel día en particular se estaba pasando y el abuso de la bebida se hacía notar en la forma de ordenar sus pensamientos.

El foro parecía un gran salón adornado con globos y otras fruslerías, sillas espaciadas por doquier rodeaban una especie de escenario improvisado donde de tanto en tanto cualquier trabajador del estudio se subía a cantar, declamar o hacer piruetas para regocijo de todo el auditorio. Victoria se alarmó cuando Max Brennan agarró una guitarra y se subió al estrado. Nunca había visto a Max borracho. Era cierto que tomaba mucho, pero habitualmente tenía un aguante muy especial para resistir enormes cantidades de alcohol sin que tuvieran el menor efecto en él. No parecía ser así en ese momento. Victoria no lo había visto en ese estado ni en sus peores días.

Se acercó al micrófono y casi gritó.

—Cantaré para el amor de mi vida. Para la ingrata que me destrozó el corazón y que insiste en pisotearlo.

La muchacha sintió como si todos la estuvieran mirando pero lo cierto era que pocos habían puesto atención a las palabras del actor. Seguían en lo suyo, abucheando, aplaudiendo pero sin tener ideas lúcidas de lo que hacían ellos mismos o los otros. La bebida había sido generosamente ingerida y sus efectos estaban causando estragos. Aplaudían, vociferaban y alentaban a cualquiera que subiera al escenario y no dieron importancia a que el propio Max Brennan lo hubiera hecho. Victoria se sintió agradecida de la borrachera general que la rodeaba. Suspiró un poco más tranquila. No tenía por qué alarmarse. Todos estaban ebrios. Max estaba borracho y nadie la relacionaba con él pero en esto último se equivocaba, desde diferentes lugares del salón dos pares de ojos los observaban tanto a ella como a Brennan. Las miradas de Robert y Richard no se despegaban de ellos, muy interesados en lo que estaba ocurriendo y que pasaba desapercibido para los demás.

Max empezó a cantar y siguió haciéndolo durante un tiempo que a Victoria le pareció interminable. Lo hacía muy bien. Por algo sus comienzos en la vida artística habían sido como músico, aunque sus dotes como cantante no eran apreciadas por Vicky en ese momento. La mujer enrojecía ante cada melodía que le dedicaba y que parecía estar escrita especialmente para ella. Una en específico fue tan explícita que no pudo soportarlo. Max no dejaba de mirarla y a pesar de la locura que reinaba en el ambiente temió que ese gesto tan directo la identificara como el blanco al que estaban dirigidos los reproches que gritaban sus canciones. Se retiró del lugar casi corriendo y a punto de que las lágrimas que rodaban por sus mejillas la delataran en público.

Fue a refugiarse al viejo galpón que a esas horas de la noche estaba solitario y oscuro.

Max dejó el escenario tan pronto se dio cuenta de que Victoria se había retirado del salón. Se acercó a una mesa provista de bebidas y se sirvió una generosa proporción de vodka en un gran vaso. Salió del foro y se recostó en una cerca alejada de todo el bullicio y la algarabía que reinaba alrededor. Sintió unos pasos a su espalda y vio a Richard acercarse dando pequeños sorbos a un vaso de whisky que llevaba en su mano. No le agradaba para nada aquel tipo. Desde la primera vez que Megan le habló de él le tenía mala voluntad y no sólo por haberse enterado de que pretendía a Victoria, sino por los malintencionados comentarios que le hacía a la niña.

—¿Muchos tragos Brennan o te aburre el barullo desenfrenado de tu equipo?
—Ni lo uno ni lo otro. Quise tomar un poco de aire.
—Pensé que la reunión había dejado de parecerte interesante.
—No veo razón para que pienses eso.
—Victoria se retiró.

Max se puso alerta.

—¿Y qué tiene que ver conmigo?
—Tus canciones eran para ella.
—Estás equivocado. No me atribuyas lo que quizás quisieras hacer tú.

Richard vaciló un poco antes de proseguir. Se sintió un poco desarmado al comprobar que el actor conocía sus sentimientos hacia Victoria, pero si lo pensaba bien y lo sabía utilizar quizá sería un elemento a su favor para conseguir el propósito que se había fijado.

—Tienes razón. Me gustaría hacerlo, sólo que no soy tan arriesgado como tú y Victoria me tiene prohibido que manifieste algo que ponga en evidencia nuestras relaciones en público.

Max levantó una ceja entre sorprendido y enojado, no daba crédito a lo que estaba diciendo el tipo. Su gesto no presagiaba nada bueno y Richard no lo conocía lo suficiente como para darse cuenta.

—No me interesa lo que quieres sugerir ni veo por qué tengas que estar hablando de tu vida personal conmigo.
—Sucede que mi vida personal tiene que ver con la tuya, puesto que estamos interesados en la misma mujer.

—No sé de dónde sacas eso. La bebida debe estar afectándote el cerebro, mejor te dejo solo para que pases la borrachera.

Max empezó a caminar para alejarse de Richard pero sus palabras lo detuvieron.

—Sé todo lo que hubo entre ustedes, la propia Victoria me lo contó.

Era un completo farol pero el actor cayó redondo.

—¿Qué te contó?

—De la relación que tuvieron antes de encontrarse aquí. Sé que han hecho todo el esfuerzo posible para que nadie se entere y hasta el momento lo han conseguido. Eso a mí no me extraña porque es la costumbre de Victoria, siempre oculta sus amoríos ante los ojos de los demás.

—Creo que si te sigues expresando de ella de esa manera te vas a tener que tragar tus palabras.

—Si lo quieres tomar así, me callo. Pensé que te estaba haciendo un favor.

—No se hace favor el hombre que difama a una mujer y mucho menos el que se lo permite.

Max se acercó a él desafiante y Richard no era valiente precisamente.

—Está bien Brennan. Perdona y no creas que pretendo hablar mal de Vicky, la quiero demasiado para eso, sólo que la conozco bien, quizá mejor que tú, si es cierto que ignoras ese lado oscuro de su vida. No puedo evitar señalar sus defectos por más que mi amor por ella me haga olvidarlos. Supongo que a ti te pasa lo mismo y hasta te entiendo.

—Insisto en que te equivocas y no sé a qué defectos de Victoria te refieres —Max no quería seguir escuchándolo pero las dudas que empezaban aguijonearlo pudieron más que él.

—Le gusta ocultar sus relaciones amorosas. Lo ha hecho siempre desde que llegó aquí y supongo que también lo hizo en el pasado. Ni siquiera su hija conoce el nombre de su padre ¿no te parece curioso?

—Eso es un asunto muy de ella. No tiene por qué ir pregonándolo de aquí para allá.

—Si lo quieres ver así, te repito que lo entiendo. Yo también la quiero y me aguanto todo eso con la esperanza de que vuelva conmigo, pero no puedo negar que me dolió bastante cuando insistió en ocultar a todos la relación que tuvimos.

—Estoy seguro que Victoria no te ha hecho el menor caso jamás, mucho menos pudo haber estado contigo.

—¿Eso te ha hecho creer? ¿Ya trató de convencerte a ti también? Pero… no entiendo por qué te hablaría de algo así si ustedes no tienen ningún tipo de relación como acabas de asegurar —Richard trataba de ganar terreno.

—Ella no me ha dicho nada —lo admitía y la defendía al mismo tiempo.

—Es lo mismo. Nadie lo sabe y por eso tampoco me extraña que no te hable de ello. Nos ocultamos siempre y lo hicimos bien, fue la condición que puso para estar conmigo. Lo acepté porque estaba loco por ella, quería tenerla y cualquier precio parecía poco.

—Es tu problema y no me interesa.

—Me parece que sí te interesa porque a ti te pasó igual ¿no es así?... Pero no importa… No tienes que decirme lo que ya sé. Te repito que Victoria me lo contó todo.

—Si eso es verdad no veo por qué vienes a discutirlo conmigo.

—Porque para ti tal vez ella no tenga la misma importancia que la que tiene para mí. Creo que Victoria puede sentirse tentada a volver contigo si sigues insistiendo y eso no me conviene.

—Mientras más hablas más me parece que esta conversación carece de sentido. Si algo de lo que dices fuera cierto, no prescindiría de su compañía para favorecerte ¿qué motivos tendría para hacerlo?

—Lo que acabo de decir: para ti ella puede ser una más y para mí lo es todo. Yo tengo la esperanza de que vuelva conmigo. Estoy dispuesto a esperar que termine con Robert porque sé que eso tampoco durará mucho, pero si tú te atraviesas puede que decida marcharse cuando te vayas y la perdería para siempre.

—¿Con Robert? ¿Qué tiene con Robert?

—Vamos Brennan, en qué país vives. ¿Crees que Robert se privaría de una mujer como ella con la fama que se calza? Son amantes desde hace tiempo y aunque no se lo toman en serio, hasta ahora se mantienen juntos por pura conveniencia.

El puñetazo directo al mentón fue tan rápido que el camarógrafo no pudo esquivarlo y fue a parar directamente al piso. Max con los puños en alto lo incitaba a ponerse de pie para molerlo a golpes. Richard se acarició la barbilla y se levantó pero no hizo el más mínimo ademán para continuar la pelea.

—Tranquilo, Brennan, no es para que te pongas así. Me equivoqué. Pensé que la conocías mejor y comprenderías mi posición y, si prefieres seguir engañado, ya te dije que lo entiendo. Sé que no es fácil renunciar a Victoria, mucho menos después de disfrutar de sus favores.

Max se le volvía a venir encima pero Richard retrocedió apresuradamente poniendo las manos por delante.

—Calma, ya me voy y no diré una palabra más, aunque te advierto: ella tampoco se quedará contigo. Si te dejó una vez lo hará de nuevo, a no ser que primero tú te canses de ella.

Dio media vuelta y se alejó rápidamente. Estaba seguro de que permanecer un minuto más en presencia de Brennan pondría su pellejo en peligro. De todos modos, y a pesar del golpe recibido, una sonrisa maligna le retorcía el semblante cuando pensaba en la reacción del actor.

Robert siguió a Victoria hasta el viejo establo. La muchacha no había encendido la luz y le fue difícil encontrarla recostada a una mesa, el rostro oculto entre las manos. Fue hacia ella.

—¿Qué es lo que te pasa Victoria?

—¿Robert? ¿Qué haces aquí?

Se limpió las lágrimas que rodaban por sus mejillas antes de voltearse y esperó que la poca iluminación del lugar ocultara sus ojos enrojecidos.

—Me preocupé por ti cuando te vi salir tan agitada del salón.

—El bullicio a veces me abruma. No me agradan mucho las fiestas, lo sabes perfectamente.

—¿Es sólo eso?

—¿Qué otra cosa podía ser?

—¿Hasta cuando me seguirás negando que tienes algo que ver con Max Brennan?

—Hasta que te convenzas que te digo la verdad.

—No me convenceré de eso nunca. Lo conocías antes de encontrártelo aquí y lo conocías muy bien. Podrás decirme que no me interesa, pero no me hagas pasar por tonto porque no lo conseguirás.

—Y si aceptara que lo conozco de antes ¿qué relevancia tendría eso para ti?

—Ninguna, pero me asombra que los dos se hayan esforzado tanto en ocultármelo.

—No fue nada importante para qué mencionarlo.

—¿Por qué no hacerlo?

—Para evitar preguntas tontas como estas, por ejemplo.

—No creo que ese conocimiento previo haya tenido la poca importancia que pareces atribuirle. Entre ustedes debió pasar algo grande cuando tratan de esconderlo a toda costa.

—Tu imaginación de creador te confunde. Siempre le estás agregando asombro a las cosas más sencillas.

—Sabes que no es así. ¿Qué pasó entre ustedes? ¿Qué tan malo pudo ser para que ninguno de los dos quiera hablar de ello?

—¿En qué te afecta para que te preocupes tanto?

—Puede afectar la producción. Son dos de los miembros del equipo más necesarios y útiles para mí. Problemas entre ustedes pueden significar problemas para todos.

—Eso no es cierto. Lo que pudo o no pasar con nosotros en lo personal no afecta el trabajo. No tienes quejas hasta ahora y para lo que queda, no creo que te debas preocupar.

—Bien, acepto que me preocupo por ustedes. Max es mi amigo y tú también. Aprendí a apreciarte mucho durante todo este tiempo y me duele verte sufrir.

—¿Quién te dice que sufro? Estoy bien.

—Llorando a escondidas, como acabo de encontrarte.

—No estaba llorando.

Pasó su mano con suavidad por una de sus mejillas que aún permanecía húmeda.

—No te quedan bien las mentiras. Menos cuando hay evidencias tan cercanas.

—No tiene que ver con lo piensas. Me duele un poco la cabeza y ya te dije que estaba aturdida con tanto ruido. Quería estar sola un rato y a veces me pongo sentimental.

—Estoy seguro que tiene que ver con Max y con todo lo que te estaba gritando desde ese escenario ¿crees que no me di cuenta? Tendría que estar ciego. Sé que piensas que no me incumbe, lo que no puedes evitar es que me preocupe, y si insisto en saber que ocurrió entre ustedes es porque pienso que quizá pueda ayudar en algo.

—No puedes ayudar en nada y no debes preocuparte. Lo que está en nuestro pasado, pasado está y no tiene lugar alguno en el presente. Olvídalo Robert. Esta producción está llegando a su fin y Max Brennan se irá. Ni él ni yo tenemos la intención de volver a vernos nunca más.

—¿Estás segura que Max piensa como tú?

—Max ni siquiera piensa en mí. Fue una casualidad que nos encontráramos aquí, en cuanto ponga sus pies en el camino no se acordará ni de que existo.

—No estoy tan seguro como tú acerca de eso. Hay otras cosas entre ustedes de carácter más serio y que precisan de explicación y entendimiento.

—Te repito que te equivocas. Y no quiero seguir hablando del tema. Volvamos a la fiesta, en cualquier momento se empezarán a preguntar por nosotros.

Victoria caminó hacia la puerta con decisión de terminar la conversación lo más pronto posible.

—¿Por qué le dijiste a Max que Megan iba a cumplir cinco años?

La mujer se detuvo en seco, sin volver la cara.

—No recuerdo haberle dicho eso.

—Eso fue lo que él me dijo.

—Se habrá equivocado, no creo que la edad de mi hija sea algo a lo que le preste mucha atención.

—Está buscando un regalo para entregárselo en nombre de Nicky. Supongo que no te importará que le diga que Megan está por cumplir seis años y no cinco, como él cree, así podrá encontrar algo más apropiado a su edad.

Ahora sí, Victoria giró rápidamente hacia el productor.

—No lo hagas.

—Supuse que me pedirías eso.

La muchacha bajó la cabeza vencida. Robert se acercó a ella lentamente.

Una vida contigo

—¿Es el padre de Megan? Brennan es el padre ¿no es cierto?
Victoria asintió sin levantar la cabeza.
—¿Por qué no se lo has dicho?
—Es una historia muy larga y no vale la pena que la escuches. Tengo poderosas razones para no decirle y no tengo la intención de discutirlas contigo ni con nadie.
—No te pido que lo hagas, aunque creo que bajo cualquier circunstancia es un gran error ocultarle a un padre que tiene un hijo, máxime cuando esa persona es un hombre como Max Brennan.
—Max no está interesado en mi hija, te lo puedo asegurar.
—Si está tan interesado en la madre como presumo, es muy difícil creer que no esté interesado en su hija.
—Ni yo ni ella tenemos importancia para él. Dejar las cosas como están es lo mejor, sé porqué te lo digo.
—Es algo que les corresponde esclarecer a ustedes, yo me siento obligado a decirte que pienso que estás equivocada y que haces mal en ocultarle que Megan es su hija.
Victoria se acercó más a él y se aferró a sus brazos.
En ese momento una figura masculina se detuvo frente a la puerta del establo y los observó con furia creciente. Ninguno de los dos se percató de su presencia.
—Si tengo que implorártelo lo haré, pero prométeme que no le dirás nada a Max, que no se lo dirás nunca.
—Desearía hacerlo, creo que es lo que debo hacer por el bien de los dos, pero si es lo tú quieres... Así será. Te prometo que no le diré nada.
Victoria respiró aliviada. Robert la abrazó y le dio un beso en la frente. La mujer se recostó a él y empezó a llorar.
Max dio media vuelta y se alejó maldiciendo. Los celos y la rabia que sentía le hacían imposible pensar en otra cosa que no fuera la escena que alcanzó a presenciar y las últimas palabras que escuchó.

Era muy tarde cuando Robert encontró a Max dando largas y violentas brazadas en la piscina de un lado a otro, con una energía inusual para aquellas altas horas de la noche.
—Vaya, pensé que te iba a encontrar ahogándote en alcohol pero no sabía que habías decidido hacerlo en mi piscina.

El actor dejó de nadar y en pocos minutos estaba escalando la escalerilla para tomar una toalla y acercarse al productor que se había dejado caer en una silla.

—Necesitaba aclarar mis ideas.

—Querrás decir quitarte la borrachera que agarraste. En mi vida he visto a un hombre tomar tan exageradamente. No sé cómo lo puedes tolerar.

—Hay peores cosas que uno tiene que tragarse.

—Supongo... ¿Y lograste encontrar la luz con ese chapuzón?

—Quiero irme. Y de ser posible lo haré mañana mismo.

Robert dejó la chanza y prestó más atención.

—¿Algún problema? ¿Le pasó algo a uno de tus chicos?

—Los niños están bien. Soy yo el que no quiere estar más aquí.

—¿Y la producción?

—Por mí que se vaya al cuerno.

—¿Qué ha pasado Max? Todo estaba bien que yo supiera. Ayer mismo estuvimos analizándolo y no podía marchar mejor. Parecías muy satisfecho.

—No se trata del trabajo. No quiero estar aquí y punto.

—Pero no puedes dejarnos ahora. No en este momento cuando más te necesitamos.

—Si es por el dinero no te preocupes. Me seguiré ocupando de cubrir los gastos aunque ya no esté. Lo prometí cuando empezamos y respeto mis promesas. Sigo siendo un hombre en el que se puede confiar.

—¿Estás insinuando que hay alguien que no lo es?

—Tú sabrás cuando preguntas.

—¿Qué diablos te pasa? ¿Hablarás claro o estarás ahí lanzando indirectas sin más ni más?

—No vale la pena. Te dejo la producción. Fue tu sueño un día. Puedes quedártela. Con eso y con todo.

—Pues no me agrada para nada tanta generosidad y por supuesto no voy a aceptarla. Este proyecto es tuyo y no te voy a quitar el crédito aunque me lo impusieras.

—Haz lo que mejor te parezca. No estaré aquí para verlo.

—Creo que en eso te equivocas. No te podrás marchar, no por ahora al menos.

Una vida contigo

—¿Y quién me lo va a impedir? —lo retaba con el gesto y con la palabra.

—Yo, si es preciso aunque no quisiera llegar a tanto. Espero que, a pesar de esa rabieta que tienes, ¡por quién sepa qué demonios!, conserves un poco de profesionalidad. No me gustaría perder el respeto por "ese hombre en el que se puede confiar" de quien tanto presumes.

—¿Qué quieres decir?

—Podrás imaginar que no estoy buscándote a estas horas de la madrugada porque me preocupen tus borracheras. Sé que puedes curarte de ellas sin ayuda de nadie. Me avisaron que tengo que salir a primera hora para Los Ángeles. Discuten el presupuesto de mi próximo filme y las ventas de distribución de los dos anteriores. Hay junta directiva en la Compañía y es imprescindible que esté allí. Necesito que me cubras durante mi ausencia.

—Siempre has tenido quien se ocupe de eso. No veo por qué yo tenga que hacerlo ahora porque me tengas a mano.

—En otra oportunidad así sería, pero esta producción es muy especial y tú mejor que nadie lo sabes, porque eres el máximo responsable de lo que ocurre en ella. Estamos terminando y los ajustes finales son decisivos. Entenderás que debes quedarte a cargo para que todo salga bien aunque yo no esté. No te puedes negar.

—Puedo hacerlo y ni tú ni nadie me pueden obligar a quedarme.

—Es cierto, no puedo, pero empezaré a dudar de que eres alguien en quien se puede confiar.

Max hizo un gesto impaciente.

—¿Cuánto tiempo sería? —preguntó a regañadientes.

—Tres o cuatro días a lo sumo. ¿Es un sacrificio tan grande para ti?

—Lo es... pero esperaré a que regreses mientras tanto me mudo hoy mismo a un hotel del pueblo.

Hizo ademán de retirarse pero Robert se puso de pie y lo agarró del brazo.

—Espera... ¿Por qué quieres irte de mi casa? ¿Acaso ese arrebato tiene que ver algo conmigo?

—Me extraña que me preguntes eso.

—¿Qué te traes Brennan? ¿Por qué no acabas de hablar claro para que pueda entenderte?

—No sé qué interés tenías en ocultarme que estabas enredado con tu asistente. Que sea tu amante me tiene sin cuidado. Tu insistencia en que no tenías nada que ver con ella fue gratuita, porque nunca te pregunté y las mentiras intencionadas no van conmigo. Detesto que traten de burlarse a mis espaldas. Esa sí que es una de las cosas que no suelo tolerar.

—¿De dónde has sacado conclusiones tan disparatadas?

—Todos lo saben y lo comentan.

—Nadie puede comentar lo que no es verdad.

—No seas hipócrita. Ya el jueguito no te sale conmigo. Acabo de verlos en el viejo almacén y no estaban precisamente conversando de trabajo a no ser que estuvieran "ensayando" para una escena de amor.

—¿Qué fue lo que viste en concreto? No estábamos haciendo nada reprochable.

—Lo suficiente. Estaban abrazados y prometiéndose cosas que particularmente me implicaban a mí.

—¿Qué fue lo que oíste? Estoy seguro que puedo darte una explicación que hará variar lo que piensas.

—Eso ya no importa. ¿Me vas a negar ahora que estás con ella? ¿Me vas a decir que no te acuestas con esa mujer en mis propias narices?

—¿Y si lo hiciera qué? Acabas de decir que no te importa. Tú ni la conocías antes de verla aquí y no creo que hayan intimado desde tu llegada. Insistes en eso hasta el cansancio. ¿Me acusas de engañarte, de ocultarte cosas? ¿Qué puedes decir de ti?

—No quiero saber nunca más de esa mujer. No me interesa lo que puede ocurrirle de ahora en adelante. Si la tienes puedes quedártela y que te aproveche.

—No respondes a mis preguntas y te desbordas en incoherencias. Merecerías que siguiera tu consejo si pudiera.

—¿Qué quieres decir?

—Que conozco pocos hombres tan brutos como tú.

Max se le fue encima.

—Estoy en tu casa Robert, no me hagas comportarme como un patán.

—Me parece que como un patán te has estado comportando desde hace tiempo y no me toca a mí juzgarte. Te recomiendo que abras un poco más los ojos y te quites esa venda a través de la que tu carácter endemoniado y los celos no te dejan ver.

—¿Qué le prometías a Victoria que no me dirías? ¿Qué es eso tan oscuro que hay entre ustedes que yo no puedo saber?

—Pregúntale a ella si tanto te interesa.

—Si de mí depende, no pienso volver a hablarle en la vida.

—Peor para ti.

—Dímelo tú.

—Yo nada te puedo decir.

—Porque tendrías que darme la razón. Porque los dos son unos falsos y unos cínicos que se ocultan de los demás para hacernos pasar por tontos.

—No hay que hacer mucho esfuerzo para que hagas el tonto Brennan, se te da muy bien cuando te empecinas.

—Hemos sido amigos Robert y por esa amistad te pido, te exijo que me expliques qué es lo que Victoria te rogaba que no me dijeras. No me hagas pensar peor de ti de lo que ya pienso.

—No te lo diré y por lo que a mí se refiere puedes pensar lo que quieras. Te repito, si tanto te interesa, pregúntale a ella.

—No tengo que preguntar lo que ya es evidente.

—Entonces sigue creyendo lo que te dé la gana, algún día te arrepentirás.

Robert dio media vuelta y se perdió en la noche camino a su casa.

—¡No lo puedo creer! Victoria ¿Eres tú?

David Hunter salía de la casa de Robert y se montaba a un coche frente al rancho cuando divisó a la mujer que iba camino al set de filmación.

—David... Sabía que vendrías pero no que sería tan rápido —se acercó al auto donde el hombre permanecía pasmado de la sorpresa.

—¿Pero... qué haces aquí? —la mayor incredulidad se reflejaba en el rostro de Hunter.

—Trabajo aquí. Vivo aquí hace años.

—Entonces Max al fin te encontró. ¿Cómo es posible que ese bandido no me haya dicho nada?

Victoria no respondió a esa pregunta.

—Mejor es que tú me cuentes de Sofie. Me dijeron que al fin te atrapó.

—Pues sí, no logré quitármela de encima desde aquel día en la escuela ¿recuerdas? —sonreía al decirlo—, pero no me quejo. Estoy loco por esa mujercita y tenemos un niño. Max debió mencionarte eso también. ¿Cómo el muy descarado no me dijo que estabas aquí? —volvía a insistir—. Sofie se volverá loca de alegría cuando le cuente que has aparecido.

—Iré a verla en cuanto termine esta producción. Le debo muchas explicaciones y sé lo enojada que debe estar conmigo.

—Tendrás que darle una buena excusa y por supuesto se le pasará pronto. Ya la conoces y lo importante es que estarán juntas de nuevo.

—¿Viste a Max? —quiso cambiar el rumbo de la conversación.

—No... Me había dicho que estaba viviendo aquí la última vez que hablé con él, pero una empleada me acaba de informar que se mudó a un hotel en el pueblo. Iba a su encuentro cuando te vi.

—¿A un hotel del pueblo? ¡Qué raro! Anoche estaba aquí. Nadie me dijo que se había ido —se quedó pensativa.

—Robert tampoco está.

—Robert tuvo que salir a una reunión urgente de la Compañía en Los Ángeles, volverá en unos días. ¿Y tú? Supongo que vienes a ayudarnos en la recta final.

—Sí, a eso vengo si nuestro hombre no ha cambiado de opinión, ya sabes que hoy amanece con una y mañana con otra —se dijo que era un bruto al hacer aquel chiste. Victoria podía tomarlo en forma literal—. Bueno... sólo es un decir.

—La verdad no ofende, David. Conozco a Max.

—Estará dichoso de tenerte de nuevo con él. Te habrá contado por todo lo que pasó y lo mal que se puso cuando te fuiste.

—No hablamos mucho de eso.

—Tienen razón, el pasado mejor olvidado. Lo importante es que ahora están juntos y al fin serán felices.

—¿De qué hablas David? Te apresuras en sacar conclusiones que son un disparate. ¿Max y yo... juntos de nuevo? ¿Estás loco? ¿Cómo puedes suponer eso conociendo la forma en que terminamos?

—Pero él te habrá explicado. Después de tanto tiempo no seguirás pensando lo mismo. Ya no, muchos menos después de lo que ese hombre ha sufrido por ti.

—Es lógico que siempre te pongas de su lado porque es tu mejor amigo, lo entiendo, sin embargo, debes estar al tanto de que entre Max y yo nunca podrá haber nada. Para que lo comprendas mejor debes saber que él no me encontró, ni siquiera me estaba buscando. Fue una casualidad y mi mala suerte lo que lo trajo hasta aquí.

—Victoria... estás en un error si piensas eso y, aunque hace muchos años prometí que no me metería más entre ustedes, ahora creo que tendré que intervenir para que sepas de una vez por todas cómo pasaron las cosas en realidad...

—No quiero... —la mujer iba a empezar a protestar pero él la detuvo con un gesto enérgico.

—Me dejarás que te cuente y después harás lo que te convenga con esa información. Si decides creerme o no será tu problema.

Pasó un brazo por encima de sus hombros y juntos se encaminaron hacia la glorieta que estaba en el parque cercano.

Max desempacaba su equipaje en la habitación que había alquilado cuando tocaron a la puerta. Al llegar al hotel, había tirado la maleta en cualquier parte metiéndose en la cama bajo los efectos de las botellas de vodka ingeridas. Se pasó medio día durmiendo. Acababa de levantarse y después de tomar un baño se disponía a ordenar sus cosas en el nuevo alojamiento.

—Pase —de mal talante.

La puerta se abrió y Victoria apareció debajo del dintel.

—¿Tú? ¿Y qué se te ofrece ahora? —después de una mirada que quiso ser indiferente, siguió sacando su ropa tirándola de cualquier modo arriba de la cama.

—¿Qué haces?

—Creo que es evidente. Trato de acomodarme en mi nueva "casa". Me fui del rancho siguiendo tus deseos. Te evito la molestia de que me vuelvas a insistir en lo mismo y alejo mi presencia lo más que puedo de ti.

La muchacha se acercó colocándose detrás de él que seguía desarmando el equipaje. Con un movimiento lento ella acarició su espalda dejando correr una de sus manos desde el cuello hasta la cintura del actor. Max se volvió rápidamente y la detuvo agarrándola con fuerza.

—¿Se puede saber qué te traes ahora? Ya te dije que me verás lo menos posible mientras tenga necesidad de estar aquí. En cuanto la producción termine me iré lo más lejos que pueda ¿no era eso lo que buscabas?

—No quiero que te vayas. En el fondo creo que nunca quise que lo hicieras.

—Pero...

No pudo proseguir. Victoria se estrechó a él y lo besó en la boca. Hubiera querido tener fuerzas para rechazarla pero no pudo. El deseo voraz de volverla hacer suya borró cualquier otra consideración que no fuera vivir el momento que se le ofrecía.

Max observaba absorto las formas del techo que los cubría. Victoria reposaba acurrucada a su costado como otras tantas veces en el lejano pasado que compartieron juntos. Le dirigió una larga mirada. No debió dejar que algo así ocurriera, pero resistirse le hubiera sido imposible, es más, temía que se volviera a repetir si no ponía suficiente distancia entre ellos. Todavía ella le resultaba demasiado importante y aún ahora que conocía su forma desleal de proceder, tenía que admitir que seguía siendo la única mujer que deseaba tener a su lado. Nunca antes sintió lo que Vicky despertaba en él. Nadie lo complacía tanto como aquella chiquilla que un día llegó a llenar todos sus espacios, deseos y expectativas. Lo presintió la noche que la tuvo por primera vez entre sus brazos y lo supo con certeza después de vivir a su lado durante aquellos meses que habían sido los mejores de su vida. La distancia y la ausencia prolongada lo habían llevado a tratar de convencerse que sólo se trataba de una obsesión, un anhelo absurdo por algo que no se puede tener y que se pierde cuando más se disfruta, pero los momentos de pasión compartidos en la casa de la playa y en estas últimas horas echaban por tierra todas sus pretensiones de conseguir olvidarla un día. Victoria lo completaba en todos los aspectos. Era lo que siempre había buscado y estaba convencido de que en ninguna otra encontraría lo que esta mujer manipuladora le podía ofrecer. El conocimiento del hecho lo hundía en un estado de desolación e impotencia al que debía poner fin. Tenía que sacar fuerzas para alejarse de ella para siempre y no dejaría que su deseo y su necesidad pudieran más que la razón. No podía permitir que lo siguiera utilizando a su antojo y pagaría con desprecio cada momento desperdiciado en un amor en el que le había hecho creer.

—Victoria... Despierta —la sacudió sin rudeza pero enérgicamente.

Ella estiró los brazos volviendo del más dulce de los sueños. Trató de abrazarlo pero él la rechazó incorporándose de la cama.

—Por favor, vístete. Necesitamos aclarar esta situación de una vez por todas.

—¿Qué pasa?

Vicky no entendía. Sentada allí en el medio del lecho, con la delgada sábana cubriendo su cuerpo desnudo, resultaba una visión insoportable a los ojos de Max que ardía ante el loco impulso de volver a meterse a la cama con ella. Hizo un enorme esfuerzo para dominarse. Recogió del suelo la ropa de la chica que había sido abandonada allí de cualquier modo y se la lanzó al regazo.

—Date prisa. Necesitamos hablar.

Victoria comenzó a preocuparse. Se vistió lo más rápido que pudo. Max se había retirado a la ventana y allí permaneció mirando hacia fuera para no observar a la chica mientras se vestía, temeroso de no poder contenerse y volver a caer entre sus brazos.

—¿Puedes decirme qué te pasa?

Vicky lo miraba parada en el centro de la habitación. Él se dio vuelta lentamente.

—No sé qué motivos te han traído aquí y aunque a estas alturas ya no importan, no puedo dejar de mencionar que tu actitud me sorprende después de todo lo que me dijiste ayer.

—A mí me sorprende más tu actitud de ahora.

—Pues para evitar tantas sorpresas creo que lo mejor es hablar sinceramente y acabar con tantos malentendidos que parecen haber acompañado esta relación.

—Te escucho.

La expectativa recelosa que percibió en su semblante lo animó a proseguir.

—Victoria, esto desde el principio empezó mal y creo que de eso eres tan consciente como yo. Por mi parte, siento haber empeñado tanto esfuerzo inútil en compensarte por algo a lo que quizá no debí dar tanta importancia.

—No te entiendo.

—Me entenderás pronto.

Fue hasta la mesita de noche y sacó una pequeña cajita aterciopelada. La sopesó entre sus manos dudando sobre la decisión que había tomado, pero tercamente se dijo que tenía que hacerlo porque era la única forma de acabar con sus juegos. Comprendía que era una manera drástica de terminar, aunque era lo que ella merecía. Giró y puso el estuche en manos de Vicky.

—¿Qué es esto...?

Abrió la cajita y de inmediato tuvo que buscar apoyo. Se dejó caer en una silla, en su rostro la más viva expresión de asombro y vergüenza.

—¡Mi medalla!

—La olvidaste aquella noche en mi cama.

—Eso quiere decir que tú... sabías. ¿Lo sabías todo desde el principio?

Él asintió sin palabras.

—Pero entonces... ¿Por qué?... Nunca dijiste nada.

—Tú tampoco.

La muchacha bajó la cabeza. Max prosiguió.

—Yo lamenté mucho lo que pasó el día en que te conocí. A pesar de la insensibilidad que me reprochas no pude dejar pasar por alto que al tomarte esa noche pude cambiar tu vida para siempre. Por más que puedas haber llegado a pensar lo contrario, espero que al conocerme un poco mejor hayas descubierto que no acostumbro a forzar jovencitas inocentes a mi antojo. Nunca me había pasado algo como eso. Tuve muy mala suerte al encontrarte en ese lugar y me confundí. Pensé que eras una mujer fácil porque es lo que uno acostumbra buscar y hallar en un sitio como ese. Quizá debí haber prestado más atención a tu resistencia, pero en un principio me pareció un juego común que algunas suelen utilizar y no fue hasta... ya sabes, que me di cuenta. Mi asombro no pudo ser mayor.

—Pude notarlo... —la muchacha se animó a murmurar, aunque mantenía inclinado el rostro, los ojos clavados en el piso y el color haciendo arder sus mejillas.

Se veía indefensa y frágil, abochornada ante él.

Max se sentía furioso porque su pose ingenua seguía conmoviéndolo a pesar de que ya conocía de lo que era capaz. Decidido prosiguió con su plan: tratar de herirla tanto como herido se sentía él.

—Después de esa noche hice hasta lo imposible por encontrarte. Sentí que estaba en deuda contigo y que debía compensarte por el atropello del que te hice objeto. La forma que encontré de hacerlo fue un disparate, aunque en ese momento fue la única que se me ocurrió. El tiempo demostró que fue una equivocación lamentable que no pudo resultar peor para cualquiera de los dos.

Victoria trataba de asimilar lo que le estaba diciendo. El conocimiento de la cruda verdad la angustiaba oprimiéndole el pecho, por momentos creía que iba a dejar de respirar. Hechos y conversaciones que había pasado por alto hasta entonces comenzaban a tener sentido y todo lo que transitaba por su cabeza era demasiado para poderlo procesar.

Max continuó sin esperar respuesta alguna.

—No tenía intención de que las cosas marcharan de ese modo. Te juro que al principio sólo quería disculparme, hacer algo por ti que disminuyera mi remordimiento, pero tu orgullo no me permitió decirte la verdad al comienzo y luego nuestra intimidad y las situaciones que se fueron presentando hicieron que la solución que había planeado se convirtiera en un callejón sin salida. Llegó el día en que no tuve más remedio que admitir que quizá mi obligación era mantenerte a mi lado.

—¿Obligación? —Victoria lo miraba entre confusa y perpleja.

—Mi deber, mi forma de compensarte por lo ocurrido..., no importa cómo quieras llamarlo. Sólo quiero que comprendas que me esforcé en ello aunque no me resultara fácil.

—¿Estuviste conmigo porque consideraste que era tu obligación? ¿Una forma de pagarme por haber sido el primer hombre en mi vida?

Debía sentirse muy humillada para estar admitiendo algo así, sin embargo, creía que ella le había mentido y seguía jugando con él, no tenía por qué sentir piedad.

—No encontré otra manera de enmendar mi error. Lo siento y te repito que hoy comprendo que fue una terrible equivocación.

—Entonces... ¿Nunca estuviste enamorado de mí, nunca llegaste a sentir algo por mí a pesar de lo que pasó entre nosotros? ¿Mentías todo el tiempo por hacerme el favor?

A Max le costaba trabajo seguir, aunque lo consideraba necesario. Tenía que encontrar una forma de alejarla de su vida.

—Creo que eso lo suponías. Tú no eras mujer para mí. Lo supe desde la primera noche que estuvimos juntos. Estoy acostumbrado a otro tipo de compañía, tú misma lo dijiste en una ocasión. Mis necesidades en muchos aspectos no podían ser cubiertas contigo. Conociéndome, puedes imaginar que una muchachita virginal era lo menos que deseaba en mi cama. Todavía hoy, a pesar de la experiencia que has adquirido, no llenas mis expectativas.

La declaración fue una bofetada cruel a su condición de mujer.

—Comprendo. Todo fue una mentira y desde siempre supiste que en algún momento acabaría y te librarías de mí.

—La mayor parte del tiempo fue así.

—¿Por eso te asustó tanto la posibilidad de tener un hijo conmigo?

Él había olvidado por completo aquella cuestión, pero servía muy bien a lo que se proponía.

—Por supuesto.

—Siempre me pareció extraña esa actitud cuando quieres tanto a tus hijos. Ahora, por primera vez, la entiendo.

¿Por qué hablaba con tanto dolor sobre el asunto? Max no atinaba a comprender y no era el momento de pensar en eso.

—Me alegra que no te queden dudas a ese respecto.

—¿Por qué me has seguido buscando entonces? Perderme de vista supongo que fue una liberación inesperada para ti. ¿Por qué tu insistencia en recuperarme hasta hace pocas horas si no sientes nada por mí?

—Me engañé a mí mismo tratando de convencerme de que podía saldar esa deuda contigo a pesar de mis propios intereses. He tratado de obligarme a cumplirte pero comprendí que es inútil luchar contra mi propia naturaleza. Terminaríamos haciéndonos más daño. Tomar esta decisión es lo más sensato que se me ocurre desde que te conocí y me ayuda el comprobar que tú resultas ser más... fuerte de lo que pensaba y puedes arreglártelas muy bien sola o en otra compañía que no sea yo. Los hechos lo demuestran de una manera indiscutible.

—¿Por qué nunca me dijiste nada?

—Si hicieras memoria podrás notar que lo intenté un montón de veces y tú parecías empecinada en no discutir el tema. Llegué a pensar que hacerlo podía complicar más las cosas.

—¿Por qué me lo dices ahora?

—Porque no quiero dejar nada pendiente contigo y dentro de poco no volveremos a vernos más.

Vicky pudo decir que siempre quedarían cosas pendientes entre ellos. Tenían una hija pero si dependía de ella, él nunca lo sabría.

—Creo que, a pesar de todo, debo agradecer tu sinceridad.

—Me quito un peso de encima. Conociendo que sabes la verdad puedo dejarlo atrás.

—Es un buen propósito. Te será fácil conseguirlo y tienes razón, una mentira pesa demasiado para dejarla atrás. Uno puede soportar la verdad aunque duela y llegue tarde. No hay nada peor que vivir engañado.

—Por fin hay un punto en el que estamos de acuerdo.

Vicky se levantó, recogió su cartera que estaba en el suelo y se dirigió a la puerta.

—Victoria, ¿puedo hacerte una última pregunta antes de irte?

Se detuvo y asintió aunque no se volvió hacia él

—¿Puedes decirme por qué has venido a buscarme? ¿Por qué te entregaste a mí si ayer mismo en la mañana me habías pedido que me fuera?

El cuerpo de la chica se estremeció, quizá no debía responderle pero de cualquier modo se enteraría ¿Qué importaba que se lo dijera ella?

—Me encontré con David. Llegó al rancho buscándote.

Maldito David, siempre tan inoportuno. El amigo debió estarla arrullando con todas las angustias y tormentos que pasó por ella. Sus verdaderos sentimientos seguramente fueron expuestos ante la mujer de manera detallada y se sintió humillado e impotente ante el hecho.

Con lo que había escuchado era comprensible que ella creyera que podía enredarlo fácilmente de nuevo. De todas maneras no pudo evitar preguntar.

—Y ¿qué pudo cambiar su encuentro contigo?

—No sé. No me detuve a pensar. A veces no soy muy buena en eso —se sentía abatida y cansada, muy cansada.

—Algo tuvo que decirte para que cambiaras tanto de opinión. Pocas horas antes no querías ni verme.

—David está convencido de que me quieres y como es tu mejor amigo le creí.

—David no sabe lo que pasó entre nosotros cuando nos conocimos. Para ser precisos: no sabe exactamente lo que pasó aquella noche. Nunca se lo dije. No lo consideré prudente.

—Hiciste bien, hubiera sido otra humillación inútil.

El desamparo que había en sus palabras empezaba a perturbarle de una manera incómoda.

—Volviendo a mi pregunta, lo que dijiste significa que el saber si te quiero o no puede hacer cambiar lo que sientes por mí.

—Lo que yo siento por ti nunca ha cambiado. Lamentablemente, eso no depende de ti pero ¿puedo también yo hacerte otra pregunta?

No esperó a que Max le respondiera.

—¿Por qué no me rechazaste si ya tenías decidido lo que ibas hacer?

—Soy hombre. Independientemente de las circunstancias, pocos rechazan una oportunidad de ese tipo si se la ofrecen de manera tan directa.

Fue el tiro de gracia final. Victoria salió cabizbaja de la habitación, silenciosamente y sin que él hiciera nada para retenerla. Era difícil adivinar cuál de los dos se sentía peor.

—No puedo creer que hicieras eso.

—¿No? ¿Y qué querías que hiciera? ¿Que siguiera permitiendo que se burlaran de mí?

—¿Quién te asegura eso? Un tipo malicioso del que tú mismo dices que desconfiabas hace tiempo. No me explico siquiera cómo pudiste darle crédito.

Una vida contigo

—Te olvidas que te dije que los vi, los vi abrazados y prometiéndose no decirme nada acerca de su relación.

—No lo puedes asegurar, podían haber estado hablando de otra cosa.

—David, cuando quieres defender una posición te vuelves ciego a la evidencia .

—Y tú muy crédulo cuando los celos te inflaman las neuronas. Estoy convencido de que hay otra explicación y que no tiene nada que ver con lo que estás pensando.

—Robert no lo negó.

—Tampoco admitió nada.

—Casi lo hizo.

—Max. Serénate y razona con calma. Conoces a Victoria. Viviste a su lado aproximadamente un año y fue tu mujer por varios meses. Fuiste su primer hombre ¿crees que sería capaz de hacer algo así?

—Ha cambiado mucho. Ya no es la misma.

—¿Confías en lo que dices? A mí me pareció igual.

—¿Te dijo que tiene una hija?

—¿Vicky? ¿Una hija?

—Sí, una hija de cinco años Y esa niña no sabe siquiera quién es su padre. No lo ha visto en su vida. ¿Te parece ahora la misma Victoria?

—No es posible. No es el tipo de mujer al que le pasa algo así.

—Pues ya ves. Le pasó y por la edad de la niña te darás cuenta que fue casi inmediatamente después que me dejó. ¿Puedes asegurar que me quería tanto cuando al poco tiempo de separarnos se andaba revolcando con otro? Con un tipo que, ¡sabe Dios!, qué clase de hombre es que ni siquiera tuvo la decencia de reconocer a su propia hija.

—No parece que pueda ser cierto.

—Lo es. Acéptalo porque ahí tienes a tu mansa paloma. Nos engañó a todos con sus aires de buena niña, particularmente a mí que he estado haciendo el ridículo durante tanto tiempo. Tenía que hacer lo que hice y recuperar un poco de dignidad.

—Humillarla de ese modo no te hace más digno.

—¿No entiendes que no podía permitir que se siguiera riendo de mí? Jugando conmigo como si fuera un muñeco. Para colmo, vienes tú a contarle de todos mis pesares y amarguras cuando estuve sin ella.

—Pensé que te hacía un favor. Que le hacía un favor a los dos.

—Magro favor. Sin estar prevenido me hubiera clavado el puñal hasta el tuétano.

—¿Qué necesidad tenía de mentirte ahora? ¿Qué beneficio tiene para ella enredarte con esas mentiras?

—Pura maldad. Deseos de venganza por la ofensa que sigue pensando que le hice. Ve a saber qué tiene metido en esa retorcida cabeza.

—Por más que lo repitas no puedo creer en lo que dices. Tiene que haber una explicación. Algo que justifique todo esto. Victoria no es una mala mujer, de eso estoy seguro, lo puedo apostar.

—Pues prepárate a perder. A mí ya no me interesa saber qué tipo de mujer es. No es mujer para mí y eso me basta. Nunca debió serlo y maldigo la hora en que la conocí. No verla nunca más es lo único que deseo.

—La quieres demasiado para desear eso.

—¿Piensas que puedo quererla después de esto? ¿Qué clase de hombre crees que soy?

—Uno como otro cualquiera. Acepta que aunque fuera la última o la peor mujer del mundo la seguirías queriendo. Así ha sido y así será. Ya te has empeñado en cambiarlo y no lo has conseguido.

—Lo haré ahora. Lo verás.

—Lo veré... Me sentaré a esperar.

—Dudas que pueda hacerlo. No pareces conocerme bien.

—Te conozco lo suficiente para saber que no razonas cuando se trata de Victoria. Con ella siempre actúas primero y piensas después, por eso estás como estás.

—Y ahora me echarás la culpa de todo. "Con amigos como tú no necesito enemigos."

—No sé qué pudo pasarle en estos años que estuvieron separados. Es mucho tiempo y cualquiera puede cambiar. En eso te doy razón, pero si se trata de lo que ocurrió en el pasado... Sí, te creo el responsable de todo y sobre ese punto estábamos de acuerdo hasta no hace mucho.

—Pude estar equivocado. En aquellos días quizá también estuvo jugando conmigo.

—No crees eso.

—Te equivocas, después de lo que pasó puedo creerlo todo. Nunca me gustó que insistiera en ocultar nuestra relación a los demás y parece que le agarró costumbre, porque lo sigue haciendo.
—Vuelvo a repetirte que no estás seguro.
—Y para estar seguro ¿qué quieres que haga? ¿Qué me dedique a seguirla hasta que la encuentre con otro metido en su cama?
—Le reprochaste mucho que no confiara en ti, ¿por qué no le das una oportunidad?
—¿Oportunidad de qué?
—De defenderse de lo que se le acusa. De decirte que es lo que pasa en realidad.
—No merece eso. Ella no me dio esa oportunidad a mí.
—Pero debió hacerlo, no te cansabas de repetirlo.
—Me condenó sin motivo alguno, yo no había hecho nada.
—Te juzgó por lo que vio. ¿No puede haberte pasado a ti lo mismo?
Max no respondió. Encendió un cigarrillo y dándole la espalda a su amigo se fue hasta la ventana.
—No cometas el mismo error, no te empecines. Deja que te explique.
—No serviría de nada. Ya no tiene remedio y quizá está bien así. Estaré mejor sin ella.
—¿Estás seguro? ¿No te arrepentirás?
—En cuanto Robert regrese me iré de aquí. No volveré a verla jamás y la olvidaré.
—No insistiré pero te sugiero que lo medites. Cuando lo hagas piensa en lo que sería tu vida sin ella. Mejor, piensa en lo que han sido los días sin ella. Si puedes dejar atrás lo que has vivido a su lado sin que te duela y no tenerla más te resulta soportable, habrás tomado la decisión correcta, pero si tienes alguna duda...
Max guardó silencio y David abandonó la habitación, comprendiendo que el amigo debía estar solo.
Sus días sin Victoria... Pensarlo le quitaba las ganas de vivir. Recordó cada hora, cada minuto en que la había tenido entre sus brazos y la sangre empezó a agitarse en sus venas llenándolo de aquella urgente ansiedad que la mujer provocaba en él. ¿Para qué se engañaba? No podría olvidarla. No sería capaz aunque ella siguiera haciéndolo pedacitos y volviera a destrozarle el corazón.

—No soporto verte así Victoria. Peor es que no me quieras decir ¿qué es lo que te acaba de pasar?

El doctor Sullivan exigía una respuesta a la mujer que, sentada detrás del escritorio le devolvía una mirada apagada, reflejo del desaliento que crecía dentro de ella con recurrente tenacidad.

—No me pasa nada Elliot. Sólo estoy cansada. Estas últimas semanas han sido de mucha presión en el trabajo y tengo poco tiempo para mí.

—No es eso. Ayer, cuando estuviste en el consultorio no parabas de llorar.

—Fue un error ir a verte, debí saber que te ibas a preocupar.

—¿Cómo no me voy a preocupar? Llegaste sin más, hecha un mar de llanto y no quisiste pronunciar ni una palabra.

—Estaba aturdida y no sabía a dónde ir. No quería que nadie me viera en esas condiciones, mucho menos Megan.

—Fuiste al lugar adecuado. Sabes que estoy allí siempre que me necesites.

—Abuso de tu cariño y de tu buena voluntad hacia mí.

—Puedes hacer eso y más. Te quiero Victoria, no tengo que repetirte lo que conoces muy bien y no hay nada que me interese más que verte feliz. Si puedo ayudar en algo estoy agradecido de hacerlo.

—Parece que eso no será posible amigo. Mi vida es un completo desastre y me hace jugarretas inesperadas cuando sólo pretendo estar tranquila.

—¿Qué te ha sucedido ahora para que digas eso?

—No vale la pena hablar de ello. Ya pasó. Perdóname por haberte inquietado y por mi comportamiento infantil. Debí parecerte una loca esa mañana.

—Sé que estabas desesperada y herida. Siento que no tengas confianza en mí para contármelo.

—No se trata de eso. En nadie confío más que en ti, por eso fui a verte y aunque no te conté nada, estar allí contigo me permitió serenarme y recobrar la cordura.

—Necesitas de alguien que vele por ti, que cuide de ti y de Megan. Llevas una carga muy grande sobre los hombros y estás sola.

—Soy la mayor responsable de todo lo que me pasa. Nadie debe cargar con mis errores, menos tú.

—Repito que te quiero y puedo hacer cualquier cosa por ti. Cásate conmigo y te juro que haré lo imposible para hacerte feliz.

—Lo sé. Te conozco Elliot. Eres el mejor hombre del mundo y estoy segura que lo intentarías sólo que ya no tengo remedio y tú no serías feliz a mi lado. No puedo permitirte ese sacrificio inútil. Nos haría a los dos más desgraciados.

—Si te conviertes en mi esposa me harás dichoso y sé que tú aprenderías a quererme.

—Lo siento, de veras que lo siento. Hay demasiadas cosas en mi pasado que arruinarían nuestras vidas.

—¿Sigues pensando en ese hombre? ¿No puedes olvidarlo a pesar de todo lo que te ha hecho sufrir? ¿Ni siquiera el que no se haya preocupado por su hija en todos estos años ha hecho que puedas apartarlo de tu corazón?

—Es el padre de mi hija, no puedo cambiar eso y a pesar de todo seguirá siendo el hombre más importante en mi vida. Soy la primera en reconocer que no debe ser así y me engañaría si no fuera capaz de admitirlo, porque es algo que el destino se empeña en recordarme constantemente.

—El tiempo pasa, no puedes seguir viviendo de un recuerdo.

—De un mal recuerdo, querrás decir.

—Con más razón. Piensa en mi propuesta. Yo siempre te estaré esperando.

—No quiero que hagas eso. Encontrarás una mujer que te quiera como mereces.

—Ya la encontré. Esa mujer eres tú.

—No, Elliot, esa mujer no soy yo. Lo descubrirás un día. Has sido tan generoso y yo tan egoísta. Me refugio en ti siempre que lo necesito y te agobio con mis problemas. No lo haré más, te lo prometo.

—Si dejas de confiar en mí, no te lo perdonaré nunca. A pesar de lo que sienta por ti, primero que nada soy tu amigo y espero que lo tengas presente antes de acudir a alguien más. Me debes eso y es el único pago que exijo por todo el cariño que te tengo.

—Eres demasiado bueno —lo abrazó.

—¿Interrumpo?

Max en la puerta los observaba enfurecido.

La pareja se separó apresuradamente.

—¿Cómo está Brennan? Ya me iba. Sólo pasé a saludar.

—Creo que es un placer para todos verle por aquí, doctor. ¿Alguien enfermo? —trató de esconder su estado de ánimo tras una sonrisa forzada que dirigió al médico, pero este no reparaba en él. Sus ojos permanecían clavados en la mujer que tenía enfrente.

—No. Quería ver a Victoria pero nada que tenga que ver con la salud, gracias a Dios.

—Sí... ya me doy cuenta.

El médico no captó la ironía. Le dio un beso en la mejilla a Vicky y estrechó la mano de Max. Se encaminó a la puerta con unas últimas palabras dirigidas a ella.

—Espero que no te pierdas.

—Iré a verte pronto y te llevaré a la niña. En estos momentos está en la escuela.

—Adiós y... no te olvides de lo que te dije.

Elliot cerró la puerta tras él.

Max dejó de disimular toda la cólera que sentía.

—No creo que mi oficina sea el lugar más apropiado para tus citas amorosas.

—Si no me hubieras mandado a llamar no estaría aquí. Elliot se tropezó conmigo cuando venía para acá y tú no estabas.

—Igualmente, podían haberse ido a otra parte.

—Lo tendré en cuenta si se presenta otra oportunidad, ahora termina de decirme qué quieres.

—¿Así de belicosa te dejan las propuestas matrimoniales?

—No sabía que ahora te dedicabas a escuchar conversaciones ajenas.

—Estaban en mi oficina y era mi derecho entrar. No pude evitar la tentación de oír como manejas a tus pretendientes. Cada día me asombro más al descubrir como abundan y cuán dedicados se suelen mostrar.

—No me interesan tus opiniones sobre el tema, mucho menos creo que sea algo que quiera discutir contigo.

—Tienes razón. No te llamé aquí para eso.

—Tú dirás.

—Creo que debemos aclarar algunas cosas más entre nosotros.

—Pensé que ya todo estaba muy claro para ti.

—Eso pienso, pero no quiero hacerte lo mismo que te he reprochado durante tanto tiempo.
—No sé a qué te refieres, no te entiendo.
—Quiero darte la oportunidad de que te expliques.
—¿Explicar qué?
—Robert me lo contó todo.
—¿Robert? ¿Qué te pudo contar Robert?
—Todo sobre lo que le rogabas que no me dijera la otra noche en el establo.
Victoria empalideció y dio dos pasos hacia atrás. Max se daba cuenta de cuánto la perturbaban sus palabras.
—Entonces ¿ya lo sabes? —parecía golpeada por una fuerza extrema.
—Lo sé y espero que tengas algo que decir.
—Te equivocas no tengo nada qué decir.
—¿No? ¿Consideras que hiciste bien en mantenerme engañado sobre algo así? ¿Crees que no merezco una explicación?
—Tu explicación de la otra noche es suficiente para los dos.
—Ahora soy yo el que no comprendo.
Era difícil para cualquiera de los dos entender cuando estaban hablando de temas tan diferentes sin saberlo.
—No creo que haga falta. Lo sabes y ya nada me queda por ocultar ¿acaso eso cambia algo para ti?
—En lo más mínimo.
Victoria esperaba esa respuesta pero no por eso le dolió menos.
—Pues todo está dicho.
Dio media vuelta y se dirigió a la puerta, pero antes de llegar se volteó, desafiante hacia el actor.
—No... Hay algo que sí quisiera decirte: hubo un tiempo Max, en que yo consideré que tú eras lo más importante en mi vida y que sería capaz de hacer cualquier cosa por ti. Durante todos estos años me he arrepentido mucho de eso y he pedido perdón a Dios por haber pensado alguna vez que debía haber renunciado a lo más sagrado que hay para una mujer sólo para complacerte pero, ¿sabes?, hoy creo que debo hasta estarte agradecida porque de alguna manera, aunque entonces no lo viera así, me obligaste a tomar la decisión correcta. Alejarme de ti fue lo mejor que me pudo pasar porque mi hija siempre, desde el primer

momento en que sentí que había una posibilidad de que existiera, debió ser lo más importante para mí. Me avergüenza admitir que por un hombre como tú pude desistir de traerla a este mundo.

—No entiendo absolutamente nada de lo que dices. ¿Acaso pretendes culparme por lo que te pasó con tu hija? Tenerla fue una decisión tuya, yo nada tuve que ver.

—Cierto. Tú nada tuviste que ver y espero que sigas pensando así y lo recuerdes para que nunca nos molestes más.

—Hablar de Megan no te servirá de nada. No justifica tu comportamiento ni tu engaño.

—¿De qué te quejas? Fue lo mejor para ti. No te he pedido nunca nada ni pienso hacerlo si es lo que te preocupa.

—Me preocupa que me hayas podido embaucar con tanto descaro.

—Fue lo que te buscaste con tu actitud. Muchas veces dudé si hacía lo correcto y hoy me doy cuenta que tuve razón.

—Tu cinismo me asombra.

—Tu ausencia de sentimientos a mí también.

—Hablando de sentimientos, ¿detrás de quién irás ahora? ¿Te quedarás con Robert, volverás con Richard o aceptarás la fervorosa propuesta del ingenuo doctor Elliot?

—¿Qué demonios te importa?

—Quisiera que no me importara. Eso quisiera... pero no puedo mentir con la misma desfachatez que lo haces tú.

—Cuando acuses de mentir, mídete primero. Dudo que haya quien te supere.

—Tú me superas con creces, pero quiero que tengas el coraje de decirme en mi cara que sientes con ellos lo mismo que sientes conmigo.

—Si desconfías tanto de mí para qué quieres oírlo.

—Quizá porque soy tan ingenuo que espero todavía encontrar algo de verdad en ti.

Victoria le dio la espalda y abrió la puerta y antes de salir lo enfrentó de nuevo. Le dolía hablar y tenía lágrimas en los ojos. Sus palabras tenían el peso de la decepción y la derrota.

—No, yo no volveré a sentir con nadie lo que sentí contigo. Ese es mi castigo Max, ¿cuál es el tuyo?

La puerta se cerró silenciosamente. Max se quedó haciéndose mil preguntas. No había comprendido el sentido de la conversación, pero si algo le quedaba claro es que había perdido a Victoria para siempre y la idea lo aplastaba convirtiéndolo en el más miserable de los seres.

—Max —la infantil vocecita llamó su atención.
—Megan ¿qué haces escondida ahí?
Max estaba sentado en uno de los lugares más apartados de la terraza posterior de la casa de Robert. Entre los rosales que bordeaban la cercana baranda, Megan permanecía oculta a los ojos de las pocas personas que podían pasar por esa parte del patio.
—No puedo estar aquí.
—¿Quién te ha dicho eso? Venga... sube a la terraza.
—No puedo. Me van a regañar.
—¿Quién y por qué?
—Mi mamá no quiere que hable contigo.
—Hablaré con ella y no te regañará, ven.
La niña rodeó el jardín y corriendo llegó hasta donde él estaba, se sentó en el piso tratando de que nadie notara su presencia. Max sonrió al ver lo preocupada que estaba porque la sorprendieran en falta.
—Si tienes tanto miedo a que te regañen ¿por qué has venido?
—Mañana es mi cumpleaños.
—Es cierto, lo había olvidado.
—Lo olvidaste porque estás triste.
—¿Cómo sabes que estoy triste?
—No sé, pero así me pongo yo cuando estoy triste, me escondo en algún lugar para que nadie me encuentre.
—Yo no estoy escondido. Estoy sentado aquí a la vista de todos y hasta tú has podido encontrarme.
—Nadie sabe que estás aquí, yo llevo tiempo preguntando dónde estás.
—Y para que me buscas con tanta urgencia.
—Ya te dije. Mañana es mi fiesta y quiero que tú vayas.
—No estoy invitado.
—Yo te invito.
—¿A eso viniste, a invitarme a tu fiesta? —le pareció muy dulce que ella se acordara de él por ese motivo.
—Sí.

— 333 —

A Max le enterneció el gesto de la chiquilla.

—Te lo agradezco mucho pequeña, pero no creo que pueda ir.

—¿Por qué? ¿No te gustan las fiestas?

—Pues a decir verdad, no me gustan mucho.

—Pero es mi cumpleaños ¿no quieres estar en mi cumpleaños?

—Estoy muy ocupado Megan. Lo siento, pero no podré ir.

—Dijiste que eras mi amigo.

—Y lo soy. Eso no cambiará aunque no vaya a tu fiesta.

—Yo quiero que vengas.

—Es muy tierno de tu parte, sin embargo, estarán todos tus otros amigos y te divertirás mucho.

—No quieres ir porque tienes miedo de que mi mamá te regañe.

El actor sonrió.

—Bueno, tengo que aceptar que no me gustaría que tu mamá me regañe.

—Ella a veces es muy boba.

—¿Por qué dices eso?

—Ella no sabe que eres bueno y que me quieres, porque tú me quieres ¿verdad?

—Es muy fácil quererte Megan y claro que yo te quiero.

—Mi mamá no lo sabe, por eso no quiere que ande contigo.

—Bueno, no la culpes por eso. Yo no podré ir a tu fiesta pero te compraré un regalo.

—¿Un regalo para mí?

—Un gran regalo. Lo que tú quieras.

—¿Me darás lo que yo quiera?

—Pide por esa boquita y lo tendrás.

—Quiero que me enseñes a montar.

—¿Que te enseñe a montar?

—Sí, quiero aprender y no me dejan. Mami dice que puedo caerme.

—¿Te gustan los caballos?

—Me gustan mucho. ¿A ti te gustan también?

—Adoro los caballos y me encanta montar. Yo tengo una hacienda, ¿sabes?, y allí tengo muchos caballos.

—¿Nicky va contigo a esa hacienda?

Una vida contigo

—Nicky va y también Anthony. Tengo dos hijos varones.
—Nicky me dijo que tenía un hermano que se parecía a mí.
Max la miró detenidamente.
—Sí, es cierto que te pareces un poco a Anthony cuando tenía tu edad, sobre todo en lo traviesa —se quedó pensativo, extrañado de no haber reparado en eso con anterioridad.
—¿A ellos les gusta también montar tus caballos?
—Les gusta cantidad, pasan mucho tiempo en la hacienda por eso.
—¿Crees que mi papá tenga caballos?
—No lo sé. No conozco a tu papá.
—Si él estuviera aquí me enseñaría a montar. Él no tendría miedo a que me cayera, como mi mamá.
—Supongo que sería así.
—¿Me enseñarás a montar?
—Haré algo mejor. Cuando seas más grande te regalaré un pony.
—Un pony es un caballo chiquitico. ¿Me darías un caballo chiquitico sólo para mí?
—Un caballito de verdad sólo para ti, aunque para montarlo debes crecer un poco. Ahora nada más vas a cumplir cinco años.
—Ya soy más grande. Tengo seis. Mañana cumplo seis años.
—Creo que te equivocas querida, mañana cumples cinco, en un año más es que cumplirás seis, quizá entonces tu mamá permita que te enseñen a montar.
—No. Voy a cumplir seis ahora. Ya soy grande y puedo aprender a montar. ¿De verdad me regalarás un caballito?
—No tienes que mentirme sobre tu edad, pequeña. Te lo voy a regalar de todos modos —a Max le hacía gracia la insistencia de la niña.
—Yo no digo mentiras. Cumplo seis. Todo el mundo lo sabe. Les puedes preguntar.
Max se acercó mucho más a Megan. Se arrodilló a su lado para estar a su altura y la tomó por los hombros mirándola fijamente.
—¿Estás segura que cumples seis años Megan? ¿Seis años?
—Claro que sí. Ya te dije que todo el mundo sabe eso. La velita de mi pastel tiene un seis, así de grande. Ya yo sé contar y conozco los números porque me los enseñan en la escuela ¿lo sabías?

Max la devoraba con los ojos como nunca antes lo había hecho. En la carita de la niña siempre había encontrado algo familiar, sus rasgos le recordaban a alguien, pero nunca trató de averiguar a quién porque no lo consideraba relevante. Una frase que ella misma le había dicho un día le vino a la mente como un relámpago: "Tienes los ojos igual que mi papá". Se estremeció al recordar la respuesta que él le había dado sin darle mucha importancia: "Tengo los ojos igual a los tuyos". Una realidad con la que no contaba se hacía presente con consecuencias impredecibles. ¿Cómo pudo estar tan ciego? ¿Cómo no descubrió esa verdad? Victoria le había dicho que Megan tenía cinco años y no lo había cuestionado, pensó que ella no tenía razones para mentirle respecto a eso. Lo aceptó convencido sin sospechar la poderosa, increíble y sorprendente razón que podía tener para engañarlo. Se había comportado como un tonto y ese comportamiento era el efecto lógico de haber dado por cierto un dato muy discutible. La conversación que sostuvo con la madre de la niña el día anterior empezó a tener un sentido que no había comprendido hasta ahora. Las respuestas de Victoria le resultaron confusas en réplica a lo que él le estaba preguntando pero si lo que pensaba era cierto cada una de sus palabras había tenido una intención precisa. ¿Sería eso lo que estaba pidiéndole a Robert que no le dijera? ¿Sería eso lo que pensaba que él sabía?

—¿Vas a venir? —la vocecita de la niña lo trajo a la realidad.

—Iré Megan. Estaré allí si es lo que tú quieres pero antes tengo que hablar con tu mamá.

—No le digas que hablé contigo, no se lo digas, por favor.

—No le diré nada pequeña. No te preocupes.

—Ya me voy.

—Megan ¿me das un beso?

—Nunca me has pedido que te dé un beso.

—Porque soy muy tonto. ¿Me perdonas y me das uno?

—Claro que sí Max, te puedo dar todos los besos que quieras.

Lo abrazó y llenó sus mejillas de besos tiernos y cálidos. El actor la apretó muy fuerte contra él. La separó un poco para recrearse en esos ojos que le devolvían una mirada tan parecida a la suya y una satisfacción enorme inundó su corazón.

Max entró violentamente en la habitación y tomó a Victoria por los hombros. La muchacha se mostró muy sorprendida, lo menos que esperaba era verlo en esos momentos. No apareció en todo el día por los estudios y nadie parecía saber de él. Pensó que no se encontraba en el rancho y por eso se había refugiado en la oficina que acostumbraban compartir, para adelantar en los ajustes de escenas que tendrían que filmar próximamente.

—¿Por qué no me dijiste que Megan es mi hija?

—Supuse que no te interesaba y ya hablamos de esto, no quiero volver a tocar el tema.

—Nunca hemos hablado de esto. ¿Cómo podías suponer tal cosa? ¿Qué clase de hombre crees que soy?

—Sé muy bien la clase de hombre que eres Max, no tienes que esforzarte en demostrármelo —se soltó de un tirón—. No sé a qué se debe esta reacción ahora. No pareció importarte cuando Robert te contó.

—Robert nunca me contó nada. Como de costumbre volviste a malinterpretar las cosas.

—Tú me dijiste que Robert te había contado todo, lo hiciste en esta misma habitación ayer.

—Estaba hablando de otra cosa muy distinta, ¿cómo puedes pensar que iba a dejar de reaccionar al conocer algo así? ¿Me consideras un monstruo acaso? Sólo hace un momento que lo sé.

—¿Cómo te enteraste? —Victoria estaba confundida. Ya creía haber enfrentado la situación y resultaba que no era así.

—Cuando alguien tuvo el detalle de decirme la verdadera edad de la niña. Algo que tú trataste de ocultar bastante bien.

—Te repito que no creí que fuera de tu interés —se empecinaba en dar la misma explicación porque no tenía otra cosa que decir.

—Presupones que no me interesan demasiadas cosas y por favor no intentes hacerme ver como un estúpido. Lo has conseguido perfectamente durante mucho tiempo pero ya se acabó.

—No sé a qué te refieres.

—¿Estás segura?

—Siempre me cuesta entender tu proceso de razonamiento.

—No más que a mí el tuyo. Desde que llegué has estado jugando conmigo.

—Tú jugaste conmigo durante más tiempo.

—Puedes creer lo que se te antoje ya no me preocupa. Ahora vengo a hablar de mi hija.

—Tu hija. Se te llena la boca para decirlo. ¿De cuándo acá te nació ese amor de padre?

—Soy un buen padre. Siempre lo he sido, pero poco puedo hacer si no me entero.

Ella no podía discutir eso.

—Eres un buen padre para los hijos que tienes. No querías serlo para ningún otro.

—Lo que no implica que no quiera serlo para Megan.

—Megan puede prescindir de ti. No te necesita.

—No estoy de acuerdo.

—Debieras estarlo, no la querías, te negaste a que naciera.

—Yo ni siquiera sabía que fuera cierto que estabas esperando un hijo mío. Hablamos de una sospecha, nada más.

—Tampoco yo lo sabía. Lo confirmé mucho tiempo después.

—Debiste avisarme y hacérmelo saber.

—No tenía caso. Sabía lo que opinabas y no iba a dejar que insistieras en que perdiera a mi bebé. Ya era demasiado tarde.

—Nunca hubiera hecho eso. ¿Crees que pondría en peligro tu vida por un simple deseo mío?

—Mi vida tal vez no, pero sí la de la niña. ¿Tendrás al menos la decencia de admitir que sugeriste que interrumpiera mi embarazo?

—No tenía la certeza de que estuvieras embarazada entonces.

—Pero era así como pensabas.

—Pensar no es lo mismo que hacer.

—Para mí significó lo mismo.

—Porque decidiste largarte sin decirme nada.

—Te encontré con otra mujer en mis propias narices ¿Qué otra cosa podía hacer?

—Dejar que te explicara. Te hubiera demostrado fácilmente que tu juicio era equivocado.

—Eso ya no importa. A fin de cuentas, como te dije hace poco, me hiciste un gran favor.

—Es grave que me hayas ocultado durante todo este tiempo que tengo una hija. No sé si te acabas de dar cuenta de eso.

— 338

—No tienes una hija. Megan es sólo mía.
—Es ridículo que lo digas seriamente.
—Pues es así. No hemos necesitado de ti nunca para nada y no veo por qué empecemos hacerlo ahora.
—Se trata de que yo no creo lo mismo.
—Tu opinión no pesa en esta cuestión.
—Veremos que dicen los abogados.
—¡¿Abogados?!
—Si no entiendes por las buenas te enviaré a los míos. Son excelentes y de nada sirve advertirte. Ya los conoces.
—No serías capaz de pleitearme a mi propia hija.
—¿Acaso no es lo que pretendes hacer tú?
—Yo nunca he mencionado a los abogados, ni pienso mezclarlos en este asunto.
—Porque no te conviene.
—¿Qué dices?
—Sabes que tengo los mismos derechos que tú sobre la niña. Soy el padre.
—¿Qué padre, Max? Uno que no quería que viniera a este mundo.
—No puedes asegurar eso.
—Repito tus propias palabras.
—Las pones fuera de contexto. De haber tenido la certeza que estabas esperando un hijo mío, no sé a ciencia cierta lo que hubiera hecho.
—Pero yo sí. Tenías suficiente con los tuyos. No querías ninguno más. Lo recuerdo perfectamente, como si lo estuvieras diciendo ahora.
—Cuando te empecinas en una idea no hay quien te saque de ella, una cosa es pretender o pensar. Puede ser muy distinto proceder cuando el problema real aparece.
—Eso era mi hija para ti: un problema real. Debieras estarme agradecido por habértelo quitado de encima.
—Resulta que no lo estoy. Y óyeme bien porque no voy a repetirlo ni a discutir más el asunto. Cometiste un enorme error en ocultarme su nacimiento. La ley no te asistirá en ningún derecho por proceder en la forma que lo hiciste, muy al contrario puedes ser castigada si no entras en razón.
—¿Qué quieres decir?

—Que tendrás que admitir que tengo tanto derecho a Megan como tú si no quieres buscarte más problemas conmigo.

—Eso es imposible.

—Será posible a no ser que busques que te lo haga admitir por la fuerza

—Si haces eso...

—¿Me vas a amenazar? ¿Y con qué? Me abandonaste cuando se te dio la gana sin darme la oportunidad de explicarte que te habías equivocado y lo puedo demostrar. Me has ocultado a Megan durante todos estos años y le has quitado a mi hija la oportunidad de conocer a su padre. ¿Crees que no tengo razones suficientes para estar furioso contigo? Me condenaste a unos años de desesperación y pena. Yo te amaba Vicky. Estaba consagrado a ti y a la vida que pensé llevaríamos juntos, todo lo desbarataste en un acto impulsivo de celos por demás injusto y como si fuera poco arriesgaste a una niña, sangre de mi sangre, a sufrir penurias y carencias sin necesidad alguna.

—No fue eso lo que me hiciste entender de manera tan clara cuando nos encontramos en aquel hotel y no puedes pretender que crea todo lo que acabas de decir. En lo que se refiere a Megan: le di a mi hija lo mejor que tuve siempre. Hubiera dejado de comer con tal de que no prescindiera de lo necesario. Sacrifiqué mi vida para dársela a ella y he trabajado hasta matarme para procurar su bienestar. Tal vez no le pude dar los lujos y excentricidades que tendría contigo, pero le ofrecí todo lo importante para que creciera satisfecha, dichosa y querida.

—Quizá no fue suficiente.

—No puedes decir eso.

—Lo digo porque para mí nunca lo será. Merecía lo mejor de todo y yo podía dárselo. No tenías derecho a quitarle eso. Tienes que reconocer que fuiste muy egoísta conmigo y sobre todo con ella.

—Megan ha sido feliz a mi lado.

—Hubiera sido más feliz al lado de los dos.

—Lo de nosotros no tiene caso y no es lo que estamos discutiendo.

—Tienes razón y ya tampoco me interesa.

—En definitiva, ¿qué es lo que pretendes?

—Primero que todo darle mi apellido, porque yo no me avergüenzo de ella y espero que ella no tenga que avergonzarse del padre que tiene, si tú no la obligas.

Una vida contigo

—¿Crees que haría algo así?

—A estas alturas lo creo todo. No sé cómo podrás arreglártelas para explicarle la situación. Quiero que lo antes posible sepa que yo soy su padre

—Pero...

—Lo antes posible, no admitiré demoras. De ahora en adelante cualquier decisión que haya que tomar respecto a ella será cosa de los dos y compartirás conmigo su tiempo.

—¿Piensas quitármela? No te lo voy a permitir.

—No pienso quitártela y si quisiera intentarlo no sé cómo puedes evitarlo.

—No te atreverías a hacerlo.

—Por supuesto que no. No soy como tú, sólo quiero que también pase días conmigo y como no estamos juntos, tendrá que hacerlo sola.

—Nunca me he separado de ella, Max. No puedes hacerme eso.

—Lo siento Victoria. No me dejas otra opción. Me ocultaste su existencia por un tiempo increíble. Me la seguiste negando hasta después de conocerla ¿qué esperas a cambio?

—Puedes verla siempre que quieras y cuando lo desees, pero no la separes de mí.

—Quiero que esté con sus hermanos, que conozca y comparta con mis padres, llevarla a mi hacienda, a mi país y no puedo hacerlo contigo.

—No podría vivir si te la llevas. No lo resistiría es que ¿no lo comprendes?

—Si tanto te angustia, ven con ella.

—Eso no.

—Me parece bien, sólo traté de ser amable, seguramente estorbarías.

Max se encaminó a la puerta para salir del cuarto. Al llegar a ella se volvió.

—Y otra cosa, Vicky. No vayas a tratar de escapar de nuevo. Te tengo bien vigilada por si se te ocurre algo así y te juro que si otra vez intentas alejarme de mi hija, iré contra ti sin consideración alguna.

—No puedo creerlo. Tú no la querías.

—Ahora la quiero y no puedes saber cómo hubiera reaccionado concretamente en el pasado, porque no me diste la oportunidad de hacerlo.

—Tanto como tú, sabía lo que pensabas al respecto.

—Si estás tan segura no pienso perder mi tiempo insistiendo para que cambies de opinión. Eso ya no me importa. Olvida el pasado: muerto está en todos los sentidos por lo que a mí respecta. Ahora lo que interesa es Megan y ya conoces cual es mi posición.

Salió dando un portazo. Victoria pensó que la vida no podía ser más injusta.

Robert llegó muy tarde en la noche y era media mañana cuando entró al despacho y se sentó en su escritorio para revisar los papeles acumulados durante su ausencia.

—¿No pensabas decirme que Megan es mi hija? ¿Cómo fuiste capaz de ocultarme una cosa así?

Max irrumpió en la habitación cerrando la puerta tras de sí con un fuerte tirón. De pie ante el escritorio daba la impresión de que podía explotar de un momento a otro por lo enojado que estaba. Robert levantó el rostro hacia él y le dirigió una mirada impasible mientras se recostaba tranquilamente en la silla que ocupaba.

—Buenos días Max, veo que tu mal humor no ha mejorado desde la última vez que nos vimos. Me dijeron que te habías ido a un hotel pero sé que anoche dormiste aquí. Pensé que habías reflexionado y estabas arrepentido de tu infantil actitud.

—No estoy arrepentido de nada. Regresé y punto. No agotes mi paciencia cambiándome el tema: acaba de responder mi maldita pregunta.

—Me alegro que te hayas enterado, porque no me tocaba a mí decirte nada. Hiciste lo correcto al preguntarle a Victoria.

—Resulta que tu querida Victoria tampoco me informó del asunto.

Robert ahora mostraba interés.

—Y entonces ¿cómo lo supiste?

—La propia Megan me lo dijo.

—Eso no es posible. Megan no sabe nada.

—Eso es lo peor de todo ¿no te parece? Que le hayan ocultado a mi hija que soy su padre.

—Pues no entiendo cómo pudiste enterarte. Nadie más lo sabe y no creo que tú mismo te dieras cuenta, pues estabas completamente ciego para verlo.

—Era difícil darme cuenta si me tenían confundido con un dato particularmente concluyente. La niña me vino a invitar a su cumpleaños. Y habló sobre los años que cumplía. Conociendo ese detalle era cuestión de sacar una simple cuenta.

—Si te hubieras detenido a observar un poco mejor a la pequeña habrías llegado a esa conclusión hace largo rato, porque lo cierto es que se parece bastante a ti.

—No es un parecido tan grande cuando nadie lo nota. De haber sido así, conocerían la verdad y según tú mismo dices, nadie la sabe.

—"Nadie" tenía el conocimiento previo que tenías tú. Todos dieron por sentado que era la primera vez que te encontrabas con la madre y cuando no se establece una relación, esos detalles se pasan por alto. Tu caso era bien distinto y pudiste sacar las conclusiones adecuadas.

—Fue lo menos que se me pasó por la cabeza, las mentiras de Victoria contribuyeron mucho a ello.

—Tus celos y tu rabia también ayudaron a nublarte el entendimiento y la razón.

—Ahora nada de eso importa. Megan es mi hija y quiero que se entere lo antes posible, lleva mucho tiempo añorando a un padre que cree que no la quiere.

—Y ¿no era así?

—No, no es así. Yo ni siquiera sabía que existía.

—Algo habrás hecho para que Victoria se empeñara en ocultártelo.

—La defiendes a ultranza. Sabes que ha cometido un error enorme en no decírmelo.

—Lo admito y así se lo dije. También supongo que ha tenido motivos de peso para adoptar esa actitud.

—Ningún motivo justifica su engaño.

—¿Estás seguro?

—No vas a sacarme de mis casillas si eso es lo que pretendes. Estoy en todo mi derecho al sentirme así y nadie me va a convencer de lo contrario, mucho menos tú.

—No pretendo hacerlo, si te quieres hundir solo es tu problema. ¿Qué piensas hacer ahora?

—Ya te dije, no pienso perder tiempo para arreglar esta situación. Megan tiene que empezar a disfrutar de todo lo que siempre debió tener.

—Y Victoria ¿qué piensa de eso?

—Me importa muy poco lo que Victoria opine de eso o de cualquier otra cosa. Ya nada tiene que decir ni podrá oponerse a lo que yo decida.

—Creo que te equivocas. Es la madre, y una excelente madre por cierto, no puedes olvidarlo sin ser injusto por completo.

—Una excelente madre no priva a un padre de su hija ni a una hija de su padre. Estarás de acuerdo en eso.

—Todos cometemos errores.

—Este es imperdonable, al menos para mí.

—Ella ¿ya no te importa?

—Sólo me preocupa mi hija, no pienso en ella.

—Te vuelve a cegar la furia que sientes ahora y te recomiendo que no hagas nada de lo que te puedas arrepentir.

—Arrepentido estoy de haberla conocido.

—No sé por qué no te creo.

—Que me creas o no, no hace la diferencia. Tampoco me importa mucho tu opinión. Te has portado como un traidor.

—Era un tema muy delicado, no debía entrometerme.

—Pero supiste tomar partido y apoyarla a ella.

—Te equivocas. Siempre sospeché que ustedes dos ocultaban algo pero desconocía que Megan fuera tu hija. Lo supuse hace unos días cuando tú mismo me comentaste que creías que la niña tenía cinco años. Me extrañó que pensaras algo así y me pareció más raro que la propia Victoria te lo hubiera dicho, pero la certeza la tuve la noche que nos encontraste en el galpón en donde, espero que ahora te quede claro, no estábamos haciendo nada de lo que me reprochaste.

—Eso no me consta.

—Porque eres un necio obstinado y sabes que te soy sincero. Ten presente lo que te digo: como te equivocaste ese día al hacerte un juicio apresurado, puedes estar cometiendo el peor error de tu vida juzgando a Vicky de manera tan implacable.

—Se lo tiene merecido por todo lo que me ha hecho.

—No sé qué fue lo que pasó entre ustedes ni tampoco tengo interés en averiguarlo, pero estoy seguro que no es fácil de olvidar ni para ti ni para ella. Ninguno de los dos parece estar feliz de la vida que llevan separados. Es lamentable que sigan condenados a seguir así porque no encuentran cómo resolver sus problemas.

—No hay nada que pueda conciliar nuestras diferencias, no ahora después de enterarme de esto.

—Estás ofuscado por la impresión y te equivocas en tus juicios, pero si no lo ves así... espero, de todo corazón, que no hagas nada que tengas que lamentar.

—Mamá.

—Dime querida.

Victoria fregaba la losa en la cocina después que terminaron de comer.

—¿No te pones brava si hice algo que me dijiste que no hiciera?

—Depende ¿qué fue lo que hiciste?

—Estuve hablando con Max.

Un plato resbaló de sus manos y cayó al piso.

—¿Él te buscó? ¿Qué te dijo?

—Yo fui a buscarlo a él.

—¿Para qué?

—Quería invitarlo a mi fiesta.

Victoria empezó a recoger los pedazos de loza que estaban en el suelo.

—¿Quieres que venga a tu fiesta?

—Sí ¿no te enfadas conmigo?

Vicky se dejó caer en una silla y sentó a Megan en otra frente a ella.

—No Megan, no me enfado contigo pero ¿qué interés tienes en que Max venga a tu cumpleaños?

—Es mi amigo.

—No sabía que fueran tan amigos.

—Lo somos, él dice que le gusto y que me quiere.

—¿Cuándo te ha dicho eso?

—Me lo ha dicho varias veces, siempre que hablamos lo dice cuando yo le pregunto.
—Tampoco sabía que hablaras tanto con él, no me habías dicho nada.
—No quiero que te pongas brava conmigo. ¿No lo harás verdad?
—No querida, no lo haré.
—Max es bueno mamá. No sé por qué tú piensas que es malo.
—Nunca te he dicho eso.
—Pero no quieres que lo vea ni que hable con él.
—Porque no quiero que estorbes cuando está trabajando. No me gusta que te regañen hija.
—Él ya no me regaña. Sólo lo hizo una vez y además es el padre de Nicky y tú quieres a Nicky ¿verdad?
—Sí, yo quiero a Nicky.
—Entonces debías querer a Max también.
—Las cosas no funcionan así cariño.
—Para mí sí.
—Porque eres una niña.
—Ya voy a ser grande y Max dice que me va a enseñar a montar ¿Dejarás que me enseñe a montar?
—Veremos Megan.
—¿No te importa que venga a mi fiesta?
—No hija, si tú quieres que venga, no me importa que lo haga.
—Te quiero mamá, te quiero mucho.
—Y yo a ti querida. Y yo a ti —estrechó a la pequeña contra su corazón como si tuviera miedo de que alguien pudiera arrebatársela—. Eres lo más importante de mi vida y sólo quiero que seas feliz.

—Sabía que tenía que haber una explicación —David lo decía complacido mientras se paseaba agitado por la habitación. No había dejado de hacerlo desde que el actor le informara de los últimos acontecimientos.
—¿Eso es lo único que se te ocurre decir?
Los dos amigos conversaban en el saloncito del Hotel del pueblo donde David se alojaba.

Una vida contigo

—¿Qué otra cosa quieres que te diga? Sabía que Victoria no era la mujer que trataste de pintarme. Nadie cambia de una manera tan rotunda. Ahora comprendo lo que pasó.

—¿Quieres dejar de ir de un lado a otro? Eso debía estar haciéndolo yo que soy el más afectado con esta situación —Max observaba el ir y venir del amigo sentado en una cómoda butaca del salón.

David se detuvo y se dejó caer en otro sillón frente al actor.

—Me emociona saber que tienes una hija y estoy muy satisfecho de comprobar que no me había equivocado con Victoria y que sigue siendo la misma persona que siempre pensé.

—¿Así que eso es lo que te parece? ¿La comprendes, la justificas y luego me dirás que es un ángel? No lo hubiera creído de ti, esperaba que me tuvieras un poco más de consideración. ¿No te molesta lo que me ha hecho? ¿Consideras que hizo bien en negarme a mi hija?

—No he dicho eso, sólo que ahora es fácil entender por qué se comportaba de ese modo y que no se ha convertido en el monstruo de mujer que tú estabas pensando.

—Claro que no, es mucho peor.

—Vamos Max. No exageres.

—Me resulta increíble que reacciones así y que no te indignes ante la atrocidad que ha cometido: me negó a mi hija. La separó de mí por seis largos años sin que yo tuviera la más remota idea de su existencia.

—Una hija que no deseabas.

—¿No me digas que tú también vas a salirme con eso?

—Es un hecho que no puedes negar.

—Es imposible razonar contigo. No sé para qué he venido a verte.

—Claro que sí lo sabes. En el fondo buscas a alguien que te haga ver las cosas con mayor claridad y confías en que yo siempre te digo la verdad o lo que pienso sin que me importe si lo aceptas o no.

—Nunca voy a perdonarle esto. Nunca.

—Lo harás. ¿No me digas que no estás satisfecho de saber que Megan es tu hija?

—Por supuesto que lo estoy.

—¿Por la niña o porque compruebas que Victoria no te traicionó con otro hombre?

—No sé como llegas a tan absurdas conclusiones. Estoy feliz por la niña, lo demás me tiene sin cuidado y ni siquiera he pensado en eso.

—¿De veras? Estás hablando conmigo Max, no trates de hacerme el tonto.

—Lo que me importa es la niña, me siento dichoso por descubrir que es mi hija. Respecto a lo otro, ha dejado de tener relevancia alguna.

—Pero debe complacerte mucho. Morías de celos hasta el otro día porque la encontraste hablando íntimamente con un hombre en la noche, ¿quieres decirme lo que sentiste cuando te enteraste que había tenido una hija con otro?

—Quise matarla —las palabras salieron como un disparo.

—Ese eres tú... ¿a quién tratas de engañar?

—De cualquier manera, el que la niña sea mía no quita para que ella ande acostándose con otros.

—Pero ya no estás tan seguro de que eso sea cierto.

—No veo por qué tendría que dudarlo.

—Porque tus presunciones se han ido por el piso: la hija que supusiste era de otro es tuya, lo que le pedía a Robert aquella noche no era que te ocultara su supuesta relación con él, sino que no te dijera que la niña era tu hija. Robert te asegura que nunca ha tenido vínculo sentimental alguno con Victoria y, dadas las circunstancias, no veo que tengas razones para cuestionar su sinceridad. ¿Qué te queda? Las acusaciones de un despechado del que tú desconfiabas desde un principio.

—Te olvidas del dedicado doctor que la persigue como perrito faldero.

—Eso no es su culpa y en definitiva ella no lo acepta, que para el caso es lo mismo. Tú mismo me contaste lo que pasó cuando entraste a tu oficina y los sorprendiste hablando. Escuchaste perfectamente que Victoria le decía que el hombre más importante en su vida era el padre de Megan y resulta que ese hombre eres tú.

—Había olvidado eso.

—No amigo, no lo habías olvidado. Sólo necesitabas que alguien te lo recordara para que no siguieras comportándote como un necio.

Max rezongó por lo bajo. Se puso de pie dirigiéndose a la puerta y al pasar por el lado del amigo que permaneció sentado puso una mano en su hombro.

—Me alegra tenerte de vuelta Hunter. Hay días que tienes la facultad de ponerme de buen humor.

—Debías considerar aumentarme el sueldo por ello.

—Ya no trabajas para mí.

—Pero acepto compensaciones por mi trabajo de psicólogo.

—Morirías de hambre si te dedicaras a tal profesión. Nueve de cada diez de tus pacientes permanecerían en un manicomio.

—Pero el uno por ciento que eres tú seguiría paseándose por las calles gracias a mi intervención.

—No esperes que te esté agradecido si me consideras un loco.

—No era mi intención.

—No sé cómo encontraré la manera de arreglar todo esto.

—¿Necesitas ayuda?

—No, gracias. Necesito hacerlo solo.

Salió sin decir una palabra más. David encendió un cigarrillo murmurando para sí.

—Ojalá lo consigas Max. Me preocupa que lo eches a perder todo con ese endemoniado carácter que te calzas.

—¿Ya le contaste a la niña?

La fiesta estaba en su apogeo. Como todos los años, se había engalanado uno de los foros para celebrar el cumpleaños de Megan que en este momento estaba frente al cake tratando de apagar sus velitas mientras las cámaras fotográficas flasheaban sin cesar. Victoria observaba la escena desde atrás y Max se había detenido a sus espaldas.

—Es su fiesta Max. No quiero estropearla.

—Conocer que tiene un padre que se preocupa por ella no puede estropearle nada.

—¿Puedes hablar más bajo por favor? No querrás que todos se enteren. Victoria miró preocupada a su alrededor.

—Precisamente quiero que todos se enteren.

—Se lo diré pero debes darme tiempo.

—Tiempo es lo que no tienes Victoria. Te dije que se lo dijeras ya y si no lo haces tú lo haré yo.

—Está bien lo haré, pero no hoy.

—Mañana.

Lo miró furiosa.

—Lo haré mañana.

—Eso espero —se alejó aproximándose a la mesa donde la niña reía al lado de sus amiguitos.

Megan lo vio y lo llamó para que fuera a su lado. Se veía feliz porque Max llegaba a su fiesta. Victoria se dijo que ella también debía estar contenta de que su hija pudiera contar con su padre aunque no lo estaba. Sentía miedo, un miedo intenso a que éste intentara robarle su cariño. La niña se colgaba al cuello del actor que la abrazaba riendo y la madre sintió ganas de llorar.

Max había insistido en estar presente y la situación se le hacía más difícil. Victoria estaba sentada frente a Megan en la salita de su casa, el actor las observaba más retirado, sentado en un butacón cercano a la puerta de entrada. Vicky no sabía cómo abordar el tema, no se le ocurría siquiera como podía empezar una conversación tan seria y delicada sin afectar demasiado los sentimientos de una niña tan sensible como su hija.

—Querida, hay algo muy serio de lo que tenemos que hablar.

—No vas a dejar que Max me enseñe a montar.

—No se trata de eso.

—Entonces ¿por qué él está aquí?

—Porque es necesario.

—¿Me vas a regañar?

—No Megan te voy a contar algo, algo que quieres saber hace mucho tiempo.

—¿Qué?

—Se trata de tu papá.

—¿Mi papá? ¿Va a venir? ¿Mi papá va a venir a verme? —lo decía exaltada.

—Sí cariño. Tu papá ha venido a verte.

—¿Lo voy a conocer?

—Ya lo conoces. Max es tu papá.

Lo dijo de un tirón. Había pasado la noche pensando en mil maneras de decirle una cosa tan importante a su hija y allí estaba: se lo había soltado de una vez y sin precaución alguna. Esperó alarmada y atenta por la reacción de la niña, que parecía muy tranquila. Miró a Max, que también las observaba preocupado sin pronunciar palabra.

—¿No vas a decir nada? —la tomó por los hombros para inducirla a responder.

—¿Por qué me engañas? Él no puede ser mi padre. Es el papá de Nicky.

—También es el tuyo.

—No es verdad.

—Es verdad Megan, ¿me crees capaz de mentirte en algo así?

—Él está aquí hace tiempo. Tú ni querías que le hablara. Si es mi papá, ¿por qué no me dijiste?

—Yo no quería decírtelo.

—¿Por qué?

—Porque soy muy tonta. Tenía miedo.

—¿Miedo de que conociera a mi papá? Yo siempre quise conocerlo.

—Lo sé querida ¿Puedes perdonarme por no habértelo dicho enseguida?

—Él tampoco me lo dijo —su mirada acusadora se volvió hacia Max.

—Él no lo sabía.

—Él no me quiere, por eso no me lo dijiste ¿verdad?

—No Megan, él te quiere, simplemente él no sabía, yo tengo la culpa y...

Las lágrimas empezaban a correr por sus mejillas. No encontraba las palabras para explicarle a su hija por qué le había ocultado que Max era su padre.

El actor se puso de pie y se acercó a ellas. Tomó a Megan en sus brazos y la sentó en sus rodillas mientras se dejaba caer en el sofá al lado de Victoria.

—Tu mamá quiere decir que temía que no nos lleváramos bien y quiso dar un tiempo para que nos conociéramos mejor.

—Hace tiempo nos llevamos bien.

—Ella no lo sabía.

—¿Por qué no me dijiste que eres mi papá?

—Porque también tenía miedo. No sabía si te gustaría tener un padre como yo.

—¿Por qué?

—Porque estuve lejos de ti mucho tiempo y pensé que me guardarías rencor por eso. Me decías que no entendías por qué tu papá no venía a verte y yo no sabía si podías comprender que tuve razones poderosas para no hacerlo.

—¿Qué razones?

—Estuve trabajando mucho. Iba de un lado para otro, perdí el contacto con tu mamá y no sabía dónde estabas.

—Pero ¿me querías?

—Siempre te he querido Megan. Me ha dolido mucho no estar contigo desde que llegaste a este mundo y no haberte visto crecer. Puedo jurarte que no hay nada que me duela más que tuviea que ser así.

—¿De verdad que eres mi papá? ¿Mi papá de verdad no de mentira?

—Soy tu padre Megan, puedes estar tan segura de eso como que desde ahora estaré siempre a tu lado.

—¿No te irás más?

—No me iré más y si me voy vendrás conmigo.

La chiquita trataba de asimilar toda la increíble información en su pequeña cabecita.

—Eso quiere decir que Nicky ¿es mi hermano? ¿Mi hermano de verdad?

—Sí, Nicky es tu hermano de verdad y Anthony también lo es. Pronto lo conocerás y estaremos juntos, como siempre debió ser.

—Tengo dos hermanos ¿lo sabías mamá?

—Sí, lo sabía cariño.

—¿Por qué no me dijiste?

—Yo...

—Tu mamá esperaba que yo viniera Megan. Ella sabía que un día yo vendría por ti. Ahora dime ¿estás contenta de que yo sea tu padre o no te parece bien?

La niña no respondió pero se abrazó a su cuello con fuerza.

—Yo te quiero mucho Max.

—Max no, me dirás papá ¿estamos de acuerdo?

—¿Se lo puedo decir a todo el mundo?

—Claro que se lo puedes decir a todo el mundo.

— 352

—¿Irás a mi escuela para que mis amiguitos te conozcan?

—Iré a tu escuela y haré todo lo que tú quieras Megan. Serás mi nena consentida, después de todo eres mi única niñita.

—¿Oíste eso mamá?

—Lo oí, querida.

—¿Ahora dejarás que me enseñe a montar?

—Tienes ideas fijas, muchachita. Me recuerdas mucho a otra persona que conocí hace mucho tiempo —dirigió una mirada sugerente a la madre.

Los colores cubrieron el rostro de Victoria.

—¿Mamá, me dejarás?

—Sí Megan, si tu padre quiere puede enseñarte a montar.

—Y claro que su padre quiere. Si de mí depende, te convertirás en el mejor jinete de todos los alrededores.

—¿Lo harás ahora?

—¿Quieres empezar ahora?

—¿Por qué esperar?

—Tiene razón mi niña. Esperar no conduce a nada bueno, pero si vas a montar es mejor que te cambies y te pongas pantalones, con esa faldita no te será fácil.

La muchachita se bajó de sus piernas y corrió hacia el cuarto.

—¿Me ayudas mami?

—Ya voy.

Max tomó una de las manos de Victoria, que hacía ademán de levantarse para ir detrás de su hija

—Ya ves que no fue tan difícil. Los niños son más inteligentes que los mayores, aceptan la verdad con menos complicación y mucho menos melindres.

—Cuando crezca tendrá muchas preguntas qué hacer.

—Y estoy seguro que podremos responderle sin vergüenza alguna si de ahora en adelante somos sinceros con ella. Sabrá comprender cuando llegue a la edad oportuna para interesarse en esas cosas. Lo importante es que se sienta confiada y segura en la vida que logremos darle y eso dependerá de nosotros dos.

—Te agradezco que me hayas hecho aparecer menos culpable ante sus ojos.

—No soy el monstruo que piensas para desear que tu hija te condene, yo lo hago suficiente por mí y por ella.

—Lo que tú pienses sobre mí no me interesa tanto.

—Debe interesarte, de esa opinión dependerán nuestras relaciones.

—No hay necesidad de alguna relación entre nosotros.

—¿Te parece que no? Tenemos una hija.

—Eso lo sé desde hace mucho.

—Pero yo, gracias a ti, me acabo de enterar. No esperes que las cosas sigan siendo lo mismo en el futuro.

—No pienso privarte del cariño de Megan y aunque el concepto en que te tengo no puede ser peor puedes contar con que nunca le hablaré mal a tu hija de ti.

—No tendrás motivos para hacerlo. Seré el mejor de los padres para ella. No lo fui hasta ahora porque tú lo impediste.

—Si lo hice fue porque...

—Sí, ya me sé el cuento y sigue sin convencerme. Mejor dejamos de discutir el tema porque está visto que no nos pondremos de acuerdo nunca.

—Yo también creo que será lo mejor por el bien de la niña.

—Mamá, ven. No encuentro mis pantalones —la niña asomada a la puerta del cuarto exigía la presencia de la madre.

—Cuídala bien, Max. Sólo tiene seis años.

—Eso es algo que debería conocer desde el principio. Descuida que no me olvido de los años que tiene. Tu comportamiento ha logrado que me fije en esos detalles con particular atención.

Victoria le dirigió una mirada furibunda y Max se recostó en el sofá para esperar a la niña. Una sensación de bienestar comenzó a llenarlo. La vida estaba tomando rumbo. Su hija lo había aceptado sin resentimiento alguno y Victoria se estaba mostrando "dócil" ante la situación. Si lograba controlarse y tener un poco de paciencia quizá la suerte volviera a sonreírle. Por primera vez desde hacía mucho tiempo tuvo la impresión de haber regresado a su cálido hogar, porque dentro de aquellas humildes paredes estaban dos de las personas que eran más importantes para él en el mundo.

Una vida contigo

Megan, Victoria y Max estaban en el set. De pie ante el escenario preparaban la escena que se iba a grabar. La niña, al lado del padre, dirigía la mirada hacia los actores y miembros del equipo que se movía alrededor como si ella también tuviera la facultad de poder opinar. Su presencia se había vuelto hacer frecuente en los foros. No se despegaba de Max y lo acompañaba siempre que tenía oportunidad. Ya todos sabían que era la hija del actor pero ninguno se atrevió a hacer preguntas aunque los comentarios entre ellos debían ser abundantes. Richard apareció por una de las puertas laterales y al ver que Brennan estaba allí se apresuró a salir rápidamente. Max se acercó un poco más a Victoria para que Megan no pudiera escucharlo.

—No quiero que Megan se relacione más con ese tipo.
—¿Con quién?
—Con ese tal Richard.
—¿Qué tiene Richard de malo? Siempre ha sido nuestro amigo.
—No es una buena persona y no creo que sea amigo de nadie.
—Es tu particular opinión.
—Será, pero lo quiero lejos de mi hija.
—No sabía que fueras tan arbitrario.
—Tengo mis razones y si tuvieras un poco de sentido común tú también te mantendrías alejada de él.
—¿No me digas que ahora elegirás mis amistades?
—Debiera hacerlo por tu propio bien aunque es algo que no me corresponde.
—Me alegro que seas tan comprensivo, aún así no pienso hacer caso de ninguna de tus recomendaciones.
—Con respecto a ti puedes hacer lo que quieras, pero con respecto a nuestra hija te avendrás a mis deseos. A ella tampoco le gusta el tipo.
—Nunca me ha comentado nada.
—Porque piensa que a ti te agrada.
—Ahora resulta que la conoces mejor que yo.
—Llegaré a hacerlo cuando pase un tiempo.
—No sé por qué Megan tendría una mala opinión sobre Richard.
—Quizá porque tiene mejor juicio que tú para evaluar a las personas.

El rápido taconeo que oyeron a sus espaldas los hizo voltearse en esa dirección. Julie avanzaba presurosa y cuando llegó hasta ellos se echó en los brazos de Max dándole un apasionado beso en la boca.

—No resistía un día más separada de ti, amor.

La manita de Megan jaló el brazo de su padre.

—¿Quién es ella?

Julie reparó en la pequeña que la miraba con carita enojada.

—Soy la novia de Max, cariño ¿y tú quién eres? —preguntó con una sonrisa en los labios.

—Soy su hija —la muchachita la encaró de manera desafiante.

La sonrisa desapareció en el rostro de la mujer y fue sustituida por una expresión de franco asombro.

—¿Su hija?

—Sí, Julie, Megan es mi hija —la niñita la seguía mirando con la misma actitud, segura y complacida, porque el padre había confirmado el parentesco.

—Pero… no entiendo —la confusión que sentía ante la revelación inesperada no le permitió continuar.

—Es natural que no lo entiendas querida, ya te lo explicaré. —Max acarició el rostro de la mujer. El ánimo de sus palabras era conciliador. Puso los libretos en manos de Victoria.

—Ocúpate de continuar la escena, yo voy a acompañar a Julie hasta la casa —se dirigió a su novia pasándole un brazo por los hombros—. Debes estar cansada después de un viaje tan largo.

—Max, no comprendo…

—Lo sé, lo entenderás en cuanto pueda explicarte.

Salieron del foro y caminaron abrazados hasta el portón de la casa de Robert, Victoria los siguió con la mirada.

—Pobre mujer —musitó para sí—. No será agradable la sorpresa que le espera.

Tampoco lo había sido para ella verla aparecer y echarse en los brazos de Max y sobre todo aquel beso escandaloso que le dio delante de todos. Tendría que hablar con el actor al respecto. Su hija no tenía por qué verse obligada a presenciar escenas tan efusivas de sus expresiones de amor. Los camarógrafos llamaron su atención porque necesitaban proseguir con la filmación.

Una vida contigo

—Perdón muchachos, podemos continuar —se metió de lleno en la tarea que tenía por delante tratando de olvidar lo que había acabado de pasar.

Max y Julie entraron a la habitación que el actor ocupaba en la casa de Robert.

—Estarás bien aquí querida. Podrás descansar un rato y en cuanto termine la grabación estaré contigo.

—Max tenemos que hablar —de pie en medio del cuarto, las palabras de Julie más que un pedido fueron una sentencia. Se notaba que estaba sorprendida pero también disgustada.

—No será ahora, estoy muy ocupado —se encaminó hacia la puerta tratando de salir lo antes posible.

—Lo siento pero debe ser ahora —la determinación de su exigencia era razonable y Max comprendió que no podía esquivar el enfrentamiento hasta más tarde como era su propósito inicial. Cerró la puerta con un gesto de resignación. Prefería prepararse para sostener el diálogo y entendía la posición de la mujer.

—¿Cómo es eso de qué tienes una hija? Una hija de esa edad de la que nunca me hablaste.

—Es una larga historia.

—Que seguramente me será difícil entender.

—También es difícil de explicar.

—Tengo todo el tiempo del mundo. Te escucho —se sentó en el borde de la cama.

Max avanzó hacia ella. Se dejó caer a su lado y tomando sus manos, la miró de frente.

—Te lo voy explicar desde el principio porque antes de juzgarme quiero que tengas todos los elementos: hace unos años conocí a una mujer, una muchachita muy joven en aquel entonces. Al principio pensé que no sería nada de importancia pero me equivoqué por completo. Ella cambió mi vida para siempre...

Las cámaras habían comenzado a rodar y el director se había hecho cargo. Victoria y Megan se habían retirado un poco más lejos para no estorbar la grabación.

—¿Quién es esa mujer, mamá?

—Ella te lo dijo. Es la novia de tu padre.

—No me cae bien —Megan enfurruñaba su carita expresando disgusto.

—¿Por qué? Parece una persona muy agradable y acabas de verla por primera vez. No puedes decir que te cae mal o bien. No sería justo.

—Pues ya no me gusta ni me va a gustar nunca.

—No puedes reaccionar de ese modo. Tienes que conocerla un poco mejor para formarte un juicio. Cuando la trates puede que te lleves muy bien con ella.

—No quiero conocerla ni tratarla. La novia de mi papá debes ser tú.

—Ya te expliqué que eso no puede ser.

—Pero yo no lo entiendo y quiero que tú seas su novia.

—Espero que no repitas eso delante de tu padre.

—¿Por qué no?

—Porque no está bien y puede enfadarse.

—Él siempre me dice que le diga la verdad y esa es la verdad.

—A veces la verdad ofende. Tu papá tiene novia y debes portarte bien con ella para que él esté contento.

—¿Aunque yo no lo esté?

—Uno hace sacrificios por la gente que quiere y tú quieres mucho a tu papá ¿no es así?

—Lo quiero cantidad.

—Entonces te será fácil complacerlo.

—¿Crees que yo le gustaré a su novia?

—Tú le gustas a todo el mundo siempre que no te pongas malcriada. Espero que te comportes como es debido y no como una niña egoísta y caprichosa.

—No soy egoísta ni caprichosa, quiero a mi papá sólo para mí.

—Eso es precisamente lo que diría una muchachita malcriada y es el deseo más egoísta que te escucho decir en la vida. Si quieres tanto a tu padre debes desear verlo feliz.

—Y ¿tú crees que él es feliz con esa mujer? —a pesar de su corta edad había cierta petulancia en la pregunta.

—Si no lo fuera no sería su novia ¿no te parece? —Victoria trataba de razonar con la niña, por más que le pesara estar abogando a favor de la mujer de Max.

¿Ella se quedará aquí? —la voz de Megan sonaba preocupada. Era evidente que compartir a su padre no estaba en sus planes.

—Es muy posible que sí.

—¿Y vivirá con nosotros?

—Ella estará con tu papá y cuando estés con él, estarás con ella.

—No quiero eso. Quiero que todo siga igual —volvía a mostrarse empecinada.

—Megan, no hemos hablado de eso pero ¿sabes que un día tu padre tendrá que irse de aquí?

—Sí, ya me lo dijo y me llevará con él —su vocecita sonaba confiada y orgullosa.

—¿Y tú quieres irte con él? —Victoria la miró ansiosa con temor de escuchar la respuesta.

—Claro. Es mi padre y quiero vivir con él —la madre cerró los ojos angustiada.

—¿No te importaría dejarme?

—Tú también vendrías con nosotros.

—No mi niña, yo no podré ir con ustedes. Tu papá debió aclararte eso porque sabe que yo no iré.

—Él dice que yo te convenceré.

—¿Cuándo te dijo eso?

—El otro día cuando me habló de su hacienda, ¿Sabes que tiene una hacienda muy grande y con muchos caballos? —los ojitos se le iluminaron al evocar el lugar que ansiaba conocer y Victoria sintió que la estaba perdiendo.

—¿Te dijo que te llevaría a su hacienda?

—Iremos muy pronto y yo estoy loca porque el día llegue. Dice mi papá que me va a gustar mucho y que seré la reina de la finca porque soy su única niñita. Allí estarán también mis hermanos y conoceré a mis abuelos. ¿Sabías que tengo dos abuelos?

Victoria prestó poca atención a lo que su hija parloteaba tan entusiasmada. Max se las arreglaba muy bien para comprarse el afecto de la niña y ella debió esperarlo.

—Mamá ¿me estás escuchando? —la niña le jalaba un brazo.

—Sí Megan, te estoy escuchando y creo que pronto tendré que hablar con tu padre. Tendré que hacerlo y muy en serio.

....Y eso es todo. Después de buscarla inútilmente por tanto tiempo vine a encontrármela aquí por casualidad y fue cuando me enteré que tenía una hija. Podrás imaginarte lo que significó para mí.

Julie seguía sentada en la cama. No había pronunciado palabra desde que Max comenzó a contarle todo lo que consideró oportuno acerca de Victoria. La mujer se daba cuenta de la omisión de hechos que debieron ser importantes, aunque lo esencial lo había dicho y presintió que la conclusión de la historia tendría un mal resultado para ella. El actor estuvo recorriendo la habitación de un lado a otro mientras relataba los hechos que le había exigido conocer. Cuando terminó, volvió a sentarse a su lado. La expresión de su rostro no admitía duda. La actriz casi podía asegurar lo que vendría.

—Lo nuestro no puede continuar y tienes todo el derecho a pensar de mí lo peor, prefiero que me taches de injusto y egoísta en este momento a permitir que sigas perdiendo el tiempo conmigo, porque sé que ya no tengo remedio y a mi lado nunca serás feliz. Espero que con el tiempo puedas olvidar que fui un ingrato.

—¿Crees que podrás arreglar tu vida sentimental? —había dolor en sus palabras pero no resentimiento.

—No pienso en mujeres ahora, sólo pienso en mi hija.

—Has pensado en una sola mujer todo el tiempo y estoy segura que lo sigues haciendo. No tienes por qué negarlo porque yo lo supe desde el día en que te conocí.

—Lo siento Julie. Nunca pude olvidarla. Traté, te lo juro que traté y si alguien me ayudó a creer que podía conseguirlo fuiste tú, pero ha sido inútil. Desde el momento en que volví a tenerla enfrente supe que me había engañado y que la vida sin ella no tiene sentido para mí. Perdóname si no he sabido apreciarte como mereces —era sincero y su angustia auténtica.

—He sido feliz a tu lado Max. No tengo nada que perdonar porque nunca me engañé. Siempre me di cuenta de que no eras mío del todo porque, a pesar de lo que tratabas de aparentar, se notaba que te faltaba algo —el tono de su voz no había dejado de ser tranquilo y apacible, aunque se podía adivinar lo doloroso que era para ella admitir lo que estaba diciendo.

—Nunca te quejaste de nada.

—¿De qué me serviría? Sospechaba que se trataba de sentimientos que no podías controlar ni evitar y no me equivoqué.

—Eres una mujer increíble. No podré encontrar a nadie mejor para acompañar mis días.

—Excepto a ella.

—No sé si ella sea mi felicidad o mi cruz pero no puedo negar que, para bien o para mal, la quiero conmigo.

—Será tu felicidad, querido. Te lo has ganado con creces. —Acarició su rostro con ternura.

—¿Cómo puedes ser tan comprensiva y tan buena?

—Porque te quiero bien y prefiero verte feliz con ella que saberte infeliz conmigo —le rozó la boca con la suya en un beso tenue y desapasionado—. Ahora déjame sola porque tarde o temprano me echaré a llorar.

Max la besó en la frente y se dirigió a la puerta. Desde allí se despidió.

—Te quiero Julie. No de la forma que tú mereces o deseas, pero te quiero mucho y espero que sepas que siempre puedes contar conmigo.

—Lo sé Max, lo sé —una sonrisa conciliadora en su rostro fue lo último que vio de ella antes de cerrar la puerta tras él.

La mujer, tal y como había dicho un momento antes, empezó a llorar.

Pasaron unos días y las grabaciones estaban en la recta final. Victoria sabía que Julie se había marchado al día siguiente de su llegada. Max la acompañó a tomar el tren y no hizo ningún comentario acerca de su breve visita. El actor estaba al teléfono en su oficina haciendo unas llamadas cuando Victoria entró decidida y se le paró enfrente. Su actitud era resuelta y belicosa.

—Creo que tenemos que hablar.

Max colgó el teléfono.

—Hablamos todos los días. Supongo que te preocupa algo en particular y que no es de tu agrado, lo puedo adivinar.

La mujer no se molestó en hacer caso de su expresión divertida. No quería enojarse más de lo que ya estaba y perder los estribos como la mayoría de las veces ocurría cuando discutía con él.

—Le has estado diciendo a la niña que te la llevarás a tu hacienda.

—Es lo que pienso hacer en cuanto termine la producción —lo admitió como lo más natural del mundo.

—¿Y cuándo pensabas decírmelo? —cada vez parecía más enojada.

—Pensé que ya lo sabías. Te lo dije hace tiempo si mal no recuerdo.

—No dijiste nada de que sería tan pronto.

—En lo que se refiere a Megan nada me parece "tan pronto". En todo caso me resulta "bien tarde".

—Como sea, no estoy para tus precisiones respecto al tiempo que han estado separados. La niña no podrá irse ahora, te olvidas que va a la escuela y el curso no termina.

—Me pondré al tanto de las materias que cursa en esa escuela y contrataré profesores particulares para que la mantengan al día. Puedes estar tranquila sobre ese punto porque la educación de mi hija me preocupa tanto como a ti.

—Claro, como para ti todo es muy fácil —estaba furiosa por no poder rebatirle el argumento.

Max encendió un cigarrillo con gesto indolente.

—Algunas cosas sí. Otras... —hizo una larga pausa mientras la recorría con la mirada— no tanto.

—De cualquier modo, no se irá contigo. Mucho menos a tu país. Es muy pequeña para que la apartes de mí.

—Ya te dije en una ocasión que puedes venir con ella.

—Ir con ella significaría ir contigo y eso no estoy dispuesta hacerlo en modo alguno —su tono arrogante era un insulto.

—Es tu decisión, no la mía. No puedes culparme —su gesto fue de indiferencia total y eso la enfureció más.

—¿Qué quieres decir? —se plantó delante de él exigiéndole que la mirara de frente.

—Que la niña vendrá conmigo.

—¿Es qué no me escuchas? Te dije que no.

—¿Le preguntaste a ella qué es lo que quiere? A mí me parece que está muy contenta de acompañarme.

—A ella le has metido tantas ideas en la cabeza que te acompañaría al mismo infierno. La seduces prometiéndole cosas que convencerían a cualquiera. No dejas tus malas costumbres para conseguir lo que deseas ni así se trate de tu propia hija.

—¿No se te ocurre pensar que quiere venir porque disfruta estar con su padre? ¿De verdad, crees que necesito comprarla con promesas para que quiera estar conmigo? ¿O es que te duele que Megan esté aprendiendo a quererme demasiado rápido?

—No me duele que te quiera, aunque supongo que comprendes que se hubiera entusiasmado por cualquiera con la misma facilidad. Añoraba tener un padre. No creas que su cariño por ti tiene que ver con lo "especialmente encantador" que eres. Por otra parte conozco a mi hija, no la considero una niña interesada y no me digas que no te ayuda cantidad el paisaje que le pintas.

—No le he hablado de nada que no sea verdad. Mi hacienda es casi el paraíso y por lo que me toca en lo que dices, no creo que Megan se comportaría de la misma manera con cualquiera. Me consideraba "especial" antes de saber que yo era su padre y se nota que siente orgullo de la sangre que le corre por las venas.

—Debes entender que no es justo.

—¿Justo? ¿para quién no lo consideras justo? No hay justicia alguna en que la apartaras de mí durante tantos años y he dejado de reprochártelo. ¿No te parece suficiente?

Victoria sabía que en parte tenía razón.

—No dejas de mencionarlo cada vez que se presta la ocasión, pero no vine para que hablemos de eso. Entiéndeme Max, sólo te pido que seas más sensato. Más adelante podrás llevarla a donde quieras, ahora no es conveniente.

—¿Para ella o para ti?

—Para ninguna de las dos.

—No estoy de acuerdo.

—Max, ¿tengo que suplicártelo?

—Sería inútil y no creas que intento perjudicarte, Victoria. Si piensas así, permíteme decirte que estás completamente equivocada.

Sólo quiero pasar un tiempo con ella. Tenerla en mi hogar, rodeada de los míos y que conozca un lugar al que considero el mejor del mundo. ¿Te parece tan disparatado ese deseo? ¿No puedes comprender que ese sea mi sueño desde que supe que es mi hija?

A Victoria se le estaban acabando los argumentos para seguir con la discusión.

—Sufriré mucho si te la llevas —se dejó caer en una silla. Las fuerzas para seguir peleando con él la abandonaban porque estaba segura que no lo podía convencer.

—Será por poco tiempo. Lo prometo —era conciliador en su aclaración.

—¿Cuánto? —preguntó ya vencida.

—A lo sumo un mes.

Se puso de pie de un salto.

—¿Un mes? ¿Un mes te parece poco tiempo?

—El tiempo se irá volando. Estarás tan metida en la postproducción que agradecerás no tener que estar preocupándote por Megan.

—¿Cómo puedes decir eso? Preocuparme por Megan nunca ha sido molestia alguna para mí.

—Está bien —su tono era paciente—. No es para que te pongas así. Quería decir que será más fácil dedicarte al trabajo por completo sin interferencias de ninguna clase. Terminarás más rápido y así tendrás más tiempo para estar con ella cuando esté de regreso.

—No puedo acostumbrarme a la idea de que se separe de mí, ¿no puedes entender eso?

—Tendrás que hacerlo Victoria. No voy a renunciar a ella y sabes que tienes que compartirla conmigo.

—Hablas de la niña como si fuera un objeto.

—Eres injusta al decirme eso. Estoy estableciendo un hecho que tendrá que ser así de ahora en lo adelante. Es lo que pasa cuando los padres de un niño se divorcian.

—Tú y yo nunca fuimos un matrimonio, por lo tanto no estamos divorciados.

—Para el caso es lo mismo. Pero como quieres ser tan puntillosa quizá debí decir: cuando los padres no viven juntos. Claro que si quieres cambiarlo se me ocurre que podemos evaluar otras posibilidades. —Su voz y su expresión eran más que sugestivas.

—Supongo que no estés sugiriendo lo que se me ocurre —irónica y a la defensiva.

—Pues supones mal. Esa puede ser una posibilidad. Una posibilidad muy aceptable y conveniente para todos.

—Y ¿de qué "posibilidad aceptable" estamos hablando para ser exactos?

—Puedes volver a vivir conmigo.

—¿Crees que estoy demente, que se me aflojó algún tornillo? Por si todo lo que ha pasado no te parece suficiente para que no quiera tenerte cerca por el resto de mi vida. ¿Crees que volvería a compartirte con otra? Ya una vez te compartí con tu mujer y con Sonja. ¿Ahora intentas que lo haga con Julie?

—Pero Julie y yo...

—Te equivocas por completo, Max y si lo que pretendes es tratar de chantajearme con mi niña para que me convierta de nuevo en tu amante, pierdes el tiempo. —El coraje que sentía parecía que iba a ahogarla. Trató de tomar aire y recuperar un poco de calma. —Está bien. Lo acepto. Megan se irá contigo. Es el castigo que merezco por haber tenido la mala suerte de darte una hija y me la traerás en cuanto termine ese maldito mes, no esperaré un día más.

—Nos iría mejor de la otra forma, pero si eso es lo que quieres, así será.

—Lo que quisiera es que desaparecieras de nuestras vidas para siempre.

—Siento no poder complacerte querida, pero ya sabes que si cambias de opinión sólo tienes que llamar. A pesar de todo me sigues resultando muy... apetecible.

—Puedes esperar sentado porque nunca cambiaré de opinión.

—Nunca digas nunca jamás —sonreía con descaro y ponía en duda sus palabras.

—Los años pasan y cada día te conviertes en un ser más detestable.

—Sin embargo tú sigues tan "adorable" como siempre. Ahora mismo te metería en mi cama sin pensarlo dos veces. Extraño nuestros apasionados encuentros y no pierdo la esperanza de que se repitan.

—Esperas en vano. No repetiré la estupidez de caer en tus brazos.

—Te lo he oído decir muchas veces y cuando llega el momento "preciso", lo olvidas. Por cierto, lo haces de una manera desbordada y atrevida.

El color tiñó las mejillas de Victoria y Max se deleitó con ello. Le resultaba increíble comprobar lo fácil que era avergonzarla con una simple alusión a su intimidad, a pesar de todo lo que habían compartido juntos.

—Ya no lo olvidaré —consiguió decir.

—No confiaría en eso —una sonrisa burlona seguía adornándole la cara.

Max se acercaba a ella. Victoria quería retroceder pero sin darle la impresión de que sentía miedo.

—¿Estás segura que no quieres ser mía de nuevo Vicky? ¿Ni siquiera por una última vez?

—Debías respetarme un poco más, ahora que sabes que soy la madre de tu hija.

—Si te hubiera respetado tanto, no lo fueras y estoy muy satisfecho con la hija que me has dado.

—Tu descaro no tiene límites.

—Siempre he sido así y así te enamoraste de mí.

—No sé cómo pude hacerlo. Me arrepiento todos los días. No me alcanzará la vida para lamentarlo.

—Eres tan exagerada para mentir que no consigues que te crea. —se inclinaba peligrosamente hacia ella.

La cercanía de Max comenzaba a perturbarla y antes de hacer el ridículo, Victoria dio la vuelta rápidamente y abrió la puerta.

—Un mes y la traerás de vuelta. Recuerda que lo prometiste.

Salió dando un portazo. Max se recostó al escritorio que estaba a sus espaldas. Una sonrisa traviesa bailaba en su rostro.

—No sé cómo todavía crees en algunas de mis promesas, pequeña Victoria. Nunca cumplo las que no me convienen en lo que se refiere a ti.

—Entonces, te vas.

Una vida contigo

—Así es Robert. Ya no me necesitas y por lo que pueda presentarse, puedes contar con que David vendrá a la menor señal que hagas. Él puede solucionar cualquier cosa igual que yo.

El productor lo observaba detrás del escritorio. Llevaban un largo rato en su despacho ultimando los detalles que quedaban pendientes en la producción. No prestó mucha atención al último comentario de Max y volvió al tema que le interesaba más en aquel momento.

—Según me han dicho te llevas a Megan.

—Te han dicho bien. La niña viene conmigo —admitió de forma muy natural, como si el hecho no tuviera importancia alguna.

—¿No consideras que eres un poco cruel con Victoria al separarla de su hija?

Estudió el rostro que tenía delante para apreciar su respuesta.

—Ella puede venir si quiere.

—¿Cómo pretendes eso? Sabes la opinión que tiene de ti.

—Ese es su problema. Ya me cansé de tratar de hacerle comprender que está equivocada y no entra en razón.

—Es lógico después de todo lo que pasó y quizá tú no insistes lo suficiente.

—No estoy para sermones Robert. Tú ni conoces la mitad de nuestra historia, así que no estás en posición de juzgar.

—Tienes razón. Tampoco me gusta andar de metiche y por lo pronto me conviene que se quede aquí, me resulta difícil prescindir de ella en estos momentos.

—Eres un poco egoísta ¿no te parece? Pero si piensas así no sé de qué te quejas.

—No me quejo, lo que me extraña es que te retires tan tranquilamente sin dar la pelea. No es tu estilo.

—No tengo pelea que dar. Me llevo a mi hija que es lo que me importa.

—Con eso das a entender que ya la madre no te interesa, lo que me parece más extraño todavía.

—Dejémoslo ahí Robert. Por el momento será lo mejor.

—Es cierto y de cualquier modo esta despedida no será para largo. Te veré en un mes cuando regreses con Megan.

—Yo que tú no estaría tan seguro...

Robert pareció entender el significado de aquella respuesta.

—¿Qué te traes entre manos, amigo? Temo sin dudar a equivocarme que no eres muy de confiar en estos momentos.

—Cuando quieres puedes resultar muy astuto —con esta declaración le confirmaba que estaba en lo cierto y el productor no quiso seguir siendo indiscreto. Se levantó de su silla para despedirse.

—A pesar de las circunstancias, fue un placer volver a trabajar juntos.

—Lo mismo digo —Max estrechó efusivamente la mano extendida.

—Espero que se repita en un futuro.

—Puede que ese futuro esté muy lejano. Ya te comenté que estoy planeando seriamente retirarme de todo esto por un tiempo, quizá por un muy largo tiempo.

—¿Colgarás los guantes, como me dijiste un día?

—Tú mismo aseguraste que es mejor hacerlo cuando todavía tenemos mucho que disfrutar.

—Lo dije y sé lo difícil que se hace, sobre todo para gente como nosotros que no podemos estar quietos.

—Creo que el momento para mí llegó, por lo menos ahora.

—Sí así lo piensas por algo será... —había un mundo de interrogantes detrás de esas palabras.

—Cuídate y haz que esto termine bien. Puede que sea mi última intervención en el negocio.

—Todavía lo dudo. Descuida, que me esforzaré para avanzar por la alfombra roja rodeado de estatuillas y espero que estés a mi lado, al menos en esa ocasión.

—Me conformaré con los juicios de la crítica. Los premios serán todos para ti.

Se dieron un abrazo palmeándose las espaldas.

—Adiós Max y créeme que siento que lo otro no terminara bien.

—Y ¿quién te dice que terminó?

Un gesto travieso danzaba en su rostro cuando cerró la puerta al salir.

Max acudió al repiqueteo del teléfono que no dejaba de cesar.

—Oigo —gritó.

—Max, ¿cuándo me traes a Megan? —la voz se oía lejana y era posible adivinar el disgusto de la persona que hablaba a miles de leguas de distancia.

—Hola Victoria, ¿cómo estás? Cada día tu educación mejora. Hace un mes que no nos vemos, ¿no puedes saludar?

—Porque hace un mes que no nos vemos es que estoy llamando. Ya la niña tendría que estar aquí.

—Ah, ¿con que llamas por eso? —la inocencia que intentaba reflejar el tono de la voz exasperó mucho más a la mujer—. Lo siento, querida pero la niña no irá.

—¿Cómo que no vendrá? —casi chilló—. No quedamos en eso. Me prometiste...

—No se trata de mí, es ella la que no quiere irse.

—Eso no es cierto. Debe extrañarme. Tener deseos de verme. Me engañas como siempre.

—Siempre adornándome con los peores atributos, pero esta vez te equivocas. Megan te extraña, tiene deseos de verte y también quiere quedarse aquí.

—Es una niña, Max y seguro la debes estar encandilando con todas tus extravagancias y cumpliendo el menor de sus caprichos para que no quiera salir de allí. Si quieres te será fácil convencerla de que debe regresar.

—El problema es que no quiero y no tengo la menor intención de colaborarte en esa cuestión.

—Lo haces sólo para fastidiarme porque... ¿No intentarás quedarte con ella? —el pavor que la inundaba vibró a través del hilo telefónico—. Yo confié en ti... Yo... ¡Dios mío! ¿Cómo pude ser tan tonta?... —la desesperación y la rabia no la dejaban hablar.

—Tranquila Vicky, tranquila. No tomes el rábano por las hojas. No intento quedármela y ella volverá contigo pronto... pero no ahora.

—No quiero juegos, ¿de qué hablas? ¿Por qué no puede ser ahora?

—El mes que entra es el cumpleaños de Tony y Megan no se quiere perder la fiesta. En cuanto pase la fecha te la llevaré de regreso. Es una promesa.

—Para lo que me sirven tus promesas. No puedo esperar tanto, ¿no lo puedes entender? Me muero de ganas de verla.

—Si estás tan desesperada, puedes venir.

—¿Ir? ¿Irme yo a Sidney? ¿Estás loco?

—Si tantos deseos de verla tienes es lo que debes hacer.

—No iré hasta ya de ningún modo y no creo que mi hija pueda estar tanto tiempo lejos de mí. Quiero hablar con ella.

—No está aquí.

—¿Cómo que no está allí? —Max separó el auricular del oído.

—Por favor no grites, me afectarás el tímpano.

—¿Dónde está Megan?

—Está en el patio jugando con sus hermanos.

—Pues mándala a buscar o llévale el teléfono, te digo que quiero hablar con ella.

—Está bien, no te pongas histérica. Hago que la traigan. Espera un poco.

Max se dirigió a la vieja empleada que pasaba por el pasillo cercano.

—Nelly, por favor, vaya al patio y traiga a Megan rápido. Su mamá quiere hablar con ella.

Casi de inmediato la muchachita entró a la sala y se abalanzó sobre el padre arrebatándole el teléfono de las manos.

—¿Mamá, mamá? ¿Eres tú?

—Mi niña ¿cómo estás? —Victoria hacía un esfuerzo para contener las lágrimas al escuchar la vocecita de su hija.

—Estoy muy contenta mami. ¿Cuándo vienes?

—Yo no puedo ir Megan, llamaba para saber cuándo vienes tú.

—Mi papá no me puede llevar ahora, estamos preparando la fiesta de mi hermano.

—Pero tú quieres venir ¿verdad?

—Yo... te quiero mucho mamá, ven tú —la niña esquivaba dar la respuesta deseada por su madre.

—Hijita no puedo, de verdad que no puedo.

—Mi papá me regaló un caballito ¿sabes? Es blanco completo y tiene los ojos azulitos, todavía no le pongo nombre. ¿Se te ocurre uno? —la pequeña no se daba cuenta de la angustia de la madre, quería ponerla al tanto de sus nuevas experiencias.

—Megan, querida, te extraño mucho. Me cuesta pensar que tengo que pasar un día más sin ti. ¿Acaso tú no me extrañas también?

—Claro que te extraño mami, por las noches a veces lloro porque no estás aquí.

—Entonces, ¿por qué no vienes tesoro?

—Mi papa dice que tú vendrás. Ven mami, aquí esto es muy lindo y la fiesta de Tony va a ser muy grande. Vendrán mis abuelos y todos mis primos ¿sabías que tengo muchos primos?

—No, no lo sabía mi amor —Victoria se daba cuenta que era imposible que su hija entendiera lo que ella estaba sintiendo en ese momento.

—Son un montón y me quieren mucho...

—Cariño... no puedo seguir hablando, esta llamada es muy costosa para mí. Ponme a tu padre y recuerda que te quiero, te quiero mucho.

—Yo también te quiero mamá —extendiendo el auricular a Max—. Mamá quiere hablar contigo.

—Dime.

—¿La niña sigue allí?

—Está aquí a mi lado.

—Dile que se vaya.

—Megan ve a jugar con tus hermanos, te están esperando y tu mamá ya colgó.

La muchachita salió corriendo con la misma prisa con que momentos antes había entrado en la habitación.

—Max, lo que estás haciendo es infame.

—Yo no estoy haciendo nada. Es la niña la que no quiere irse. Te lo acaba de decir ella misma.

—Ella cree que voy a ir.

—Y puedes hacerlo.

—No quiero y aunque quisiera sabes que no puedo. Un pasaje de avión a tu país está fuera de mis posibilidades económicas.

—Yo puedo pagarlo. Dime la fecha y lo tendrás situado de inmediato.

—No necesito tu dinero.

—Pues otra cosa no puedo hacer.

—Puedes traerme a Megan.

—Eso no está en mis manos y aunque estuviera no puedo moverme de Australia en estos momentos. Es tiempo de las juntas directivas en las empresas que presido aquí y tengo que estar presente. No querrás que la niña viaje sola.

—Tienes miles de personas a tu disposición, puedes encargarle a cualquiera que la traiga.

—No pondré a mi hija en manos de cualquiera. Megan es muy chica. Viajará conmigo o con su madre, con nadie más.

—Nicky y Tony viajaron desde Australia solos y también eran pequeños. No tuviste problema alguno en aquel entonces para que una persona ajena a la familia los trajera.

—Eran otros tiempos. No existían los peligros que hay ahora.

—Pues debes traerla tú.

—Ven a buscarla. Con lo que estás pagando por esta conversación ya podías haber comprado un pasaje.

—Eres odioso.

—Y tú obstinada como una mula. Si quieres a tu hija de vuelta, ven a buscarla porque si es por mí se quedará aquí para siempre.

—No puedes hacerme esto.

—Lo estoy haciendo —colgó.

—Max, Max... Maldito tramposo. Sabía que no podía confiar en ti. Debí suponer que harías algo así, pero si crees que puedes arrebatarme a mi hija estás muy equivocado. No te saldrás con la tuya Max Brennan, no lo harás aunque tenga que llegar a tu maldito país a nado. Voy a recuperar a Megan por encima de ti o del que sea. Ya lo verás y lo verás muy pronto.

—¿Dio resultado?

David se servía un trago detrás de la barra de madera labrada que adornaba una de las esquinas de la sala de estar en la casa de Max. El actor recostado en un amplio butacón seguía con la mirada al amigo y aunque sus pensamientos parecían lejos de allí, respondió tomando el hilo de la conversación.

—Si la conozco un poco, estará aquí más rápido de lo que puedes suponer.

—Y entonces ¿qué harás? —David se acercó y se dejó caer en un amplio sofá situado frente a Max.

Una vida contigo

—Todavía no lo sé. Pero algo te puedo asegurar: ni la hija ni la madre volverán a salir de aquí.

—Estás muy confiado.

—Vengo preparando este momento desde hace mucho y espero que nada me lo arruine.

—No cuentas con Victoria. Ella puede reaccionar de manera muy distinta a lo que piensas.

—Me cansé de escuchar las opiniones de todos, particularmente la de Victoria. Es hora de hacer prevalecer la mía —se mostraba muy empecinado en su decisión.

—Como si algún día hubieras hecho lo contrario.

—Pues aunque no te lo parezca así ha sido. Llevo mucho tiempo obrando según lo que dicen los demás y no me ha ido muy bien que digamos.

—Dudo de ese "mucho tiempo". Siempre has hecho lo que te ha venido en gana y pocas veces te dejas llevar por el juicio de otros.

—Desde que la volví a encontrar sólo he intentado complacerla, hacer su voluntad, y mira tú a dónde hemos ido a parar.

—No creo que me puedas estar diciendo eso. ¿Has intentado complacerla? ¿Hacer su voluntad? —se burlaba al decirlo—. Tu idea de complacer y hacer la voluntad de alguien podría catalogarse de mezquina.

—Puedes decir lo que quieras. No me harás cambiar de opinión.

—Ni siquiera lo intento, conozco perfectamente "el caso que haces de la opinión de los demás", pero te adelanto que no te será fácil conseguir lo que te propones. No con la mujer que te tocó en suerte.

—Estoy dispuesto a cualquier cosa para que entienda que su lugar está aquí. Si tengo que obligarla lo haré y no dejaré que siga arruinando nuestras vidas por su obstinado orgullo.

—Eso contando que sea sólo orgullo. ¿Nunca te pasa por la mente que quizá ya no te quiera?

—¿Estás de abogado del Diablo ¿o qué?

—Analizo todas las posibilidades. No quiero verte fracasar.

—Ahórrate el trabajo. Haré lo que tengo decidido por encima de cualquier consideración —su resolución era absoluta.

—Me asustas cuando dices eso. Las últimas veces que has obrado según ese criterio las cosas no han podido ir peor.

—Es la única forma de proceder con Victoria, ¿Es que no te das cuenta? Desde que la conozco siempre ha sido así.

—¿Nunca te arrepientes? Después de todo lo que les ha pasado, ¿no crees que debiste proceder de otro modo?

—No lo sé, ahora nada de eso me importa. Estoy resuelto a mantenerla a mi lado a como dé lugar. Haré cualquier cosa para conseguirlo y lo haré sin remordimiento alguno por más reprochable que sea. Ella es la única mujer que quiero conmigo. Así ha sido y así será, tú mismo lo dijiste un día y yo hace mucho que lo comprendí y lo acepté.

—No deja de sorprenderme cómo pierdes la chaveta cuando de Victoria se trata. Han pasado tantos años y todavía te creo capaz de asaltar la escuela de la señorita Smith, a punta de pistola, si se hubiera negado a entregarte a su alumna.

—No te equivocas. Lo haría sin dudar. Te repito que por ella estoy dispuesto a todo. La quiero junto a mí a las buenas o a las malas. No lo puedo evitar.

—Lo sé. Es de lo único que estoy tan seguro como tú.

—Robert, ¿puedes atenderme un momento?

—Claro que sí Victoria ¿qué se te ofrece?

Victoria entró en el despacho del productor y se sentó en una silla delante de su escritorio.

—Necesito pedirte un favor.

—Tú dirás.

—¿Será posible que me adelantes algo de mi sueldo? Mejor dicho ¿puedes prestarme una suma de dinero que estoy necesitando?

—Por supuesto que sí pero ¿sería indiscreto si te pregunto para qué?

—Tengo que comprar un pasaje para ir a Sidney. Debo ir a recoger a Megan —lo admitió a regañadientes.

Robert se recostó hacia atrás en su silla y la miró detenidamente.

—¿Max no dijo que él la traería?

—Eso dijo, parece que ahora no puede y yo no quiero estar más tiempo sin la niña —no dijo todo lo que estaba pensando ni la opinión que le merecía el actor en aquella cuestión, aunque Robert sabía lo molesta que estaba.

—Pues, no hay problema alguno. Dile al cajero cuanto necesitas y él te hará un cheque.

—Gracias Robert. Prometo que te pagaré hasta el último centavo —se inclinó hacia él agradecida.

—De eso no tengo dudas. Sé que eres persona de fiar —le tomó una de las manos que ella había puesto en el escritorio y le dio unas palmaditas de aliento—. Espero que todo te salga bien y estés pronto de regreso.

—Eso espero yo también —no parecía muy convencida.

Estrechó su mano y se dirigió a la puerta saliendo de la habitación.

—¡Victoria!

—¡Señorita Robinson!

Las dos mujeres parecían asombradas por el encuentro inesperado. Victoria estaba en la sala de tránsito del Aeropuerto de Los Ángeles aguardando la salida del vuelo que la conduciría a Sidney. Había llegado muy temprano según los requerimientos que se exigían y hojeaba una revista sentada en una de las salas de espera. Lo menos que podía imaginar es que allí encontraría a la novia de Max y mucho menos supuso que esta iba a reparar en ella para acercarse a saludarla.

—¡Qué sorpresa encontrarte aquí! Te hacía en Orange's Tree. Me encontré con Robert en Nueva York y me dijo que estaban empezando una nueva producción.

—Así es, sólo que tengo un problema que resolver antes. ¿Usted también viaja a Sidney?

La mujer la miró un poco sorprendida.

—No, regreso a Francia. La película en la que estoy participando reanuda las grabaciones en los próximos días.

—Recuerdo haber leído algo en la prensa.

—Pero por lo que dices, supongo que tú sí que vas a Sidney. ¿Vas a encontrarte con Max?

—Voy a recoger a mi hija, aunque es muy probable que lo veré ya que ella se encuentra en su casa —hablaba a la defensiva, aunque Julie no parecía tener en cuenta su actitud.

—¿No han arreglado las diferencias entre ustedes? —su interés era sincero y desprovisto de mala intención, pero a Victoria le chocó.

—Por supuesto que no y me extraña que me haga esa pregunta precisamente usted, que es su novia.

—¿Piensas que sigo siendo la novia de Max?

—¿Y acaso no es así?

—Por supuesto que no. Terminamos el día que fui de visita al rancho.

Observó detenidamente la reacción de sorpresa en el rostro de Victoria.

—¿Tendrás tiempo para tomar un café conmigo? Creo que nuestros vuelos tardan en salir, mientras tanto sería interesante aclarar ciertas cosas entre nosotras.

—No creo que...

—Ya Max me había dicho que eres reacia a aceptar explicaciones, estimo que esta vez te convendrá oír algunas cosas. ¿Qué puedes perder por escucharme? No hay muchas otras cosas interesantes que hacer mientras estamos aquí —resultaba convincente.

Victoria no tenía deseo alguno de hablar con la mujer. Imaginaba todo lo que esta tenía que decirle. Seguramente serían cosas que terminarían por mortificarla pero Julie se mostraba demasiado amable y consideró una grosería no aceptar su invitación.

—De acuerdo, tomaremos ese café. Le adelanto que no estoy muy interesada en el tema si lo que tiene que decirme es con respecto a Max.

—Eso lo decidirás más tarde.

La tomó del brazo y avanzaron juntas hacia la cafetería más cercana. Se sentaron en una de las mesas que encontraron vacías y después de hacer su pedido a un camarero, Julie empezó hablar.

—No me explico por qué Max no te dijo que habíamos terminado.

—No tiene por qué darme cuentas de su vida personal, no es nada que tenga que ver conmigo.

—Eres la madre de su hija.

—Por una circunstancia lamentable que ocurrió hace mucho tiempo y que no significa nada en el presente.

—No es lo que yo creo. De cualquier modo un hijo es algo que une para siempre aunque la relación de los padres deje de funcionar.

Una vida contigo

—Por muy desagradable que me resulte aceptarlo, así es —no entendía a dónde quería ir a parar la señorita Robinson.

—Cuando te dije que Max y yo terminamos, fue una manera amable de decirlo, para ser precisos él fue quien me cortó.

—Lo siento, si estaba enamorada supongo que no fue agradable. —seguía sin entender por qué la hacía confidente de aquellas revelaciones.

—No lo fue y tienes razón, estaba muy enamorada, es cierto, pero siempre esperé que sucediera algo así.

—No sé si debo preguntar por qué.

—Puedes preguntar lo que quieras, te dije que deseaba aclarar las cosas. Y mi respuesta a tu pregunta es que yo sabía que él estaba enamorado de otra.

—Es muy duro enterarse de algo así de pronto. Puedo comprenderlo —se vio a sí misma en aquella situación. Fue como si la escena de Sonja y Max besándose en su oficina estuviera ocurriendo allí en aquel instante.

—Creo que no lo comprendes bien. Yo sabía eso desde que empezamos a salir juntos. Lo supe mucho antes de convertirme en su mujer porque una persona tuvo a bien advertirme, pero me hubiera dado cuenta por mí misma pasado algún tiempo de vivir a su lado, porque era algo que él no podía ocultar.

—¿Y aún así empezó una relación en esos términos, sin importarle que amara a otra mujer? —estaba asombrada de que Julie le contara algo como eso.

—Creo que ya admití que estaba muy enamorada de él.

—Pero...

—El amor nos vuelve ciegas y obstinadas. Creí que con el tiempo conseguiría que la olvidara. Pensé que podía llegar a quererme más a mí que a ella y me equivoqué.

—Supongo que ahí fue que decidió terminar.

—Te repito que fue él quien decidió terminar conmigo. Yo no había caído en la cuenta de cómo estaban cambiando las cosas y cuando lo hice ya era muy tarde. No había nada qué hacer.

—¿Lo encontró con la otra? Fue entonces que se dio cuenta.

—Lo encontré con ella, es cierto, pero no tuve la menor idea de que fuera la otra. Fue necesario que él me confesara todo.

—Tuvo suerte. No siempre pasa así —había mucho resentimiento en su voz al decirlo.

—¿Te pasó a ti algo parecido?

La mujer había sido tan sincera con ella que no veía por qué no podía responderle de igual modo.

—Con la diferencia que a mí nunca me confesó nada. Hasta el día de hoy lo sigue negando a pesar de que no hay duda alguna al respecto.

—Quizá porque no tenga nada que confesar.

—Tiene y mucho. Hubo un día en que yo confié ciegamente en él y sólo supe de lo que era capaz cuando...

—¿Cuándo lo encontraste con Sonja Wilson?

—¿Le contó eso? —le dolía increíblemente que Max le hubiera hablado a Julie sobre esos detalles tan íntimos de su vida con ella.

—No, Max nunca me habló de ti, hasta el día que tuvo la necesidad de decirme que eras la madre de Megan. Todo lo que sé acerca de ustedes me lo contó la propia Sonja Wilson.

—¿Sonja? —le parecía increíble que la mujer estuviera hablando de ella con otras mujeres de Max.

—Sí, Sonja. Te guarda un fervoroso rencor ¿lo sabes?

—No tiene por qué. Ella fue la que salió ganando. No pensé que siguiera acordándose de mí, a no ser que fuera para reírse.

—¿Por qué sigues creyendo eso?

—Tengo mis razones.

—Y yo me pregunto ¿cuáles? Sonja y Max no volvieron a estar juntos después que él terminó con ella y cuando eso pasó todavía no estaba contigo, seguía casado con Elizabeth.

—Parece que no lo sabe todo, hay muchos detalles que desconoce acerca de esa relación.

—Por el contrario, la relación que Sonja tuvo con Max la conozco demasiado bien.

—Max puede haberle contado lo que más le conviene pero yo lo viví, los vi y no pudieron engañarme.

—Repito que Max nunca me contó nada. Tú viste lo que Sonja quiso que vieras y te equivocas cuando dices que no pudieron engañarte porque a ti ella sí te engañó.

—No entiendo lo que dice —el comentario de Julie la tenía desconcertada.

—Pues está muy claro y la propia Sonja presume de ello sin ningún pudor.

—¿Presume de qué?

—De haber logrado separarte de Max. Creo, Victoria, que has sido muy crédula y te dejaste engañar como una tonta, perdóname que te lo diga. Caíste en la trampa de la señorita Wilson y le seguiste el juego a la perfección. Entiendo que fue muy desagradable para ti en aquel momento y que los celos perturbaron tu buen juicio, pero que sigas pensando así hasta estos días me parece increíble —Julie la observaba con una expresión de compasión que empezó a molestarla.

—Sigo sin comprender. ¿Puede explicarse mejor?

—Cuando empecé a salir con Max, Sonja buscó la manera de encontrarme. El resentimiento que siente en contra de él por haberla dejado es inaudito y no tiene límites. Cuando la conocí me di cuenta que es una mujer egoísta y mezquina y sobre todo muy vanidosa. La considero capaz de cualquier cosa por fastidiarle la vida a los demás cuando considera que ha resultado perjudicada. De una manera sutil pero muy descarada se acercó a mí para advertirme de la clase de hombre que era Max. Se atrevió a compadecerme por la suerte que me esperaba a su lado. Me dijo que él nunca se enamoraría de mí porque andaba perdidamente encaprichado de una "muchachita trepadora que había sabido engatusarlo muy bien", y sin ánimo de ofender, ahora estoy segura que se refería a ti. Me contó que te habías metido en su relación y se lo habías quitado a la mala aunque la suerte te duró muy poco porque ella te había devuelto el golpe al conseguir separarlos. Se vanaglorió mucho de haberte ganado la partida. Disfrutaba al decir que si bien el amor de Max no había sido para ella tampoco tú te habías quedado con él. No me explicó lo que había hecho para lograrlo, pero si tú me dices que rompiste con él porque los encontraste juntos, puedo sacar una obvia conclusión. De cualquier manera puedo asegurarte que Max no tuvo nunca nada más que ver con ella desde que terminaron su relación por aquel accidente. Si tú los viste juntos en una situación comprometida después de eso, es porque Sonja así lo quiso.

—No puede haber planeado algo así con tanta frialdad —se resistía a creer que estuvo engañada tanto tiempo, víctima incauta de las maquinaciones de aquella mujer.

—Si piensas así no conoces bien a Sonja Wilson. ¿Por qué crees que se acercó a contarme sobre ti? ¿Crees que quería hacerme un bien?

¿Piensas que le dolía que otra mujer corriera su misma suerte? Por favor, sólo quería fastidiarme la vida y fastidiársela a Max, pero yo no me dejé manipular tan fácilmente como tú.

—Yo me lo creí todo... —su abatimiento no tenía límite. Pensaba en lo que había sufrido, en lo que había hecho sufrir a Max, si aquello era cierto, y el desconsuelo que se apoderaba de ella era insoportable—. ¿Cómo pude ser tan tonta?

—No sé querida, creo que te has empecinado absurdamente en desechar cualquier evidencia que te demostrara lo contrario —apretó una de sus manos con la suya.

—¿Por qué me cuenta esto? No soy su amiga, casi ni me conoce y si quiere tanto a Max no debo resultarle muy simpática.

—Quiero a Max lo suficiente como para desear que sea feliz aunque no sea conmigo y, como ya te conté, siempre supe que había otra mujer y no porque Sonja me lo hubiera dicho sino porque él no podía ocultarlo. Nunca me habló de ti, nunca te mencionó mas había una parte de él que siempre estaba lejos y que yo sabía que pertenecía a otra. Fue un compañero agradable, un amante intenso y fui feliz a su lado, aunque nunca fue mío. La mayor parte del tiempo lo sentía perdido en el recuerdo de alguien que era más importante en su vida. No adiviné que había encontrado a esa mujer de nuevo cuando llegamos a Orange's Tree, sólo percibí que algo inesperado lo alteró. Estuve allí muy pocos días para darme cuenta y nunca más volvió a ser el mismo. Traté de engañarme pensando que era la distancia y el trabajo lo que hacía que sus llamadas se hicieran más distantes y que su interés por mí fuera decreciendo, pero en el fondo presentía que algo importante estaba pasando. Fui al rancho con la certeza de que nada bueno me estaría esperando y así fue. Allí me contó todo y descubrí que mi eterna y hasta entonces invisible rival eras tú.

—Es demasiado... Ninguna otra me hubiera contado algo así, estando enamorada de Max como dices estar.

—Estoy enamorada de Max y podré superarlo, no soy como Sonja, de eso puedes estar segura —sonreía al decirlo—. Pensándolo bien, tampoco creo que lo quiera tanto como lo quieres tú.

—¿Por qué piensa que lo sigo queriendo? —bajó la cabeza un poco avergonzada de que sus sentimientos le resultaran tan evidentes.

—Porque sigues ardiendo de celos por algo que pasó hace más de seis años. No sería así si el amor que sientes por él no fuera tan grande como al principio. Son muchos años, Victoria, ¿no te han parecido suficientes? ¿Cómo es posible que lo sigas culpando por un hecho que ni siquiera sucedió?

—Yo creía que era verdad, yo siempre pensé que me había engañado.

—Y aun así, ¿no te parece exagerado? Max se ha empeñado en demostrarte que sigue enamorado de ti y, a pesar de que aquel incidente fuera cierto, ¿no crees que debiste perdonarlo? En cuestiones de amor se cometen errores todo el tiempo y este hombre ha pagado los suyos con creces. Estimo que en tu venganza, justificada o no, has sido más intensa y despiadada que la propia Sonja.

—Nunca he querido hacerle daño a Max. Pretendía que él no volviera a hacérmelo a mí.

—Te equivocaste querida, esa es la pura verdad y harías bien en admitirlo por el bien de los dos.

—Yo... No sé como agradecer. Si no fuera por lo que me ha dicho seguiría creyendo que...

—No tienes que agradecer nada. Yo podré olvidar a Max pero tú... creo que no lo harás nunca. Por lo pronto yo no estaría esperándolo tanto tiempo.

—Yo no estaba esperándolo —se apresuró a desmentir.

—¿Estás segura?

El altavoz anunciaba la salida del vuelo de Julie y la actriz se puso de pie.

—Saluda a Max y un día cuéntale que puse un granito de arena para contribuir a su felicidad.

—Está muy confiada en que lo nuestro se arreglará.

—Vas a Koala's rock. Si Max te permite entrar allí es porque está seguro de que será así. A mí nunca me llevó, es un lugar que tiene reservado para las personas más cercanas a su corazón.

—Voy sólo a buscar a Megan, se ha negado a traérmela y no tengo otra opción —insistía en negarse a lo evidente.

—Si eres capaz de creerte eso, no tienes remedio amiga. Espero que sepas entrar en razón. Si no lo haces, lo lamentarás el resto de tu vida.

—Gracias Julie. Sé que encontrará la felicidad muy pronto. Lo merece.

—Merecía quedarme con Max pero tú llegaste primero —sonreía al decirlo.

Victoria se puso de pie y le dio un abrazo. Julie se separó, agarró el equipaje de mano y se dirigió a la salida.

—Buena suerte y recuerda: déjate de tonterías, que ya has perdido demasiado tiempo.

Victoria le devolvió un saludo con la mano.

Julie tenía razón, había perdido mucho tiempo y ahora… ¿cómo podía arreglarlo? Quizá ya era muy tarde. Quizá Max se había cansado de esperar. No pensaría en eso. Iba al encuentro de su hija. Max estaría allí y no perdía nada esperando que sucediera un milagro. Acaso no decían que lo increíble de los milagros es que a veces suceden. Con un poco de suerte este podía suceder. Suspiró confiada. Hacía mucho tiempo que una satisfacción tan profunda no le llenaba el corazón.

—Eso quiere decir que ya salió para acá —la voz a través del móvil resultaba apremiante.

—Te pasó un correo en la mañana ¿no lo recibiste?

Max y Robert hablaban por teléfono.

—Sí, pero quería estar seguro de que no se había arrepentido a último momento.

—Está desesperada por ver a su hija y creo que hasta piensa que tú intentas quitársela. Estimo que no es justo que la hayas hecho pasar por una situación así y no me gusta haberme asociado contigo en este engaño —Robert no podía evitar evidenciar su mortificación.

—Lo hiciste por una buena causa.

—Estuve a punto de confesarle que la estabas obligando con premeditación para que fuera a tu hacienda. Partía el alma verla pidiéndome dinero para comprar el pasaje. En todo el tiempo que la conozco nunca me pidió nada y sé que debió necesitarlo seriamente en más de una ocasión.

—No tenía necesidad de dinero alguno. Hace tiempo que te envié el pasaje abierto para cuando decidiera venir.

—Pero no podía decirle eso. La mandé con el cajero y este se encargó de decirle que por problemas contables mejor él compraría el pasaje y se lo entregaría directamente.

—¿No sospechó nada?

—Su ingenuidad es lo que más me conmovió. Espero que no me defraudes Max. Quiero mucho a Victoria.

—Espero que ese cariño sea el que te conviene, no quiero tener problemas contigo —su tono era amenazador.

—¿No me digas que sigues sintiendo celos por mi causa?

—Cuando se trata de mi mujer siento celos de todos —la respuesta fue tajante.

—Nunca imaginé que pudieras sentirte así, Brennan. Tampoco hubiera creído que fueras capaz de admitirlo.

—Me estoy ablandando con los años.

—Y ¿cuándo estarán de regreso?

—Si las cosas salen como espero te puedes ir despidiendo de tu asistente.

—Ese no fue el acuerdo Max. Yo la necesito aquí

—Espero que comprendas que más la necesito yo pero no dejo de agradecerte el favor y lo tendré en cuenta.

—Magro favor si acabas con mi equipo. Me será difícil encontrar alguien como ella.

—No más difícil que a mí, amigo. No más difícil que a mí.

Victoria salió de aduanas y se detuvo en la puerta de la sala de espera del aeropuerto de Sidney. Buscó entre los rostros ansiosos que observaban la salida de los pasajeros, segura de que entre ellos encontraría la carita de su hija y la de Max, sólo que ni el actor ni Megan estaban allí. Siguió caminando para no entorpecer la salida de los demás viajeros que se apilaban a su espalda.

—¿Señora Wade? ¿Señora Victoria Wade? —un señor muy corpulento y uniformado se acercó a ella.

—Sí, ese es mi nombre.

—Soy Jim, el chofer del señor Brennan, vine a recogerla.

—Mi hija ¿no vino con usted? —Victoria seguía mirando hacia todos lados esperando ver aparecer a la niña.

—La señorita Megan quería venir y su padre insistió para que la esperara en la hacienda. Koala's rock no queda muy lejos mas es un viaje largo para hacerlo dos veces en el mismo día, sobre todo para un niño.

—Comprendo y disculpe si no le saludé como es debido Jim, estoy muy ansiosa por ver a la pequeña.

—No se preocupe señora, la entiendo. El señor Brennan me pidió que le dijera que lo disculpara por no venir él mismo a recogerla, pero anda muy complicado por estos días.

—No tiene importancia. Le agradezco a usted que viniera por mí.

—Es un placer, señora. ¿Quiere acompañarme a recoger su equipaje? ¿Puede darme el ticket?

—Este es todo mi equipaje. No pienso quedarme mucho tiempo —señaló un pequeño maletín que llevaba en la mano.

—Entonces podemos ir por el coche.

Jim le quitó el maletín de las manos y la condujo a través del gentío que llenaba el gran salón del aeropuerto.

—El señor me dijo que si venía muy cansada la llevara a un hotel. Puede hospedarse allí hasta mañana y entonces saldremos para la hacienda —el chofer decía esto mientras abría la puerta del coche delante de Victoria.

—Quisiera ver a mi hija lo antes posible. Si podemos salir de inmediato, para mí sería lo mejor.

—Será como usted guste.

Se introdujeron en el auto y fueron sorteando el tráfico de la gran ciudad hasta que tomaron una carretera más despejada que los conduciría a la finca de Max.

—¿Cómo está la niña Jim, la ve a menudo?

—Todos los días señora. Todos los que trabajamos para el señor Brennan vivimos en la hacienda o muy cerca de ella y su hija está muy bien. Es una niña adorable y se ha hecho querer con mucha facilidad.

—Me tranquiliza saber que es así. Temía que se sintiera extraña en un sitio tan ajeno a sus costumbres y rodeada de personas que no conoce.

—Parece que se hubiera criado y nacido aquí. Usted misma podrá comprobarlo pronto. Se le ha hecho fácil acostumbrarse y no podía ser de otro modo, porque es la reina de la casa.

Victoria no preguntó nada más. La vista perdida en el maravilloso paisaje que observaba a través de la ventanilla del auto. Tres horas más tarde llegaron a Koala's rock. No pudo dejar de emocionarse ante el grandioso espectáculo que se mostraba a sus ojos. Todas las descripciones que le había hecho Max de su hacienda palidecían ante la realidad.

—Es un lugar hermoso.

—Es el orgullo del señor Max y de todos los que trabajamos para él.

Entraron a un inmenso patio y se detuvieron ante un enorme portón que debía ser la entrada de la casa. Antes de que Victoria pudiera bajar del coche, Megan se apretaba contra sus piernas.

—Mamá, qué deseos tenía de verte.

—Hijita, hijita. No sé cómo he podido estar tanto tiempo alejada de ti.

Victoria no podía evitar que las lágrimas rodaran por sus mejillas mientras abrazaba a su hija. Detrás de la niña, apareció Nicky acompañado de otro muchachito que no podía ser otro que Anthony.

—Hola Victoria. Llevamos mucho tiempo esperándote —le dio un abrazo muy efusivo. —Te acuerdas de Tony. Él también tenía muchos deseos de verte.

—Espero que todavía me recuerdes, aunque eras muy pequeño cuando nos conocimos.

—Me acuerdo muy bien de ti Vicky y de lo mucho que jugábamos en la piscina del apartamento.

—Pues sí que tienes buena memoria. Ha pasado mucho tiempo desde entonces.

—Y usted jovencita, ¿no tiene nada qué decir? ¿No ha extrañado mucho a su mamá? —la madre se dirigía solícita hacia su hija.

—Claro que sí. Estaba loca porque llegaras. Ahora sí que podré ser feliz de verdad.

Se adentraron en la casa intercambiando comentarios sobre el viaje y sobre las cosas que Megan había aprendido durante su estancia en Sidney. Pasaron algunas horas hasta que Victoria se encontró sola en la terraza de la casa después de dejar su equipaje en el cuarto de Megan. Extasiada, contemplaba el paisaje cuando divisó a Max que se bajaba de un jeep. Vestía ropas muy sencillas y sería fácil confundirlo con cualquiera de los trabajadores que pasaban por el patio de la hacienda. Se detuvo a hablar con uno de ellos y después se encaminó a la terraza donde se encontraba Vicky.

—Por fin llegaste. ¿Tuviste un buen vuelo?

Se acercó a ella y le dio un ligero beso en la mejilla. Sus maneras eran naturales y no denotaban emoción alguna.

—Sí, aunque fue un viaje muy largo y con muchas escalas. Creí que no terminaría nunca —Victoria estaba nerviosa, no sabía cómo comportarse. Su actitud hacia Max había cambiado por completo y no tenía la menor idea de cómo podía demostrárselo. Ni siquiera sabía si a él le interesaba todavía saber que ella había comprendido su error.

—Siempre es así. Estamos casi en el fin del mundo. ¿Cómo encontraste a tu hija? Espero que te dieras cuenta por ti misma que no le falta ningún pedazo —en su tono bromista no dejaba de haber cierto tipo de reproche.

—Está muy contenta y parece que ha estado bien cuidada.

—¿Sólo parece?

No esperaba respuesta a esa pregunta y Victoria ni siquiera intentó responder. Max se asombraba de verla tan tranquila. Esperó encontrar una mujer iracunda llenándolo de insultos y reproches por no haber cumplido sus promesas. A Victoria le pasaba otro tanto. El actor la trataba con cordialidad, como cualquier anfitrión amable haría con una visita esperada que no tiene oportunidad de rechazar. No se le veía especialmente contento por tenerla allí. La aprensión la llenó por completo. Presintió que su presencia sería tolerada por ser la madre de Megan, que había dejado de tener significado alguno para él en lo que a ella misma se refería.

Max se adentró hasta la sala de la casa para servirse una copa y desde la barra del bar le ofreció una bebida.

—¿Quieres tomar algo?

—No —respondió automáticamente y se volvió de espaldas. Recostada en la baranda volvió a contemplar el paisaje que tenía delante.

El actor salió otra vez a la terraza y se dejó caer en una silla pegada a la pared. Victoria mantuvo su posición abstraída en sus pensamientos.

—¿Te atienden bien? ¿Jim no tuvo dificultad para encontrarte en el aeropuerto?

—Me dijo que le habías dado una foto mía y que le fue fácil reconocerme.

—Tenía mis dudas. Era una foto antigua, de cuando vivíamos juntos en el apartamento de Los Ángeles.

Mencionó el hecho de pasada y con toda naturalidad, sin intención alguna de llamar la atención. Victoria no pudo evitar sonrojarse como hacía siempre que él hablaba de aquel tiempo, pues recordaba la intimidad que compartieron juntos. Era tonto que eso le siguiera pasando y trató de continuar la conversación como si nada la hubiera afectado.

—No creo haber cambiado tanto.

—Por fuera no —la intención de marcar el hecho ahora sí se hizo evidente, aunque no hizo mucho hincapié en el señalamiento. Miró hacia los alrededores como buscando a otras personas—. ¿Y Megan? Pensé encontrarla contigo.

—Salió a montar con sus hermanos, no quise cambiar sus planes.

—Se siente muy a gusto con ellos y los chicos la adoran. No les caerá muy bien saber que vienes a llevártela.

—¿No les has dicho nada? —se volvió hacia a él un poco sorprendida de que no le anunciara a los chicos el motivo de su presencia allí.

—¿Para qué hacerlos sufrir antes de tiempo? Ya podrán lamentarse cuando llegue el momento. Ahora todos están felices preparando la fiesta de Tony.

—Lo encontré tan crecido, recordaba muy bien su carita que se parecía tanto a la de...

—¿Megan? Sí yo también me asombré del parecido cuando los vi juntos. No sé cómo no pude darme cuenta antes. Debí estar muy ciego cuando conocí a la niña. David tiene razón cuando dice que los celos te nublan el entendimiento.

Victoria le dio la espalda sin hacer comentarios a la observación que podía dar un rumbo a la plática que no quería enfrentar. No deseaba oír las críticas de Max en aquel momento, no ahora que las sabía completamente justificadas. Fijó la vista en la ancha extensión de sabana que se extendía a todo su alrededor mientras reprimía los deseos de echarse a llorar.

—Tenías razón cuando hablabas de este lugar... parece el paraíso. Me faltan las palabras adecuadas para describirlo.

Max se puso de pie y se acercó a ella. Juntos se deleitaron en el panorama presos de la misma sensación. El inmenso orgullo que sentía por la propiedad brilló en sus palabras.

—Nunca he podido sentir en otro sitio lo que siento aquí. Es como si no me faltara nada. Todo lo que puedo necesitar está a mi alcance y lo he construido yo mismo poco a poco. Cuando compré esta finca era un ranchito perdido en la nada. Hoy es la hacienda más próspera de la región y el mejor lugar donde uno pudiera querer estar.

—Lo decía con una satisfacción enorme. Victoria nunca lo había oído pronunciarse así sobre cosa alguna. Ni siquiera cuando recibía premios y elogios sobre su desempeño en su carrera de actor, productor o director, parecía estar tan complacido como cuando expresaba lo que había logrado hacer con aquel sitio.

—Te comprendo. Yo también me sentiría así en un lugar como este.

El sentimiento de pertenencia que la colmaba era palpable y Max la miró embelesado, como si el orgullo que sentía al hablar de su hacienda se trasladara a la figura que lo acompañaba.

—Estaba seguro que sería así.

Dejó de observarla con arrobo antes de que ella reparara en su expresión y volvió a sentarse en su silla.

—¿Te gusta la habitación que han dispuesto para ti? —había una particular ansiedad al preguntar, pero Victoria no se dio cuenta de nada.

—Dejé mis cosas en el cuarto de Megan. Prefiero dormir con la niña. No quiero molestar.

—No seas absurda. En esta casa hay habitaciones de sobra y Megan está acostumbrada a dormir sola.

—Llevo mucho tiempo lejos de ella. Me gustará tenerla cerca.

—Ya la tienes tan cerca como siempre. No hay necesidad que te le eches encima. Por otro lado, yo entro muy a menudo a su cuarto y si estás allí me cohibiría pues de seguro no te gustaría verme aparecer a cada rato. Considero ridículo que me tenga que poner restricciones en mi propia casa, le diré a Nelly que lleve tu equipaje al cuarto que se dispuso para ti y espero que no pongas demasiadas objeciones a mi decisión. Ella misma puede acomodar tus cosas.

—No traje tantas cosas, Max. No pienso quedarme aquí mucho tiempo.

Al hombre le inquietó que no protestara por lo que había dicho. Realmente era muy extraña su actitud. Quizá esperaba ansiosa llevarse a su hija lo más pronto posible y estaba tratando de evitar discusiones que entorpecieran el propósito.

—Te quedarás al menos hasta el cumpleaños de Tony. No vas a arruinarles la fiesta a los niños —la observación cargaba un marcado enojo ante una posible reacción adversa a sus planes.

—No tengo la intención de arruinar nada, puedes estar tranquilo. Sólo espero poder regresar a mi casa con la niña cuanto antes. Dejé muchos pendientes y Robert me estará necesitando allí, no obstante, permaneceré aquí hasta el cumpleaños de Tony. Trataré de no estorbar. En los días que estaré aquí ni notarás mi presencia.

—No creo que eso sea posible, ni siquiera probable y no es algo que tenga la intención de discutir ahora. Quisiera que vengas conmigo a recorrer la hacienda. Quiero mostrártela porque si piensas que lo que has visto te da una idea de lo que realmente es, verás que estás equivocada.

No esperó a que ella aceptara, simplemente la tomó de la mano y la condujo hasta el jeep de donde se había bajado momentos antes. Pasaron toda la tarde recorriendo la finca. Regresaron al atardecer y fueron directamente al comedor, donde los chicos los estaban esperando. Fue una velada armoniosa la que pasaron juntos. Llena de risas por las historias de los niños que se turnaban para contar anécdotas de sus experiencias en el lugar. Cuando empezó a caer la noche, Megan fue la primera que empezó a dar signos de querer irse a dormir y Victoria aprovechó para llevarla hasta su cuarto y darle un baño antes de meterla a la cama. Había estado todo el día montada a caballo y pasado directamente al comedor sin darse una ducha. Max podía estar cuidando muy bien de ella, aunque se veía muy claro que en aquel sitio los muchachos no seguían una disciplina regular. Se metió a la bañera junto a su hija como acostumbraban hacer cuando estaban en casa y cuando salió se dio cuenta de que su maleta había sido retirada del lugar. Vestida con una bata de baño que encontró en el cuarto se acostó al lado de la niña hasta que esta se quedó dormida. Ella misma estaba cerrando los ojos cuando unos toques quedos sonaron en la puerta. La cabeza de Nelly apareció debajo del dintel.

—Señora, su habitación está dispuesta desde hace rato. Si quiere, la acompaño.

Preferiría quedarse a dormir allí, pero pensó que a la empleada le resultaría extraño y no quería llamar la atención con una nota discordante. Le dio un beso en la frente a la pequeña y acompañó a la mujer por el amplio corredor. Se detuvieron ante una puerta de caoba oscura.

—Que duerma bien. señora Victoria. Si necesita algo sólo tiene que tocar el timbre que está en su mesita de noche. Enseguida vendrán a atenderla.

—No espero necesitar nada Nelly, de todas maneras muchas gracias. Hasta mañana.

—Hasta mañana señora.

La vieja criada se alejó por el pasillo y Victoria abrió la puerta. La habitación estaba en penumbras. La claridad de la luz de la luna que entraba por un balcón iluminaba tenuemente algunos espacios, mas no le permitían divisar con nitidez. Demoró unos instantes en encontrar el interruptor de la luz. El reflejo de la lámpara en el amplio espejo casi la deslumbra y un grito de asombro se ahogó en su garganta mientras la sorpresa más increíble la llenaba por completo.

Avanzó con dificultad por la amplia habitación y se dejó caer en un banco aterciopelado que estaba a los pies de la cama. Las lágrimas empezaron a rodar por sus mejillas y el mar de emociones que la inundaban parecía que iba a estallar en su pecho. Se quedó petrificada, sin poder hacer nada más que mirar su propio reflejo en la inmensa luna de azogue que tenía enfrente.

—Pensé que te gustaría, pero nunca esperé que te echaras a llorar.

Una puerta interior que conducía a una habitación vecina se había abierto silenciosamente y Max la contemplaba con ternura a través de la distancia que los separaba. Verlo allí hizo que su llanto se desbordara y se hiciera más intenso. Él cubrió el espacio que había entre ellos con rápidos pasos y levantándola del asiento la acunó en sus brazos.

—Vicky, ¿qué pasa? No es posible que te pongas así.

—¿Por qué me has traído aquí? ¿De quién es este cuarto? —su voz era balbuceante y resultaba casi infantil.

—Es mi cuarto, por supuesto. ¿A qué otro lugar te podía traer? Aquí perteneces y aquí siempre debiste estar.

—¿Y ese espejo?

—Él también te ha estado esperando. Ha esperado que regreses tanto como yo.

—¿Desde cuándo lo tienes aquí?

—Desde hace mucho. Tuve la intención de comprarlo desde el día que pasamos en aquella mansión. Costó un poco de trabajo pero en cuanto lo conseguí lo mandé a traer aquí. Era una sorpresa que quería darte cuando vinieras a tu nueva casa. No pensé que demorarías más de seis años en hacerlo.

—No puedo creer que sea el mismo. ¿Cómo pudiste sacarlo de allí? Era la razón de ser de aquella casa. Su principal atracción.

—Así era y por eso no me quedo más remedio que comprarla. No tuve otra opción para hacerme de él.

—Debió haber costado una fortuna. La mansión era asombrosa y un lugar muy especial.

—El espejo la hacía especial y por eso tuve que cargar con ella para tenerlo a él.

—No puedes evitar hacer las cosas más increíbles y locas cuando quieres conseguir lo que quieres.

—Lo admito sin pudor alguno, aunque en este caso quería conseguirlo para ti. Tienes razón, no me importa hacer lo que sea cuando se trata de conseguir lo que quiero, sobre todo si lo que quiero eres tú.

A Victoria le dolía oírlo. Las declaraciones de Max la alteraban de una manera increíble porque le demostraban lo injusta que había sido. Trató de encontrar un poco de serenidad para poner en orden sus ideas.

—¿Y qué hiciste con la casa? —la pregunta no tenía relevancia alguna en aquel momento, sólo era un modo de aliviar la tensión.

—Nada. Supuse que no te gustaría vivir allí. Recordaba la mala impresión que te llevaste cuando llegamos al lugar. Por eso saqué el espejo y lo traje aquí.

—¿Eso quiere decir que siempre quisiste traerme aquí, que siempre deseaste tenerme aquí y que desde aquellos días ya pensabas así?

La incredulidad que se reflejaba en su rostro, hizo que el enojo se hiciera evidente en la respuesta del hombre.

—¿Y todavía lo dudas?

—Max... he sido tan tonta. ¿Cómo puedes seguir queriéndome si me porté tan mal contigo? —había una disculpa implícita en sus palabras que tenía toda la intención de demostrar lo convencida que estaba de haberse equivocado.

—Es algo que me pregunté todos los días después que decidiste abandonarme porque, ¿sabes Victoria? He pensado muchas veces que no mereces que te quiera. Me hiciste sufrir mucho sin razón alguna y después me negaste a mi hija. Fuiste muy cruel en hacer algo así. Yo debí olvidarme de ti hace mucho tiempo. Debí dejar de amarte cuando por voluntad propia saliste de mi vida sin mirar atrás, sin darme un mínimo voto de confianza, sin ofrecerme la menor oportunidad de explicarte lo que había pasado.

—¿Y por qué no lo hiciste? Lo tenía merecido —la sinceridad de su voz lo hizo aproximarse más a ella.

—Porque te metiste en mi sangre, porque te convertiste en parte de mí y nunca más pude delimitar dónde empezabas tú o terminaba yo. Aun cuando llegué a pensar que te habías entregado a otros y seguías jugando conmigo, aun cuando creí que no me habías amado nunca no me resignaba a perderte. Me odié a mí mismo por no poderte sacar de mi camino. Quise humillarte aquella noche, ¿recuerdas?, cuando te dije que no eras mujer para mí, cuando intenté demostrarte que no te había querido nunca. Quería forzarte a que te alejaras tú porque sabía que yo no tenía el coraje de hacerlo, pero fue inútil, como inútil ha sido intentar no desearte, no volver a querer tenerte entre mis brazos. Eres una necesidad constante para mí. Me completas. Me haces sentir más hombre. Sólo a tu lado soy yo porque a través de ti respiro, porque contigo me siento pleno. Cuando nuestros cuerpos se confunden el mundo desaparece. Cuando hacemos el amor comprendo que estoy vivo. Por eso no he podido olvidarte, porque sería como olvidarme de que existo, de que amo y quiero. Sin ti nada tiene sentido, sin ti nada valgo o soy.

—Fui tan necia. Yo siempre te amé Max. ¡Te amé y te amo! Todo lo que dices se hace pequeño si lo comparas con lo que siento por ti. Lo comprobarías si pudieras ver dentro de mí y comprender lo que has significado en mi vida, —sentía la imperiosa necesidad de explicarse, de ser excusada por tantos malos entendidos.

—Si eso fuera cierto nunca me habrías abandonado. Lo sé porque yo no encontré valor para dejarte por más que lo intenté

El resentimiento ofendido que todavía latía en sus palabras la conmovió aún más.

—Yo nunca te abandoné. Yo me quedé atrapada en ese espejo. Dejé de existir cuando me alejé de ti. Mis días se convirtieron en un martirio en el que fui languideciendo poco a poco. Seguí en pie por la necesidad de ocuparme de mi hija. Sin ella hubiera desaparecido, me habría consumido de angustia y de tristeza. Mi cuerpo murió lejos del tuyo y mi corazón se secó por completo. No entiendo cómo llegaste a pensar que pude entregarme a otros hombres, porque tú mejor que nadie conocías la forma en que te pertenecía a ti y aunque yo misma te dijera lo contrario debiste saber que no podía ser de otro que no fueras tú. Tuya soy por entero desde el primer día en que te conocí y para mí no existirá nunca otro hombre. Fuiste el primero y aunque no hubieras vuelto serías el último. Nadie podrá hacerme sentir como siento contigo. Te lo confesé un día a pesar de que creía que no significaba nada en tu vida. No me importó hacerlo porque esa es mi verdad. Mi única y gran verdad. Dices que yo te hago más hombre pero yo sin ti no llego a ser mujer. Puedo decir lo que quiera, puedo pensar que te detesto o te odio pero basta una caricia tuya para que me entregue rendida a tu pasión. Mi mayor castigo ha sido vivir sin tus besos, despertar y no encontrarte a mi lado con tus brazos rodeando mi cintura. Mi necesidad de ti es más grande que la tuya y más intensa porque tú has podido llenar mi espacio con otras mujeres pero yo nunca, nunca he podido ni siquiera borrar tu recuerdo con la presencia de otro hombre.

Max no quería oír más explicaciones. No quería nada más entre ellos que el fuego palpitante que lo hizo aprisionarla entre sus brazos con vehemencia.

—Creo que estamos a mano querida, en sentimientos y culpas. Ya es hora de dejarlo todo atrás y vivir el presente. No más reproches Victoria, no más malos recuerdos ni lamentos. Amor, entrega y deseos satisfechos es lo que quiero para nosotros de ahora en adelante y mientras más pronto empecemos será mejor.

Cubrió su cuerpo con el suyo y se dejaron caer en el amplio lecho que los esperaba. La calidez del abrazo que los envolvió se tornó ardiente y la llama de la pasión los consumió hasta que sus cuerpos fueron uno. La noche fue larga para los amantes que no lograron saciarse uno del otro después de tan larga espera. El día los sorprendió enredados estrechamente, sin que la fiebre del amor que los prendía desapareciera y el reflejo de su fogosidad en el espejo eterno los seguía provocando mientras se amaban una y otra vez.

Los chicos en el comedor comenzaron a desayunar sin que sus padres tuvieran la menor intención de aparecer.

Epílogo

Max descendió apresuradamente del coche que lo traía del aeropuerto de vuelta a su casa. Casi dos meses lejos de su familia habían hecho sus días miserables así que ya no volvería a apartarse de ellos por un largo tiempo. Una sonrisa iluminaba su rostro cuando entró a la casa y comenzó a recorrer las habitaciones adivinando la sorpresa de sus hijos y esposa al verlo, pues no se había tomado la molestia de avisarles de su regreso. Sin embargo, el sorprendido fue él, ni sombra de sus seres queridos encontró en todo el lugar. Entró a la cocina impaciente.

—¡Señor Max! Qué bueno que está de vuelta. Esta casa no es lo mismo cuando usted no está. No teníamos idea de que iba a llegar hoy —la vieja criada se secaba las manos en el delantal aproximándose a su patrón.

—Gracias Nelly, pero ¿puedes decirme dónde está mi familia? No los encuentro por ninguna parte, y pensé que llegando en fin de semana estarían en casa.

—El señorito Nicky llegó anoche con la idea fija de ir a contarle algo a su abuelo y como supondrá arrastró a sus hermanos con él. No creo que regresen hoy y a la señora Victoria no la veo desde que salió en la mañana a despedirlos.

—Pero ella está aquí, o ¿es que también salió de la hacienda?

—No señor, no ha salido, quién sabe dónde está en estos momentos. De un tiempo a esta parte ha tomado la costumbre de desaparecer si los niños no están en la casa. Se sale a recorrer la sabana o se encierra en su cuarto por largas horas. Si me permite, y sabe usted que no me gusta andar en chismes, creo que la señora está muy rara.

—¿Rara? ¿A qué te refieres?

—Usted sabe de la manera que es ella. Siempre andaba contenta y trajinando de aquí para allá sin quedarse quieta un momento. Aquí a la cocina se aparecía a cada rato para probar alguna nueva receta y no dejaba de estar dando opiniones sobre esto o aquello, pues... si la ve en estos días se dará cuenta de que ha cambiado radicalmente señor.

—¿Qué le pasa?

—Eso no lo sé. No me atrevo a preguntar, hasta creo que anda llorando a escondidas y por eso es que se pierde para que nadie la vea. Parece como "ida", si usted me entiende, como si no estuviera aquí. Ella que era como una cotorrita que no paraba de hablar y ahora hay que sacarle las palabras de la boca.

—Me parece muy extraño.

—Puede ser que lo echara en falta señor y ahora que usted llegó se le pase. Desde que se casaron, no habían estado separados por tantos días.

—Entonces, ¿no tienes la menor idea de dónde puede estar ahora?

—No, y como los chicos no están ni siquiera ha venido para hacer las previsiones de las comidas del día de hoy.

—¿Hace mucho que está así?

—Yo creo que desde que ese doctor vino a verla.

—¿Un médico vino a verla? ¿Estuvo enferma? —alarmado y preocupado.

—No creo. El doctor parecía un amigo. No es de aquí, sino de ese país de donde es la señora. Seguro que usted lo conoce.

—Sí, lo conozco —la preocupación que hasta el momento había ensombrecido el rostro de Max, empezó a transformarse en mal humor y Nelly, que lo conocía desde hace tiempo, presumió que había hablado de más.

—No se preocupe señor. Va y todo son figuraciones mías, ya sabe que los años comienzan a estropear mi buen juicio.

—Tú serás sabia hasta el final de tus días mi buena Nelly. Estoy seguro que estás acertada en todo lo que me has dicho. Ahora voy a seguir buscando a mi mujer, puede ser que la encuentre donde primero debí buscar.

Salió como un disparo de la cocina y encaminó sus pasos por un largo pasillo que conducía a una construcción incorporada recientemente a la casa. Había sido un regalo y una sorpresa para Victoria. Aunque la hacienda contaba con alberca, él quiso hacer una piscina techada para ella dentro de la propia casa, semejante a la que tenían en el apartamento de Los Ángeles. Si Victoria pretendía

— 398

Una vida contigo

esconderse por algo que le estuviera perturbando, seguramente estaría allí y no se equivocó.

Recostada en un enorme diván la mujer parecía perdida en pensamientos poco amables.

—Creí que te encontraría esperando ansiosa mi regreso y mira tú, aquí estás sin preocuparte ni siquiera un poco por tu marido.

Victoria se levantó de un salto y corrió a sus brazos. El beso apasionado que se dieron, calmó el estado del humor que Max traía cuando entró a la habitación.

—No tenía la más remota idea de que regresabas hoy. Te cuidaste muy bien de no avisarnos.

—Quería darles una agradable sorpresa pero fracasé rotundamente —había un velado reproche en sus palabras.

—Avisaré a los chicos. Estarán felices de tenerte de vuelta.

—Déjalos que pasen el día con sus abuelos. Así tendremos más tiempo para nosotros dos.

—Desde ese punto de vista me parece una buena idea.

Caminaron hacia el amplio diván y cayeron en él recostándose el uno junato al otro.

—¿Te fue bien? ¿Pudiste arreglar todo a medida de tus deseos?

—Terminé todos los pendientes y por ahora desapareceré del mapa hasta Dios sabe cuándo. No más películas, no más producciones ni nuevos proyectos por largo rato y ustedes se cansarán de tenerme encima por un buen tiempo.

—Nada se desea más en esta casa y el que se cansará de tenernos encima serás tú.

—Tenerte encima, a ti particularmente, siempre me parece algo estupendo —rozó su mejilla con un beso—. Por aquí ¿todo ha estado bien?

—Todo sigue igual. Nada cambia cuando tú no estás cariño y a mí todo me parece vacío y sin sentido.

—Palabras para halagar mis oídos. Eres experta en ellas cuando te conviene, así sea para complacerme como para hacerme la vida cuadritos —tocaba su nariz como regañándola.

—No te voy a contestar porque sé que sólo intentas buscarme la lengua.

—Para eso no tengo que hacer tanto esfuerzo —se inclinó sobre ella y la besó profundamente demostrándole que tenía razón.

—¿Es que nunca vas a cambiar? —la mujer jadeaba entre sus brazos. La respiración entrecortada por el ardiente beso recibido.

—Respecto a lo que me haces sentir puedes estar segura que no, pero por lo pronto otra cosa sí que va a cambiar en este mismo momento.

Se acercó más a ella y comenzó a quitarle la cadena con la medalla que llevaba al cuello. La depositó en una mesita cercana mientras sacaba otro objeto muy parecido de su bolsillo que encerró en una de sus manos.

—¿Qué haces? Es mi medalla. Sabes el apego que le tengo.

—Pero quisiera olvidar cómo volvió a tus manos. Cuando me apego a tu seno quiero tener mejores recuerdos.

Abrió la mano que mantenía cerrada mostrándole un hermoso medallón prendido a una fina y delgada cadena cuyo precio debía ser elevadísimo.

—Es una pieza original. Hecha especialmente para ti —lo decía emocionado y con orgullo.

Victoria tomó el medallón y lo volteó en las dos direcciones. Por una de las caras una mano de hombre y otra de mujer sostenían un corazón. Al dorso unas palabras bordeaban la inicial de su nombre entrelazada a la de Max: "Forever side by side" ("Por siempre uno al lado del otro").

Vicky se abrazó a él, que la separó hacia un costado para colgar la cadena de su cuello, depositando un beso sobre ella cuando reposó en el pecho de su mujer.

—¿Nunca te cansarás de hacerme feliz? —se extasiaba mirándolo a los ojos.

—¿De verdad, te hago feliz? ¿Echas algo en falta, ahora que estás conmigo?

Su pregunta no era gratuita y Victoria se dio cuenta que había un tono receloso en ella.

—¿Qué puedo echar en falta? ¿Cómo puedes dudar de lo feliz que me haces?

—Hay veces en que no estoy muy seguro. Por ejemplo, ahora. —Su humor cambió drásticamente y su mirada se tornó acusadora.

—Debes estar bromeando. No entiendo por qué dices eso —esquivó el tema con demasiada premura.

—Algo te ha estado pasando. Nelly me contó que andas muy cambiada desde hace varios días.

—Nelly exagera en su celo y en su preocupación por hacerme sentir bien y eso te lo debo a ti, que le has estado llenando la cabeza de recomendaciones respecto a mi cuidado. Estoy igual que siempre. Te extrañaba mucho, es todo.

—Eso no es "del todo" cierto. Espero que me hayas extrañado por tu propio bien —su gesto resultaba amenazador mientras agitaba un dedo ante sus ojos, aunque ella sabía que era en broma—, pero no has estado llorando por mi ausencia. Hay otro motivo y lo puedo apostar.

—No estuve llorando y nadie te puede decir eso —su empecinamiento en negar lo evidente resultaba infantil.

—Porque te escondes para hacerlo. Ya es costumbre.

—Tampoco me escondo ¿de dónde sacas eso?

—Mírame. ¿crees que esos ojos enrojecidos me pueden engañar?

—Nadé mucho rato en la piscina, eso me irrita los ojos —trató de esquivar la mirada y él le sujetó la barbilla, evitándolo.

—A veces quisiera que aprendieras a mentir mejor, me preocuparía menos, pero no te sale de forma natural.

—Y eso que tuve un buen maestro —acarició zalamera su mejilla mientras hablaba, tratando de distraer su atención sin conseguirlo.

—Suéltalo de una vez Vicky, sabes que insistiré hasta que me digas qué es lo que te está pasando —el tono era tajante y no admitía excusa.

—Podemos hablarlo después. No es preciso arruinar ahora la dicha que tu regreso me ha traído.

—Pero sucede que a mí ya se me arruinó. ¿Qué hacía Elliot Sullivan en esta casa y qué tiene que ver eso con el comportamiento que has tenido desde que apareció? —su voz había cambiado. Se hacía más ronca y su entrecejo se fruncía presagiando tormenta. Vicky descubrió que su mal carácter estaba a punto de estallar.

Se levantó con lentitud del diván separándose de su esposo y avanzó hasta el borde de la piscina. Max la siguió. Se acercó a su espalda y sujetándola por los hombros la volteó hacia él para mirarla directamente a los ojos.

—¿Qué pudo venir a decirte ese tipo que te alteró tanto?

—Elliot sólo vino de visita. Lo invitaron a un congreso en Sidney y quiso pasar a saludarnos. Es simple, no tienes por qué ponerte así.

—No creo que tuviera deseo alguno de saludarme a mí. Es más, creo que aprovechó que yo no estaba para venir a verte. ¿Te vino a proponer que me dejaras? ¿Sigue insistiendo en que te cases con él? —la sacudía al hacerle las preguntas. Victoria no imaginó que podía volver a sentir aquellos celos.

La mujer intentó soltarse de las manos que aprisionaban sus hombros con rudeza.

—No seas tonto Max. Me casé contigo. Elliot sabe que te amo y que eres el único hombre para mí. No sería capaz de venir a tu propia casa para proponerme algo así. Estoy segura que ya ni siquiera piensa en eso.

—Pues yo no. El "paciente y dedicado doctor" estaba demasiado interesado en ti y dudo mucho que ya no lo esté. Puede que siga esperando que te canses de mí y vuelvas con él.

—Estás totalmente equivocado y aunque no fuera así ¿te doy algún motivo para que dudes de esa manera? ¿No crees que te demuestro hasta la saciedad que eres el único hombre que me ha importado en la vida? Yo no puedo cansarme de ti. Elliot lo sabe y lo sabes tú también. Tus celos no tienen sentido —trataba de persuadirle con el razonamiento, pero estaba al tanto que era difícil hacerlo con un hombre como Max.

—Entonces ¿qué es lo que te pasa? Digas lo que digas, estaré pensando lo peor hasta que me convenzas de lo contrario.

Victoria dudó, aunque sabía que tenía que confesarle la verdad más tarde o más temprano y decidió que era mejor salir de aquello de una vez.

—Elliot vino a saludarme, en eso no te miento, y aproveché para que me revisara. No me he estado sintiendo bien.

—¿Estás enferma? —la preocupación borró todas las otras inquietudes que lo acechaban.

—No precisamente, pero necesitaba la opinión de un médico —su nerviosismo aumentaba.

—Hay miles de médicos al alcance de la mano para que fueras a parar a las de ese doctorcito —los celos volvían a inflamarle el sentido.

Me enfurece pensar que te estuvo toqueteando.
—No seas infantil. Es mi médico desde hace mucho. Te olvidas que fue el que trajo a tu hija al mundo.

Max rezongaba por lo bajo y no se mostraba muy convencido de los argumentos que le daba su mujer.

—¿Y cuál fue el veredicto del "eminente doctor" sobre los malestares que estabas sintiendo? —su ironía no dejaba de denotar interés por su estado de salud.

Victoria se volvió a alejar de su marido. Se estrujaba las manos y se veía desolada en el centro del salón.

—Estoy embarazada de nuevo —lo miró ansiosa esperando su reacción. Los nervios la traicionaban al tener que enfrentar la misma situación que una vez puso en riesgo su relación.

—Ah. Era eso... —Max parecía aliviado. Se dirigió al diván y se volvió a dejar caer en él. Era una actitud inesperada. No parecía contrariado, mucho menos disgustado o preocupado con la noticia. Vicky avanzó hacia él y se sentó a su lado.

—¿Te lo tomas así... tan tranquilamente? —la incredulidad con la que preguntaba, a Max le pareció encantadora.

—De qué otra forma podía tomarlo. Llevamos varios meses de casados y nuestra relación marital es más que "exageradamente" satisfactoria. Se me hace natural que algo así pueda pasar.

—Pero tú no quieres más hijos. —Afirmó, segura en una creencia arraigada por largo tiempo.

—¿Cuándo he dicho eso?
—Aquella vez...

El actor la interrumpió sin miramiento alguno. Había enojo en sus palabras al aclarar.

—Si vuelves a mencionar aquella vez te meterás en serios problemas conmigo. Creo que decidimos que era un asunto olvidado y que nunca más lo volveríamos a discutir.

—De todas maneras. No puedo dejar de pensar en tus deseos. Lamento haberte vuelto a fallar.

La tristeza y el desamparo que había en su voz lo conmovieron. Max se armó de paciencia para poder explicar. Se puso frente a ella y le tomó las manos.

—Tú nunca me has fallado en nada Victoria, bueno... para ser exactos, en casi nada. Que hayas tenido un hijo mío no es uno de esos fallos. Nunca lo he considerado así. Además, concebir un hijo es cosa de dos ¿cuándo entenderás eso?

—Yo pensé... —dudaba.

—Hace falta que no piense tanto, señora... Venga para acá.

La rodeó con sus brazos empujándola hacia atrás mientras la acostaba en el amplio diván echándosele encima, tomó su rostro entre las manos.

—Dime tú...y sé sincera y precisa ¿Desde que estamos juntos, no ahora sino siempre, cuándo me has visto tomar alguna precaución para evitar tener hijos contigo?

Victoria no contestó y Max prosiguió profundizando en sus razonamientos. Le hablaba como si fuera una niña.

—Tómate el tiempo y haz memoria, ¿Notaste que me protegiera de algo así cuando estuvimos aquella noche en la playa o el día que volvimos a amarnos en aquel hotelucho del pueblo?

La mujer se sonrojó.

—Fueron situaciones imprevistas —insistía a pesar de las explicaciones de su marido.

—Vicky, no puedes seguir siendo tan ingenua. ¿Qué hombre de estos días no está siempre preparado para situaciones "imprevistas" como esas? Lo cierto es que yo nunca he tratado de protegerme cuando he estado contigo y no puedes negarme que tampoco te lo he pedido a ti. Ni cuando empezamos a vivir juntos, ni cuando nos encontramos de nuevo en situaciones tan inciertas, ni mucho menos ahora que estamos casados. ¿Eso no te hace deducir que no me importa si sales o no embarazada?

—Pero tú dijiste... —no podía ser más empecinada.

—Uno dice tonterías todo el tiempo. He llegado a pensar que cuando te dije esa barbaridad en aquella maldita ocasión también estaba hablando por hablar. Si me hubiera inquietado tanto tener un hijo contigo entonces, habría hecho algo para tratar de evitarlo. Si no lo hice nunca es porque esa posibilidad no era motivo de preocupación primordial para mí por más que un día me negara a aceptarlo.

—¿Eso significa que no estás enojado? —todavía le parecía increíble que no fuera así.

—¿Cómo se te ocurre que pueda estar enojado? Estaré feliz de recibir todos los hijos que quieras darme. Es más, creo que te llenaré de ellos, así la posibilidad de que quieras abandonarme un día se te hará más difícil.

Bromeaba francamente al decir esto último.

—Si has estado pensado en esa posibilidad, lamento decirte que te sentirás completamente defraudado, porque no me pienso salir de tu vida en lo que me resta de la mía —la angustia de la mujer había desaparecido y el cuerpo de su marido sobre ella comenzaba hacer estragos.

—Por las dudas, me aseguraré de eso por todos los medios posibles.

Empezó a besarla con desesperada intensidad.

Rodaron entrelazados y consumidos de pasión. Vicky se distanció para mirarle.

—Tengo miedo de que dejes de desearme tanto cuando me ponga gorda y panzona. Nunca me has visto así.

—Y no me canso de lamentarlo. Puedes estar tranquila si eso te preocupa. Yo no puedo dejar de desearte Victoria. Mi deseo no tiene nada que ver con tu figura. Lo que llevas dentro es lo que lo despierta en mí, así fue desde la primera vez que nos conocimos y así será siempre.

—De cualquier forma no correré ese riesgo otra vez. Después de este bebé, pararemos la producción. Nuestros cuatro hijos serán suficientes.

—Tendremos que empezar a cuidarnos mucho para no caer en lo mismo y nos dará trabajo, porque ninguno de los dos está acostumbrado.

—Aprenderemos a seguir las reglas. Nunca es tarde... —Max comenzaba a desnudarla con premura.

—Pero... ¿Qué haces?

—¿No te parece obvio?

—Puede entrar cualquiera, ¿te has vuelto loco?

—Loco estoy desde que te conocí pero no debes alarmarte, tomé la precaución de poner seguro a la puerta cuando entré. Adivino lo que puede pasar cuando estoy contigo a solas, mucho más cuando llevamos tanto tiempo separados.

—¿No te parece que exageras? Podemos llegar a nuestro cuarto, no está a miles de millas de distancia.

—Un paso me parece lejos en este instante. No puedo esperar y no veo la necesidad de perder el tiempo. No me gusta eso que dices de empezar a cuidarnos, y si cuando tengas ese bebé quieres comenzar a hacerlo, ahora es el momento de aprovechar porque ya estás embarazada.

—Y piensas no darme tregua por mi estado —sonreía complacida al insinuarlo.

—Esa es mi intención, ¿te molesta demasiado?

—No me molesta para nada, lo disfrutaré tanto como tú.

—Puedo presumir que ya no quieres que te lleve a tu cuarto. ¿No te importa que te haga el amor aquí?

—¿Puedo elegir?

—Conoces la respuesta: no.

—Pues me sorprende que preguntes, desde que te conozco es tu costumbre dejarme sin opción.

Victoria hablaba entrecortadamente aplastada contra el diván por el peso de Max, que se movía con ansiedad encima de ella. El actor detuvo por un momento el frenesí de ardientes caricias con el que prácticamente estrujaba a su esposa. Volvió a tomar su rostro entre las manos y la miró fijamente a los ojos.

—Admito que la mayoría de las veces ha sido así, y lo creas o no, me interesa asegurarme de que no me equivoco cuando te obligo a seguir mis deseos.

—No te preocuparas tanto si supieras que tus deseos siempre han sido los míos.

—Entonces ¿no te quejas? —su voz era un susurro saliendo de los labios que volvían a perderse en el cuello de su mujer. Sus cuerpos unidos empezaban a fundirse en uno solo.

—¿Parece que me quejo?

Una vida contigo, de Lidia Margarita Jiménez Hernández,
fue impreso y terminado en julio de 2012
en Encuadernaciones Maguntis, Iztapalapa,
México, D. F. Teléfono: 5640 9062.

Interiores: Angélica Irene Carmona Bistráin